Knaur.

Über die Autorin:

Susanna Drakes große Leidenschaften sind Geschichte und Schreiben. Nach Jahren in der internationalen Arbeitswelt hat sie ihr Hobby zum Beruf gemacht und schreibt nun mit Begeisterung historische Liebesromane. Auf ihren Reisen in den USA hat sie sich intensiv mit amerikanischer Geschichte beschäftigt und viele Anregungen für historische Liebesromane gefunden. »Die Braut des Freibeuters« ist ihr erster Roman im Knaur Taschenbuch.

Susanna Drake

Die Braut des Freibeuters

Roman

Knaur Taschenbuch Verlag

Besuchen Sie uns im Internet:
www.knaur.de

Sagen Sie uns Ihre Meinung zu diesem Buch:
historische-liebesromane@droemer-knaur.de

Originalausgabe Januar 2008

Ein Unternehmen der Droemerschen Verlagsanstalt
Th. Knaur Nachf. GmbH & Co. KG, München.

Umschlaggestaltung: ZERO Werbeagentur, München
Umschlagabbildung: Agentur Schlück / Franco Accornero
Satz: Adobe InDesign im Verlag
Druck und Bindung: Clausen & Bosse, Leck
Printed in Germany
ISBN 978-3-426-63805-7

2 4 5 3 1

1. Kapitel

England 1779

»Mach, dass du weiterkommst, verdammter Hurensohn!«

Robert McRawley geriet ins Stolpern, als der Soldat ihm sein Gewehr in den Rücken stieß, doch er fing sich im letzten Moment, drehte sich mit einem gereizten Knurren um und war schon drauf und dran, dem Kerl an die Kehle zu gehen, als ein harter Griff am Arm ihn zurückhielt.

Das vor Erschöpfung graue Gesicht seines Ersten Maats Finnegan war dicht vor ihm. »Nicht, Captain, das hat keinen Sinn.«

»Hast du Angst?« Der fast lippenlose Mund des Soldaten war zu einem höhnischen Grinsen verzogen. »So greif mich doch an! Los, trau dich! Was glaubst du wohl, welche Freude es mir machen wird, einen von euch Hunden abzuknallen. Los! Mach schon!«

Finnegans Griff verstärkte sich. »Captain ...«

Robert atmete tief durch, warf dem Soldaten, der ihn herausfordernd ansah, einen verächtlichen Blick zu und schleppte sich dann mühsam weiter. Man hatte ihn und Finnegan mit Fußeisen aneinandergefesselt, und die schwere Kette klirrte bei jedem Schritt.

»Verdammter Feigling«, tönte es gehässig in seinem Rücken. »Ihr seid doch alle gleich.«

»Selbst ein verdammter Feigling«, hörte Robert seinen Freund neben sich murmeln. »Möchte ich sehen, den Mistkerl, wenn er ohne sein Gewehr vor mir stünde.« Finnegans sonst so gepflegter grauer Bart war struppig, verklebt von Schmutz und Regen, und seine Augen lagen tief in den Höhlen. Er ging etwas vornübergebeugt und hielt den rechten Arm an die Brust gepresst. Die Verletzung an der Schulter, die er sich bei dem letzten Kampf, kurz vor ihrer Gefangennahme, zugezogen hatte, war immer noch nicht verheilt und bereitete ihm starke Schmerzen. Finnegan war ein harter Mann, der durchaus einiges einstecken konnte, aber diesmal setzte ihm die Wunde ebenso zu wie der Dreck, die Anstrengung und das schlechte Essen.

Wenn man diesen Fraß überhaupt noch Essen nennen konnte. Robert verzog unwillkürlich den Mund bei dem Gedanken an das schimmelige Brot und den madendurchsetzten Brei, den sie vor zwei Tagen bekommen hatten. Er war lange genug auf See gewesen, um keine großen Ansprüche an das Essen zu stellen und sich nicht an einigen Würmern zu stören, aber mit solcher Todesverachtung hatte er noch niemals etwas so hinunterwürgen müssen wie in den letzten beiden Monaten in diesem englischen Gefängnis. Dabei konnten sie sich noch glücklich schätzen, wenn sie überhaupt etwas erhielten. Es wäre nicht das erste Mal gewesen, dass man Gefangene einfach hätte verhungern lassen.

Aus den Augenwinkeln beobachtete Robert voller Sorge seinen Freund. Finnegan sah zum Gotterbarmen aus. Er hätte gutes Essen und einige Tage Ruhe nötig gehabt und vor allem ärztliche Behandlung. Als er seine Wunde am Vortag untersucht hatte, um sie vorsichtig zu reinigen und mit einem etwas weniger schmutzigen Fetzen zu verbinden, war sie voller Eiter gewesen, mit roten, entzündeten Rändern. Nicht mehr lange, und der Wundbrand würde in seiner Schulter und schließlich in seinem Arm wüten und dann … Dabei war die Verletzung anfangs gar nicht so schlimm gewesen, ein glatter Durchschuss von einer englischen Musketenkugel. Normalerweise keine große Sache für einen Mann wie seinen Ersten Maat.

Robert knirschte mit den Zähnen, während er neben Finnegan dahinstolperte. Fünfundzwanzig seiner Leute waren mit ihm gefangen genommen worden, als er versucht hatte, das englische Schiff zu entern. Sechs davon waren schon tot, elend zugrunde gegangen an ihren Verletzungen, und der Rest sah so aus, als würde er den anderen bald folgen.

Man hatte sie gleich nach der Gefangennahme in eines der Gefängnisse im englischen Kriegshafen Portsmouth geworfen. Später waren sie weiter ins Landesinnere verlegt worden, und nun waren sie seit zwei Tagen zu Fuß unterwegs nach Dover, um dort im Austausch gegen englische Matrosen freigelassen zu werden.

Anderen war gelungen, was eigentlich sein Plan gewesen war, nämlich das Schiff zu entern und die Leute darauf festzunehmen. Bisher schmorten über fünfhundert amerikanische Seeleute in englischen Verliesen, und die einzige Chance, sie wieder freizubekommen, war, sie gegen gefangene Engländer auszutauschen. Dabei hatte er jedoch gründlich versagt und damit nicht nur seine Leute in Tod und Gefangenschaft geschickt, sondern sogar sein Schiff verloren. *Allerdings wäre es nicht so weit gekommen, wenn Malcolm, dieser verdammte Bastard, nicht mit der* Independence *auf und davon gesegelt wäre,* dachte er grimmig und lenkte sich kurzzeitig mit der Vorstellung ab, wie er seinem Bruder den Hals umdrehen würde, sobald er ihn jemals wieder in seine Finger bekam. Er hatte ihn an Bord zurückgelassen und selbst die Leute angeführt, die mit den Booten zu dem schwer angeschlagenen britischen Linienschiff hinübergerudert waren, um die noch überlebenden Matrosen gefangen zu nehmen, bevor das Schiff versenkt werden sollte. Kaum an Bord hatte er jedoch mitansehen müssen, wie seine Fregatte wendete, alle Segel setzte und Kurs aufs offene Meer nahm.

Zuerst hatte er kaum fassen können, was er da sah, aber dann war ihm klar geworden, dass sein nichtsnutziger Bruder, den er nur an Bord genommen hatte, damit er an Land keinen Unfug anstellte, die Leute zur Meuterei bestochen haben musste. Jene, die nicht willens gewesen waren, sich an diesem Verrat zu beteiligen, wurden von den Meuterern entweder getötet oder über Bord gestoßen. Darunter war auch Finnegan gewesen, der sich einer Übermacht aus den eigenen Reihen gegenübergesehen hatte. Ein hinzukommendes englisches Kriegsschiff hatte die Leute dann aus dem Meer gefischt. Man war dabei nicht eben sanft mit ihnen umgegangen, und Finnegans schon fast verheilte Verletzung war wieder aufgebrochen. Robert selbst war mit einem Schlag auf den Kopf und einer hässlichen Platzwunde davongekommen, die fast bis zur linken Schläfe ging. Ein etwas weniger harter Schädel als der seine wäre bei der Wucht, mit der der englische Soldat sein Gewehr als Prügel gebraucht hatte, wohl zertrümmert worden, aber er war nur bewusstlos zu Boden gegangen und hatte später mit Genugtuung erfahren, dass sein Bootsführer Smithy den Soldaten mit einem Säbelstreich halbiert hatte.

Robert warf wieder einen Blick auf seinen Freund, dem

jeder weitere Schritt sichtlich schwerfiel, und fasste geistesgegenwärtig zu, als Finnegan stolperte. Solange er auf den Beinen blieb, bestand noch Hoffnung, aber wenn er einmal fiel, hatte er kaum eine Chance, wieder auf die Füße zu kommen.

»Sie sollten sich nicht mit mir abschleppen, Captain«, sagte er mit heiserer Stimme, als Robert ihn unter den Armen packte und mehr trug als führte. »Lassen Sie mich liegen, ich kann ohnehin nicht mehr lange weiter.« Auf seiner Stirn standen Schweißperlen, seine Augen glänzten fiebrig, und seine Lippen waren aufgesprungen und blutig.

Robert unterdrückte den saftigen Fluch, der ihm auf der Zunge lag. »Reden Sie keinen Unsinn, Finn«, erwiderte er gereizt. »Sie werden das durchstehen und mit mir die *Independence* zurückholen. Und dann dabei zusehen, wie ich Malcolm auf die höchste Rah knüpfen lasse.«

»Eine verlockende Vorstellung«, brachte Finnegan mühsam hervor.

»Außerdem kann es nicht mehr lange dauern, bis wir ankommen. Sie müssen nur noch ein bisschen durchhalten, dann sind wir in Dover. Dort können Sie sich ausruhen und darauf warten, dass wir ausgetauscht werden. Ich könnte schwören, dass unsere Leute auch einen Wundarzt haben, der sich um Sie kümmern wird.«

Finnegan nickte nur, gab sich einen Ruck und stolperte weiter. Es war schon kühl in diesen nebligen Breiten um diese Jahreszeit. Zu allem Überfluss hatte vor einer Weile ein heftiger Regen eingesetzt, und sämtliche Gefangenen, die kaum mehr als Fetzen am Leib trugen, waren bereits bis auf die Haut durchnässt. Ganz schlecht für Finnegans Fieber.

Nicht mehr lange, dachte Robert, während er seine eigenen

letzten Kräfte mobilisierte, um seinen Freund mitzuschleppen, *dann erreichen wir die Stadt. Ich kann schon förmlich das Meer riechen.* In Dover angekommen konnten sie rasten und auf die Leute warten, die die Übergabe durchführen sollten. Er hatte zufällig gehört, wie sich zwei der Wachsoldaten unterhalten hatten, und wusste, dass Benjamin Franklin, der die neu gegründeten Vereinigten Staaten in Frankreich vertrat, alles in Bewegung setzte, um auf diese Weise wenigstens einige der amerikanischen Seeleute wieder freizubekommen. Er und seine Mannschaft hatten Glück gehabt.

Die Männer wichen auf dem schmalen Pfad aus, als einige Reiter in der Uniform Seiner Majestät des Königs von England herangaloppiert kamen. Der Einzige, der nicht zu den Soldaten zu gehören schien, ein großer Mann auf einem dampfenden schwarzen Wallach, brachte sein Pferd genau vor Robert und Finnegan zum Stehen. »Robert? Robert McRawley?« Er klang überrascht und erfreut zugleich. Robert blickte dem Mann, der in einen dicken Mantel gehüllt war und den Hut gegen den Regen tief ins Gesicht gezogen hatte, stirnrunzelnd entgegen. Die Stimme kam ihm bekannt vor, aber es konnte unmöglich …

»Ich wollte nur sichergehen, dass du auch tatsächlich unter den Leuten bist, die ausgetauscht werden. Andernfalls wäre ich nach Portsmouth weitergeritten und hätte dort so lange Alarm geschlagen, bis man dich freilässt.« Der Mann war abgestiegen, trat auf Robert und Finnegan zu und schob sich den Hut aus dem Gesicht. »Fast hätte ich dich nicht erkannt, mit dem blutigen Fetzen um den Kopf.«

»Matt Parmer«, stieß Robert ungläubig hervor. »Du bist wahrhaftig der Letzte, den ich hier erwartet hätte.« Er ergriff die Hand, die sich ihm kameradschaftlich entgegenstreckte, und schüttelte sie fest. Matthew Parmer war ein Freund aus Kindertagen, als sie beide noch auf den Farmen ihrer Eltern gelebt hatten. Später waren sie gemeinsam zur See gegangen und hatten sofort nach Kriegsbeginn auf Schiffen der neuen amerikanischen Marine angeheuert.

»Ich bin Maat auf der *Black Prince*, wenn dir das was sagt«, grinste Parmer.

»Black Prince?« Robert kniff die Augen zusammen. »Habe ich noch nicht gehört. Ein neues Schiff?«

Parmer grinste noch breiter. »Ein Kutter, der früher Schmuggelware transportiert hat und jetzt unter einem Kaperbrief segelt. Als ich hörte, was die Eigentümer und der Captain planten, habe ich um Erlaubnis gebeten, das Schiff wechseln zu dürfen. Wir brauchten von Boston hierher nicht einmal einen Monat und haben seit Juni über dreißig Prisen erobert. Für die Reeder und den Captain ein gutes Geschäft und für uns ebenfalls – wir haben zwar nicht viele Gefangene gemacht, aber doch genug, um einige von euch freizubekommen.«

Eine der Wachen drängte sich mit erhobenem Gewehr heran, aber der Offizier, der mit Parmer gekommen war, hob die Hand, zog ein in Leder eingeschlagenes Schreiben hervor und reichte es dem Leutnant, der den Transport leitete. Dieser faltete das Dokument auseinander, studierte es, salutierte und gab es wieder zurück. Dann winkte er: »Das geht in Ordnung. Wir haben Befehl, die Gefangenen zu übergeben.«

Der Soldat, der Robert und Finnegan schon seit dem Abmarsch vom Gefängnis drangsaliert hatte, trat zurück, aber nicht ohne Finnegan zum Abschied einen so harten Stoß zu versetzen, dass dieser das Gleichgewicht verlor und zu Boden ging.

Robert wandte sich um, und sein ganzer in den letzten Wochen aufgestauter Zorn drohte sich über ihren Peiniger zu entladen. Parmer hielt ihn zurück, als er das Gesicht des Mannes mit seiner Faust bearbeiten wollte. »Bist schon ein alter Teufel, Rob. Aber lass den Mann leben. Am Ende bekommen die das hier in den falschen Hals.« Er sah sich prüfend um. »Wir sollten ohnehin sehen, dass wir von hier wegkommen. Wir haben zwar die Papiere und eine Eskorte, befinden uns aber immer noch im Feindesland.«

Robert machte sich los und kniete neben Finnegan nieder, der sich stöhnend die Schulter hielt. Besorgt blickte er in die Höhe. »Ich brauche einen Wagen.«

Parmer zuckte mit den Achseln. »Habe ich nicht, Robert. Die Leute werden gehen müssen. Aber es ist nicht mehr weit bis Dover, dort warten auf einem französischen Schiff die englischen Soldaten auf den Austausch. Glaubst du, er schafft es noch bis dahin?«

»Natürlich«, ließ sich Finnegan mürrisch vernehmen. »Malcolm am Mast ist ein Anblick, den ich nicht versäumen werde. Aber zuerst sollten wir diese Dinger loswerden.« Er deutete auf die Fußketten.

»Malcolm am Mast? Dann war das wohl doch kein Gerücht, dass dein Bruderherz mit der *Independence* auf und davon ist.«

Robert blickte schnell auf. »Hast du etwas von ihr gehört?«

Sein alter Freund nickte. »Wenn's stimmt, dann segelt sie jetzt zwischen den Westindischen Inseln und macht jede Menge Beute. Allerdings soll der Captain, wie man sagt, es nicht sehr genau nehmen mit Freund und Feind.«

»Verfluchter …«, murmelte Robert grimmig. Seine *Inde-*

pendence! Als Piratenschiff unterwegs! Nein, der Mast war für Malcolm noch zu schade – er würde ihn einfach ins Meer werfen und den Haifischen überlassen. Aber bis zu diesem schönen Tag hatte er noch andere Probleme. »Da sind noch mehr von meinen Leuten, kannst du dafür sorgen, dass sie ebenfalls freikommen? Mit diesen verdammten Ketten kann man ja kaum laufen.«

Parmer wandte sich an den Offizier, und nach einigem Hin und Her wurden jedem Einzelnen der Gefangenen die Fußfesseln abgenommen. Die schweren Eisenringe hatten die Haut dort, wo sie am Bein auflagen, wundgeschürft. Er hatte sich zwar bereits so sehr an den Schmerz gewöhnt, dass er ihn kaum noch bemerkte, aber er streckte sich erleichtert, als er ohne Kette vor Parmer stand.

Finnegan versuchte, sich vom Boden hochzustemmen, und Robert kam ihm rasch zu Hilfe. Seine Wangen waren eingefallen, die Stirn vom Fieber gerötet, und seine Augen hatten einen glasigen Ausdruck. Es war ein Wunder, dass er überhaupt noch bei Bewusstsein war, und es würde wohl nicht mehr lange dauern, bis er endgültig zusammenbrach.

»Er kann auf meinem Pferd reiten«, bot Parmer an.

Robert nickte, und Matthew Parmer wollte das Tier soeben näher heranführen, als sich eine vierspännige Kutsche in Begleitung einiger Soldaten näherte. Da der Weg zu schmal war, um sie neben den Männern durchfahren zu lassen, mussten sich diese auf die Seite drängen und in die sumpfige Wiese ausweichen. Parmer führte sein Pferd ebenfalls an den Rand des Weges und stützte Finnegan, während Robert nachdenklich zu der Kutsche sah, die sich durch den tiefen Schlamm mühte und kaum vom Fleck kam. Das war genau das, was er, oder besser Finnegan, jetzt brauchte. Eine verrückte Idee, zugegeben, aber er hatte schließlich nichts zu verlieren.

Kurz entschlossen trat er zu den Pferden, bevor sie wieder anziehen konnten, und hielt das Zugtier am Zügel fest. »Warten Sie bitte, ich möchte mit dem Besitzer dieser Kutsche reden!«

Der Mann, der neben dem Kutscher auf dem Kutschbock saß, fuhr ihn an. »Hast du den Verstand verloren? Lass sofort das Pferd los!« Er sprach Englisch, aber mit einem fremdartigen Akzent, so, als hätte er jahrelang in Übersee gelebt.

Robert kannte diesen Tonfall von Matrosen, die mit Menschen aus aller Herren Länder gesegelt waren, bis sie ein Kauderwelsch sprachen, und musterte den Mann interessiert, konnte seine Züge unter einem breitkrempigen Hut jedoch nicht erkennen. »Gleich, aber zuerst möchte ich mit dem Besitzer dieser Kutsche sprechen!«

»Was willst du von ihm?«

Robert deutete auf Finnegan, der totenbleich am Pferd lehnte und sich mit letzter Kraft am Sattel festkrallte. »Mein Freund braucht Hilfe. Er ist schwer verwundet und muss nach Dover. Würden Sie ihn in der Kutsche hinbringen?«

»Wir kommen gerade von dort«, erwiderte der Fremde barsch. »Und jetzt verschwinde, sonst …«

Eine weibliche Stimme erklang aus dem Wagen. Der Mann sprang herab und stapfte durch den Matsch zur Tür, wo sich jetzt eine schmale, in weiches Leder gehüllte Hand aus dem Fenster streckte. Er sagte etwas, das Robert nicht verstehen konnte, dann wandte er sich kopfschüttelnd nach ihm um. Die weibliche Stimme ertönte abermals, diesmal bestimmter, und es gab eine kurze, aber heftige Auseinandersetzung, in der die Dame Sieger zu bleiben schien, denn der Mann winkte Robert zu sich heran. Der Vorhang am Kutschenfenster schob sich zurück, und ein eleganter Hut mit einem dichten Schleier kam zum Vorschein.

Robert trat zum Kutschenschlag, fuhr sich unwillkürlich mit der Hand durch sein zerzaustes Haar, soweit es nicht von dem Verband bedeckt war, zog seine zerfetzte Jacke zurecht und räusperte sich. Er sah schlimm genug aus, aber wenn er auf die Lady einen guten Eindruck machte, dann würde es ihm unter Umständen gelingen, seinen Plan durchzuführen.

»Madam, mein Freund ist schwer verletzt. Hätten Sie wohl die Liebenswürdigkeit, ihn nach Dover zu bringen? Er hat dort ärztliche Hilfe und …«

»Madame«, fiel ihm der andere ins Wort, »das sind Gefangene.«

»Aber der Mann ist doch verletzt!« Ihre Stimme klang weich, aber energisch. Auch sie sprach Englisch, ebenfalls mit kaum merklichem Akzent.

Zu Roberts Ärger war einer der Soldaten auf ihn aufmerksam geworden und kam näher. »Hau ab, lass die Lady in Ruhe. Verzeiht den Aufenthalt, Mylady, aber diese Piraten sind unterwegs nach Dover.«

»Hören Sie, M'am«, fuhr Robert schnell fort, bevor der Mann weitersprechen konnte, »meinem Freund geht es sehr schlecht. Er stirbt, wenn er nicht schnell nach Dover kommt.« So wie Finnegan aussah, würde er sich wohl nicht einmal mehr auf dem Pferd halten können, ganz abgesehen davon, dass die harten Stöße beim Ritt ihm wesentlich mehr zusetzen würden als eine Reise in der weich gefederten, luxuriös wirkenden Kutsche. Er versuchte, einen Blick in den Wagen und durch den dichten Schleier, der das Gesicht der Dame verdeckte, zu erhaschen. Sie hatte jung geklungen, sehr weich und anziehend, und Robert, der seit einer halben Ewigkeit keine Frau mehr gesehen hatte, geschweige denn eine Dame wie diese hier, fragte sich unwillkürlich, ob der Rest von ihr das hielt, was die Stimme versprach. Sekundenlang hoffte er, sie würde ihr Gesicht zeigen, aber dann wurde seine Aufmerksamkeit wieder von dem Soldaten abgelenkt, der höhnisch auflachte.

»Ob er jetzt krepiert oder dann gehenkt wird, ist doch völlig egal. Hau ab und lass die Lady in Ruhe.« Er wandte sich an die Dame: »Lasst Euch bloß nicht von dem Kerl anquatschen, Mylady. Das sind ganz miese Burschen. Nur Piraten, die …« Weiter kam er nicht, denn Roberts gut gezielter Faustschlag traf ihn an der Kinnspitze und streckte ihn sofort nieder.

Der Mann fiel mit einem schmatzenden Geräusch in die Sumpfwiese, wobei das lehmige Wasser Roberts Kleidung noch mehr beschmutzte und bis zur Kutsche spritzte. Früher hätte ein solcher Schlag den Mann unbedingt betäuben müssen, aber Robert war wohl geschwächter, als er dachte, denn der Soldat setzte sich sofort wieder auf und wies mit einem heiseren Schrei auf seinen Angreifer. Sofort drängten sich die anderen Soldaten heran, griffen nach ihm und wollten ihn zu Boden stoßen. Robert wehrte sich in dem Handgemenge nach Kräften, und es war vermutlich allein Parmer zu verdanken, der sich zwischen ihn und die anderen drängte, dass Robert nicht auf der Stelle erschossen wurde.

Seine Leute, nun ebenfalls von den Fesseln befreit, kamen drohend näher, und es konnte sich nur noch um wenige Augenblicke handeln, bis sich der gegenseitige Hass entlud. Robert und seine Männer würden in jedem Fall den Kürzeren ziehen, obwohl sie sich in der Überzahl befanden, da die anderen weitaus kräftiger und vor allem bewaffnet waren. Aber daran dachte keiner der ausgemergelten, zornigen Männer, die seit Monaten unter der brutalen Behandlung der Soldaten gelitten hatten. Und jeder von ihnen, allen voran der heißblütig veranlagte Robert, hätte sich ohne zu zögern auf einen Kampf eingelassen, wäre da nicht diese fremde Dame gewesen, die es an der Zeit fand, nun ebenfalls einzugreifen.

Die Männer blieben verblüfft stehen, und Robert wandte sich um, als die Kutschentür geöffnet wurde und eine in kostbares Tuch gehüllte Gestalt heraussprang, ungeachtet des strömenden Regens und des Schlamms, in dem ihre feinen Schühchen sofort versanken. Sie winkte ungeduldig nach ihrem Begleiter. Dieser schüttelte den Kopf, nahm ihren Arm und versuchte, sie wieder in die Kutsche zu drängen, wurde jedoch abgewiesen und kam nach einigen ziemlich energischen Worten seiner Herrin auf Robert zu. »*Madame* ist einverstanden, dass dein Freund in der Kutsche mitfährt. Wir werden wenden und ihn die zwanzig Meilen zurückbringen.« Wieder dieses französische *Madame,* das Robert bereits zuvor aufgefallen war. Der andere ließ ihn stehen, wandte sich wieder seiner Herrin zu und verfrachtete sie diesmal ohne weitere Widerrede in das Gefährt. Dann hielt er die Tür auf und wartete, bis Robert und Parmer Finnegan, der kaum noch allein stehen, geschweige denn gehen konnte, zur Kutsche geschleppt und ihn hineingezogen hatten. Robert stieg mit ihm ein, um den halb Bewusstlosen auf die bequeme Polsterbank zu zerren, und sah sich nicht nur der Lady, die mehr als nur seine Dankbarkeit erweckt hatte, gegenüber, sondern auch einer verschreckten jungen Frau, die ihn mit großen, furchtsamen Augen anstarrte. Sie war hübsch, aber einfacher gekleidet und vermutlich die Zofe oder Gesellschafterin der anderen.

Als er Finnegan, der sich auf die Lippen biss, um nicht laut aufzustöhnen, gut untergebracht hatte, wandte er sich der verschleierten Dame zu. »Meinen herzlichsten Dank, Madam«, sagte er voller Wärme. »Ich werde Ihnen das niemals vergessen, und ich hoffe, dass ich einmal Gelegenheit haben werde, Ihnen Ihre Güte vergelten zu können.«

»Das tue ich gern«, erwiderte die weiche Stimme hinter dem Schleier. »Ihr seid mir keinen Dank schuldig, Sir.«

Er wusste selbst nicht, woher er den Mut nahm, aber er streckte seine verdreckte Hand aus und hielt sie ihr hin. »Mein Name ist McRawley, Madam, Robert McRawley. Gewähren Sie mir noch eine Bitte, M'am, lassen Sie mich Ihre Hand küssen und Ihr Gesicht sehen, damit ich weiß, wem wir das zu verdanken haben.«

»Untersteh dich!«, fuhr ihn der Begleiter der Dame an, der jetzt in den Wagen griff, um Robert am Arm zu packen und wieder hinauszuzerren. Dieser hätte sich unter anderen Umständen eine solche Behandlung nicht gefallen lassen, aber er war viel zu erleichtert, dass sein Freund gut versorgt war, um auch nur mit einer Handbewegung Widerstand zu leisten. Er warf ihrer Retterin einen halb um Entschuldigung bittenden, halb bedauernden Blick zu und kletterte aus der Kutsche. Der andere stieg ein und zog entschlossen die Tür hinter sich zu, während Robert daneben stehen blieb.

Plötzlich tauchte ein Kopf im Rahmen des Fensters auf. Harte graue Augen musterten ihn misstrauisch. »*Madame* erlaubt dir, vorne mitzufahren. Aber benimm dich gut, sonst …«

Das Angebot, den Rest des Weges nicht durch den Schlamm waten zu müssen, sondern bequem auf dem Kutschbock zurückzulegen, mit der Hoffnung, am Ende doch noch einen Blick auf die mysteriöse Unbekannte werfen zu können, war verlockend. Robert überwand jedoch den Drang, so schnell wie möglich aufzuspringen, und schüttelte den Kopf. »Sagen Sie der Lady meinen herzlichsten Dank, aber ich lasse meine Männer nicht allein. Sie würden mich allerdings sehr verpflichten, wenn Sie einen von ihnen mitnehmen würden, damit er sich um meinen Freund kümmert, wenn Sie in Dover angekommen sind.« Der andere winkte nach einem Blick in die Kutsche zustimmend, und Robert bedeutete Smithy, der eine Verletzung am Fuß hatte und mühsam mit einem Stock dahinhumpelte, den Kutschbock zu erklimmen. Dieser ließ sich das nicht zweimal sagen und hatte sich kaum niedergelassen, als der Kutscher auch schon die Peitsche knallen ließ und die Pferde anzogen. Das Gefährt fuhr etwa hundert Schritt weiter, wendete an einem freien Platz und kam dann zurück. Als es an Robert vorbeischaukelte, erblickte er plötzlich ein Gesicht im Fenster.

Es war *sie*. Sie hatte den Schleier ein wenig gehoben, und für wenige Sekunden sah Robert in ein Antlitz, das ihm inmitten all des Elends, Drecks und der Qual erschien wie das eines Engels. Er blinzelte, aber das verschwommene Bild, das ihm seine vom Schmutz entzündeten Augen zeigten, blieb dasselbe. Ein ovales Gesicht, ein kleines Kinn, volle Lippen und große, klare Augen, in denen ein neugieriges Lächeln stand. Dann hatte sich der Schleier auch schon wieder gesenkt, und die Kutsche war vorüber.

2. Kapitel

Martin hatte sich neben den verletzten Gefangenen gesetzt, der in der Ecke lehnte und sich nicht bewegte. Es war ihm nicht verborgen geblieben, dass Vanessa neugierig den Kopf aus dem Fenster gesteckt hatte, um diesem Sträfling zuzulächeln, und er hatte sie mehr oder weniger unsanft zurückgezogen.

Nun saß sie wieder sittsam auf ihrem Platz, ihm gegenüber, und betrachtete den unerwarteten Mitreisenden. »Du musst etwas für den Mann tun«, sagte sie schließlich, »er hat gewiss Schmerzen. Bitte sieh dir doch die Wunde an.«

»Schlimm genug, dass Ihr diese dreckigen Piraten auch noch mitfahren lasst und wir in diesem miesen Wetter, bei dem man kaum durch die Straßen kommt, umkehren«, knurrte ihr treuer Freund und Diener, »aber dass ich den stinkenden Kerl jetzt auch noch verarzten soll, ist zu viel, *Madame.* Außerdem ist Euch wohl die Situation nicht bewusst, in der wir selbst uns befinden. Wir reisen in einem Land, das mit Frankreich Krieg führt! Wir sind hier nur geduldet, und wäre da nicht die einflussreiche Familie Eurer Mutter, so …«

Vanessa schenkte den gerechtfertigten Einwänden kein Gehör, sondern deutete auf Finnegan. »O bitte, Martin, ich weiß, dass du es kannst. Du hast mir auch immer die Knie verbunden, wenn ich sie mir aufgeschlagen hatte.«

Die Stimme seiner Herrin klang so bittend, dass Martin sich über den Mann beugte und vorsichtig den schmutzigen Lappen entfernte, den dieser statt eines Verbands um die Schulter gebunden hatte. Der Geruch von Eiter und verwesendem Fleisch schlug ihm entgegen, und die kleine Zofe, die wegen des Gestanks, den der ungewaschene Mann verbreitete, ein mit Parfüm getränktes Tüchlein an die Nase presste, gab einen entsetzten Laut von sich.

»Sieht schlimm aus, *Madame*«, sagte Martin und griff nach der Wasserflasche, die Vanessa ihm hinhielt. Er benetzte ein sauberes Tuch und reinigte vorsichtig die Wundränder. »Alles entzündet. Es wird nicht mehr lange dauern, und der Brand geht auf die Schulter und den Körper über. Da ist kaum mehr etwas zu machen.«

»Dann versuche es wenigstens, Martin!«, blieb Vanessa hartnäckig. Sie war ein wenig näher gerückt und sah nun mit mehr Mitleid als Ekel auf die Wunde. Zum Glück war der arme Mann bewusstlos und schien die Schmerzen nicht zu spüren. Sie reichte ihrem Freund eine Flasche. »Hier, das ist der Rum, den du mir zuvor gegen die Kälte gegeben hast. Man muss die Wunde desinfizieren.«

»Das hält er nicht aus, *Madame*. Er ist jetzt bewusstlos, wird aber von den Schmerzen aufwachen und randalieren. Ich bräuchte zwei Männer, um ihn zu halten. In der Kutsche geht das nicht.«

Sie hatten Französisch gesprochen und waren nun überrascht, als die heisere Stimme des Fremden erklang. »Ihr könnt das ruhig machen. Die Schmerzen können nicht mehr schlimmer werden, und vielleicht hilft es ja. An Bord nehmen wir auch gelegentlich Rum, wenn einer der Männer verletzt ist.« Er lächelte leicht, als er Vanessas Blick begegnete, die sich schon längst des Schleiers entledigt hatte, während das dichte blonde Haar noch unter dem Hut verborgen blieb.

»Ich wusste nicht, dass Ihr uns versteht«, sagte sie sanft. »Aber Ihr seid sehr tapfer, *Monsieur*.«

»Mein Name ist Finnegan, *Madame*. Jean-Baptiste Finnegan. Meine Mutter war Französin und lebte in New Orleans, bevor sie meinen Vater heiratete, daher spreche und verstehe ich Französisch. Und jetzt tut es bitte, ich verspreche Euch, dass ich nicht randalieren werde.«

Vanessa nickte Martin zu, der mit den Schultern zuckte, den Verschluss der Flasche aufschraubte und sie dem Mann zuerst an die Lippen setzte. Finnegan machte einige gierige Züge, hustete, wobei er sich krampfhaft an die Schulter griff, und nickte Martin dann zu. Dieser goss eine gehörige Portion des hochprozentigen Getränks direkt in die Wunde und auf die sie umgebende Haut. Vanessa fasste mitleidig nach der Hand des Mannes, der zwischen fest zusammengebissenen Zähnen tatsächlich nur ein Stöhnen hören ließ, als der Alkohol mit dem rohen Fleisch in Berührung kam. Schweiß stand auf seiner Stirn und rann ihm über die Augen bis zum Kinn hinunter. Vanessa zog ihr Taschentuch hervor und tupfte ihn zart ab, wobei sie gleich den ärgsten Schmutz mit entfernte. Martin hatte nicht übertrieben, der Mann roch wirklich entsetzlich, aber das war wohl kein Wunder.

Finnegan öffnete die Augen und sah sie mit einem verzerrten Lächeln an. »Ihr seid sehr hübsch, *Madame*. Kein Wunder, dass mein Captain Euch sehen wollte. Und Ihr seid auch sehr gütig. Eine andere Dame hätte es nicht geduldet, dass ein dreckiger und verlauster Gefangener in ihren Wagen steigt. Euer Freund hat schon recht, ich muss entsetzlich auf Euch wirken. Aber wir waren froh, wenn wir Wasser zum Trinken bekamen, da war an Waschen nicht zu denken.«

»Darüber solltet Ihr Euch jetzt keine Gedanken machen«, erwiderte Vanessa. »Nicht mehr lange, und Ihr könnt in Dover ausruhen. Ich werde dafür sorgen, dass Ihr sofort in ein Hospital kommt.«

»Die Engländer werden wohl kaum zulassen, dass einer von uns ihr Krankenhaus auch nur betritt.«

Vanessa blickte ihn voller Mitgefühl an. »Stimmt es, was der Mann gesagt hat … Ich meine … seid Ihr tatsächlich verurteilt?«

Finnegan verzog den Mund zu einem schmerzerfüllten Grinsen. »Wenn es nach denen ginge, schon, Madam. Wenn ich nicht an dieser Verletzung krep… Verzeihung, sterbe, dann habe ich aber vielleicht gute Chancen, meine Heimat wiederzusehen.«

»Ihr stammt aus New Orleans?«, fragte Vanessa weiter.

»Meine Mutter kam von dort. Geboren wurde ich in New York, das liegt …«

»An der Ostseite dieses Kontinents«, vervollständigte Vanessa lebhaft seinen Satz. »Mein Onkel hat eine Zeitlang dort gelebt, bevor er nach Jamaika zog, um …«

»*Madame,* das dürfte den Mann wohl kaum interessieren«, wurde sie von Martin unterbrochen.

Vanessa lächelte verlegen. »Vermutlich nicht. Außerdem solltet Ihr ruhen«, fügte sie mit einem Blick in das eingefallene Gesicht des Gefangenen hinzu. »Ich wollte Euch nicht mit meinen Fragen quälen.«

»Das tut Ihr gewiss nicht«, erwiderte Finnegan, schloss jedoch die Augen, während er sprach. Die Schmerzen waren, seit er frisch verbunden worden war, nicht schlimmer geworden, und obwohl der brennende Alkohol ihm fast die Besinnung geraubt hatte, fühlte er Erleichterung. Was auch daran liegen mochte, dass die Fahrt in der Kutsche wesentlich angenehmer war als der kaum zu bewältigende Fußmarsch über die schlammigen Wege. Zudem machte sich der Rum wärmend in seinem Magen bemerkbar.

»Ihr werdet sicherlich hungrig sein«, fiel Vanessa ein, als sie das ausgemergelte Gesicht betrachtete. »Suzanne, reich mir den Beutel mit dem Proviant herüber.« Ihre Zofe saß immer noch so weit wie möglich entfernt und hielt sich das Tuch vors Gesicht. Sie war ganz grün um die Nase, und Vanessa konnte nur vermuten, dass der Zustand der ohnehin schon reiseanfälligen jungen Frau sich noch erheblich verschlechtert hatte. Dabei hatten sie schon längst auf beiden Seiten die Vorhänge von den Fenstern geschoben, und mit dem Regen kam auch frische Luft herein. Suzanne war im Moment jedenfalls alles andere als eine Hilfe. Martin griff nach der Ledertasche, öffnete sie und zog ein Stück Brot und Käse heraus. Er schnitt einige Scheiben herunter und reichte sie Finnegan, dessen Hände vor Fieber und Schwäche so zitterten, dass er das Essen kaum halten konnte. Martin hielt ihm ohne ein Wort nochmals die Flasche hin. Finnegan nahm einige tiefe Schlucke und sah Vanessa dann aus geröteten Augen an.

»Madam, wenn Ihr Eure Güte noch vergrößern wollt, dann gebt meinem Freund auf dem Kutschbock ebenfalls etwas ab. Er hungert schon genauso lange wie ich.«

Auf Vanessas Wink hin öffnete Martin das kleine Fenster zum Kutscher und reichte Smithy nicht nur Käse und Brot, sondern auch die Rumflasche hinaus. Der starrte sekundenlang darauf, bevor er hastig zugriff. »Gottes Dank für Sie, Sir«, sagte er, bevor er die Flasche an den Mund setzte und dann gierig ein Stück Brot hineinstopfte. Martin schloss das Fenster wieder und sah mit hochgezogenen Augenbrauen auf Vanessa, die ihn sichtlich zufrieden anlächelte.

3. Kapitel

Robert kam mit den anderen Gefangenen und Parmer erst gegen Abend des nächsten Tages in Dover an. Er und seine Leute wurden sofort auf eines der Schiffe gebracht, das sie an die französische Küste bringen sollte, wo die *Black Prince* vor Anker lag. Er wollte kaum seinen Augen trauen, als er auf Finnegan und Smithy traf, die ihn bereits ungeduldig erwarteten. Beide waren nicht wiederzuerkennen. Sie glänzten förmlich vor Sauberkeit, trugen einfache, aber ordentliche Kleidung und ein breites Grinsen im Gesicht. Finnegan, dessen Verwandlung noch viel mehr ins Auge stechen musste, hatte seinen Bart wieder auf ein gepflegtes Maß zurechtgestutzt, und Robert bemerkte voller Freude, dass sein Freund bei weitem nicht mehr so tödlich erschöpft und sterbenskrank aussah wie noch vor zwei Tagen. Obwohl er zuvor auf einer Bank an der Schiffswand gesessen hatte, stand er beim Eintreten seines Captains etwas zittrig auf und ging ihm entgegen, um ihm die Hand zu schütteln. Sein rechter Arm war in einer Schlinge, und Robert ergriff die ausgestreckte Linke, um sie herzlich zu drücken.

»Finnegan, alter Pirat …« Er musste sich räuspern, bevor er weitersprechen konnte. Auf dem Weg hierher hatte ihn die Angst um seinen Ersten Maat und Freund verfolgt, der bei ihrer Trennung mehr tot als lebendig gewesen war, und er hatte das Schiff in der Befürchtung betreten, einen Sterbenden vorzufinden. Und jetzt stand er hier vor ihm, lachte und schüttelte ihm die Hand!

»Hatten Sie gedacht, ich wäre schon Fischfutter?«, grinste Finnegan. »Nein, Captain, die Vorstellung, Malcolm an der Rah baumeln zu sehen, hat mich wieder aufgerichtet. Aber vor allem war es die Lady, die Sie bezirzt haben, Sir. Sie hat dafür gesorgt, dass ihr Diener meine Wunde reinigte und frisch verband, und dann hat sie mich, als ich zu schwach war, um selbst zu essen, sogar gefüttert.« Er lächelte. »Sie ist übrigens bildhübsch, Captain. Eine wahre Augenweide.«

»Alter Weiberheld«, brummte Robert, dem diese Dame in den Minuten, in denen er weder an Finnegan noch daran gedacht hatte, was er mit seinem Bruder tun würde, nicht aus dem Kopf gegangen war. Dabei hatte er nur einen ganz kurzen Blick auf ihr Gesicht werfen können. Im Grunde genommen zu kurz, um einen Mann, der nichts anderes im Sinn haben sollte als seine Leute und sein Schiff, derart beeindrucken zu dürfen, dass er auf dem Weg hierher zwischen Angst um Finnegan und Tagträumen über diese Frau geschwankt war. Abgesehen davon, dass eine Lady wie sie ohnehin keinen zweiten Blick auf einen Schiffscaptain werfen würde, der nichts besaß außer seiner angekratzten Ehre.

»Ich? Ein Weiberheld?«, fragte Finnegan mit hochgezogenen Augenbrauen. »Ich? Der ich seit fast fünfzehn Jahren ein biederer Ehemann bin? Und wer hat die Lady denn angequatscht? Sie oder ich?«

Robert ging nicht darauf ein, sondern zupfte ironisch an Finnegans Jacke. »Fein haben Sie sich herausgeputzt. Ich hätte Sie fast nicht wiedererkannt.«

»Von der Lady«, erwiderte Finnegan seelenruhig, als wäre es die selbstverständlichste Sache der Welt. »Sie hat darauf bestanden. Und dann hat sie mir noch Geld dagelassen, damit ich für *mich und meine Freunde* was Ordentliches zu essen kaufen kann.« Er deutete mit dem Kopf zu Smithy, der die anderen ausgiebig begrüßt, Hände geschüttelt und auf Schultern geklopft hatte und jetzt herüberhumpelte. »Unser neuer Koch hat ganze Körbe voll Leckereien an Bord bringen lassen.« Er zwinkerte Robert zu. »Die Dame glaubt vermutlich immer noch, was diese Missgeburt von englischem Soldaten ihr gesagt hat, nämlich dass wir Piraten sind, die über kurz oder lang hängen werden. Sie wollte uns die letzten Tage so schön wie möglich machen.« Er hatte ein warmes Lächeln in den Augen. »Eine ganz besondere Lady, Captain.«

Robert staunte. Vor seinem geistigen Auge stieg wieder dieser kurze Moment auf, in dem er in ihr Gesicht geblickt hatte. Der regenverhangene Himmel war zu dunkel gewesen, um Einzelheiten zu erkennen, aber in diesem Augenblick hatte er gewusst, dass er diese Frau nie wieder würde völlig vergessen können.

4. Kapitel

Vanessa saß wegen der Hitze an Deck des Schiffes, geschützt unter einem großen Hut, den Schleier zurückgeschlagen, und genoss die Brise und das Schlagen der Wellen an den Schiffsrumpf. Sie hatte die letzten Monate vor dem Tod ihres Mannes fast ausschließlich an dessen Bett verbracht, sich kaum von dem schmerzhaften Verlust erholen können und fühlte nun, in ihrer immer noch wachen Trauer um Albert, diese Reise als eine höchst willkommene Ablenkung. Das Schiff brachte sie fort, in ihre neue Heimat, und Vanessa konnte viele Stunden damit verbringen, an Deck oder in ihrer Kabine zu sitzen und sich auszumalen, wie es auf der Zuckerrohrplantage ihres Onkels auf Jamaika sein würde. Sie hatte eine ganze Tasche voll Berichten über die Westindischen Inseln, die ihr halfen, sich ein Bild von ihrem zukünftigen Leben in den Kolonien zu machen.

Sie konnte es selbst noch nicht fassen, dass sie ihr Heim verlassen hatte und unterwegs in ein neues Land und in eine Zukunft war, die sich so völlig von allem unterschied, was sie bisher gekannt hatte. Aber nach einiger Überlegung und durch den Druck eines unerwünschten Verehrers, der in der jungen Witwe eine leichte Beute gesehen hatte, war es ihr nicht schwergefallen, die Einladung des einzigen Bruders ihrer Mutter anzunehmen und in die englischen Kolonien auf der anderen Seite des Atlantischen Ozeans zu reisen. Martin war anfangs zwar vehement gegen diesen Plan gewesen, hatte sie eindringlich vor Gefahren gewarnt, deren Schilderungen allerdings nur ihre abenteuerlustige Phantasie erregten, und hatte am Ende schließlich seufzend nachgegeben.

Das Interesse des Herzogs an ihr war auch ihm nicht verborgen geblieben, und er hatte dessen Versuche, Vanessa unter seinen Einfluss zu bringen, mit immer größerer Besorgnis beobachtet. Wäre der Herzog unverheiratet gewesen, so hätte Martin die Bemühungen um seinen jungen Schützling wohl mit mehr Wohlwollen betrachtet, so jedoch war der hartnäckige Verehrer ein alternder Lebemann mit einer Frau und drei Kindern und hatte nichts anderes im Sinn, als die weitgehend schutzlose junge Witwe zu verführen und als seine Geliebte zu missbrauchen.

Also hatte Vanessa schließlich Anweisung gegeben, ihre Koffer zu packen, und hatte das Schloss in Chastel de Provence in der Obhut des treuen Beschließerehepaares zurückgelassen. Sie waren zuerst nach Calais gereist, hatten den Kanal mit einem altersschwachen Fährschiff überquert und sich dann mit einer Kutsche, für die ihre englische Familie gesorgt hatte, auf den Weg nach Portsmouth gemacht.

Die Reise war zügig vorangegangen, bis sie etwa zwanzig Meilen nach Dover auf diesen Gefangenentransport getroffen waren. Der misstrauische und um sie besorgte Martin hatte den Verletzten erst gar nicht mitnehmen wollen, aber Vanessa hatte darauf bestanden. Aus Mitleid mit dem Kranken, der aussah, als würde er jeden Moment zusammenbrechen, und – auch wenn sie sich eher die Zunge abgebissen hätte, als es ihrem treuen Diener gegenüber einzugestehen – nicht zuletzt wegen dieses anderen. Ihre Gedanken schweiften wieder ab, wie so oft. Ein verlauster Mensch war er gewesen, zugegeben, aber er hatte etwas in seiner Stimme und in seinen Augen gehabt, das sie beeindruckt hatte, und das Lächeln, mit dem er sie ganz kurz angesehen hatte, war trotz der Schmutzschicht auf seinem Gesicht anziehend gewesen.

Vanessa riss sich aus ihren Träumen. Das war vorbei, Vergangenheit. Sie war nun hier, an Bord eines der großen Handelsschiffe, das neben den wenigen Passagieren vor allem Waffen und Handelsgüter für die westindischen Kolonien mit sich führte, und würde, wenn der Wind günstiger wurde, in wenigen Tagen Jamaika erreichen. Dort, im Hafen von Kingston, wollte ihr Onkel sie persönlich abholen und zu seinem Besitz geleiten. Die Reise war bisher ruhig und mit schönem Wetter verlaufen, und es hatten sich nicht einmal die gefürchteten Kaperfahrer blicken lassen, vor denen man allgemein solche Angst hatte.

Sie senkte den Kopf und beschäftigte sich wieder mit dem Brief, den sie – wohl schon zum hundertsten Male – las.

Es war Alberts Abschiedsbrief. Er musste ihn seinem Sekretär diktiert haben, als er schon im Sterben lag und wusste, dass er nur noch wenige Tage zu leben hatte. Es war ein sehr liebevolles Schreiben, ganz wie Albert selbst es auch gewesen war. Voller Zuneigung seiner jungen Frau gegenüber, die er gehütet hatte wie seinen Augapfel.

Vanessas Mutter war kurz nach ihrer Geburt gestorben, und sie hatte mit ihrem Vater, einem englischen Diplomaten, in Paris gelebt. Ein hinterhältiger Überfall bei einer seiner Fahrten in die Provinz hatte auch ihn das Leben gekostet, und Vanessa war, kaum vierzehnjährig, ganz allein dagestanden. Da hatte sich ein alter Freund ihres Vaters ihrer erbarmt. Er hatte das eigenwillige und nicht besonders reizvolle halbe Kind zu sich genommen, für seine Erziehung gesorgt, aus einem wilden, ungestümen Ding eine junge Dame gemacht und sie schließlich an ihrem achtzehnten Geburtstag geheiratet. Vanessa hatte Albert schon als Kind gemocht und war ohne zu zögern damit einverstanden gewesen, später seine Frau zu werden. Der große Altersunterschied hatte sie niemals gestört. Albert war ein sehr jugendlicher Mann gewesen, dem man nicht ansah, dass er bei seiner Heirat schon in den Fünfzigern war, und der ihr tiefe Zuneigung und ein sicheres, behagliches Heim geschenkt hatte. Das war vor neun Jahren gewesen.

Und jetzt war er tot.

Vanessa senkte den Kopf tief über den Brief. Einige Tränen fielen darauf, und sie tupfte sie hastig mit ihrem zarten Taschentuch fort, bevor die Tinte zerfließen konnte.

Albert. Sie hatte nicht nur ihm Liebe gegeben, sondern ein Vielfaches davon von ihm empfangen. Sie erinnerte sich an ihr Zusammenleben, bevor er sie zu seiner Frau gemacht hatte. Er war wie ein liebevoller Vater gewesen, ein Freund. Und dann, eines Tages, kurz vor ihrem achtzehnten Geburtstag, hatte er sie zu sich rufen lassen. Sie hatte in einem dieser bequemen Lehnstühle vor dem Kamin in seiner Bibliothek gesessen, während er selbst unruhig hin und her gelaufen war. Schließlich war er vor ihr stehen geblieben und hatte sehr ernst auf sie hinuntergesehen.

»Vanessa, meine Liebe«, hatte er gesagt, »du lebst nun seit vier Jahren bei mir im Haus und hast mir mit deiner munteren, lebhaften Art viel Freude bereitet. Ich weiß, dass du nur einen Freund deiner Familie in mir siehst, der dir väterlich zugetan ist, aber …« Er hatte kurz innegehalten und dann hastig weitergesprochen, so als müsse er die nächsten Worte schnell hinter sich bringen, »… aber könntest du dir vorstellen, mich als etwas anderes zu sehen als nur einen verlässlichen Freund, mein Kind?«

Sie hatte groß zu ihm aufgeblickt und zuerst nicht verstanden, was er mit seinen Worten gemeint hatte. Zu lange kannte sie ihn schon, seit ihrer Kindheit, und immer war er ihr wie ein guter Onkel vorgekommen, der beste Freund ihres Vaters. Und nun …

»Was ich dir vorschlagen will, Vanessa«, hatte er, als ihm das Schweigen schließlich zu lange gedauert hatte, weitergesprochen, »ist, meine Frau zu werden. Es … es gäbe dir Sicherheit, mein Kind. Deine Stellung in diesem Haushalt wäre dann nicht länger die eines Mündels, sondern die einer Hausherrin. Ich bin nicht mehr jung, Vanessa, ich habe nicht mehr mein ganzes Leben vor mir so wie du, aber ich möchte dich beschützen. Auch über den Tod hinaus. Und das kann ich nur, wenn du meine Frau wirst und damit Anspruch hast auf alles, was auch mein ist. Auch würde dich diese Heirat zu einer Französin machen.«

»Aber ich bin Französin!«, hatte sie erstaunt ausgerufen.

Albert hatte gelächelt. »Ja, du bist hier aufgewachsen, Französisch ist deine Muttersprache, aber deine Eltern waren Engländer. Selbst wenn ich dir mein Vermögen vererbte, könnte man dir nach meinem Tod alles streitig machen. Frankreich und England waren niemals über längere Zeit hinweg enge Freunde, wie du weißt.«

Sie hatte schließlich genickt, fassungslos über das Angebot, das ihr hier gemacht wurde. Sie hatte bisher keinen Gedanken daran verschwendet, dass sie eines Tages nicht mehr mit ihm leben würde, dass sie nur eine Fremde war, ohne verwandtschaftliche Beziehung zu ihrem väterlichen Freund. Aber nun begann sie plötzlich zu ahnen, dass dieses schöne Leben eines Tages zu Ende sein könnte.

Sie war betroffen gewesen über die Freude in Alberts Augen, als sie seinem Vorschlag zugestimmt hatte. Er hatte sich vor sie hingekniet, ihre Hand genommen und zärtlich geküsst. Es war das erste Mal gewesen, dass seine Lippen sie berührt hatten …

Eine junge Stimme schreckte Vanessa aus ihren Erinnerungen. »Darf ich etwas für Sie tun, Mylady?« Sie sah hoch und blickte in die braunen Augen von Jack, einem der Schiffsjungen. Sie hatte sich schon früher mit ihm angefreundet, aber seit sie ihn vor einer grausamen Bestrafung durch den Captain gerettet und ihn sogar losgekauft und in ihren Dienst genommen hatte, verfolgte er sie wie ein Hündchen. Meist war er zu schüchtern, sich ihr zu nähern, saß nur in einiger Entfernung da und lächelte jedes Mal, wenn ihr Blick seinen traf. Und gelegentlich – so wie jetzt – kam er heran und fragte nach ihren Wünschen. »Nein, danke, Jack, aber es ist sehr liebenswürdig von dir.« Ein letzter bewundernder Blick, dann war er fort, und Vanessa lächelte still vor sich hin. Sie war diese Reaktion auf ihr Aussehen schon gewohnt, und in Jacks Verehrung mischte sich dazu noch Dankbarkeit.

In ihren eigenen Augen war sie keine schöne Frau und wohl nichts weniger als jene Art von Schönheit, die in Paris bewundert wurde, aber ihr Haar war gewiss außergewöhnlich und auffallend. Es hatte die Farbe goldglänzenden Weizens und fiel, wenn sie es offen trug, voll und lockig bis weit über ihre Schultern fast bis zu den Hüften. Albert hatte ihr Haar geliebt. Er war oft am Abend zu ihr ins Zimmer gekommen, hatte ihre Zofe hinausgeschickt, mit eigener Hand die Nadeln aus den schweren Flechten gezogen, sie ausfrisiert und dann mit der Elfenbeinbürste durch die Locken gestrichen, bis sie glänzten.

Rührung stieg in ihr auf, als sie daran dachte, wie er am Tag der Hochzeit, nachdem die Gäste das Haus verlassen hatten, zu ihr gekommen war.

»Meine liebste Vanessa«, hatte er gesagt, »du hast mich mit deinem Vertrauen heute zu einem sehr glücklichen Mann gemacht. Ich schwöre dir, dass ich dieses Zutrauen niemals enttäuschen werde. Du bist alt genug und hast vermutlich von deiner Amme oder einer Freundin schon gehört, was es bedeutet, verheiratet zu sein, einem Mann anzugehören. Es wäre mir …«, er atmete tief ein, zögerte, »… ich wäre überglücklich, wenn du dich jemals entscheiden könntest, mit mir zu leben wie Mann und Frau. Ich werde dich jedoch niemals zwingen oder dich auch nur zu überreden versuchen, wenn du es nicht wünscht. Dazu ist mir«, hatte er mit einem schmerzlichen Lächeln gesagt, »der Altersunterschied zwischen uns beiden zu sehr bewusst. Aber ich werde dir den Hof machen, meine geliebte junge Frau, und dich umwerben. Und wenn du eines Tages das Bett mit mir teilen willst, so wird dies für mich die Krönung unseres Zusammenlebens sein.«

Er hatte sie zart auf die Stirn geküsst, liebevoll in die Arme genommen und leicht an sich gedrückt. Sie hatte sich dieser unschuldigen Zärtlichkeit hingegeben und sich vertrauensvoll an ihn gelehnt, aber plötzlich hatte er sie losgelassen und war schwer atmend einige Schritte zurückgetreten. Als er seinen Schlafrock verlegen eng vor dem Körper zusammenzog, hatte sie bemerkt, dass sich der Stoff leicht nach vorne wölbte, und sie hatte – ungeachtet der Ungehörigkeit ihres Verhaltens – nicht ihren Blick davon lösen können. Albert hatte dann fast fluchtartig ihr Zimmer verlassen, und Vanessa hatte sich nachdenklich auf die samtüberzogene Bank vor ihren Frisierspiegel gesetzt und sich in dem Glas betrachtet. Schließlich war sie entschlossen aufgestanden, in die Garderobe gegangen, die beider Schlafzimmer miteinander verband, und hatte an seine Tür geklopft. Auf sein ›Herein‹ hin war sie eingetreten.

Er war am Fenster gestanden und hatte hinaus in die Nacht geblickt. Das Zimmer lag im Dunkeln, nur eine Kerze brannte auf der Kommode gegenüber dem Bett.

»Vanessa?« Niemals würde sie den Ausdruck in seiner Stimme vergessen. Zuneigung hatte darin gelegen, eine fast schmerzliche Hoffnung, atemlose Spannung.

»Ich will mit dir leben«, hatte sie leise gesagt, dabei ihre Hände gehoben und ihr Haar gelöst, das wie ein goldener Schleier um ihre Schultern fiel. »Ich will mit dir leben wie Mann und Frau.«

Albert war sekundenlang wie erstarrt dagestanden, dann war er langsam auf sie zugekommen. Seine dunklen Augen waren voller Wärme und Freude gewesen und etwas, das sie hatte erzittern lassen. Er war ein gutaussehender Mann, trotz seiner fast fünfundfünfzig Jahre, mit dunklem Haar, das nur an den Schläfen stark ergraut war, einem beinahe faltenlosen Gesicht und einer schlanken, vom Reiten durchtrainierten Gestalt. Sie hatte ihren Blick von seinem Gesicht nach unten gleiten lassen, über seine Brust, seinen Bauch … und diese erregende Wölbung, die wie ein Versprechen war.

Sie war achtzehn Jahre und kein Kind mehr. Sie hatte Bedürfnisse, auch wenn sie diese nicht einmal einer engen Freundin gegenüber ausgesprochen hätte. Aber in den Sommernächten, wenn die Luft stillzustehen schien und sie wegen der Hitze nur mit einem leichten Seidennachthemd bekleidet im Bett gelegen war, dann hatte sie Wünsche gehabt. Erregende, sinnliche Phantasien, die nach Erfüllung suchten.

Und jetzt stand sie hier. Vor dem Mann, der ihr angetraut worden war. Ein Mann aus Fleisch und Blut. Sie zitterte vor Erregung, als Albert an sie herantrat. »Du machst mich damit sehr glücklich, Vanessa. Mehr, als ich dir sagen kann.«

Er strich sanft über ihr Haar, ließ seine Hände dann abwärts gleiten, ohne den Blick von ihrem errötenden Gesicht zu nehmen, und öffnete die Schnur, mit der ihr Schlafrock zusammengehalten wurde. Sie trug nichts darunter und sah, wie er unwillkürlich den Atem anhielt, als ihre bloßen Brüste offen vor ihm lagen. Er zog seine Hände zurück, ließ seinen Blick weitergleiten, über ihren Bauch, das dunkelblonde Dreieck ihrer Scham und zu ihren Beinen.

»Du bist wunderschön, Vanessa«, sagte er mit heiserer Stimme. »Und ich danke dir, dass du dich mir schenkst.«

Sie lächelte ihn an, voller Erregung und Erwartung, und schloss die Augen, als er den Schlafrock von ihren Schultern schob. Der seidige Mantel fiel mit einem fast unhörbaren Geräusch zu Boden, und dann fühlte sie seine Hände auf ihrem Körper. Vorsichtig, sanft, zärtlich glitten seine Finger von ihrem Hals abwärts über ihre Brüste, und sie hörte, wie sich sein Atem beschleunigte. Er zog sie an sich, und dann – endlich – legten sich seine Lippen auf ihre. Sein hoch aufgerichtetes Glied stieß an ihren Bauch, als er sie küsste, mit zurückhaltender, reifer Leidenschaft. Sie gab dem Druck seiner Lippen nach, öffnete den Mund vorsichtig etwas weiter und fühlte seine Zunge zwischen ihre Zähne dringen, ganz behutsam, um sie nicht zu erschrecken. Seine Hände, mit denen er sie an sich drückte, streichelten fast unaufhörlich über ihren Rücken, erregten sie auf eine Weise, mit der sie niemals gerechnet hatte. Als ihre Knie nachgeben wollten, legte auch sie die Arme um ihn und hielt sich an ihm fest.

Der Kuss schien endlos zu dauern. Albert war ein erfahrener Mann, der eine junge, sehnsüchtige Frau allein schon mit seinen Lippen erregen konnte. Seine erste Gattin war vor vielen Jahren gestorben, und er hatte niemals mehr geheiratet, jedoch zweifellos noch so manche schöne *Madame* im Arm gehalten. Zwar hatte sie, seit sie in sein Haus gekommen war, niemals bemerkt, dass er Besuche von Damen erhielt, aber sie wusste, dass er des Abends oft ausging, und hatte eine Bemerkung eines der Zimmermädchen aufgeschnappt, der sie entnommen hatte, dass er seine Mätresse aufsuchte.

Sie war enttäuscht, als er schließlich seine Lippen von ihren löste, aber sie blickte in seine dunklen Augen, die voller Verlangen waren. »Komm, meine Geliebte«, flüsterte er an ihrem Ohr. Sie folgte ihm zu seinem Bett, das breit und einladend an der gegenüberliegenden Wand stand, und legte sich darauf nieder. Ihr Haar fiel über die Seidenkissen, und er sah sie bewundernd an, bevor er sich neben ihr niederließ. Seine Hand streichelte ihren Körper, gefolgt von seinen Lippen. Sie atmete zitternd ein, als sein Mund ihre Brust berührte und leicht saugend an der Spitze verweilte, während seine Hand über ihren Bauch tiefer glitt und ihre Hüften streichelte.

Sie gab nach, als sie seine Liebkosungen zwischen ihren Schenkeln fühlte, öffnete ein wenig die Beine, spürte seine Finger tiefer dringen. Ein Beben ging durch ihren Körper, als er Stellen berührte, die – außer ihren eigenen scheuen Fingern – noch niemand zu ertasten gewagt hatte.

Und sie genoss es. Mit allen Sinnen. Seine Lippen, die abwechselnd mit den ihren spielten und sich dann wieder ihren Brüsten, ihren Armen, ihrem Hals zuwandten, seine streichelnde Hand, seine Finger, die mit wissender Sicherheit die empfindlichsten Punkte ihrer Scham berührten. Sanft, vorsichtig und doch so überwältigend, dass Vanessa jedes Zeitgefühl verlor und sie willig die Beine weiter öffnete, als er sich auf sie legte. Er hatte in der Zwischenzeit, sie wusste nicht mehr wann, seinen Schlafrock abgelegt, und sie strich neugierig über seine Schultern und seine Brustwarzen, die zu ihrem Entzücken unter ihren Fingerspitzen hart wurden. Seine Brust war schmal und nicht sehr muskulös, aber sie war warm, und seine Haut reagierte auf ihre Berührung.

Sie sah ihm in die Augen, als er sich langsam auf sie senkte. »Ich werde vorsichtig sein, meine kleine Vanessa. Hab keine Angst.«

»Ich habe keine Angst«, erwiderte sie zitternd, als sie sein Glied zwischen ihren Schamlippen fühlte. Er erhöhte den Druck, sie hielt sekundenlang den Atem an, ein heißer Stoß, und dann war er in ihr. Sie hatte überrascht aufgeschrien, einen kurzen Schmerz gefühlt, aber dann war es auch schon vorbei, und das Gefühl völliger Vereinigung überwältigte sie so sehr, dass sie kaum begreifen konnte, was mit ihr geschah. Er verweilt zuerst ruhig in ihr, küsste und streichelte sie zärtlich, bevor er etwas in ihr auslöste, das sie sich in ihren kühnsten Phantasien nicht ausgemalt hatte. Die Welt um sie herum versank, all ihr Denken und Fühlen reduzierte sich nur auf ihren Körper und den ihres Mannes, der sich in ihr bewegte, sie verließ, wieder in sie eindrang, sanft und behutsam, sichtlich mit Genuss, voll verhaltener Glut.

Als er sich später aus ihr zurückzog, wollte sie ihn halten, er lächelte jedoch nur und küsste sie liebevoll. »Für heute ist es genug, meine süße kleine Frau.« Er blieb neben ihr liegen, streichelte über ihr Haar, ihren Körper. »Du bist bezaubernd, Vanessa, und du wirst eine wundervolle Geliebte sein.«

»Habe ich alles richtig gemacht? Ich weiß doch noch kaum etwas«, hauchte sie.

»Du weißt schon viel«, lächelte er, »und ich werde dich alles Weitere lehren.«

Vanessa hatte schon längst Alberts Brief zusammengefaltet und ihn in ihre Rocktasche gesteckt und sah nun sinnend und in Erinnerungen verloren über das Meer. Er hatte sie wahrlich viel gelehrt, sie sachte und liebevoll in die Freuden der körperlichen Liebe eingeführt und ihre Lust erweckt. Albert war ein großartiger Liebhaber gewesen, voller Rücksichtnahme, und was seine Jahre ihm nicht mehr an Leidenschaft erlauben wollten, hatte er durch Zärtlichkeit wettgemacht.

Ihr Blick verlor sich in der Unendlichkeit der See, und ihre Gedanken wanderten – wie so oft – mit den Wellen zurück, zu der schmutzigen Landstraße zwischen Dover und Portsmouth. Zu diesem verdreckten Matrosen, seinen Augen, deren Farbe sie in der Dunkelheit der Kutsche nicht hatte ausmachen können, deren Ausdruck sie aber immer noch gefangen hielt. Neugier hatte darin gelegen, Dankbarkeit und etwas, das ihren Körper hatte erbeben lassen: Begehren.

Sie hatte trotz Martins Protest nach dem Wenden der

Kutsche den Vorhang einfach zur Seite schieben müssen, um nochmals einen Blick auf ihn zu werfen. Schmutzig war er gewesen, durch und durch verlaust vermutlich, ein bisschen unverschämt. Aber insgeheim hatte sie seit diesem Moment begonnen, sich zu fragen, wie er wohl frisch gewaschen und rasiert aussehen mochte, mit sauberer Kleidung und diesem Lächeln, das sie trotz des ungepflegt wuchernden Bartes sofort für ihn eingenommen hatte.

Sie atmete tief durch, als würde sie seinen Blick auch jetzt wieder fühlen, und eine wohlige Wärme stieg in ihr auf. Wie ein körperliches Streicheln war sein Blick gewesen, fast so, als hätten seine Hände – zerschunden und schmutzig – sie tatsächlich berührt. Sie hatte den Ausdruck nicht mehr vergessen können, und auch jetzt erfasste sie bei der Erinnerung sinnliche Erregung. Es war schamlos von ihr, dass ihre Träume – kurz bevor der Schlaf ihr das Bewusstsein raubte – sie in seine Arme führten. In die Arme eines Mannes, den sie nie wiedersehen würde, der vielleicht längst tot war.

Aber vielleicht, dachte sie, *ist das auch besser so. So bleibt es ein Traum, der nur mir gehört. Und von dem keiner jemals erfahren wird.*

Vanessa hatte sich schon vor Sonnenaufgang aus ihrer Kajüte an Deck begeben. Sie stand nun an der Reling und beobachtete, wie die Sonne am Horizont höher stieg. Eine trübe Stimmung erfasste sie. Sie dachte plötzlich an ihre Eltern, die sie verloren hatte. Und vor allem an Albert. Tränen traten ihr in die Augen, und sie wischte sich verstohlen darüber. Sein Tod war nicht unvorbereitet für sie gekommen, aber obwohl er sie nun schon vor über einem Jahr verlassen hatte, vermisste sie ihn immer noch. Sie sehnte sich nach seinem nachsichtigen Lächeln, mit dem er ihr manchmal stürmisches Temperament im Zaum gehalten hatte, seinen liebevollen Umarmungen, der Wärme seiner Zuneigung, die sie in den vergangenen Jahren begleitet hatte. Albert war ein ernster Mann gewesen, hatte jedoch an der freien, unbeschwerten und fröhlichen Art seiner jungen Frau Gefallen gefunden.

»Ein trostloser Anblick, nicht wahr, *Madame*«, erklang eine ruhige Stimme neben ihr, und sie zuckte wie ertappt zusammen. Martin war unbemerkt von ihr neben sie getreten und blickte nun ebenfalls nach Osten, wo die Strahlen kräftiger wurden. »Man könnte fast schwermütig werden«, fügte er hinzu. »Aber es wird gleich besser. Wenn die Sonne aufsteigt, vertreibt sie nicht nur die Dunkelheit, sondern auch die traurigen Gedanken.«

Vanessa legte ihre Hand auf seinen Arm, mit dem er sich auf der Reling aufstützte. Er wandte sich ihr lächelnd zu, und Vanessa fühlte, wie die väterliche Zuneigung in seinen Augen ihr Inneres, das soeben noch traurig und kalt gewesen war, erwärmte. Sie kannte Martin seit ihrer Kindheit; ihr Vater hatte ihn einmal von einer seiner Reisen mitgebracht. Ihre Mutter, die damals noch gelebt hatte, war dem neuen Diener ziemlich reserviert begegnet. Aus einem unbekannten Grund hegte sie eine gewisse Abneigung gegen diesen etwas finsteren, wortkargen Mann, der in den Augen ihres Vaters jedoch eine besondere Stellung einzunehmen schien und der sich niemals zu den anderen Bediensteten gesellte, sondern immer für sich blieb. Er begleitete von da an seinen Herrn auf allen seinen Reisen, und Vanessa dachte oft, dass ihr Vater noch leben würde, wäre Martin damals, als er auf dem Weg nach Paris von Wegelagerern überfallen und erschlagen worden war, an seiner Seite gewesen.

Sie hatte Martin immer gemocht und schon als Kind keine Scheu vor ihm gehabt. Als kaum Sechsjährige war sie bei ihm gesessen, um ihm zuzusehen, wie er die wunderbarsten Dinge aus Holz schnitzte, und hatte seinen Erzählungen gelauscht, mit denen er allerdings nur sie allein unterhielt, während er allen anderen gegenüber schweigsam blieb. Er war ihr mit seinem grauen Haar damals schon nicht mehr wie ein junger Mann erschienen, aber heute fand sie, dass er keinen Deut älter wirkte als an dem Tag, als er sie nach dem Tod des Vaters ins Haus ihres Vormundes begleitet hatte und seitdem immer treu an ihrer Seite geblieben war.

Sie hatte niemals etwas über seine Vergangenheit, bevor er ins Haus ihrer Eltern gekommen war, herausfinden können, aber ein unbestimmtes Gefühl sagte ihr, dass er zweifellos ein sehr bewegtes und aufregendes Leben geführt haben musste. Von Seiten der Dienerschaft waren ihr einige Gerüchte zu Ohren gekommen, dass er sich nicht immer ganz im Rahmen des Gesetzes bewegt hätte, und eine Zofe hatte sogar einmal behauptet, er wäre der Anführer einer Räuberbande gewesen, den ihr Vater vor dem Galgen gerettet hätte. Vanessa selbst hatte niemals Grund gehabt anzunehmen, dass dieses Gerede der Wahrheit entsprach, obwohl es ihr kindliches Interesse an Martin wesentlich gesteigert hatte. Später hatte sie sich daran gewöhnt, einen zuverlässigen Gefährten ihres jugendlichen Forscherdrangs in ihm zu haben, in dessen Begleitung sie mit dem Segen ihres Vaters sogar weite Ausritte machen durfte. »Solange Martin dabei ist«, war seine Regel gewesen, »darfst du.« Und mittlerweile konnte sie sich ein Leben ohne Martin nicht mehr vorstellen. In ihren Augen war er neben Albert und ihrem Vater der ehrlichste und verlässlichste Mann, der ihr jemals begegnet war.

Martin blieb noch bei ihr, bis die Sonne höher aufgestiegen war, und gab dann mit einem versteckten Grinsen den Platz für den Ersten Maat frei, der kein Hehl aus seiner Bewunderung für Vanessa machte und sich nun mit einem breiten Lächeln neben sie an die Reling lehnte.

»Die Sorge Eures Captains, was diese sogenannten Piraten aus den Kolonien betrifft, scheint unbegründet zu sein«, begann Vanessa mit einem Augenzwinkern das Gespräch. »Bisher habe ich kein einziges Schiff gesehen, an dessen Mast die berüchtigte Totenkopfflagge wehen würde.«

Sie betrachtete ihr Gegenüber mit einigem Wohlgefallen. Der Erste Maat war wahrhaftig ein Mann, wie er ihr behagen konnte, groß, mit breiten Schultern, weiß blitzenden Zähnen und einem Schopf tiefschwarzer Locken unter der Offizierskappe.

Aber unwillkürlich verglich sie ihn mit dem Gefangenen, der ihre Kutsche aufgehalten hatte.

Ob er gewaschen ebenso stattlich aussah wie dieser Offizier? Und ob er unter dem Bart auch so wohlgeformte, anziehende Lippen hatte? Und ob diese Lippen es verstanden, eine Frau zu küssen? Sie zu liebkosen?

Sie wandte sich ein wenig verlegen ab, als sie der Richtung, die ihre Überlegungen nahmen, gewahr wurde. Immer wieder dieser Pirat! Der Gedanke an ihn ließ sie nicht mehr los! Aber es war etwas anderes, sich allein in ihrem Bett diesen Vorstellungen hinzugeben, als jetzt, am hellichten Tag! Dies war kein Benehmen für eine Frau, die ihren Mann von Herzen geliebt hatte und immer noch um ihn trauerte. Und noch weniger gehörte es sich, schon am frühen Morgen Gefühle zu verspüren, die sehnsuchtsvoll durch ihren Körper zogen und sie erhitzten.

»Wir können Gott danken, Madam, wenn wir diese Flagge nicht zu Gesicht bekommen«, antwortete der Maat mit seiner angenehmen Stimme. »Wie ich erst kurz vor unserer Abreise erfahren habe, werden die Rebellen immer frecher und rotten sich zusammen, um auch schon größere Konvois anzugreifen.« Als Vanessa ungläubig die Augenbrauen hochzog, lächelte er ihr zu. »Allerdings werden sie es nicht wagen, sich an uns heranzumachen, immerhin zählt unsere Flotte an die achtzig Schiffe. Sie sind also vollkommen in Sicherheit und ...« Er unterbrach sich, als seine Aufmerksamkeit von etwas auf dem Meer angezogen wurde. Vanessa folgte seinem Blick, der sich merklich verdüstert hatte, und hielt unwillkürlich den Atem an, als sie bemerkte, dass das strahlende Blau des Himmels sich schräg vor dem Schiff in einen unheimlichen, gelblichen Farbton verwandelt hatte, der in ein schmutziges, öliges Braun überging. Obgleich die Sonne mit derselben Kraft auf sie herunterbrannte wie zuvor, schien die Welt mit einem Mal in ein kaltes Licht getaucht, und die Schiffe, die vor ihnen segelten, nahmen sich mit ihren weißen Segeln gegen diesen beängstigenden Hintergrund unwirklich und fast gespenstisch aus. Ihr gut aussehender Kavalier verabschiedete sich hastig und eilte unter Deck, um den Captain zu holen, und sie ging – wie immer, wenn sie Rat und Hilfe suchte – schnell zu ihrem alten Freund und Diener. Der stand nur wenige Schritte entfernt und musterte diese seltsame Himmelserscheinung unter zusammengezogenen Augenbrauen.

»Was ist das, Martin?«

Er wandte sich ihr langsam zu, und der besorgte Ausdruck in seinen Augen machte ihr mehr Angst als die dunklen Wolken, die bedrohlich vor der Flotte aufstiegen und schnell näher zu kommen schienen.

»Da braut sich ein Sturm zusammen.« Seine Stimme klang wie immer ruhig, aber Vanessa kannte ihn gut genug, um den angespannten Tonfall darin wahrzunehmen. »Ich schlage vor, dass Ihr so schnell wie möglich Eure Kajüte aufsucht, Vanessa. Ich werde Euch begleiten, um dafür Sorge zu tragen, dass die Möbel und Kisten gut befestigt werden – wenn uns dieses Unwetter erwischt, wird alles durcheinandergewirbelt.«

Der Captain hatte in der Zwischenzeit alle gesunden Männer an Deck gerufen, die nun lautstark rufend durcheinanderliefen, Segel refften, Kisten festzurrten und alle losen Dinge verstauten. Auch von den anderen Schiffen drangen über das Wasser hinweg scharfe Befehle herüber. Und trotz all des Lärms hüllte eine geisterhafte Stille die Flotte ein, die Luft schien zu erstarren, und eine drückende Schwüle legte sich auf Körper und Lungen und machte das Atmen schwer.

»Ein Hurrikan«, fuhr Martin fort, während er ihren Arm nahm und sie Richtung Achterdeck zum Abgang zu den Kajüten schob. »Wir müssen schon näher an der Küste sein, als ich dachte, die Stürme mitten auf dem Meer ziehen andere Wolkenberge auf als jene, die sich zwischen Land und See aufbauen. Es würde mich nicht wundern, wenn das Quecksilber bald so tief fällt, dass es fast den Boden ausschlägt.«

»Sind wir in Gefahr?« Vanessa fühlte ein aufgeregtes Kribbeln in ihren Fingerspitzen, das sich schnell fortsetzte und ihren ganzen Körper zu erfassen schien. Sie hatte ein bisschen Angst vor dem Unbekannten, das sie erwartete, aber darüber hinaus versetzte sie die Aussicht, ein Abenteuer zu erleben, in Hochstimmung. Die Reise war bisher viel zu glatt verlaufen, das Einerlei an Bord hatte ihre Laune getrübt, und nun geschah endlich etwas außerhalb der täglichen Routine.

Martin, der seinen Schützling viel zu gut kannte, um nicht sofort zu sehen, dass Vanessa wieder dieses abenteuerlustige Funkeln in den Augen hatte, warf ihr einen unwilligen Blick zu, als er sie in die Kajüte schob und neben ihre Zofe auf die Bank drückte. »Ihr werdet Euch nicht lange über diese Ablenkung freuen, *Madame*, sondern spätestens, wenn Ihr verzweifelt an den Balken geklammert um Euer Leben zittert, das Schiff sich neigt und die Wogen bis zu den Segeln hinaufpeitschen, darum beten, heil und sicher an Land zu sitzen und mit Euren langweiligen Freundinnen gepflegte Konversation zu betreiben. Wir hatten bisher nur Glück, dass wir eine so leichte Überfahrt hatten. Ich habe allerdings schon Reisen erlebt, auf denen unser Schiff von einem Sturm in den anderen segelte und keiner von uns mehr glaubte, jemals wieder anderes Land zu sehen als den Meeresboden unter uns.«

Vanessa horchte auf. Sie hatte aus einigen Andeutungen, die ihr Freund gelegentlich fallen ließ, schon vermutet, dass er längere Zeit zur See gefahren war; auch die Tatsache, dass er auf einem Schiff so gut Bescheid wusste, und seine Vorkehrungen, die er für diese Reise getroffen hatte, sprachen dafür.

Sie konnte diesen Gedanken jedoch nicht mehr weiterverfolgen, denn ihr Magen schien sich selbständig zu machen, die Bank, auf der sie saß, hob sich plötzlich in die Höhe, und im selben Moment setzte der Sturm mit aller Heftigkeit ein.

5. Kapitel

»Ich kann es immer noch nicht fassen, dass es geklappt hat«, grinste Finnegan, als sie am Bug standen und in den Hafen von Willemstadt, der Hauptstadt von Curaçao, blickten. Jetzt, nachdem er wieder völlig genesen war, verriet jede seiner Bewegungen die gewohnte Kraft und Wendigkeit. »Mit den zwölf Augen müssen Ihnen sämtliche Heiligen und Seligen geholfen haben.«

Robert grinste zurück. Es war wirklich riskant gewesen, mit dem Captain dieses Schiffes um die Überfahrt zu würfeln. Aber er hatte keine andere Wahl gehabt, und so hatte er die letzten Goldstücke eingesetzt, und das Schicksal – zusammen mit einem heftigen Stoßgebet – hatte die Würfel zu seinen Gunsten über den Tisch rollen lassen. Es war der Rest des Geldes gewesen, das ihnen die Lady geschenkt hatte. Vielleicht hatte ihnen das Glück gebracht.

Robert hatte in den letzten Tagen nur noch selten an sie gedacht. Sie war wie ein unerreichbarer Traum gewesen, den man am besten vergaß, doch jetzt glitten seine Gedanken wieder zurück zu dem Moment, in dem er sie gesehen hatte, und die Gefühle, die er damals empfunden hatte, überschwemmten seinen Körper. »Ich wollte, ich könnte sie wiedertreffen«, murmelte er, ohne sich bewusst zu sein, wie sehnsüchtig er dabei klang.

Finnegan musste nicht fragen, von wem sein Captain sprach. Dieser hatte in den Wochen, in denen sie nach Hause gesegelt waren, oft genug von ihr gesprochen und überlegt, was aus ihr geworden sein könnte und wo sie jetzt lebte. »Würde nichts bringen, Captain. Solche Damen sind nichts für unsereins. Oder glauben Sie, die würde ihren Palast, in dem sie wohnt, gegen ein Schiff eintauschen? Oder daheim sitzen, die Kinder großziehen, Wäsche waschen, nähen, kochen, Deckchen häkeln und geduldig warten, dass Sie von einer Reise zurückkommen, so wie meine Alice?«

Robert legte seinem Freund eine Hand auf die Schulter. »Alice wird heilfroh sein, wenn der Krieg zu Ende ist und sie Sie in die Arme schließen kann. Es wundert mich überhaupt, dass Sie wieder mitsegeln durften, nachdem wir endlich zu Hause waren.«

Finnegan lächelte. »Sie weiß, dass mich nichts davon hätte abhalten können, mit Ihnen zu gehen, Captain, und unsere schöne *Independence* zurückzuerobern.« Sein Lächeln verstärkte sich. »Sie war vermutlich noch wütender auf Malcolm als wir beide, und ich würde keinen Penny auf sein Leben setzen, wenn sie ihn in ihre Finger bekäme.«

»Alice ist eine sehr energische Frau«, grinste Robert.

»Aye, Captain, das ist sie wirklich.« Finnegans Gesicht nahm einen warmen Ausdruck an, und er wandte seinen Blick wieder der Insel zu, um den Hafen abzusuchen. Die *Independence* lag nicht vor Anker, aber sie hofften, dass sie über kurz oder lang einlaufen würde.

Sie hatten bei ihrer letzten Station einen Matrosen seiner ehemaligen Mannschaft aufgespürt, der damals an Bord der *Independence* geblieben und mit Malcolm davongesegelt war. Es hatte kaum mehr als sanfte Überredung gekostet, aus ihm herauszubringen, wo sich das Schiff jetzt aller Wahrscheinlichkeit nach aufhielt. Wie Robert bereits vermutet hatte, lief sein Bruder regelmäßig Curaçao an, das sich in holländischem Besitz befand und in diesem Krieg daher neutral war.

Sie waren in erstaunlich kurzer Zeit und ohne weitere Probleme an ihrem Ziel angekommen. Aus der Ferne hatten sie zweimal englische Linienschiffe gesehen, sie jedoch dank einer frischen Brise und der Wendigkeit ihres Schiffes schnell wieder aus den Augen verloren. Der Himmel hatte sich jedoch in den letzten Stunden verdüstert, und ein aufkommender Sturm hatte sie vor sich her auf die Insel zugetrieben. Jetzt mussten sie das Schiff nur noch in den Hafen bringen und von Bord gehen, bevor die Ausläufer des Unwetters sie erreichten. War das Meer einmal zu meterhohen Wellen aufgepeitscht, konnte keine Rede mehr davon sein, mit der Schaluppe an Land zu gehen, was Robert, dessen Geduld mit jedem Tag mehr auf eine harte Probe gestellt worden war, vermutlich an den Rand eines Wutanfalls bringen würde. Er konnte es kaum erwarten, Erkundigungen über den Verbleib seines Schiffes einzuholen und festzustellen, ob die Gerüchte, die ihn bis hierher gebracht hatten, auf Tatsachen beruhten. Zumal er sich darüber im Klaren war, dass er sich auf eine Wartezeit von einigen Tagen, wenn nicht sogar Wochen gefasst machen musste.

Der französische Captain gesellte sich zu ihnen. Sie hatten in den vergangenen Tagen nicht viel Kontakt zu ihm gehabt, aber Robert hatte eine gewisse Sympathie für den schweigsamen, undurchsichtigen Mann entwickelt, der schon bessere Zeiten gesehen haben musste. Er war ein ausgezeichneter Seemann, was Robert zu schätzen wusste, hatte ein vorzügliches Gefühl für sein Schiff und wurde von seiner Mannschaft vielleicht nicht gerade geliebt, aber doch zumindest geachtet.

»Sie haben Glück, wir kommen gerade noch rechtzeitig, um Sie an Land zu setzen, Mr. Smith«, sagte er in seiner kühlen Art.

Sie hatten falsche Namen angegeben und verschwiegen, zu welchem Zweck sie die Reise machten. Es war sicherer gewesen, wollten sie nicht von einem Mitglied der fremden Besatzung verraten werden. Und Malcolm und seine Verbrecher sollten auf keinen Fall zu früh gewarnt werden.

Finnegan blickte nach Osten, wo sich in einiger Entfernung eine dunkle Wolkenwand auftürmte. »Wir werden nicht direkt davon getroffen, das Unwetter hat sich schon abgeschwächt, aber für die Schiffe, die es erwischt hat, gebe ich keinen Penny mehr.«

Capitaine Martaire nickte nur gleichgültig. »Die Leute an den Küsten werden sich freuen, wenn wieder Treibgut angeschwemmt wird. Wie ich vor unserer Abreise von Hispagnola gehört habe, war ein englischer Konvoi nach Westindien unterwegs, der dürfte sich wohl im Sturm ziemlich dezimiert haben.« Er blickte zum offenen Meer hin. »Ein Fressen für alle Freibeuter und die kleinen Piraten, die sich hier zwischen den Inseln herumtreiben.«

Finnegan gab keine Antwort, sondern blickte auf Robert, der mit finsterem Gesicht aufs Meer hinausstarrte. Es war unschwer zu erraten, dass er jetzt an seinen Bruder dachte, der gewiss nicht zögern wurde, sich den Schaden der anderen zunutze zu machen.

Die drei Männer standen schweigend an der Reling, bis das Beiboot zu Wasser gelassen war. Roberts Mannschaft, die *Independencers*, wie sie sich selbst immer genannt hatten, nahm ihre Plätze ein und wartete, dass ihr Captain ebenfalls von Bord kletterte.

Martaire reichte Robert die Hand, und zum ersten Mal seit Beginn ihrer Bekanntschaft erschien so etwas wie ein Lächeln auf seinen Zügen. »Viel Erfolg, Captain McRawley. Wie ich gehört habe, kreuzt die *Independence* in diesen Gewässern und macht gute Beute unter Freund und Feind.«

Robert starrte Martaire sekundenlang sprachlos an. »Woher zum Teufel kennen Sie meinen Namen?« Er warf einen bitterbösen Blick über die Reling, als könne er allein dadurch herausfinden, welcher seiner Leute das Maul aufgerissen und sie verraten hatte.

Der Franzose sah seinen Blick. Er hatte so leise gesprochen, dass keiner seiner Leute mithören konnte. »Sie können stolz auf Ihre Männer sein, Captain McRawley, ich weiß, dass viele von meiner Crew versucht haben, etwas über Sie herauszufinden, aber sie haben geschwiegen wie ein Grab. Nein, ich wusste schon, als Sie mich in der Taverne angesprochen haben, wer Sie sind.« Er zuckte mit den Schultern. »Gerüchte verbreiten sich eben schnell. Vor allem unter jenen, die mit Ihren Leuten sympathisieren, und das ist unter den Franzosen die Mehrzahl.« Er musterte Robert mit leichtem Spott. »Ich hätte Sie in jedem Fall hierhergebracht, wollte mir das Würfelspiel jedoch nicht entgehen lassen.« Bevor Robert etwas antworten konnte, hatte er sich auch schon abgewandt und wies zur Insel. »Die Niederlande sind neutral in diesem Krieg und machen gute Geschäfte damit, ebenso wie die Piraten und Kaperer, die sich nicht an die Regeln halten wollen. Es treibt sich so einiges Gesindel hier herum, zum Beispiel dieser Ramirez Torrez, von dem man nie weiß, auf welcher Seite er gerade steht.«

Robert blickte auf die Barke, an deren oberster Mastspitze eine auffällige Flagge wehte. Weiß mit einem roten Säbel darin. Ramirez' höchsteigenes Erkennungszeichen. Er hatte den Spanier schon vor Jahren getroffen, als er noch auf dem Handelsschiff tätig gewesen war, das zwischen Boston und dem südamerikanischen Kontinent Waren transportierte. Damals hatte Ramirez vergeblich versucht, das Schiff zu kapern. An Land war Robert in einer Taverne zufällig wieder auf den Spanier gestoßen und hatte ihn zur Rede gestellt. Am Ende hatten sie sich so lange geprügelt, bis sie beide erschöpft liegen geblieben waren. Seitdem war so etwas wie eine Freundschaft zwischen ihnen entstanden, und als Ramirez dann zu Beginn des Krieges plötzlich mit seinem Schiff aufgetaucht war und seine – wohlgemerkt bezahlten – Dienste angeboten hatte, hatte Robert die Admiralität dazu überredet, darauf einzugehen. Seitdem versorgte der Spanier, der ungehindert die Westindischen Inseln befahren konnte, die Kolonien mit Informationen über die Aktivitäten der englischen Kriegsschiffe. Es kam Robert gerade recht, jetzt auf Ramirez zu stoßen, der zweifellos über Nachrichten von der *Independence* verfügte und ihm dabei behilflich sein konnte, dieses verkommene Subjekt namens Malcolm McRawley außer Gefecht zu setzen.

Robert drückte nochmals die Hand des französischen Captains und folgte dann Finnegan, der bereits im Boot saß. Als die Leute in die Ruder griffen, hob er die Hand. »Danke für die Überfahrt, *Capitaine* Martaire.«

Martaire verneigte sich in höflicher Ironie. »War mir ein Vergnügen, Captain. Sollten Sie Ihr Schiff zufällig wieder einmal verlieren, stehe ich gern abermals zur Verfügung.«

6. Kapitel

Endlich, nach langen Stunden, in denen ihre Zofe krank vor Angst, jedoch zum Glück ausnahmsweise frei von Übelkeit sich an sie geklammert hatte, hatte der Sturm nachgelassen. Blitz und Donner erschütterten den Schiffskörper nicht mehr, sondern klangen bereits etwas weiter entfernt, und das Schiff fiel nicht mehr mit rasender Geschwindigkeit von Wellental zu Wellental, was selbst Vanessas Magen gequält hatte reagieren lassen. Sie atmete erleichtert auf, als der Sturm langsam abebbte. Suzanne lag leise schluchzend und Dankesgebete ausstoßend neben ihr in der Hängematte, wohin Martin sie beide verfrachtet hatte, während er selbst an Deck ging, um die Situation zu erkunden. Er musste wissen, wie viel Schaden bei dem Unwetter entstanden war, wie weit sie vom Kurs abgetrieben worden waren und was aus den anderen Schiffen der Flotte geworden war. Vanessa, der er mit ungewöhnlicher Strenge befohlen hatte, sich nicht vom Fleck zu rühren, hielt es nach einigen Minuten, in denen das Schiff ruhiger schaukelte, allerdings nicht mehr in der Kabine, und sie folgte ihrem Freund, während Suzanne erschöpft liegen blieb.

An Deck bot sich ihr ein Bild der Verwüstung. Einer der Anker hatte sich trotz aller Sicherheitsvorkehrungen losgerissen und ein Loch in die Seitenwand geschlagen, durch das

Wasser eingetreten war, und etliche Männer waren nun damit beschäftigt, mit einer einfachen Handpumpe das halb überschwemmte Unterdeck von Wasser zu befreien. Vom Vormast war nur noch ein etwa zwei Meter hoher Stummel zu sehen, den Rest hatte der Sturm samt Segel abgebrochen und über Bord gerissen, der hintere Mast war über der Hälfte abgeknickt. Ein Teil der Reling war zerborsten, und von den Segeln, die wenige Stunden zuvor noch stolz das Schiff geschmückt hatten, hingen die meisten, im immer noch frischen Wind gefährlich hin und her schlagend, in traurigen Fetzen herunter.

Vanessa hielt sich an einem Querbalken fest und starrte fassungslos auf das Ausmaß des Schadens. Sie hörte entsetzt, wie sich einige der Matrosen darüber unterhielten, dass das Schiff ein Wrack wäre und sie kaum eine Möglichkeit sähen, damit jemals Land zu erreichen. Sie sah dankbar auf, als Martin neben sie trat und sie tröstend am Arm berührte. »Die anderen Schiffe sind zwar auch in den Sturm geraten«, sagte er ruhig, »aber es wird nicht alle so schwer getroffen haben wie uns. Man wird uns finden und von Bord holen. Ihr müsst Euch keine Sorgen machen, *Madame.*« Er sah in die Höhe. Der Sturm hatte auch die letzten dunklen Wolkenfetzen fortgetrieben, der Himmel war nun so klar und blau wie zuvor, und nur die Zerstörung um sie herum zeugte von der Naturgewalt, die sie getroffen hatte.

»Jack …?«

Martin drückte beruhigend ihre Hand. »Er ist unter Deck und hilft dort mit. Der Junge ist vollkommen unverletzt.«

Sie atmete auf. »Aber sind …«, Vanessas Stimme war belegt, und sie musste sich räuspern, bevor sie weitersprechen konnte, »… sind Leute umgekommen, Martin?« Es war unvorstellbar für sie, wie auch nur ein einziger der Matrosen, die während des Hurrikans an Deck gewesen waren, diesen hatte überleben können.

Er sah sich um. »Ich weiß es nicht. Einige der Mannschaft sind unter Deck. Zwei Kanonen haben sich losgerissen und im Zwischendeck beträchtlichen Schaden angerichtet, aber zum Glück wurden die Seitenwände dabei nicht durchbrochen, sonst wären wir vermutlich schon gesunken.«

Vanessas romantische Abenteuerlust war einem eisigen Gefühl des Entsetzens gewichen, und sie klammerte sich an Martins sicheren Arm, als der Zweite Maat auf sie zukam. Er hatte einen blutigen Streifen quer über der Stirn und zog das rechte Bein etwas nach. »Sie gehen besser wieder unter Deck, Madam, das ist jetzt kein Aufenthaltsort für eine Frau.«

»Vielleicht kann ich helfen«, erwiderte sie tapfer. Die Erschütterung saß ihr zwar immer noch in den Knochen, aber Vanessa de Chastel gehörte nicht zu diesen zartbesaiteten Damen, die vor Aufregung oder Angst in Ohnmacht fielen. »Ihr habt zweifellos viele Verletzte, *Monsieur*, so wie Ihr selbst. Ich kann mich um diese Leute kümmern.«

Er machte eine unbestimmte Handbewegung Richtung Vorderdeck. »Dann will ich Sie nicht aufhalten. Wir haben die Verwundeten dort hinuntergebracht. Aber es ist kein schöner Anblick, das sage ich Ihnen gleich.«

»Ich habe mich entschlossen, dem Arzt zu helfen«, sagte sie, um jede mögliche Widerrede Martins sofort im Keim zu ersticken. Zu ihrer Überraschung nickte ihr treuer Gefährte jedoch ungewöhnlich nachgiebig und hielt stützend ihren Arm, während sie auf dem nassen Deck das Gleichgewicht zu halten versuchte. Der Wellengang war immer noch recht hoch, und das Schiff legte sich gelegentlich etwas tiefer zur Seite, als Vanessa angenehm war. Endlich waren sie an der Leiter angelangt, und Martin half ihr, unbeschadet hinunterzuklettern. Unter Deck schlug ihr der Geruch von nassen, schmutzigen Kleidern, Blut, Erbrochenem und Exkrementen entgegen, und sie brauchte ihre ganze Willenskraft, um nicht sofort wieder kehrtzumachen, die Leiter hinaufzuklettern und sich in ihrer eigenen, weitaus saubereren Kabine, in der Suzanne die einzige Kranke war, zu verstecken.

Dann fiel ihr Blick auf einen Mann, den man auf eine feuchte Decke gebettet hatte. Sie erstarrte und erkannte erst nach einigen Sekunden in dem bleichen, schmerzverzerrten Gesicht das des gut aussehenden Ersten Maats, der noch wenige Stunden zuvor mit ihr an der Reling gestanden hatte. Mit zwei Schritten war sie bei ihm und sah zu ihrem Grauen einen fast ellenlangen und etwa zwei Finger dicken Holzsplitter aus seiner rechten Brustseite ragen. Er hatte die blutigen Finger darum gelegt und hielt ihn fest, als könne er damit den Schmerz betäuben, den er bei jedem Atemzug fühlen musste. Seine vollen Lippen waren weiß, und aus seinem Mundwinkel lief ein dünner, roter Faden. Er hatte die Augen geschlossen und hob halb die Lider, als Vanessa, die aus Mitleid und Entsetzen alles andere um sich herum vergessen hatte, sich neben ihn hinkniete und vorsichtig seine Schulter berührte. Er öffnete den Mund, und sie sah, wie er die Lippen zu einem leichten Lächeln verzog, als er sie erkannte. Er wollte etwas sagen, aber Vanessa legte den Finger auf ihre Lippen. »Nicht sprechen, das strengt Euch jetzt nur an. Ich werde dafür sorgen, dass der Arzt sofort zu Euch kommt.«

»… Arzt … kann … nichts tun …«, brachte er mühsam

hervor. Seine Worte gingen in ein Husten über, und Vanessa bemerkte, dass sich der leichte Blutstrom aus seinem Mund verstärkte.

Hinter ihrem Rücken hörte sie einen unterdrückten Fluch von Martin, der noch eher als sie die Lage erkannt hatte, in der sich der Bedauernswerte befand. »Man muss das Holz herausziehen und den Mann verbinden«, sagte Vanessa zu ihrem treuen Diener, der sich zu ihr hinunterbeugte.

Martin schüttelte den Kopf. »Nein, *Madame*«, antwortete er so leise, dass nur sie ihn verstehen konnte, »das würde sofort die Wunde öffnen, und der Mann würde innerhalb kürzester Zeit verbluten. Die Lunge ist verletzt.«

Vanessa sah ihn flehend an. »Aber irgendwie muss man ihm doch helfen können!« Sie erkannte jedoch in den Augen ihres Freundes, dass für den jungen Offizier keine Hoffnung mehr bestand.

»Bleibt bei ihm«, sagte Martin ruhig. »Dann ist er nicht allein. Ich habe bemerkt, dass er Euch sehr verehrt. Es wird ihm guttun, Euch jetzt neben sich zu haben.«

Vanessa traten die Tränen in die Augen. Auch sie hatte Gefallen an dem jungen Mann gefunden, allerdings noch überschattet von der Trauer um ihren Gatten, die außer einigen oberflächlichen Gefühlen keinen ernsthaften Gedanken an einen anderen Mann oder gar eine neue Liebe geduldet hatte. Und was sie für ihren Piraten aus Dover empfand, war nicht mehr als eine aufregende Träumerei.

Sie wandte sich wieder dem Maat zu, ergriff seine Hand und erwiderte seinen Händedruck. Sie kniete bei ihm, bis sein Griff langsam schwächer wurde, seine Hand sich aus ihrer löste und schließlich kraftlos hinuntersank. Martin, der inzwischen den Arzt tatkräftig unterstützt hatte, trat neben sie und legte ihr die Hand auf die Schulter. »Es ist vorbei, Vanessa. Er hat es überstanden. Und Ihr solltet Euch jetzt in Eure Kabine begeben. Kommt, ich werde Euch begleiten.«

Sie nahm ein Stück Leinen, das neben dem toten Offizier lag, und breitete es über sein Gesicht, dann stand sie auf und sah Martin kopfschüttelnd an. »Nein, ich bin gekommen, um zu helfen, und das werde ich auch tun.«

»Ihr habt für diesen Mann schon etwas getan«, erwiderte er leise.

»Hältst du mich für ein so schwaches Geschöpf, Martin?«

In die Augen ihres Freundes trat ein Lächeln. »Nein, *Madame*, aber Euer Wohlergehen ist mir wichtiger als das dieser Männer hier.«

»Ich weiß«, sagte sie warm. »Aber ich werde trotzdem helfen, wenn ich kann.«

Die *Duchesse* trieb fast eine Woche lang auf der nunmehr ruhigen, fast spiegelglatten See, während alle Männer damit beschäftigt waren, die Schäden so weit wie möglich auszubessern, den Hauptmast zu verstärken, so dass er nicht beim nächsten stärkeren Wind ebenso brechen konnte wie die beiden anderen, und die zerfetzten Segel durch neue zu ersetzen oder, sofern dies noch möglich war, zu flicken. Auch die Schäden an den Schiffswänden wurden ausgebessert. Schließlich war es endlich so weit, dass die Ersatzsegel gehisst werden konnten und das Schiff unter dem Beifall der wenigen Passagiere und der Mannschaft Fahrt aufnahm. Das gebrochene Ruder war dank Martin, der freigiebig seinen Schatz an schier unendlichen Erfahrungen geteilt hatte, ebenfalls wieder instand gesetzt worden, und jeder an Bord hatte nun allen Grund zur Hoffnung, dass man den Weg fortsetzen und den nächsten Hafen anlaufen konnte.

Vanessa, deren Lebensgeister durch die Aussicht, bald Land zu erreichen, wieder geweckt waren, stand an ihrem Lieblingsplatz an der Reling und sah in die Richtung, in der in den nächsten Stunden oder Tagen endlich Land auftauchen sollte. Neuerliche Standortbestimmungen hatten bestätigt, dass man ziemlich weit vom Kurs abgekommen war, und Vanessa plante, sollte sie kein Schiff finden, das direkten Kurs auf Jamaika nahm, schlicht und einfach eines zu mieten. Martin hatte ihr zugesichert, dass man kleinere Schiffe relativ leicht anmieten konnte, hatte diesen Plan jedoch weitaus weniger überschwänglich aufgenommen als Vanessa. Sie wusste, dass er sich wegen der derzeitigen politischen Lage sorgte und ebenso wie die anderen Passagiere an Bord stets fürchtete, auf eines der Piratenschiffe der rebellischen Kolonien zu stoßen. Vanessa fand diese Aussicht weit weniger bedrohlich, da Frankreich sich bei dieser Auseinandersetzung auf die Seite der Kolonien gestellt hatte und diese einer »Verbündeten« wohl kaum etwas antun würden.

Sie blinzelte einige Male, als etwas Helles, Glänzendes am Horizont zu sehen war, und benötigte einige Sekunden, um zu erkennen, dass es sich dabei um ein anderes Schiff handelte, dessen weiße Segel in der Sonne leuchteten. Es war das erste, das sie, seit sie von der Flotte getrennt worden waren, zu Gesicht bekam, und sie winkte aufgeregt zu Martin hinüber, der einige Schritte weit von ihr entfernt saß und seine Pfeife rauchte. »Martin! *Regarde!* Sieh nur! Dort drüben, Segel!«

Schnell kam er zu ihr hinüber und blickte mit zusammengekniffenen Augen in die angegebene Richtung. Auch andere hatten die Segel bemerkt und standen nun aufgeregt an der Reling. Der frühere Zweite Maat, der nach dem Sturm in der Hierarchie aufgestiegen war und auf dem Achterkastell seine Runden drehte, zog sein Fernrohr hervor und blickte hindurch.

»Gefällt mir nicht«, sagte Martin ruhig.

Vanessa sah ihn erstaunt an. »Aber Martin, das ist ein Schiff! Vielleicht haben sie Lebensmittel an Bord, wir können Hilfe gebrauchen!«

»Gefällt mir trotzdem nicht«, brummte er. »Sie haben keine Flagge gehisst. Ist sicher kein englisches Schiff. Und auch kein französisches.«

»Martin, du siehst zu schwarz!«

Vanessa lachte noch, aber nur kurze Zeit später, als das fremde Schiff eine Breitseite auf die hilflose *Duchesse* feuerte, den letzten noch aufrechten Mast damit zerstörte und kurz darauf ein Haufen wüst aussehender Männer das Deck stürmte, wusste sie, dass Martins Sorge mehr als berechtigt gewesen war.

Der Mann saß hinter einem riesigen Tisch, lehnte sich mit weit von sich gestreckten Beinen bequem in seinem Stuhl zurück und betrachtete die vor ihm stehende Vanessa eingehend.

Die junge Frau musterte ihn ebenfalls, wenn auch weit unauffälliger. Er hatte blondes Haar, flinke kleine Augen, ein fliehendes Kinn, und auf seinen für einen Mann viel zu üppigen Lippen stand ein abstoßendes Lächeln. Seine Kleidung war an einem Ort wie diesem ungewöhnlich und wirkte auf Vanessa geradezu lächerlich. Er trug einen dunkelblauen Samtrock, in dessen Kragen sein kurzer Hals fast verschwand, eine bestickte rote Weste mit Perlmuttknöpfen, eng anliegende gelbe Kniehosen und schwarze Lackstiefel, die glänzten, als wären sie gerade erst von seinem Kammerdiener frisch poliert worden. Alles in allem sah er aus wie ein Gentleman, der plante, einer Dame einen Nachmittagsbesuch abzustatten. Vanessa ließ sich von seinem gepflegten Äußeren jedoch nicht täuschen. Selbst wenn er nicht derjenige gewesen wäre, der ihr Schiff geentert, unzählige Leute gemordet und alles, was sich an Wertsachen darauf befunden hatte, gestohlen hätte, so sprachen allein schon der brutale Zug um den Mund und der unstete Blick seiner Augen für sich. Dieser Mann war alles andere als ein Kavalier. Dieser Mann war ein gewissenloser Pirat.

»Was wollt Ihr von mir?«, verlangte sie energisch zu wissen. »Weshalb habt Ihr mich hierher auf Euer Schiff schleppen lassen?«

Der Pirat hob mokant die Augenbrauen. »Eine Französin, auf einem englischen Schiff. Wer hätte das gedacht?«

»Ich verlange, wieder zu den anderen an Bord gebracht zu werden«, fuhr Vanessa fort, bemüht, das Zittern in ihrer Stimme unter Kontrolle zu bringen und ihre Angst nicht zu zeigen.

»Das würde ich ja tun«, erwiderte er gelangweilt und betrachtete dabei eingehend seine Fingernägel, »aber sehen Sie, *Madame*, dazu hänge ich zu sehr am Geld. Und dass Sie mir noch ein hübsches Sümmchen an Lösegeld einbringen werden, hat mir nicht nur Ihre süße kleine Zofe verraten, sondern auch Ihre Kleidung und Ihr Auftreten, verehrte Gräfin de Chastel.«

»Was habt Ihr mit Suzanne gemacht?«, fragte Vanessa atemlos. Sie hatte die Kleine nicht mehr gesehen, seit die Piraten das Schiff geentert hatten. Ebenso wenig wusste sie, was aus Martin und Jack geworden war, musste jedoch annehmen, dass die beiden ebenso getötet worden waren wie die meisten der anderen Männer, die Widerstand geleistet hatten. Noch jetzt sah sie das blutüberströmte Deck vor sich und die verstümmelten Leichen der Matrosen und des Captains. Martin musste ebenfalls tot sein, sonst hätte er niemals zugelassen, dass diese Piraten sie verschleppten.

Der Gedanke daran schnürte ihr schmerzhaft die Kehle zusammen.

»Mich ein wenig mit ihr vergnügt«, erwiderte ihr Gegenüber mit einem widerwärtigen Grinsen. »Und sie dann wieder zurück auf das Schiff bringen lassen.« Er zuckte mit den Schultern. »Ich lasse Frauen nur töten, wenn es unumgänglich ist oder wenn sie sich allzu sehr widersetzen. In diesem Fall hat sich das Mädchen sehr kooperativ gezeigt.«

»Ich habe kein Lösegeld«, antwortete Vanessa und schlang ihre Finger ineinander, um dem Piraten nicht zu zeigen, dass ihre Hände zitterten. »Ihr und Eure Leute habt schon alles genommen, was ich an Besitz hatte. Lasst mich also gehen!«

»Aber Ihr Herr Onkel dürfte doch wohl noch ein bisschen mehr davon haben«, lautete die höhnische Antwort. »Und er wird gern dafür bezahlen, seine adelige Nichte heil in seine Arme schließen zu können. Weiße europäische Frauen sind immer noch Mangelware in den Kolonien, und die Männer lassen sie sich einiges kosten. Er wird, wenn er Sie an einen der anderen reichen Plantagenbesitzer verkauft, vermutlich ein Vielfaches von dem Lösegeld zurückerhalten, das ich von ihm verlange.«

»Mein Onkel hat gewiss nicht die Absicht, mich zu verkaufen!«, stieß Vanessa empört hervor.

»Er wird Sie verheiraten«, grinste der Pirat sie hämisch an, »und Geld dafür nehmen. Das ist durchaus ehrenvoll und entspricht ganz den Gepflogenheiten der besseren Gesellschaft. Sie haben es bei Ihrem Mann doch zweifellos ebenso gehalten, oder? Und da Sie Witwe sind, wird sich Ihr zukünftiger Ehemann nicht einmal daran stören, dass er in der Hochzeitsnacht keine Jungfrau im Bett hat.«

Vanessa fühlte, wie ihr die Röte ins Gesicht stieg. »Wie könnt Ihr …?!«

»Die Kleine hat mir erzählt, dass Sie Witwe sind, meine Schöne. Aber …«, er hob die Schultern, »was ist schon perfekt im Leben? Wir werden uns auch so gut verstehen. Mir sind heulende Gänse im Bett ohnehin ein Greuel.«

»Ihr werdet es nicht wagen, mich anzurühren!«, fuhr sie auf.

»Wagen?« Er deutete grinsend aus dem Fenster. »Sehen Sie, dort, das ist Ihr Schiff mit Ihren Freunden. Es wurde bedauerlicherweise zu schwer beschädigt, als dass es uns noch Prisengeld einbringen würde. Also müssen wir es zurücklassen, und diejenigen, die überlebt haben, können nur hoffen, dass sie von einem anderen Schiff gefunden werden, bevor ihnen Wasser und Proviant ausgehen. Sie haben also, wie Sie sehen, das bessere Los gezogen, Gnädigste.« Er hatte sich bei diesen Worten erhoben und näherte sich ihr bedrohlich. Vanessa wich zurück, bis sie an einen Schrank stieß, dessen eiserner Schlüssel sich hart in ihren Rücken bohrte.

»Lasst mich in Ruhe, oder Ihr werdet von meinem Onkel keinen einzigen *Livre* Lösegeld erhalten!«, stieß sie ängstlich hervor.

»Du wirst vermutlich klug genug sein, deinem Onkel gegenüber zu schweigen«, grinste der Pirat durchtrieben, den bisherigen höhnischen Anschein von Höflichkeit fallen lassend, und fasste nach ihr. Vanessa wand sich aus seinen Händen, lief zum Tisch hinüber und griff nach einem Messer, das dort lag.

»Wage es ja nicht, damit auf mich loszugehen, sonst landest du im Meer.«

»Gut, dann ziehe ich es vor zu sterben«, antwortete Vanessa mit einer Stimme, die nicht ihr zu gehören schien.

Er hob die Augenbrauen. »Das wirst du dir schnell überlegen. Es ist kein besonders hübscher Tod, minutenlang zu strampeln und zu schreien und dann elend zu ersaufen. Leg das Messer weg!«

Als Vanessa keine Anstalten machte, die Finger von dem Griff zu lösen, sondern die Waffe sogar noch höher hob, nickte er mit einem bösartigen Glitzern in den Augen. »Gut, wenn du es nicht auf die sanfte Art willst, dann werde ich dich eben anders überzeugen.« Er trat zur Tür, riss sie auf und schrie hinaus: »Jenkins! Jenkins!«

Der stinkende Kerl, der sie zuvor an Bord gebracht hatte, erschien im Gang und steckte den Kopf ins Zimmer. »Captain?«

Der Widerling deutete auf Vanessa. »Binde sie und lass sie über die Planke gehen.«

Der Pirat sah ihn verdutzt an. »Aber Captain, die Frau ist reich. Ich bin ganz sicher. Ein Kerl, der mit an Bord gekommen ist, schwört darauf, dass wir ein hübsches Sümmchen

Lösegeld erhalten, wenn wir sie abliefern. Wenn wir sie ins Wasser werfen, verfüttern wir den Fischen ein Vermögen.«

»Sie bringt nur Probleme«, erwiderte der Captain. »Und jetzt mach, was ich dir sage, sonst fliegst du gleich mit ihr über Bord.«

Der Mann grunzte etwas, war dann mit einem Schritt bei Vanessa und schlug ihr das Messer aus der Hand, bevor sie eine Bewegung zur Gegenwehr machen konnte. Dann bog er ihr derb die Hände auf den Rücken, fesselte sie mit einem Stück Seil, das er aus seiner dreckigen Hose gezogen hatte, und stieß sie vor sich her aus der Kajüte. Der Captain folgte langsam und sah aus einiger Entfernung zu, wie die Männer auf den Befehl von Jenkins hin eine Planke über die Reling legten und sie auf der Schiffsinnenseite festhielten, während der längere Teil davon frei über dem Meer schwebte. Dann zerrten zwei der Kerle Vanessa hinauf und ein dritter trieb sie mit dem Entermesser weiter, bis sie über der Wasseroberfläche stand und verzweifelt versuchte, auf dem schmalen Brett das Gleichgewicht zu halten. Sie hatten bereits Segel gesetzt, das Schiff bewegte sich überraschend schnell auf dem Meer dahin, und der hohe Seegang schlug an die Schiffsplanken, so dass das aufschäumende Wasser bis zu ihr hinaufspritzte. Vanessa biss sich auf die Lippen, betete still um Hilfe und verwünschte ihre Idee, das sichere Festland zu verlassen und zu den Westindischen Inseln zu reisen. Daheim in Frankreich wäre sie in der Zwischenzeit vermutlich schon die Geliebte dieses schmierigen Herzogs, aber das wäre immer noch besser, als zwischen dem Tod in diesem unheimlichen Meer oder der Vergewaltigung durch einen Piraten wählen zu müssen.

In der Ferne erkannte sie die Umrisse der *Duchesse*, die

schnell kleiner wurden. Wenn Martin überhaupt noch lebte und nur schwer verletzt war, dann musste er dort an Bord sein. *Aber wenn er lebt,* dachte sie plötzlich mit grimmiger Gewissheit, *dann wird er dafür sorgen, dass die* Duchesse *Land erreicht, und dann wird er euch finden und* … Das Schiff schlingerte etwas, und sie schrie erschrocken auf.

»Ihr dürft sie nicht töten!«, rief eine junge Stimme verzweifelt. Vanessa erkannte Jack, der zwei der Kerle zur Seite stieß. Sie wusste nicht, wie er hierhergekommen war, aber der Anblick des Jungen gab ihr eine Kraft, die sie zuvor nicht mehr verspürt hatte. Sie war nicht allein auf diesem Schiff voller Mörder! Jack war da!

Der Junge warf sich mit aller Kraft auf die Piraten, die ihn lachend überwältigten. »Wehe, ihr tut ihr etwas, dann …«

Der Captain machte eine abfällige Handbewegung. »Jenkins, sorg dafür, dass beide über die Planke gehen. Ich habe keine Lust, mir das länger anzuhören.«

Einer der Piraten packte den Jungen, und obwohl er sich wie eine kleine Wildkatze wehrte, stand er nur wenige Augenblicke später neben Vanessa auf dem schmalen Brett. In seinen Augen waren Tränen. »Miss Vanessa, es tut mir ja so leid. Ich bin mitgekommen, als man Sie verschleppt hat, um Ihnen zu helfen, und nun …«

Vanessa, die schon mehrmals beinahe abgerutscht wäre, wandte sich ängstlich um und sah die Piraten beschwörend an. »Nicht! Ich tue alles, was Ihr wollt, *Monsieur*, aber lasst uns leben!«

»Ich habe keine Lust mehr, mich mit dir abzugeben«, erwiderte der Captain höhnisch. »Los, hebt die Planke, und ab mit ihr! Manche Weiber wollen es eben nicht anders.«

»Nein!«, schrie sie in Todesangst auf, als die beiden Männer, die das Brett festgehalten hatten, Anstalten machten, es hochzuheben, so dass sie und Jack unweigerlich ins Wasser rutschen würden. »Bitte nicht! Ich sorge dafür, dass Ihr so viel Geld bekommt, wie Ihr wollt, und noch mehr! Aber bitte, lasst uns leben!« Sie wusste, dass der Pirat nur mit ihr spielte und sie vermutlich sogar wieder aus dem Wasser ziehen würde, um das Lösegeld nicht zu verlieren, aber die Todesangst war jetzt stärker als alle Verachtung, die sie für ihn empfand.

»Was tut ihr da?«, erklang plötzlich eine scharfe Stimme. Vanessa wagte kaum den Kopf zu wenden, aus Angst, das Gleichgewicht zu verlieren. Diese Stimme war ihr fast so vertraut wie ihre eigene, und sie hätte am liebsten vor Freude gejubelt.

»Habt ihr den Verstand verloren?« Sie sah aus den Augenwinkeln, wie Martin sich zwischen den Männern hindurchdrängte.

»Halt dich da raus!«, fuhr der Captain ihn an, als er näher kam.

»Sie hat Geld«, sagte Martin hart. »Viel Geld. Und ihr Onkel noch mehr, das weiß ich. Ich habe sie mit ihrer Zofe reden hören.«

Er drehte sich um und wandte sich an die anderen. »Das gibt für jeden von uns einen schönen Batzen! Und ich weiß, wovon ich rede. Einige von euch kennen mich doch. Du dort …« Er wies auf einen einarmigen, bärtigen Mann, der einige Schritte entfernt stand und die Szene aufmerksam beobachtete. »Wir sind schon miteinander gesegelt! Auf der *Victoire*. Bevor die verdammten Engländer uns erwischt haben. Und du dort …«, er wandte sich an einen Grauhaarigen, der an seiner Pfeife kaute, »… du warst dabei, als wir einen Gewürztransport aus Ostindien in die Finger bekamen.«

Alle starrten auf den Angesprochenen, der nun langsam seine kalte Pfeife aus dem Mund nahm. »Ja, ich kenne dich, du warst der Erste Maat auf der *Victoire*. Ein verdammt schlauer Hund. Wir haben viel Beute miteinander gemacht. Aber das ist schon viele Jahre her.« Er deutete mit dem abgenagten Pfeifenstiel auf Martin. »Das war die rechte Hand von Jacques la Fortune, dem Mann, der den Engländern am Seeweg nach Ostindien das Leben schwer gemacht hat. Bis er von ihnen gefangen genommen und in England gehängt wurde. Ich habe seine Leiche gesehen. Dreimal ist die Flut drübergegangen. Und dann haben sie ihn verfaulen lassen.« Er warf einen scharfen Blick auf Martin. »Ich dachte, dass sie dich damals auch erwischt hätten.«

»Ich hatte Glück und konnte entkommen«, erwiderte Martin. »Und jetzt sage ich euch, dass ihr gerade dabei seid, mehr Geld ins Wasser zu werfen, als ihr jemals durch eure Beutezüge gewinnen könntet.« Er deutete auf Vanessa, die ihn mit weit aufgerissen Augen anstarrte. »Die dort hat mehr Geld, als man in dieses Schiff laden könnte. Sie wird uns dazu verhelfen, aber wenn sie absäuft, kann sie das nicht mehr.«

Auf einen Wink des Captains, dessen Geldgier nicht weniger ausgeprägt war als die seiner heruntergekommenen Mannschaft, senkten die Männer das Brett wieder, und Vanessa und Jack stolperten über die Reling zurück und fielen auf das Deck, als das Schiff plötzlich schlingerte. Nur einen Moment früher, und der Stoß hätte sie ins Wasser geschleudert.

»Bring das Weib in meine Kajüte zurück«, befahl der Captain Jenkins. »Und der Bursche bekommt zwanzig Peitschenhiebe. Das wird ihn lehren, sich nicht einzumischen.«

Vanessa, die hart auf den Bohlen aufgekommen war und halb benommen dulden musste, wie der Pirat sie hochzerrte und unter Deck schleifen wollte, wehrte sich gegen dessen Griff. »Bitte schlagt ihn nicht«, wimmerte sie verzweifelt. »Er hat es doch nur meinetwegen getan!«

»Runter mit ihr!«

Vanessa stolperte blind vor Tränen neben Jenkins her, der sie mit einem derben Griff gepackt hatte. Sie hasste sich selbst für diese Feigheit und Schwäche, die sie zum Nachgeben bewogen hatte, anstatt stolz und aufrecht in den Tod zu springen, wie es einer Gräfin de Chastel würdig gewesen wäre. Und dennoch rasten ihr immer noch Angstschauer den Rücken hinunter, wenn sie an den Anblick der Wogen dachte, von denen sie nur durch ein schmales Brett getrennt gewesen war. Und dann war da ja auch noch Jack, der mit ihr gestorben wäre. Zum Glück war Martin da!

Der Pirat stieß sie einfach durch die geöffnete Tür in den Raum hinein, Vanessa stolperte über ihren Rock und fiel neben dem großen Tisch in der Mitte des Zimmers zu Boden, während der Mann mit einem höhnischen Lachen die Tür hinter ihr zuschlug. Sie schaffte es, auf die Knie zu kommen, obwohl ihre Hände auf dem Rücken gebunden waren, rappelte sich stöhnend auf und unterdrückte einen sehr ungezogenen Ausdruck. Jeder Knochen im Leib schien zu schmerzen.

Sie lehnte sich an den Tisch, lauschte ängstlich hinaus und verwünschte ihren halbherzigen Versuch, ihre Ehre zu bewahren. Hätte sie gleich nachgegeben, dann wäre wenigstens dem Jungen die Strafe für seine Einmischung erspart geblieben.

Martin. Sie konnte es kaum fassen, dass er hier an Bord

war. Das war also sein Geheimnis. Er war ein ehemaliger Pirat. Und jetzt machte er gemeinsame Sache mit diesen Männern.

Nein, unmöglich, nicht ihr Martin, ihr treuer, alter Freund. Es hatte sie erschreckt zu hören, dass er einmal zu den Piraten gehört hatte, aber das war lange her und hatte nichts mehr mit dem Mann zu tun, der sie seit ihrer Kindheit beschützt hatte. Sicherlich tat er nur so, als würde er zu den Matrosen gehören, die es satt hatten, für wenig Geld schwere Arbeit zu leisten, und hier die Gelegenheit am Schopf packten, auf schnelle Art reich zu werden. Da er zweifelsohne nicht der Einzige von der Bande war, der sich auf diese Weise dem verbrecherischen Treiben dieser Leute anschloss, hatte er damit kein Misstrauen erweckt. Dass er von ihrem Reichtum erzählt hatte, war weniger ein Verrat an ihr gewesen als vielmehr ein kluger Schachzug, da er auf diese Weise die Geldgier der Männer angestachelt hatte, die wohl kaum die Gelegenheit auslassen würden, zusätzlich Lösegeld für ihre Gefangene herauszupressen. Vermutlich war es eher dieser Umstand gewesen als ihr würdeloses Flehen, der die Piraten bewogen hatte, sie letzten Endes doch nicht über Bord zu stoßen.

Sie konnte, so sehr sie sich auch bemühte, nicht ausmachen, was oben an Deck vor sich ging, und widmete sich schließlich dem Versuch, ihre gebundenen Hände zu befreien. Nach einigem Hin und Her gelang es ihr endlich, das grobe Seil, das scharf in ihre Handgelenke geschnitten hatte, zu lösen, und sie warf den Strick wütend zu Boden. Das Messer, das ihr der Pirat zuvor aus der Hand gerungen hatte, lag immer noch dort, wo er es hingeworfen hatte. Als sie vor der Kabine plötzlich Schritte hörte, stieß sie es schnell mit dem Fuß unter eine Bank.

Gleich darauf öffnete sich die Tür, und der Captain trat ein.

Vanessa wich hinter den breiten Tisch zurück, auf dem sich neben einigen Landkarten auch eine halbleere Rumflasche befand.

»Diese Schüchternheit wirst du dir abgewöhnen müssen«, sagte der Pirat mit einem Blick, der sie auszuziehen schien. »Obwohl ich ein wenig Widerstand meist durchaus reizvoll finde, beginnt er mich nach einiger Zeit zu langweilen.«

»Ich hoffe, mich zu diesem Zeitpunkt schon im Hause meines Onkels zu befinden«, erwiderte Vanessa scharf. Das Wissen um Martins Anwesenheit auf dem Schiff gab ihr Kraft, und sie hatte weitaus weniger Angst als zuvor, als ihre Knie so gezittert hatten, dass sie gedacht hatte, sie müssten jeden Moment nachgeben.

Der Captain gab keine Antwort, sondern ging an ihr vorbei und stieß eine schmale Tür auf, die von seiner Kajüte in einen dunklen Nebenraum führte. Er blieb daneben stehen und verbeugte sich mit spöttischer Galanterie. »Euer Gemach, Mylady, ich hoffe, es ist zu Eurer Zufriedenheit. Alles andere wird sich wohl sehr bald finden.«

Vanessa zögerte kurz, bevor sie an ihm vorbei durch die Türöffnung trat, wobei sie darauf bedacht war, einen möglichst großen Abstand zu ihm zu wahren und ihn in dem schmalen Durchgang nicht zu streifen. »Mach es dir bequem«, sagte er höhnisch. »Schließlich wirst du eine längere Zeit hier drin verbringen.« Zu ihrer Erleichterung schloss er die Tür hinter ihr, und Vanessa wartete einen Moment, um ihre Augen an die Dunkelheit zu gewöhnen. Nur durch einige Ritzen an der Wand drang etwas Licht hinein und ermöglichte es ihr, sich in ihrer Umgebung zurechtzufinden.

Sie bemerkte an der linken Seite eine Art Pritsche, auf der eine Decke lag. Fast unmittelbar daneben stand ein roh gezimmerter Stuhl und an der gegenüberliegenden Wand eine Truhe, direkt unter den schmalen Lichtstreifen, die von draußen hereindrangen. Vanessa trat näher und sah zu ihrer größten Zufriedenheit, dass es ihre eigene Reisetruhe war, die die Piraten offensichtlich vom anderen Schiff herübertransportiert hatten. Sie hob den schweren Deckel an und blickte hinein. Bis auf einige Kleider und etwas Wäsche war sie leer. Sie klappte den Deckel wieder zu und kniete sich darauf, um zu dem schwachen Lichtschein zu gelangen. Vanessa stellte fest, dass es sich um eine Luke handelte, die mit einem festen Fensterladen verschlossen war, vor dem ein Riegel steckte. Mit einiger Mühe schaffte sie es, diesen beiseite zu schieben und den Laden aufzustoßen. Von draußen strömten helles Tageslicht und der Geruch des Meeres herein sowie die Stimmen der Männer an Deck. Die Öffnung war winzig, aber sie zeigte ein bisschen vom Horizont, der sich endlos erstreckte. Erleichtert atmete Vanessa auf. Nun, da sie wenigstens dieses kleine Fensterchen zur Freiheit hatte, fühlte sie sich gleich viel wohler als zuvor, als sie in diese dunkle Kammer gekommen war und gemeint hatte, ein Verlies zu betreten – dunkel, übelriechend und feucht.

Wenig später ging die Tür wieder auf, und die Gestalt des Captains füllte den Rahmen. Allein seine Stimme war Vanessa schon zuwider. »Bist du mit dem Quartier zufrieden? Ich hoffe, es entspricht deinen gehobenen Ansprüchen, Mylady.«

»Wann werdet Ihr mich auf Jamaika absetzen?«, fragte sie ruhig.

Er lachte spöttisch auf. »So in Eile? Jamaika ist noch viele

Tagesreisen von hier entfernt, meine Schöne. Du wirst dich noch ein wenig gedulden müssen. Aber«, fügte er mit diesem abscheulichen Grinsen hinzu, »wir werden uns die Zeit schon nett vertreiben. Und damit du nicht glaubst, dass es dir an etwas mangelt, habe ich sogar dafür gesorgt, dass dein Bad vorbereitet wird.« Auf seinen Wink hin trat sie an ihm vorbei in seine Kajüte und bemerkte zu ihrer Überraschung, dass tatsächlich in der einen Ecke eine kleine, mit Wasser gefüllte Wanne aufgestellt worden war. Der Captain folgte ihr und griff prüfend mit der Hand hinein. »Es ist warm, Mylady. Du kannst gleich hineinsteigen und es genießen.«

»Das ist sehr liebenswürdig von Euch«, rang sich Vanessa ab. »Ich hatte tatsächlich schon lange nicht mehr die Gelegenheit zu baden. Würdet Ihr mich jetzt bitte allein lassen?«

Sein widerliches Grinsen verstärkte sich noch. »So war das nicht gedacht. Du wirst baden, jawohl, aber ich werde dir dabei zusehen.« Er ging einige Schritte zurück zum Bett und griff nach einem Leinentuch, das er ihr zuwarf. »Hier, dein Badetuch.«

Sie machte keine Anstalten, das Tuch zu fangen, und es fiel neben ihr zu Boden. »Ich werde gewiss nicht baden, solange Ihr im selben Raum mit mir seid, *Monsieur*. Respektiert das und verlasst die Kajüte.«

Sein Gesicht wurde hart. »Du wirst baden. Und ich werde dabei zusehen. Und wenn du dich noch länger so zimperlich aufführst, dann werde ich dafür sorgen, dass du ein ganz anderes Bad nimmst.«

»Ihr werdet Euer Geld bekommen«, sagte Vanessa und verschränkte die Arme vor der Brust, »aber nur, wenn Ihr mich in Ruhe lasst.«

»Zieh dich aus.« Die Stimme des Piraten klang kalt.

»*Monsieur!*«

»Zieh dich aus!«, kam es mit deutlicher Schärfe, und die Augen des Mannes wurden schmal. »Und ich werde es kein weiteres Mal sagen, sondern meine Männer holen, die das für dich tun werden. Allerdings wirst du dann auch das Quartier wechseln.« Er musterte sie mit einem hämischen Grinsen. »Die Ärmsten haben schon seit etlichen Wochen keine Frau mehr gesehen. Vielleicht sollte ich ihnen diese kleine Freude in jedem Fall gönnen.«

»Eure Piraten, *Monsieur*, sind schon über die armen Frauen des englischen Schiffes hergefallen!«, erwiderte sie angeekelt.

»Das waren ja nur drei, meine Leute sind dabei kaum auf ihre Kosten gekommen«, lautete die gleichmütige Antwort. »Und jetzt entscheide dich – ich oder meine Männer.«

Vanessa wusste, dass sie sich einige Stunden davor bereits vollkommen in seine Hand gegeben hatte, aus Angst vor dem Meer und vor dem Tod. Es war vermutlich lächerlich, jetzt noch zu zaudern. Sie hatte zuvor nachgegeben, und sie wusste, dass sie es, vor die Wahl gestellt, wieder tun würde. Sie wollte leben und nicht in diesem unendlichen Meer dort draußen ertrinken oder von den Haien gefressen werden, die, wie sie sehr wohl bemerkt hatte, die Schiffe manchmal begleiteten. Langsam hob sie die Hand und öffnete die Häkchen ihres Kleides. Schließlich streifte sie es über die Schultern, stieg heraus, legte es vorsichtig, um es nicht zu verknittern – sie würde lange damit auskommen müssen – auf einen Stuhl, dann ließ sie ihren leichten Unterrock folgen und wollte in dem spitzenbesetzten weißen Hemd in die Wanne steigen.

»Badet man in der vornehmen Gesellschaft etwa in Unterwäsche?«, ließ sich der Captain zynisch vernehmen. Er hatte ihr gegenüber am Bett Platz genommen, ein großes Glas in der einen und eine bauchige Flasche in der anderen Hand, und verfolgte jede ihrer Bewegungen wie ein Wolf, der seine Beute beobachtete. Nein, dachte Vanessa schaudernd, nicht wie ein Wolf, wie ein Hai. Ein Fisch mit fahlen, ausdruckslosen Augen, die nur böse und gefräßig schauen konnten ... Schließlich nestelte sie verächtlich an den Bändern, die ihr Hemd vor der Brust zusammenhielten. Sie hatte bereits bei Beginn der Reise auf Martins Anraten hin auf ein Korsett verzichtet, und ihre Brüste quollen schwer und voll hervor. Sie ließ auch das Hemd fallen.

Sein Blick glitt über ihren Körper, ihre Brüste, ihren Bauch, ihre Schenkel. Es hatte sie immer erregt, wenn Albert ihren unbekleideten Körper betrachtet und sie in seinen Augen seine Liebe zu ihr und sein Verlangen gesehen hatte, aber nun fühlte sie sich beschmutzt, gedemütigt und angeekelt. Sie war überrascht, dass nicht noch andere, zartere Gefühle wie Schamhaftigkeit und die tiefe Verlegenheit, nackt vor einem fremden Mann zu stehen, ihr zu schaffen machten, wie es sich für eine Dame von Stand und guter Erziehung gehört hätte. Doch sie fühlte nichts dergleichen. Aber vielleicht lag es daran, dass sie dieses Subjekt zu sehr verachtete und verabscheute.

Dann trat sie völlig nackt an die Wanne und stieg hinein. Das Wasser war tatsächlich angenehm lau, gerade richtig für die Hitze unter Deck. Vanessa ließ sich mit einem wohligen Seufzen nieder und vergaß für einen Augenblick, dass dieser Pirat dort drüben saß und sie und ihren nackten Körper begaffte. Die Wanne war hinten etwas höher als vorne und gab ihr das Gefühl von Intimität, von Schutz vor den Blicken dieses Mannes.

Plötzlich machte er eine Bewegung, etwas fiel in die Wanne und ließ das Wasser hoch aufspritzen. Vanessa war erschrocken zusammengezuckt. »Hier ist Seife. Und jetzt wasch dich.«

Vorbei war das Gefühl des sekundenlangen Wohlbefindens, und sie tastete wohl oder übel im Wasser nach dem Seifenstück, dessen Duft ihr nicht unbekannt war. Sie warf dem Captain einen scharfen Blick zu. »Ihr scheint Gefallen an meinen Sachen gefunden zu haben, *Monsieur*. Habt Ihr noch weitere Dinge, die mir gehören?«

»Vielleicht«, erwiderte er spöttisch. »Und wenn du dich gut benimmst und ich mit dir zufrieden bin, bekommst du immer wieder ein Stück davon. Und jetzt wasch dich!«

Sie starrte ihn verächtlich an, während sie mit dem Seifenstück über ihre Arme und ihre Schultern fuhr. Dann rutschte sie ein wenig tiefer ins Wasser, um ihre Brüste, die sanft im Wasser schaukelten, vor den Augen dieses menschlichen Hais verborgen zu waschen.

»Was soll das?«, fragte er scharf. »Setz dich wieder auf!«

»Ihr seid geschmacklos!«, fuhr Vanessa ihn an, ohne Anstalten zu machen, sich auch nur eine Handbreit aus dem Wasser zu erheben. Wenn sie gedacht hatte, dieser Vorwurf würde ihn von seinem Wunsch abbringen, hatte sie sich getäuscht, denn er lachte nur höhnisch und wiederholte seinen Befehl, diesmal weitaus schärfer.

»Steh auf und wasch dich im Stehen, statt dich in der Wanne zu verkriechen. Ich will schließlich etwas davon haben! Los!«, fuhr er sie an, als sie zögerte, seinem Befehl nachzukommen. »Steh auf!«

Langsam erhob sie sich. Das Wasser rann in kleinen Bächen an ihr herab, zwischen ihren Brüsten, in ihren Nabel, über ihren Bauch, ihre Schenkel. Die nassen Härchen ihrer Scham wirkten durch die Feuchtigkeit dunkler als sonst, und sie war sich der gierigen Blicke des Mannes bewusst, der zwischen ihre Beine starrte.

»Wasch dich!«

Sie hob die Hand, in der sie die Seife hielt, widerstand dem Drang, das Seifenstück mit aller Kraft in seine Richtung zu werfen, und fuhr sich damit über ihren Bauch, ihre Brüste und ihren Hals. Als sie die Hand wieder senken wollte, deutete er auf die Spalte zwischen ihren Schenkeln. »Dort auch.«

»Hört auf damit!«, verlangte Vanessa wütend. »Lasst mich endlich in Ruhe!«

»Tu, was ich dir sage.« Seine Stimme klang gefährlich leise, und Vanessa wusste, dass er jedes Druckmittel benutzen würde, um sie dazu zu bringen, das zu tun, was er von ihr verlangte. Sie atmete tief durch, presste die Lippen aufeinander und schob das Seifenstück zwischen ihre Schenkel, während sie ihre Beine so eng wie möglich geschlossen hielt.

»Tiefer hinein.«

Vanessa drückte die Seife, ohne ihre Beine zu öffnen, so weit zwischen ihre Schenkel, dass sie den harten Druck fühlte. Ein Gefühl, das sie unter anderen Umständen erregt hätte, aber diesmal nur den Wunsch in ihr auslöste, die Demütigung würde endlich enden und der elende Pirat sie in ihre Kammer zurückgehen lassen.

»Reibe dich damit«, befahl er ihr heiser und ohne den Blick von ihrer Hand zu nehmen, die das Seifenstück hielt.

Vanessa gehorchte. Sie wunderte sich über sich selbst, aber obwohl diese Situation abstoßend war, schien sie ihr immer noch besser als der Tod im Meer. Ihre Gedanken, während sie die Seife an ihren Schamlippen rieb, die trotz ihres Ekels erregt wurden, gingen zu Albert. Würde er begreifen, was sie hier tat? Oder würde er sie verurteilen und verachten? Würde er verstehen, dass sie das Leben gewählt hatte, auch wenn es ihr Demütigung und Schande bringen würde? War sie wirklich so tief gesunken, diese Erniedrigung einem ehrenvollen Tod vorzuziehen?

Natürlich konnte sie sich jetzt widersetzen, vermutlich mit dem Ergebnis, dass sie in wenigen Minuten abermals in Todesangst auf diesem schwankenden Brett balancieren und am Ende doch nur wieder um Gnade für sich bitten würde. *Nein,* dachte sie entschlossen, *das mache ich kein zweites Mal mit. Es ist nur mein Körper, den er bekommt.* Sie wusste, dass es vermutlich viele Frauen gab, die in derselben Situation den Tod vorgezogen hätten.

Und ebenso viele, die sich so entschieden hätten wie sie.

Nein, ich werde leben, überlegte sie grimmig, *leben und zusehen, wie man dieses Scheusal hängt. Und dann werde ich ebenso klatschen und jubeln wie der Pöbel.*

Sie ließ plötzlich die Seife fallen und setzte sich in die Wanne, um die Lauge von ihrem Körper zu spülen.

»Ich habe dir nicht erlaubt, damit aufzuhören«, erklang die unangenehme Stimme des Captains.

»Ich tue nur das, was Ihr mir befohlen habt«, erwiderte sie kalt. »Ich wasche mich.«

Sie stieg aus dem Bad, griff nach dem großen Leinentuch, das am Boden lag, und wickelte sich darin ein. Er hatte ihr schweigend dabei zugesehen, doch als sie nach ihren Kleidern fasste und in die Kammer zurückkehren wollte, hielt er sie mit einer Handbewegung auf. »Ich bin noch nicht fertig mit dir.«

»Aber ich mit Euch.« Sie wandte sich um, doch er sprang auf und hielt sie am Arm fest.

»Du glaubst doch nicht wirklich, dass dies alles war?«, fragte er mit einem so schmierigen Grinsen, dass Vanessa unwillkürlich den Mund verzog. Dieser Mann war wahrhaftig abstoßend. Weniger sein Äußeres, das weitaus sauberer und gepflegter war als das seiner Piratenbande – es mochten wohl diese verlebten Züge sein, die ebenso wie sein Benehmen und seine Worte nur allzu deutlich seinen Charakter zeigten. Ein verkommenes, gewissenloses Subjekt. Ein Räuber und Mörder.

Er stand auf und trat dicht vor sie hin. »Mach nicht so ein Gesicht«, fuhr er sie an, als sie angeekelt den Kopf abwandte. »Es ist für dich eine Ehre, dass ich mich überhaupt mit dir abgebe. Normalerweise habe ich ganz andere Frauen im Bett!«

»Ich habe nicht darum gebeten, mit Euch das Bett zu teilen«, zischte sie ihn böse an. »Ihr wolltet mich doch auf Jamaika absetzen, um das Lösegeld zu erhalten! Warum tut Ihr es nicht und sucht Euch eine willigere Bettgefährtin?«

»Du solltest ein wenig entgegenkommender sein, Mylady.«

»Was erwartet Ihr? Dass ich mir mit Freude von Euch Gewalt antun lasse?«

»Du hast gar keine andere Wahl, meine Schöne, ich habe dich in der Hand.«

Vanessa schüttelte wild den Kopf. »*Non*. Nein, das tue ich nicht. Ich mag zwar in Eurer Hand sein, *Monsieur*, Ihr mögt in der Lage zu sein, mich zu töten, wenn Ihr es nicht vorzieht, Lösegeld für mich zu erhalten, aber Ihr werdet mich mit keiner wie auch immer gearteten Drohung dazu bewegen können, das Bett mit Euch zu teilen. *Jamais!* Niemals! Und das ist mein letztes Wort!«

Der Pirat hob die Hand. Sie hielt seinem wütenden Blick stand und zuckte nicht einmal zurück, als er ihr eine Ohrfeige gab, die ihren Kopf herumriss und ihr für Sekunden die Sicht nahm. »Und wenn Ihr mich totschlagt«, presste sie zwischen den Zähnen hervor, als er abermals ausholte, »ich werde es nicht tun! *Jamais!*« Sie starrte ihm in Erwartung des zweiten Schlages in die Augen, aber stattdessen packte er sie am Arm und stieß sie so heftig von sich, dass sie hart auf dem Boden aufprallte und einen Schmerzenslaut unterdrücken musste.

»Mach, dass du in deine Kammer kommst, verdammtes Weibsstück«, herrschte er sie heiser an. »Diesmal kommst du noch einmal davon, aber beim nächsten Mal werde ich diese Aufsässigkeit nicht dulden!«

Vanessa rappelte sich schnell hoch, raffte das Tuch um sich, griff nach ihren Kleidern und lief zu der schmalen Holztür.

Sie hatte schlecht geschlafen und immer wieder ängstlich nach ihrem Peiniger gelauscht, der jedoch gewillt zu sein schien, sie wenigstens für diese Nacht in Ruhe zu lassen. Obwohl sie sich für das Leben entschieden hatte, saßen ihr dennoch der Ekel und die Angst vor diesem Mann im Nacken, der jederzeit hier hereinkommen und über sie herfallen oder sie abermals zwingen konnte, sich vor ihm auszuziehen. *Dennoch*, dachte sie, *ich will nicht sterben! Ich werde leben! Und er wird mich nach Jamaika bringen, dessen bin ich mir ganz sicher, ich habe den Ausdruck in seinen Augen gesehen, als er von dem Lösegeld sprach. Der Mann ist gierig.*

Sie fasste nach dem Medaillon, das sie in der Tasche ihres Kleides verborgen gehabt hatte, in der Furcht, er würde ihr das kostbare Schmuckstück entreißen, sobald er es an ihrem Hals bemerkte. Es war ein Geschenk von Albert zu ihrem Hochzeitstag. Als sie es öffnete, sah sie im Licht der Morgensonne, die durch die Luke drang, Alberts geliebtes Gesicht in dem kleinen goldenen Rahmen. Der Anblick seiner liebevollen Augen und seiner vornehmen Züge gab ihr wieder Mut, und plötzlich schien ihr, als wäre er tatsächlich hier bei ihr, wachte über sie und würde sie vor dem Schlimmsten bewahren. »Albert«, flüsterte sie zärtlich, »warum musstest du mich nur verlassen? Wie einsam ich doch ohne dich bin.«

Erschrocken zuckte sie zusammen, als genau in diesem Moment die Tür aufsprang und der Captain darin stand. Sie hatte kaum noch Zeit, das Medaillon unter die Matratze zu schieben, als er auch schon bei ihr war.

»Was hast du da?«

»Nichts!« Vanessa lehnte sich hastig zur Seite, damit er nicht an ihren liebsten Besitz gelangen konnte. Er war jedoch weitaus kräftiger als sie, stieß sie vom Bett und hatte auch schon mit einem Griff das schön ziselierte Schmuckstück in der Hand, das an einer schweren goldenen Kette hing.

»Gebt es mir zurück!«, schrie Vanessa zornig auf.

Über das Gesicht des Piraten zuckte ein höhnisches Grinsen. »Alles, was dir gehört, gehört jetzt mir, meine Schöne, und ein so hübsches Stück ist gerade recht als Geschenk für meine Freundin, die ich besuchen werde, sobald wir die Insel erreicht haben.«

»Das werdet Ihr nicht tun!«, schrie sie auf, stürzte auf ihn zu und entriss ihm das Medaillon. »Ich werde Euch töten, wenn Ihr es mir nehmt!«

»Ich würde es ja über Bord werfen, wenn es nicht unter Umständen sogar noch ein hübsches Sümmchen einbringen könnte«, antwortete er gehässig und griff nach ihrer Hand, in der sie das Schmuckstück verborgen hielt. Obwohl sie sich erbittert wehrte, konnte sie nichts dagegen tun, als er mit solcher Gewalt ihre Finger öffnete, dass sich ihr ein Schmerzensschrei entrang. Er stieß sie zurück, dass sie bis zum Bett taumelte, und hob das zu Boden gefallene Medaillon auf. »Na also«, sagte er grimmig und verließ zufrieden die kleine Kammer.

Vanessa folgte ihm eilig und sah, dass er das Medaillon öffnen wollte. Es war das Einzige, was ihr von ihren glücklichen Tagen mit Albert geblieben war, ihr restlicher Schmuck und sogar der Siegelring der Chastels, den ihr Albert damals anstatt eines Eherings an den Finger gesteckt hatte, war ihr geraubt worden. Aber das Medaillon würde sie ihm nicht lassen!

Sie sah sich zitternd vor Wut und Aufregung um und erblickte das Messer, das sie am Tag davor unter die Bank geschubst hatte. Mit einem Sprung war sie dort, umschloss fest den harten Griff und stürzte sich mit einem wütenden Aufschrei auf den Piraten, der nicht mit einem Angriff gerechnet hatte. Sie hob das Messer und stach zu, die scharfe Klinge verfehlte jedoch ihr Ziel, da der Mann sich in letzter Sekunde zur Seite gedreht hatte, traf seine Rippen und glitt dort fast wirkungslos ab, nur einen oberflächlichen Schnitt verursachend. Bevor sie abermals zustechen konnte, hatte er ihr auch schon das Messer aus der Hand gerungen und ihr einen solchen Schlag versetzt, dass sie halb besinnungslos zu Boden stürzte. Ehe sie sich wieder aufrichten konnte, hatte er sie an den Haaren gepackt, auf die Knie gezerrt und ihr das Messer, das er schnell aufgehoben hatte, an die Kehle gesetzt.

»Du kleine Hure hast es gewagt, auf mich loszugehen? Ich sollte dir einfach den Hals durchschneiden wie einem Huhn, das geschlachtet wird!« Seine Augen waren dicht vor ihr, und sein heißer Atem traf ihr Gesicht.

»Stecht doch zu«, keuchte sie, als sie den kalten Stahl an ihrer zarten Haut fühlte. »Macht dem endlich ein Ende. Oder glaubt Ihr, mein Leben wäre mir noch etwas wert? Den Schmutz, den Ihr über mich geworfen habt, kann ich niemals mehr abwaschen.«

Er starrte sie sekundenlang lang an, dann legte sich ein hässliches Grinsen über sein Gesicht, »Nein, mein schönes Kind, das werde ich gewiss nicht tun. Oder meinst du, ich bringe mich um ein Vergnügen? Und vergnügen werde ich mich ab jetzt mit dir, weit mehr noch, als ich es bisher getan habe. Du glaubst, ich hätte dich schlecht behandelt, du dumme Gans? Dann wirst du jetzt sehen, wozu ich wirklich in der Lage bin, und du wirst mich auf Knien anflehen, gnädig mit dir zu sein!«

Als er sie hochzerrte, ertönte von Deck ein Schrei. »Captain! Captain! Land in Sicht! Wir haben Curaçao erreicht!«

Der Captain hielt inne, steckte das Messer in den Gürtel und stieß Vanessa in die Kammer zurück. »Du bleibst schön hier, bis ich wiederkomme, meine Teure. Lauf mir nicht davon, ich werde dich sicherlich nicht lange warten lassen!«

Mit einem gehässigen Lachen knallte er die Tür hinter ihr zu, und Vanessa schloss verzweifelt die Augen. Sie hörte seine sich entfernenden Schritte, dann einige Rufe an Deck, und schließlich nach einer ganzen Weile das typische Geräusch, mit dem eines der Boote ins Wasser gelassen wurde. Sie kniete sich auf die Truhe und sah durch die kleine Luke hinaus. In etwa einer halben Meile Entfernung sah sie einen weitläufigen Sandstrand, an dem einige kleine Hütten standen. Dahinter konnte sie ein Dorf erkennen, das man sogar eine kleine Stadt nennen konnte und hinter dem sich einige flache, baumlose Berge erhoben. Das Boot mit dem Captain und einigen anderen Männern entfernte sich mit kräftigen Ruderschlägen vom Schiff, und in Vanessa stieg kurz die Hoffnung auf, während seiner Abwesenheit ihr Gefängnis verlassen zu können und an Land zu gelangen, um dort Hilfe zu finden.

Als sich plötzlich jemand an der Tür zu schaffen machte, fuhr sie so schnell herum, dass sie beinahe von der Kiste gerutscht wäre. Angstvoll hielt sie den Atem an, in der Furcht, einer oder mehrere der Piraten könnten den Ausflug des Captains dazu nutzen, über seine Geisel herzufallen, aber dann erkannte sie erleichtert Martin, der in dem hellen Viereck stand, sich kurz umsah und dann mit raschen Schritten auf sie zukam. Sie fiel ihm in die Arme und konnte kaum ihre Tränen zurückhalten.

»Mein lieber Martin!«

Ihr alter Freund hielt sie fest an sich gedrückt und streichelte beruhigend über ihren Rücken. »Vanessa, mein armes Kind, es bricht mir das Herz, Euch so zu sehen.« Seine

Stimme klang gepresst. »Hat dieser … dieser verdammte …«

Sie schüttelte den Kopf. »Nein, bisher hat er mir nichts getan.« Sie verschwieg voller Scham, dass sie sich vor ihm hatte entkleiden und waschen müssen.

»Sollte er Euch etwas antun wollen, werde ich ihn töten«, sagte Martin kalt, und Vanessa wusste, dass es keine leeren Worte waren. Allerdings würde dies auch bedeuten, dass er dann von den anderen Piraten aufgeknüpft werden würde, und das durfte niemals geschehen. Schon das Wissen um seine Anwesenheit gab ihr Kraft. Völlig allein, ohne ihren treuen Freund, würde sie vermutlich vor Angst den Verstand verlieren.

»Was ist mit Jack? Haben … haben sie ihn geschlagen?«

»Ja, aber er hat ihnen nicht die Freude bereitet, auch nur einen Laut von sich zu geben«, erwiderte Martin mit grimmiger Genugtuung. »Jetzt ist er unter Deck. Der kleine Bursche ist zäh, *Madame*, der ist bald wieder auf den Beinen.« Er zögerte etwas, und als er weitersprach, klang seine Stimme bedrückt. »*Madame*, was Ihr gestern gehört habt, über meine Vergangenheit …«

Sie legte ihm den Finger auf den Mund. »Nicht, Martin. Sprich bitte nicht weiter, lass das Vergangene ruhen.«

Martin nahm ihre Hand und küsste sie. »Zuerst sollt Ihr alles wissen, *Madame*. Jacques la Fortune, wie er wegen seines fast sprichwörtlichen Glücks genannt wurde, war ein Korsar. Er wurde tatsächlich von den Engländern gefangen genommen und gehenkt, obwohl er mit einem Kaperbrief des französischen Königs fuhr. Mir gelang es zu entkommen, und dabei traf ich auf Euren Vater. Er verhalf mir zur Flucht und nahm mich mit nach Frankreich. Die anderen

Dienstboten tuschelten hinter meinem Rücken, und Eure Mutter begegnete mir mit Misstrauen. Aber zu Unrecht. Was immer ich früher getan haben mag, ich habe nie vergessen, was ich Eurem Vater schuldig war, und Euch, Vanessa, habe ich vom ersten Moment an geliebt wie meine Tochter. Es würde mich sehr schmerzen, brächtet Ihr mir jetzt nicht mehr dasselbe Vertrauen entgegen wie zuvor.«

Vanessa hob die Hand und strich ihm über die rauhe Wange. »Ich werde niemals etwas anderes in dir sehen als meinen besten Freund, Martin.«

Das vertraute Gesicht entspannte sich, und ein leichtes Lächeln legte sich darüber.

»Sag mir, mein Lieber, gibt es eine Möglichkeit für uns, von Bord zu gehen?«

Zu ihrer Enttäuschung schüttelte Martin den Kopf. »Nein, *Madame*. Die Boote sind streng bewacht, und Schwimmen ist unmöglich. Ich selbst habe heute, nachdem wir angelegt haben, mehrere Haifische gesehen, die das Schiff in der Hoffnung auf Beute umlauerten. Wir kämen nicht einmal in die Nähe der Insel.«

Besser vielleicht, als hierzubleiben, dachte Vanessa verzweifelt. *Ein schneller Tod. Angenehmer als alles, was mich hier erwartet. Er hat seine Drohung ernst gemeint.*

Martin hielt ihr etwas auf seiner flachen Hand hin. »Hier, *Madame*, das fand ich draußen in seiner Kajüte auf dem Boden. Wenn mich nicht alles täuscht, ist es Euer Medaillon.«

Vanessa stieß einen kleinen Freudenschrei aus, als Martin ihr das kostbare Schmuckstück übergab, und küsste ihn glücklich auf die Wange. »Danke, Martin, mein Bester. Er hat es mir zuvor entwendet und wollte es einer seiner ...«, sie war nahe daran, eines der Wörter zu benutzen, die eine Dame nicht einmal kennen, geschweige denn verwenden sollte, »er wollte es einer der Frauen auf der Insel schenken.«

»Nun, jetzt ist es ja wieder in den richtigen Händen«, antwortete Martin grimmig und sah Vanessa zu, wie sie das Medaillon in ein Wäschestück einwickelte und ganz unten in ihrer Kiste verstaute.

Sie klappte die Truhe wieder zu und sah Martin drängend an. »Glaubst du nicht, dass wir hier auf der Insel Hilfe finden könnten, Martin?« Jetzt, wo sie das Medaillon wiederhatte und Martin bei ihr war, erwachte auch wieder die Hoffnung.

Die Antwort war allerdings enttäuschend. »Hier?« Martin lachte kurz auf. »Nein, *Madame*. Nicht nur die Stadt, die halbe Insel ist derzeit voller verkommener Subjekte, die mit den Niederländern Geschäfte machen. Hier hilft Euch keiner. Im Gegenteil, man würde Euch wohl entweder sofort wieder diesem Tier übergeben oder noch Schlimmeres mit Euch tun. Nein, *Madame*, hier finden wir weder Hilfe noch Rettung.« Als er sah, dass ihre Lippen zuckten, wurde sein Blick weich. »Gebt die Hoffnung dennoch nicht auf, Vanessa. Die Piraten müssen einige Tage hierbleiben, bis sie ihre Beute unters Volk gebracht haben, und dann werden sie wohl noch das Gold, das sie dafür bekommen, genießen wollen. Bis sie wieder auf einen neuen Beutezug auslaufen, kann viel geschehen. Und glaubt mir«, setzte er entschlossen hinzu, »ich werde die kleinste Möglichkeit zu nutzen verstehen.«

7. Kapitel

Die Rettung war jedoch näher, als Vanessa und ihre Freunde es sich in diesem Moment hätten träumen lassen. Sie wartete im Hafen in der Gestalt von Robert McRawley, der mit finsterem Blick das langsame Einsegeln des Schiffes verfolgte. Auf seinen eben noch grimmigen Zügen erschien ein zufriedenes Lächeln, als er beobachtete, wie ein Boot zu Wasser gelassen wurde und der Captain, der allein schon durch seine auffallende Kleidung aus der Meute der zerlumpten Piraten herausstach, mit einigen Männern an Land ruderte.

»Wusste ich's doch, dass er den Hafen anlaufen wird«, sagte Robert leise zu Finnegan, der neben ihm stand und ebenso gespannt den Kurs des Bootes verfolgte.

Robert und Finnegan waren jedoch nicht die Einzigen, die das kleine Boot beobachteten, das sich jetzt mit kräftigen Ruderschlägen dem Land näherte, sondern es waren, wie Robert wusste, insgesamt noch zweiunddreißig Augenpaare, die zu finster dreinblickenden Männern gehörten, auf deren Gesichtern Robert zum Teil grimmige Entschlossenheit sehen konnte, zum Teil Vorfreude und auf manchen sogar ein triumphierendes Grinsen, das für Malcolm McRawley und seine Piraten nichts Gutes verhieß. Sie hatten in der langen Stunde, in der die Fregatte in den Hafen manövriert hatte, keinen Blick von den wenigen Segeln gelassen, die die Mannschaft benötigte, um sich dem seichten Hafen nähern zu können. Man konnte selbst aus dieser Entfernung sehen, dass sich einige recht zwielichtige Gestalten an Bord des Schiffes befanden – allerdings kaum abenteuerlicher als jene, die jetzt an Land standen und mit kaum gezügelter Ungeduld auf die Ankunft des Bootes warteten. Wie eine Meute hungriger Wölfe, denen beim Anblick der Beute schon das Wasser im Mund zusammenlief.

Endlich, nachdem die Geduld der Wartenden auf eine harte Probe gestellt worden war, erreichte das Boot den Strand. Zwei der Männer sprangen heraus und zogen es an Land. Schließlich setzte der Captain selbst seinen Fuß auf den weißen Sand.

»Na also«, zischte Robert seinem Freund zu, der beim Anblick des verhassten Piraten eine schwere Pistole aus dem Gürtel zog und etwas tiefer in den Schatten der Hütte trat, neben der sie sich verbargen.

»Jetzt, Sir?«

»Nein, Finnegan, hier sind noch zu viele Leute, und wir können vom Schiff aus gesehen werden, das würde die anderen warnen. Nein, wir warten, bis er sich mit einer dieser ›Damen‹ zurückzieht. So wie ich ihn kenne, wird das nicht lange dauern.« Er schüttelte ungläubig den Kopf, als er den Neuankömmling, der sich in seinen besten Staat geworfen hatte und die Straße entlangspazierte wie ein Dandy am Hof des englischen Königs, mit einer Mischung zwischen Abneigung und Spott betrachtete.

Finnegan nickte und lehnte sich lässig an die Wand hinter ihm. Auf einen unbeteiligten Beobachter hätte er den Eindruck eines Mannes gemacht, der kein Wässerchen trüben könnte, aber sein Freund wusste es besser. Und er hätte sich keinen verlässlicheren Begleiter wünschen können. Nicht, dass er nicht auch allein mit diesem Schweinehund fertig geworden wäre, aber mit seinem Ersten Maat zur Seite würde er keine Probleme haben, auch den Rest des Plans durchzuführen. Zuerst würden sie Malcolms Begleiter überwältigen und dann mit ihrer Mannschaft zur *Independence* rudern, um dort jene über Bord gehen zu lassen, die nicht bereit waren zu akzeptieren, dass ab nun wieder ein anderer das Kommando führte.

Er konnte von seinem Standort aus die Masten des Schiffes sehen, das mit gerefften Segeln ruhig im Hafen lag, und ein angenehmer Schauer lief ihm bei dem Anblick über den Rücken. Über sechs Monate hatte er darauf warten müssen, aber nun war es so weit – er würde sein Schiff, das ihm dieser verdammte Nichtsnutz gestohlen hatte, wieder zurückbekommen.

Malcolm McRawley hatte nicht lange gezögert, eines der örtlichen Bordelle aufzusuchen, und lag nun bei einer der schönsten käuflichen Damen der Stadt. Er vergnügte sich gerade damit, ihre prallen Brüste zu streicheln, was sie mit einem erregten Stöhnen quittierte, als die Tür plötzlich mit einem Knall aufflog und der Mann hereinstürmte, den er hier und in diesem Moment am wenigsten erwartet hätte.

Die dunkelhaarige Dirne schrie erschrocken auf, sprang aus dem Bett, raffte ihre Kleider an sich und verließ so hastig den Raum, dass sie stolperte und Finnegan in die Arme fiel, der gerade in der Tür erschien, während Robert Malcolm in

Ermangelung von Kleidung auch schon am Hals gepackt hatte.

Dieser schluckte, als er in ein zorniges, dunkelgrünes Augenpaar sah, dessen Blicke ihn zu erdolchen schienen. »Robert«, sagte er heiser, weil die Finger seines Angreifers seine Kehle so zusammendrückten, dass er kaum noch Luft bekam, »welch eine Überraschung, dich hier zu sehen. Ich hatte schon befürchtet …«

»Du hast befürchtet?«, zischte ihn Robert außer sich vor Zorn an, wobei er den Druck seiner Hände so verstärkte, dass das Gesicht seines Opfers eine ungesund bläuliche Farbe annahm und Malcolm krampfhaft nach Luft schnappte. »Du hast befürchtet?«, wiederholte er, wobei er Malcolm bei jedem Wort kräftig durchschüttelte. »Du verdammter Bastard hast mich nicht nur feige im Stich gelassen, sondern dir auch noch mein Schiff angeeignet und bist damit davongesegelt, während ich und meine Leute monatelang in einem dieser elenden Gefängnisse schmoren mussten, aus denen man eher tot als lebendig wieder herauskommt!«

Robert hätte in seinem gerechten Zorn seine starken Hände wohl noch enger um den Hals seines Bruders gelegt, bis dieser sein unwertes Leben ausgehaucht hätte, wäre nicht Finnegan herangetreten.

»Captain, nicht, dass ich nicht einer Meinung mit Ihnen wäre, aber ich möchte doch davon abraten, Ihren Bruder gleich hier und jetzt zu erwürgen. Sie wissen doch: die höchste Rah. Das haben Sie mir damals versprochen.«

Schwer atmend und sichtlich widerwillig löste Robert die Hände von dem bereits dunkle Würgemale aufweisenden Hals und trat einen Schritt zurück, wobei er seinen Widersacher mit einem Blick musterte, der diesen veranlasste, rasch aus dem Gefahrenbereich dieser mordlustigen Hände zu rutschen.

»Aber Robert«, sagte er, wobei er so krächzte, dass er kaum zu verstehen war, »das ist doch alles nur ein Missverständnis, ich dachte …«

Hätte Finnegan nicht schnell zugegriffen und den Arm seines Freundes gepackt, so wäre der Hals von Malcolm McRawley abermals in Gefahr gewesen. So jedoch begnügte Robert sich damit, ihn grob aus dem Bett zu zerren. »Du wirst Zeit und Gelegenheit genug haben, über dieses Missverständnis nachzudenken«, fuhr er ihn aufgebracht an, »während du auf irgendeiner Insel sitzt. Du hast wahrhaftig mehr Glück als Verstand, Malcolm, dass wir den gleichen Vater haben, andernfalls würde ich dich jetzt auf der Stelle zu Kleinholz verarbeiten und den Haifischen zum Fraß vorwerfen!«

Er winkte seinen Männern, die sich unter Smithys Führung mit drohenden Blicken auf Malcolm durch die Tür drängten. »Nehmt ihn fest und bringt ihn hinaus.« Bevor er den Raum verließ, wandte er sich nochmals um. »Lass dir nicht einfallen, mir jemals wieder in die Quere zu kommen, sonst vergesse ich unsere Verwandtschaft und verpasse dir das, was du eigentlich jetzt schon verdient hättest!«

Vor dem Haus fand er einen abenteuerlich aussehenden, jedoch kostbar gekleideten Mann vor, der lässig auf einer Kiste saß und grinste. Als er Robert sah, stand er auf und kam auf ihn zu. »Haben Sie noch etwas von ihm übrig gelassen, *Capitano?*«

»Noch viel zu viel«, brummte Robert und wies auf Malcolms Männer, die in der Zwischenzeit von seinen eigenen Leuten gefangen genommen worden waren. »Die können Sie haben. Mir ist vollkommen gleichgültig, was Sie mit ihnen machen. Meinetwegen können Sie sie als Sklaven verkaufen, solange mir dieser Abschaum niemals mehr unter die Augen kommt. Auch diejenigen, die ich noch über Bord gehen lasse. Und meinen nichtsnutzigen Bruder setzen Sie auf einer einsamen Insel aus, dort kann er bleiben und über sein verkommenes Leben nachdenken.«

Der andere lachte, zog mit einer theatralischen Geste seinen breiten, federngeschmückten Hut und verbeugte sich. »Es ist wie immer eine Freude, Geschäfte mit Ihnen zu machen, Captain McRawley. Ich wünsche Ihnen eine gute Reise. Falls Sie wieder etwas brauchen, Ramirez Rodriguez Torrez-Ventamilla steht zu Ihrer Verfügung.«

Robert nickte, reichte dem Spanier die Hand und stiefelte dann mit Finnegan Richtung Boot.

Ramirez sah ihm grinsend nach. »Sieh ihn dir an«, sagte er zu einem seiner Leute, der sich rasch näherte, »kaum ein ganzes Stück Stoff am Körper und löchrige Stiefel, aber ich schwöre dir, das ist einer der besten Männer, die mir jemals begegnet sind.«

Nachdem Martin die Kajüte verlassen hatte, war Vanessa in sich zusammengesunken auf dem Bett gesessen, bis sie Ruderschläge hörte, die ihr signalisierten, dass sich das Boot des Captains wieder dem Schiff näherte. Sie horchte auf, als eine laute, herrische Stimme ertönte, gefolgt von Rufen und Tumult an Deck. Schüsse fielen, dröhnende, stampfende Schritte erklangen, verzweifelte Schreie, Wasserspritzen, so, als wäre etwas hineingeworfen worden. Und dann herrschte plötzlich wieder Stille. Beunruhigt lauschte sie hinaus. Es hatte fast so geklungen, als wäre das Schiff überfallen worden. Wenn Martin sich nicht täuschte und sich tatsächlich viele Piraten auf dieser Insel aufhielten, die die Gelegenheit wahrgenommen hatten, das Schiff zu kapern, so konnte sie sich schnell in einer noch misslicheren Lage wiederfinden als zuvor. Sie hatte die Stimme des Captains nicht gehört – vielleicht war er gar nicht mehr zurückgekehrt, sondern schon an Land getötet oder gefangen genommen worden.

Voller Besorgnis fragte sie sich, was mit Martin und Jack geschehen sein mochte. Wären die Eindringlinge freundlich gesinnt gewesen, dann hätten die beiden sie schon längst aus dieser Kammer in die Freiheit geholt. Andernfalls musste sie jedoch damit rechnen, dass ihre beiden Freunde sich entweder still verhalten mussten oder bei dem Angriff sogar getötet worden waren. Sie krampfte ihre Hände zusammen und wagte kaum zu atmen aus Angst, etwas von draußen zu überhören. Ihr Blick fiel auf ihre Kleiderkiste. Sie sprang auf und zerrte die schwere Holztruhe vor die Tür. Einen entschlossenen Piraten würde dies nicht aufhalten können, aber sie fühlte sich wohler.

Nachdem der Kampflärm abgeklungen war, blieb es eine Zeitlang ruhig. Schließlich ertönten einige scharfe, über das Schiff hallende Befehle, ein Boot wurde zu Wasser gelassen, um bald darauf wieder zurückzukehren, die Ankerwinden quietschten, und endlich zeigte ihr die sich verändernde Bewegung des Schiffes an, dass sie wieder unterwegs waren und stetig Fahrt aufnahmen.

Sie hätte gern gewusst, was da draußen vor sich gegangen war. Die kleine Luke war jedoch nicht groß genug, um mehr als einen Blick auf das Meer und einen Teil der Insel werfen zu können, und was oben an Deck vor sich ging, blieb ihr weiterhin ein Rätsel. Da das Schiff jetzt jedoch wieder unterwegs war, konnte sie die Hoffnung auf Rettung begraben, und sie lauschte angstvoll hinaus, auf jedes kleine Geräusch achtend, das ihr verraten könnte, wer nun an Bord das Kommando übernommen hatte und in wessen Händen sie sich somit befand.

Robert trat aufatmend in sein geräumiges Quartier. Es war knapp drei Stunden her, seit er an Bord gekommen war und jene Seeleute, die zu seinem missratenen Bruder hielten und sich ihm entgegengestellt hatten, entweder getötet oder mit dem Boot an Land und in die Hände von Ramirez geschickt hatte. Den verbleibenden, so sie nicht ohnehin zu seiner alten Mannschaft gehörten und nur dazu gezwungen worden waren, sich seinem verkommenen Bruder anzuschließen, hatte er angekündigt, dass er mit jedem kurzen Prozess machen würde, der sich seinen Befehlen widersetzte oder zuwiderhandelte. Er musste sich auf seine Leute verlassen können und konnte keine verkommenen, zwielichtigen Subjekte brauchen, die ihm bei der erstbesten Gelegenheit in den Rücken fielen.

Er hatte von Ramirez, dessen gut bezahlte Loyalität immer noch den neuen Vereinigten Staaten gehörte, erfahren, dass mehrere englische Kriegsschiffe in diesen Gewässern kreuzten, die auf der Jagd nach amerikanischen Kaperern waren. Im Moment hatte er nicht die geringste Lust, sich auf einen Kampf mit einer Übermacht einzulassen, dafür war ihm der Aufenthalt in dem englischen Gefängnis noch zu frisch im Gedächtnis. Seine Zeit würde kommen, aber vorerst zog er es vor, das Weite zu suchen und sich davon zu überzeugen, dass die *Independence* ausreichend seetüchtig und das Waffenarsenal an Bord einsatzbereit war. Die Fregatte zählte zwar zu den schnellsten und besten Schiffen der neuen amerikanischen Marine und war mit einer Bewaffnung von achtundzwanzig Kanonen ebenso imstande anzugreifen wie sich zu verteidigen, aber es wäre ein Fehler gewesen, die Engländer zu unterschätzen, und reiner Selbstmord, sich mit mehreren Kriegsschiffen anzulegen. Er würde sein Schiff, jetzt, da er es endlich wieder zurückerobert hatte, nicht sofort sinnlos in Gefahr bringen.

Er durchquerte die Achterkajüte mit dem großen Esstisch, an dem die früheren Kommandanten der *Independence* – damals hatte sie noch *Marie-Antoinette* geheißen und später *Lady Mary* – ihre hochherrschaftlichen Besuche empfangen hatten. Bevor er von den Engländern gefangen genommen worden war, hatte er dort meist mit seinen Offizieren gespeist. Von denen jetzt fast die Hälfte tot war. Einige waren bei dem Kampf im Kanal ums Leben gekommen, andere hatten die Monate der Gefangenschaft in dem englischen Gefängnis nicht überlebt. Ohne Matt Parmer, der ihn und die letzten Überlebenden seiner Mannschaft ausgetauscht hatte, wäre wohl letzten Endes auch ihm kein besseres Schicksal beschieden gewesen.

So jedoch war er wieder hier. Auf seinem Schiff, das sein Bruder zu einem Piratenschiff degradiert und mit dem er harmlose Reisende angegriffen hatte. Er merkte, wie wieder Zorn auf diesen missratenen Kerl in ihm hochstieg, schob diesen ärgerlichen Gedanken jedoch beiseite und betrat seine Kajüte, zu der außer Finnegan und seinem Steward niemand Zugang hatte. Sein ganz persönliches Reich.

Er ging langsam herum, feierte mit seinen liebgewonnen Gegenständen Wiedersehen, sah in die Truhe, öffnete den Schrank und war nicht im Mindesten erstaunt, ihn überfüllt und gut bestückt zu sehen – Malcolm hatte schon als junger Mann viel Wert auf Kleidung gelegt und seine eigene, bescheidene Ausstattung wesentlich vergrößert. Vermutlich alles Beute. Nun, er würde die Sachen eben unter der Mannschaft verteilen. Die Heuer, die seine Leute bezogen, war nicht allzu hoch, da würden sie gute Kleidungsstücke wohl zu schätzen wissen. Er wanderte weiter zum Schreibtisch, der fast ein Viertel des Zimmers ausfüllte und auf dem etliche Seekarten lagen. Teilweise zusammengerollt, teilweise offen und mit exotischen Muscheln auf dem Tisch befestigt. Er strich mit der Hand liebevoll über die Schnitzerei an dem kostbaren Stuhl, in dem er so viele Stunden verbracht hatte, meist in eine Karte oder offizielle Schriftstücke vertieft oder einfach nur mit einem Buch in der Hand – einem der wenigen, die er gelesen hatte. Dieser Stuhl stammte noch von seiner Mutter und war ein Teil ihrer Aussteuer gewesen, die sie, eine wohlbehütete junge Dame aus England, mitgebracht hatte, als sie dem Ruf der Liebe und dem Heiratsantrag eines Farmers aus den Kolonien gefolgt war, um mit ihm ein schweres, aber glückliches Leben zu führen. Sie war gestorben, als er ein Junge gewesen war, und sein Vater hatte dann erneut geheiratet – Malcolms Mutter.

Er sah sich zufrieden um und genoss das Gefühl, »daheim« zu sein. Er ging zu seinem bequemen Bett, das er nicht minder vermisst hatte, und sah mit einem Stirnrunzeln die Seidenbettwäsche. Sobald sein Steward wieder bei ihm war, würde er dafür sorgen, dass all dieses verweichlichte Zeug über Bord flog.

Schließlich wollte er die Tür öffnen, die zu der kleinen Nebenkammer führte. Ein kleines Loch, in dem, wie Robert argwöhnte, einer der früheren französischen Captains seine jeweilige Geliebte vor den Augen der Mannschaft und Offiziere verborgen gehalten hatte. Der Schlüssel steckte, es war nicht abgeschlossen, aber die Tür schien zu klemmen. Er warf sich wütend mit der Schulter dagegen und stemmte sie endlich auf.

Wusste der Teufel, welche Schätze Malcolm hier versteckte. Zweifellos hatte er bei seinen Überfällen auf Handelsschiffe mehr Beute gemacht als ein ehrlicher Mann in seinem ganzen Leben verdienen konnte. Er trat mit einem Gefühl drohender Unannehmlichkeiten in den Raum hinein und hielt verblüfft den Atem an, als er außer einer großen Reisetruhe, die offenbar vor die Tür geschoben worden war, eine Frau sah, die auf einer schmalen Pritsche saß und sich bei seinem Erscheinen langsam erhob. Er konnte sie nicht genau erkennen, bemerkte nur, dass sie helles Haar haben musste und ein bodenlanges Kleid trug.

Robert, der in der Überraschung des ersten Moments schon eine Entschuldigung auf den Lippen gehabt hatte, weil er ohne anzuklopfen das Zimmer einer Dame betreten hatte, hielt inne. Er starrte die blonde Frau sekundenlang sprachlos an, machte dann auf dem Absatz kehrt und stürmte zur Tür, die auf den Gang führte.

»MISTER FINNEGAN!!!«

Sein Freund kam bei diesem Ton eilig die Leiter hinabgesprungen. »Ja, Sir?«

»EINE FRAU! AUF MEINEM SCHIFF IST EINE FRAU!! WAS ZUM DONNERWETTER hat eine FRAU auf meinem Schiff verloren?«

»Eine Frau?« Finnegan blickte zuerst erstaunt, dann grinste er ganz offen. »Euer Bruder hat sich vermutlich einsam gefühlt. Ist sie wenigstens hübsch?«

»Wen interessiert das schon!« Robert traten fast die Augen aus dem Kopf. Sein anstandsloser Bruder hatte sich doch tatsächlich ein Flittchen an Bord geholt, das nun in einer kleinen Kammer neben seinem Quartier hauste! Und die Frau, die dort hocherhobenen Hauptes stand, war wohl nichts weniger als eine Dame, sondern eine der Huren, die man in jedem Hafen vorfand.

Finnegan zuckte entschuldigend mit den Achseln und kratzte sich den dichten grauen Vollbart. »Dachte nur so, Sir.«

»Unglaublich!«, stieß Robert zwischen den Zähnen hervor, ballte die Hände zu Fäusten und machte wieder kehrt. »Lassen Sie ein Boot zu Wasser setzen, wir bringen das Weibsstück sofort an Land!«, rief er über die Schulter zurück.

»Das geht nicht, Captain«, erklärte ihm Finnegan eilends. »Wir haben schon zu viel Fahrt aufgenommen und uns zu weit vom Land entfernt. Wenn wir jetzt umdrehen, dann treffen wir unweigerlich auf die Flotte der Engländer.«

Robert zerquetschte einen bitterbösen Fluch zwischen den Lippen und winkte die Frau mit einer herrischen Geste zu sich. Sie kam zögernd näher, legte den Kopf etwas schief, und er bildete sich ein, so etwas wie Erstaunen in ihren Zügen zu lesen.

»Dann bleibt mir also nichts weiter übrig, als dich hier an Bord zu behalten«, sagte er zähneknirschend. »Aber verhalte dich ruhig, störe mich nicht und bleib in dieser Kammer, sonst lasse ich dich irgendwo aussetzen.« Robert hatte noch nie eine Frau an Bord gebracht, und er hatte das Gefühl, sein schönes Schiff wäre durch die Anwesenheit einer der Huren seines Bruders entweiht. Frauen mochten immerhin auf zivilen Handelsschiffen mitsegeln, wenn es sich nicht vermeiden ließ, aber an Bord eines *solchen* Schiffes – und noch dazu seiner schönen *Independence* – hatten sie wirklich und wahrhaftig nichts verloren.

Robert bemerkte zu seiner Überraschung das Aufblitzen in den Augen, die, aus der Nähe besehen, leuchtend blau waren. *Diesmal hat er wenigstens Geschmack bewiesen,* dachte er und ließ seinen Blick von den blauen Augen abwärtsgleiten. Diese Frau entsprach nicht den üblichen Vorlieben seines Bruders, der sich nur mit ordinären Weibern abgab, sondern sah nach etwas Besserem aus. Sie trug ein elegantes dunkelblaues Kleid, unter dem sich die vollen Brüste bei jedem Atemzug deutlich abhoben, hatte eine nicht zu schlanke Taille und runde Hüften. Sie war nicht übel. Ziemlich hübsch sogar. Unter anderen Umständen hätte er Gefallen an ihr finden können.

Vanessa konnte ihren Augen kaum trauen, als sie den Neuankömmling im Licht, das aus dem Lichtschacht von oben in seine Kajüte fiel, genauer betrachtete. Etwas an ihm kam ihr seltsam bekannt vor, und als sie in die unergründlichen Augen ihres Gegenübers blickte, fühlte sie zu ihrer eigenen Verwunderung nicht die mindeste Furcht vor diesem Mann, sondern nur unendliche Erleichterung, dass ihr Peiniger fort war. Dieser hier war zwar vermutlich ein ebenso gewissenloser Pirat wie der andere, aber vielleicht war er ein wenig umgänglicher und ging darauf ein, sie und ihre beiden Freunde in einer größeren, zivilisierten Stadt abzusetzen. Zudem schien er nicht gerade begeistert zu sein, eine Frau an Bord zu haben, und würde ihrem Wunsch daher leichter entsprechen. Ihr Blick glitt über die kräftigen Schultern, das zerrissene und schmutzige Leinenhemd, dann hob sie die Augen und sah in sein Gesicht, das zwar von ungepflegten Bartstoppeln bedeckt war, aber trotzdem nicht unsympathisch wirkte.

»Es würde mich nicht im Mindesten stören, in ein Boot zu steigen und an Land zu rudern«, sagte sie, nachdem sie sich ein wenig gefasst hatte. »Ganz im Gegenteil!« Sie hatte keine Ahnung, wer dieser Mann war, der sich hier so aufspielte, aber diese unfreundliche Behandlung erweckte trotz seines Aussehens – das in gewisser Weise für ihn sprach – sofort ihren Ärger.

»Du würdest bei dem hohen Wellengang schneller untergehen, als du bis drei zählen könntest!«, fuhr er sie ungeduldig an.

»Besser, als hier bei Euch bleiben zu müssen!«, gab sie verärgert zurück. »Außerdem – wer seid Ihr, dass Ihr es wagt, mich in dieser Weise anzusprechen und zu behandeln?«

Sekundenlang starrte ihr gutaussehendes Gegenüber sie sprachlos an, dann antwortete er, sichtlich um Beherrschung ringend: »Ich bin Robert McRawley, der Captain dieses Schiffes!«

Wenn Vanessa zuvor irritiert gewesen war, so war sie nun fassungslos. Robert McRawley! ER war es! Der Rebell mit seinem etwas aufdringlichen, aber doch höflichen Betragen, der ihr nicht mehr aus dem Kopf gegangen war. Dessen Stimme und Gestalt sie bei ihren sinnlichen Träumen vor dem Einschlafen begleitet hatte! Eine zarte Röte färbte ihre

Wangen, und sie atmete schneller. Sie hatte nicht geglaubt, ihm jemals wieder zu begegnen, und nun stand er leibhaftig vor ihr und strafte alle ihre süßen Vorstellungen durch sein ungehobeltes Benehmen Lügen! Und hinter ihm – sie hatte sich also nicht getäuscht, als er den Namen gerufen hatte – erschien in der Tür nun der Verletzte, den Martin und sie nach Dover gebracht hatten. Jean-Baptiste Finnegan! Er sah ganz anders aus als bei ihrer ersten Begegnung. Gesund und kräftig, ohne diese eingefallenen grauen Wangen und die schmerzverdunkelten Augen.

»*Comment?* Habt Ihr etwa das Schiff übernommen? Und was ist aus … aus dem anderen Captain geworden?«, fragte sie, über das Wiedersehen viel zu verblüfft – und zu verlegen – , um andere Worte zu finden.

»Ich habe mir mein Schiff wieder zurückgeholt«, knurrte er, »und was aus deinem Liebhaber geworden ist, kann ich dir sagen: Der sitzt bald auf einer einsamen kleinen Insel und wartet darauf, von jemandem gerettet zu werden.«

Es wäre für Vanessa nun an der Zeit gewesen, den Irrtum aufzuklären, sich ihm und seinem Freund, der sie aus zusammengekniffenen Augen musterte, zu erkennen zu geben, aber sie beschloss, vorerst noch zu schweigen. Wenn weder der eine noch der andere sie erkannte, umso besser. Zuerst musste sie nachdenken und vor allem wissen, was sie von diesen beiden zu erwarten hatte, welche Pläne sie hatten und ob sie ihr Vertrauen verdienten.

»Aha«, sagte sie also nur und musterte den neuen Captain eingehender, der diesmal zwar auch nicht gerade gepflegt, aber weitaus sauberer aussah als damals auf der Landstraße nach Dover. *Seltsam, dass mir da gar nicht aufgefallen ist, dass er grüne Augen hat.*

Robert hatte das Weibsstück, nachdem die Fronten geklärt waren, wieder in seine Kammer zurückgeschickt und nachdrücklich hinter ihr abgeschlossen. Es war ihm nicht angenehm, diese Frau gleich neben seinem Quartier zu wissen, aber schließlich konnte er sie nicht gut bei der Mannschaft auf dem Vordeck unterbringen. Sie war zwar vermutlich nicht gerade zimperlich, aber er wollte keine Probleme auf dem Schiff haben, und bei ihrem Aussehen würden sich die Männer bestimmt bald um sie prügeln.

Er ließ sich von einem der Männer heißes Wasser bringen, riss sich die dreckigen Kleider vom Leib, warf sie in eine Ecke und sah dabei misstrauisch zur Tür hin, hinter der sich die unerwünschte Passagierin aufhielt. Es war eine gute Idee gewesen, sie einzuschließen, so konnte sie nicht plötzlich herauskommen und ihn bei seiner dringend notwendigen Reinigung stören. Er und seine Leute waren fast vier Wochen kaum aus diesen Kleidern gekommen, und er roch bestimmt schon strenger als der Schafsbock, den ihr Nachbar daheim im Stall gehalten hatte.

Er entledigte sich zuerst seiner üppig sprießenden Bartstoppeln, dann goss er die Schüssel voll, tauchte ein grobes Tuch hinein und griff nach dem Seifenstück, das auf dem Waschtisch lag. Es duftete angenehm, besser als jene Sorte, die er sonst verwendete. Sekundenlang hielt er es an die Nase, sog den zarten Geruch von Lavendel ein und rieb sich dann energisch von oben bis unten ab, wobei er nicht an Seife sparte. Er würde nachher zwar duften wie der Kleiderschrank einer Dame, aber im Moment war alles besser als der Gestank, den er selbst schon nicht mehr ertragen konnte. Es störte ihn durchaus nicht, gelegentlich einige Tage ohne Waschwasser auszukommen – er war schließlich keine dieser verweichlichten Landratten, sondern ein Seemann, und der durfte schon einmal nach Schweiß riechen –, aber das war zu viel.

Seine Gedanken beschäftigten sich, während er sich ausgiebig wusch und verschwenderisch diverse Male frisches Wasser in die Schüssel goss, fast unablässig mit der Frau im Nebenraum. Was war seinem Bruder nur eingefallen, sie an Bord zu bringen? War er so versessen auf sie gewesen, dass er sich nicht von ihr hatte trennen können und sie bei sich haben wollte? Dagegen sprach die Tatsache, dass er kaum nach seiner Ankunft auf der Insel eine Dirne aufgesucht hatte. Und wenn ihm so viel an ihr lag, weshalb hatte er dann nicht den geringsten Versuch gemacht, sie vom Schiff zu holen?

Ich an seiner Stelle hätte wohl alles getan, um mein Liebchen zu bekommen, überlegte er nachdenklich, *und das schöne Kind nicht einfach so mit einem anderen davonsegeln lassen. Er hätte sich denken können, dass ich nicht das geringste Interesse an ihr habe und sie ihm liebend gern mit dem Boot an Land geschickt hätte. Aber vielleicht*, überlegte er weiter, *hatte er schon längst genug von ihr und war froh, dass er sich ihrer so einfach entledigen … und sie mir aufhalsen konnte*, führte er den Gedanken grimmig weiter. Vermutlich hatte sich dieser Bastard sogar noch ins Fäustchen gelacht.

Eine Stunde später klopfte es an der Tür zum Gang. Auf Roberts harsches ›Herein‹ stand der magere Junge in der Türöffnung, der während der Zeit, in der sein Bruder das Kommando gehabt hatte, aufs Schiff gekommen war. Er mochte etwa dreizehn Jahre alt sein und hatte sich zweifellos in dummer Abenteuerlust den Piraten angeschlossen, ohne zu wissen, worauf er sich einließ. Einer von vielen, die entweder kein Zuhause hatten oder davongelaufen waren. Robert hatte ihn mit den anderen auf der Insel absetzen wollen, der Bursche hatte jedoch so entsetzt reagiert und so nachdrücklich darum gebeten, an Bord bleiben zu dürfen, dass Robert nachgegeben und ihn zum Küchendienst eingeteilt hatte.

»Was willst du?«

»Ihnen das Abendessen bringen, Sir«, erwiderte der Junge ernst und bückte sich nach einem Tablett, das er auf dem Boden abgestellt hatte. Er ließ beim Eintreten seine Blicke rasch durch das Zimmer schweifen und heftete seine Augen dann auf die Tür, hinter der das Piratenliebchen eingeschlossen war.

Robert knirschte insgeheim mit den Zähnen. Zweifellos sprach die ganze Mannschaft schon davon, dass er das Weib von seinem Bruder übernommen hatte. »Du kannst das Essen hier auf den Tisch stellen«, knurrte er gereizt und schob eine der Seekarten zur Seite, »aber gib acht, dass du nichts schmutzig machst.«

»Nein, Sir.«

»Was gibt es denn noch?«, fragte Robert ungeduldig, als der Junge hartnäckig vor dem Tisch stehen blieb.

»Mein Name ist Jack, Sir.«

Robert musterte den Jungen etwas freundlicher. »Na gut. Also, Jack, hast du etwas auf dem Herzen?«

Jack nickte eifrig. »Ja, Captain. Soll ich das Essen für die Dame auch gleich bringen?«

Robert zog überrascht die Augenbrauen hoch und warf einen Blick zur Tür, hinter der Malcolms Dirne saß. Richtig. Die musste wohl auch etwas essen. Da Robert sich in der Zwischenzeit so weit gefasst hatte, dass er sich zwar nicht gerade mit dem Gedanken anfreunden konnte, eine Frau an

Bord zu haben, diesen Umstand jedoch nicht mehr als schwere persönliche Beleidigung auffasste, nickte er gnädig. »Ja, du kannst ihr das Essen reinbringen.«

Jack grinste erleichtert, verschwand aus der Kajüte und kam nur eine Minute später wieder mit einem Tablett herein, auf dem sich, wie Robert verblüfft feststellte, weitaus bessere Speisen befanden als auf seinem eigenen. Als Jack die Tür zur Kammer abgeschlossen vorfand, sah er Robert fragend an. Der zog unwillig den Schlüssel aus der Tasche, drehte ihn im Schloss und stieß die Tür auf. Die Frau saß wieder auf dem Bett und sah ihm mit einem misstrauischen Ausdruck entgegen.

Der Junge balancierte das Tablett herein und wollte es in Ermangelung eines anderen Platzes auf dem kleinen Stuhl absetzen, als Robert ihn aufhielt.

»Warte, stell das Essen auf den Tisch hier draußen.« Er wollte zwar so wenig wie möglich mit ihr zu tun haben, aber es gab keinen Grund, weshalb sie nicht mit ihm gemeinsam speisen sollte. Sie konnte ja schließlich nichts dafür, dass Malcolm sie zuerst an Bord gebracht und dann vergessen hatte.

Außerdem war er neugierig.

»*Merci,* aber ich würde es vorziehen, mein Essen hier einzunehmen«, erklang zu seiner Überraschung ihre weiche, aber eindeutig kühle Stimme. Er lauschte ihr sekundenlang nach. Sie kam ihm bekannt vor.

In seinem Kopf stieg wieder das Bild dieser fremden Dame auf, die Finnegan damals mitgenommen hatte, dieser rettende Engel, der ihm nicht mehr aus dem Sinn gegangen war. Verärgert über seine lebhafte Phantasie schüttelte er den Kopf. Einfach hirnlos, diese kindische Schwärmerei für eine Frau, die vermutlich in einem Schloss wohnte und ihn schon längst vergessen hatte.

»Du wirst hier draußen essen, wenn ich es befehle«, fuhr er sie scharf an, um sich nicht der Verlockung hinzugeben, noch weitere Ähnlichkeiten mit seinem Traum zu suchen. Er hatte freundlich sein wollen, also würde sie dieses Entgegenkommen auch annehmen – schließlich war er immer noch der Captain auf diesem Schiff und gewohnt, dass alles nach seinem Willen ablief.

»Ich würde aber …«, fing sie wieder an.

Sein wütender Blick brachte sie jedoch zum Schweigen, und endlich hatte sie die Gnade, sich zu erheben und herauszukommen. Jack hatte das Tablett schon auf dem Tisch abgestellt und sah ihr nun mit einem strahlenden Lächeln entgegen, das Robert bewog, abermals die Augenbrauen hochzuziehen. Der Junge mochte vielleicht noch keine dreizehn sein, für weibliche Anziehungskraft schien er aber offensichtlich schon mehr als empfänglich. *Aber,* dachte er, *das kann man ihm in diesem Fall nicht einmal verübeln. Das schöne Kind sieht wirklich zum Anbeißen aus.* Ein Glück, dass er strenge Prinzipien hatte, andernfalls wäre er wohl selbst Gefahr gelaufen, schwach zu werden.

Sie nahm nicht eher Platz, als bis er sie ungeduldig aufgefordert hatte, und setzte sich dann ganz auf den Rand des Stuhles, den der Junge ihr hinschob. Er ließ sich ihr gegenüber nieder und wandte sich seinem Essen zu, wobei er sie immer wieder unauffällig musterte. Auch jetzt war eine gewisse Ähnlichkeit mit jener Frau vorhanden, deren Gesicht er nur für Sekunden hatte sehen können.

Hirngespinste, dachte er ärgerlich und beobachtete sie weiter. Eigentlich hatte sie sich ganz anders verhalten, als er erwartet hätte. Zuerst war sie zu seiner größten Überraschung zornig geworden, hatte ihm widersprochen und war dann plötzlich mit einem Lächeln in ihr Zimmer gegangen, das ihn nur noch mehr verwirrt hatte. Und jetzt wiederum benahm sie sich so gehemmt.

Vanessa hatte auf seine ebenso unfreundliche wie auch nachdrückliche Aufforderung hin Platz genommen und versuchte wenn schon nicht mit Appetit zu essen, dann wenigstens ihren Hunger zu stillen.

Es war nur zu ihrem eigenen Vorteil, wenn sie bei Kräften blieb, um gegen alles gewappnet zu sein, was in der nächsten Zeit auf sie zukommen würde. Sie war unendlich erleichtert, Jack zu sehen, und die Art, wie er ihr zugeblinzelt und zugenickt hatte, ließ sie hoffen, dass es auch Martin gut ging und er unverletzt war.

Sie heftete die Augen fest auf ihren Teller, um nicht in Versuchung zu geraten, ihrem Gegenüber zu sehr mit ihrer Aufmerksamkeit zu schmeicheln. Bei jedem Bissen war sie sich sehr wohl der Tatsache bewusst, dass dieser Mensch weitaus weniger dezent war und kaum einen Blick von ihr ließ. Sie war etwas enttäuscht von ihm – sie hatte sich ein romantisches und wesentlich edleres Bild von ihm gemacht und einen Helden in ihm gesehen, einen Mann, der im Kampf für das Vaterland gefangen genommen worden war. Und jetzt benahm er sich nicht anders als ein ungehobelter Pirat, auch wenn er im Gegensatz zu dem anderen – zumindest vorläufig – keine Anstalten machte, sich an ihr zu vergreifen.

»Wie heißt du eigentlich?«, fragte er schließlich, nachdem er sie eine Weile stumm vor sich hin kauend betrachtet hatte.

Vanessa zögerte. Offensichtlich hatten weder er noch der andere sie erkannt. Was nicht verwunderlich war, schließlich hatte sie damals nur der schwer verletzte Finnegan ohne Schleier gesehen. Sie hatte damals keinen Namen genannt, aber jetzt war es vielleicht doch das Klügste, ihm zu sagen, wer sie war, und an seine damals so heftig angetragene Dankbarkeit zu appellieren. Wenn er sich weniger ehrenhaft zeigte, als er sich damals gegeben hatte, so konnte sie ihm ja vielleicht Geld dafür anbieten, dass er sie nach Jamaika brachte. Wenn der Widerling von ihrem Onkel Geld erwartet hatte, dann konnte sie vielleicht auch ihn damit locken. Denn wenn er sie auf irgendeiner der anderen Inseln aussetzte, so hatte sie, da man ihr all ihren Schmuck und das Bargeld gestohlen hatte, wohl kaum eine Aussicht, an ihr Ziel zu gelangen. Sie richtete sich stolz auf. »Ich bin Vanessa de Chastel.«

Der Pirat sah sie verblüfft an, dann lehnte er sich zu ihrer Entrüstung im Stuhl zurück und lachte schallend. »Warum auch nicht?«, fing er an, als er sich ein wenig gefangen hatte und wieder Luft zum Reden bekam. »Mal was anderes. Eine adelige Dirne. Woher hast du denn diesen klangvollen Namen, meine Süße? Selbst ausgedacht?«

Vanessa, über diese respektlose Reaktion zutiefst empört, erstarrte vor Zorn. »*Mais c'est incroyable!* Wie könnt Ihr es wagen!«, fuhr sie schließlich auf, was diesen ungehobelten Patron zu ihrem größten Ärger nur zu weiteren Heiterkeitsausbrüchen veranlasste.

Schließlich beugte er sich in plump vertraulicher Weise zu ihr über den Tisch: »Sag mal, und der Akzent, ist der echt?«

Vanessa zog es vor, darauf nicht zu antworten, sondern umklammerte nur Messer und Gabel fester. In diesem Moment kam Jack wieder herein. Dieses Mal trug er eine große Kanne und zwei Becher. Er lächelte sie an, als er ihr Kaffee eingoss. Sie nahm ihren Becher in die Hand, bevor die heiße, wohlriechende Flüssigkeit überschwappen konnte, und überlegte soeben, wie es ihr gelingen sollte, unauffällig ein paar Worte mit Jack zu wechseln, als der Captain sich auf einen Ruf von draußen hin erhob und die Kajüte verließ.

Ohne die Tür aus den Augen zu lassen, beugte sich Jack näher zu ihr hin. »Geht es Ihnen gut, Madam? Wir waren so sehr in Angst um Sie.«

»Was ist mit Martin?«, flüsterte sie zurück.

»Alles in Ordnung, aber er macht sich Sorgen um Sie, Madam. Wie behandelt Sie der Captain?«

»Er ist ein ungehobelter Mensch, ohne jedes Feingefühl und Benehmen«, erklärte Vanessa naserümpfend, »aber er hat mir nichts getan. Aber sag, Jack, wie ist es dir und Martin ergangen? Ich hatte solche Furcht, ihr beide würdet verletzt werden, als ich den Kampflärm hörte.«

»Dieser Mann ist mit Leuten auf das Schiff gekommen, hat … Teil der Mannschaft getötet, andere mit … Booten … Land geschickt und jedem, der sich seinen Befehlen widersetzt … schwersten Strafen gedroht.« Jack sprach jetzt so hastig und leise, dass Vanessa nicht jedes Wort verstehen konnte. »Mr. Martin sagt, … gehen komische Dinge an Bord vor. Er sagt, das ist vermutlich ein Kaperschiff der rebellischen Kolonien …« Er unterbrach sich, als er Schritte auf dem Gang hörte, die das Nahen des Captains ankündigten. »Sagt, der Erste Maat ist der Mann, den Sie gerettet haben. Und Sie sollen bloß nicht sagen, wer Sie sind. Sonst

bringt man Sie wie andere Gefangene zu den abtrü
Kolonien und verlangt Lösegeld … Er denkt nach, vie
findet sich eine andere Lösung. Also pssst …«, wisper
ihr noch schnell zu und machte dann schnell einen Schr
zur Seite, um sich an den Tellern zu schaffen zu machen.

In diesem Moment betrat auch schon der Captain die Kajüte und warf dem Jungen einen strengen Blick zu. »Was hast du hier noch verloren? Mach, dass du wieder raus und an die Arbeit kommst. Ich rufe dich dann, wenn du die Schüsseln wegtragen kannst.«

Jack nickte nur und verschwand hastig, während Vanessa ihren Teller energisch von sich schob und sich erhob. Sie wusste jetzt, was Martin von ihr wollte, und konnte sich die Gesellschaft dieses Menschen ersparen.

»*Merci, Monsieur.* Ihr werdet verstehen, dass ich mich nun wieder zurückziehen möchte. *Bon soir.*« Damit drehte sie sich auf dem Absatz um und rauschte hoheitsvoll in ihre kleine Kammer zurück. Diesem Flegel, der eine Dame nicht von einem der gewöhnlichen Geschöpfe, mit denen er aller Wahrscheinlichkeit nach sonst Umgang pflegte, unterscheiden konnte, würde sie schon zeigen, wie eine Gräfin de Chastel sich zu benehmen wusste.

Welch ein gewöhnliches Individuum! Wahrhaftig! So getäuscht hatte sie sich noch nie in einem Menschen!

Als die Tür wenig damenhaft hinter ihr zuschlug und Vanessa mit aller Kraft wieder die Truhe davorschob, hörte sie zu ihrem größten Ärger noch minutenlang das wiehernde Lachen des Piraten.

ag erwachte Vanessa von ungewohntem
iff. Sie stand auf, wobei sie Mühe hatte,
steigen, weil ihre kleine Kajüte plötzlich
nen schien, und tastete sich in fast völliger
t hinüber zur Luke. Sie klammerte sich krampf-
n Rahmen des kleinen Fensterchens fest und blickte
naus. Das Schiff lag so schief, dass sie nur einige verblassende Sterne am Himmel sehen konnte und einen ganz leichten Schimmer am Horizont, der den nahenden Morgen verkündete.

Sie lauschte hinaus. Das Geräusch der Pumpen, mit denen das Bilgewasser abgesaugt wurde, war ihr bereits von dem Handelsschiff vertraut, aber nun kamen noch andere Laute dazu. So, als würde an Deck gearbeitet werden. Befehle drangen zu ihr hinunter, vieler Männer Schritte stapften über ihren Kopf hinweg, aber trotz der ganzen Umtriebigkeit schien alles in geordneten Bahnen abzulaufen.

Vanessa verstand nicht viel vom Segeln, aber bei der Schräglage, die das Schiff einnahm, mussten sie ziemlich schnell unterwegs sein. Sie zog sich hastig und – bedingt durch die Bewegung des Schiffes – etwas unbeholfen an, band ihr Haar zusammen und machte sich bereit, dem unfreundlichen Captain gegenüberzutreten. Aus dem Poltern im Nebenraum schloss sie, dass er sich in seiner Kajüte befand, und entschied, nicht erst eine Einladung abzuwarten, sondern selbst aus dem Zimmer zu kommen. Sie schob leise die Truhe ein wenig zur Seite, und als sie vorsichtig die Tür öffnete, ertappte sie den Piraten dabei, wie er sich soeben ein etwas zerknittertes, aber sauberes Hemd über seinen recht ansehnlichen Körper zog. Ein Anblick, der Vanessas Herz plötzlich schneller schlagen ließ.

»Verdammt«, fuhr er sie an, während er das Hemd hastig in seine Beinkleider stopfte und diese verschloss, »kannst du nicht anklopfen, wenn du in mein Zimmer kommst?«

»Es ist nicht üblich, anzuklopfen, wenn man aus seiner eigenen Tür tritt, *Monsieur*«, erwiderte sie würdevoll und wandte sich mit einem kleinen Bedauern ein wenig ab, um ihm Gelegenheit zu geben, seine Kleidung in Ordnung zu bringen. Dann drehte sie sich wieder um, hielt sich am Türrahmen fest, um nicht das Gleichgewicht zu verlieren, und sah ihn fest an. »Ich habe mit Euch zu sprechen«, ließ sie ihn wissen.

»Hast du Hunger?« Er zog sich zu ihrer Überraschung eine dunkelblaue Uniformjacke an, die ihm außerordentlich gut stand und seine breiten Schultern noch betonte, und fuhr sich mit gespreizten Fingern durch das dunkle Haar. Er trug es nicht lang und im Nacken zusammengebunden wie üblich, sondern es war ziemlich kurz geschnitten und ringelte sich an den Spitzen. *Auch eine Art, sein Haar zu frisieren,* dachte Vanessa abfällig, während ihre Blicke von der Haarsträhne in seiner Stirn wie von selbst über sein glattrasiertes Gesicht wanderten. Aber vermutlich hatte dieser ungebildete Mensch Kämme nur in der Beute aus seinen Raubzügen gesehen und nichts damit anzufangen gewusst.

»Ich wäre nicht abgeneigt, ein Frühstück zu mir zu nehmen«, erwiderte sie zurückhaltend, »aber ich würde es vorziehen, zuerst die geschäftlichen Dinge mit Euch zu besprechen, *Monsieur.*«

»Ich würde es aber vorziehen, *Madame*«, äffte er sie näselnd nach, »zuerst ein Frühstück zu mir zu nehmen und dann die geschäftlichen Dinge zu besprechen.« Vanessa öffnete den Mund zu einer scharfen Erwiderung, doch er hatte r schon den Rücken zugekehrt, die Tür zum Gang aufgestoßen und den Kopf hinausgesteckt. »Jack! Jaaaack!! Wo bleibt mein Frühstück und das«, damit wandte er sich mit einem spöttischen Grinsen zu ihr um, »der *Dame!*«

Der zweideutige Tonfall, mit dem er das Wort ›Dame‹ ausgesprochen hatte, blieb Vanessa nicht verborgen, aber sie zog es vor, nicht näher darauf einzugehen, sondern am Tisch Platz zu nehmen. Aus Ärger über diesen Piraten hatte sie am Vorabend kaum zwei Bissen zu sich genommen und verspürte nun trotz der fragwürdigen Gesellschaft ein nagendes Hungergefühl. Es dauerte auch nicht lange, da erschien schon Jack, ein großes Tablett balancierend, das er mit jeder Menge Speisen beladen hatte. Der Duft von heißem, frisch gebrühtem Kaffee stieg Vanessa in die Nase, und sie machte sich ohne falsche Scham sofort über das Essen her, das der Junge ihr mit einem verschmitzten Lächeln hinschob.

Der Captain ließ sich ihr gegenüber in den reichgeschnitzten Armstuhl fallen – vermutlich ein Beutestück, das dem Vorbesitzer kein Glück gebracht hatte. Vanessa schauderte bei dem Gedanken daran, wie viele unschuldige Menschen dieser Mann vor ihr wohl schon auf dem Gewissen haben mochte. Dabei sah er, fand sie, als sie ihn verstohlen beobachtete, gar nicht wie ein gewissenloser Mörder aus. Seine Züge verrieten Entschlossenheit und vielleicht sogar Härte, aber da war manchmal etwas in seinen Augen, ein gewisses Blinzeln, das ihn weicher machte, weniger gefährlich. Sie betrachtete die feine Narbe, die sich von der rechten Seite seiner Stirn bis zu den Haaren hinaufzog und in einer dünnen weißen Haarsträhne mündete, und sie erinnerte sich daran, dass er damals einen schmutzigen, blutverkrusteten Verband um den Kopf getragen hatte. Die Wunde war überraschend gut verheilt, und es würde nach einiger Zeit wohl kaum noch etwas zu sehen sein. Jetzt, da er gewaschen und rasiert war, war sein gutes Aussehen erst wirklich erkennbar, und sie brauchte ihre ganze Entschlossenheit, um ihr Bedauern darüber zu unterdrücken, dass sie sich damals, in Dover, eine völlig falsche Vorstellung von ihm gemacht hatte. *Petite sotte*, dachte sie, ärgerlich über sich selbst, *romantisches Gänschen.*

Er griff ebenfalls zu, aß und brach erst das Schweigen, nachdem er seinen Hunger gestillt hatte. »Wenn du dann endlich satt bist, können wir reden.«

»Zuerst, *Monsieur*«, sagte Vanessa mit zornbebender Stimme, »möchte ich Euch ersuchen, mich nicht zu duzen!«

Der Pirat sah sie sekundenlang ausdruckslos an, dann trat wieder dieses verhasste Grinsen auf sein Gesicht. »Oh, natürlich, Verzeihung, meine Gnädigste. Welch eine Beleidigung für eine Dame, wie Ihr es seid!« Er beugte sich über den Tisch zu ihr hinüber. »Hör gut zu, wie ich dich anspreche, ist ganz allein meine Sache. Und wenn ich glaube, dass ich dich duzen möchte, dann werde ich das auch tun. Und du wirst den Mund halten und dich nicht so lächerlich aufführen.« Er lehnte sich wieder in seinem Stuhl zurück und musterte sie fast wohlwollend. »Du magst im Grunde ja nicht so übel sein, mein Püppchen, aber stelle nicht meine Intelligenz in Frage, indem du mir vormachst, dass du etwas Besseres bist als eine kleine Nutte, die zur Belustigung der Männer an Bord gekommen ist.«

Vanessa fühlte, wie ihr Scham- und Zornesröte zugleich ins Gesicht stiegen. So hatte es noch niemand gewagt, mit ihr zu sprechen, und sie hätte diesem impertinenten Kerl am liebsten nicht nur eine Ohrfeige verpassen mögen, sondern gleich ein ganzes Dutzend! Wie konnte er nur annehmen, dass sie freiwillig auf dieses Piratenschiff gekommen wäre!

»Ich kann dich im Moment nicht absetzen«, sprach er weiter, bevor sie ihm noch eine angemessene Antwort geben konnte. »Wir sind unterwegs, um meine Leute zu treffen, und ich habe weder die Absicht noch die Möglichkeit, deinetwegen Zeit zu verlieren, indem ich eine Insel anlaufe und dich dort mit einem Boot an Land rudern lasse. Du wirst dich eben noch etwas gedulden …«

»Ich will nicht auf irgendeine Insel«, unterbrach ihn Vanessa, »sondern nach Jamaika.«

»Warum nicht gleich nach Paris?«, lautete die amüsierte Antwort. »Glaubst du etwa allen Ernstes, dass ich deinetwegen meinen Kurs ändern werde?« Er ließ seine Blicke ein klein wenig abfällig, aber doch genussvoll über sie schweifen. »Außerdem kann es dir doch gleichgültig sein, in welchen Hafen ich dich bringe – Freier findest du überall.«

Vanessa musste einige Male tief durchatmen. Es war nicht das erste Mal, dass sie ihm gern entgegengeschleudert hätte, dass sie ihn bereits kannte, aber wenn Martin ihr davon abriet, dann war es klüger, seinen Ratschlag zu befolgen. Ihr Freund war in diesen Dingen bedachter und erfahrener als sie.

Der Pirat zog eine ungeduldige Grimasse, stellte seinen Kaffeebecher auf die schräge Tischplatte und erhob sich. »Schluss jetzt. Selbst wenn du wirklich Geld hättest, könnte ich dich nicht nach Jamaika bringen, wir werden vermutlich nicht einmal in die Nähe der Insel kommen. Ich habe jetzt auch keine Zeit, mit dir darüber zu diskutieren. Im Übrigen«, fügte er hinzu, »wirst du auf der Stelle umziehen. Gegenüber befindet sich noch eine zweite Kajüte, da kannst du wohnen. Und dort laufe ich auch nicht ständig Gefahr, in meinem

Schlafzimmer über dich zu stolpern.« Er scheuchte sie mit einer Handbewegung aus seinem Quartier in die große Achterkajüte, von der aus sich eine Tür in einen zweiten, etwas kleineren Raum als den seinen öffnete.

»Ich werde dafür sorgen, dass man dir deine Truhe herüberbringt. Aber was für drüben gegolten hat, gilt auch hier: Du bleibst hier drinnen, es sei denn, ich erlaube dir, dein Zimmer zu verlassen. Auf gar keinen Fall will ich, dass du auf dem Schiff herumläufst und den Männern den Kopf verdrehst. Du hast an Deck nichts zu suchen. Und ebenso wenig in meinen Räumen!«

Vanessa sah sich in der Kabine um und konnte die Verbesserung kaum fassen. Nicht nur dass dieser Pirat offensichtlich nicht das geringste Interesse an ihr hatte und ebenso vor ihr Ruhe haben wollte wie sie vor ihm, verschaffte ihr große Erleichterung, sondern auch, dass sie sich plötzlich in einem verhältnismäßig großen Raum wiederfand, der mit ihrem früheren Gefängnis nicht die geringste Ähnlichkeit hatte. Er hatte über die ganze Heckseite Fenster, durch sie auf das bewegte Meer blicken konnte, eine relativ breite, mit Vorhängen geschützte Schlafkoje und einen kleinen Tisch mit einem Stuhl daneben. Unter dem Fenster war eine mit dunklem Leder überzogene Truhenbank eingebaut, und von der Decke hing eine Laterne. In der Ecke stand ebenso wie in der Kajüte des Captains eine schwere, fest verzurrte Kanone.

»*C'est très gentil, Monsieur,* sehr freundlich«, würgte sie hervor, obwohl sie genau wusste, dass sie diesen Umzug nicht seiner Liebenswürdigkeit verdankte, sondern vor allem der Tatsache, dass sie ihn beim Anziehen überrascht hatte.

Er zuckte nur mit den Achseln, drehte sich um und schloss die Tür hinter sich.

8. Kapitel

Vanessa befand sich nun schon seit einer knappen Woche an Bord dieses Schiffes, und es war genau fünf Tage her, dass Robert McRawley das Kommando übernommen hatte. Sie fragte sich manchmal, was aus den anderen Leuten geworden sein mochte, die von den Piraten auf der *Duchesse* zurückgelassen worden waren, und hoffte, dass sie es geschafft hatten, irgendwie an Land zu kommen. Suzanne war ebenfalls auf dem Schiff geblieben. Sie konnte der jungen Zofe den Verrat nicht übelnehmen, mit dem sie ihre Herrin in die Hände der Freibeuter gespielt hatte, um von sich abzulenken und damit vermutlich ihr eigenes Leben zu retten. Auch die Frau des Kaufmanns mit ihren beiden Kindern ging ihr nicht aus dem Kopf – wie mochte die zarte junge Frau nur die Widerwärtigkeiten überstanden haben, denen sie ausgesetzt gewesen war?

Sie hatte, seit sie in diese große, freundliche Kabine abgeschoben worden war, nur zu den Essenszeiten Kontakt zum Captain gehabt, der sie sonst in Ruhe gelassen und sich nicht um sie gekümmert hatte. Aber die gemeinsamen Mahlzeiten, fand Vanessa, reichten schon völlig aus. An diesem Abend hatten der Schiffsarzt, ein älterer, schweigsamer Mann, der offenbar ihr zu Ehren eine etwas zerrupfte Perücke aufgesetzt hatte, teilgenommen, sowie ihr ehemaliger

Schützling, Jean-Baptiste Finnegan, der Erste Maat. Dieser hatte sie immer wieder prüfend betrachtet, sie aber zum Glück offenbar nicht erkannt. Er war damals ja dem Tode näher gewesen als dem Leben, und sie hatte fast die ganze Zeit über den Hut und zum Teil auch einen Schleier getragen. Aber auch ohne Martins Warnung wäre sie in der Zwischenzeit nicht mehr in Versuchung gekommen, ihre Identität preiszugeben und sich der Dankbarkeit dieses Piraten ausliefern zu wollen. Entweder behandelte sie dieser Robert McRawley aus eigenem Antrieb gut oder eben nicht.

Wobei ohnehin *eben nicht* der Fall war.

Er hatte sie wie immer unfreundlich angeblafft und sie dann nach dem Abendessen, das sie trotz all seiner Provokationen hartnäckig schweigend über sich ergehen hatte lassen, unhöflich in ihre Kabine geschickt. Nun saß sie hier und brauchte ihre gesamte Willenskraft, um nicht an ihn zu denken. Schließlich war er nichts weiter als ein gemeiner Pirat. Und sie eine törichte Gans, wenn sie auch nur einen Gedanken und den Hauch eines Gefühls an ihn verschwendete.

Am nächsten Morgen übertrat sie das strikte Verbot des Captains, ihre Kabine zu verlassen, um an Deck zu gehen. Sie lauschte, bis sie seine Schritte auf dem Gang hörte, der zu der steilen Stufenleiter zum Deck führte, und huschte dann hinaus. Sie sah Jack zwar jeden Tag, wenn er sie beim Essen bediente, aber es verlangte sie danach, auch mit Martin zu sprechen und sich davon zu überzeugen, dass es ihm gut ging. Vielleicht hatte er ja sogar einen Plan, wie sie dieses Schiff verlassen und nach Jamaika kommen konnten. Sie kletterte die Leiter hinauf in der Hoffnung, sich ungesehen hinter einigen Kisten oder Taurollen verbergen zu können, bis sie Martin gefunden hatte. Auf dem englischen Handelsschiff war das Deck so voll davon gewesen, dass man oft kaum hatte durchgehen können.

Sie zögerte nicht lange, stieg aus der überdachten Öffnung und sah sich zu ihrem Schrecken einem fast leeren, sauberen und aufgeräumten Deck und mindestens zwei Dutzend Piraten gegenüber, die mit verschiedenen Arbeiten beschäftigt waren. Die Männer hielten, kaum dass sie den weiblichen Passagier erblickt hatten, in ihrer Tätigkeit inne und starrten sie unverhohlen an. Vanessa rettete sich, indem sie ihnen hoheitsvoll zunickte und so selbstverständlich an Deck trat, als wäre dies ihr Garten, in dem sie ihren Morgenspaziergang machte. Unauffällig hielt sie sich an dem Aufbau fest, der den Abgang zum unteren Deck schützte, und blickte sich um. Von hier aus gesehen schien das Deck im Vergleich zum Meer noch viel schräger zu liegen.

Von McRawley selbst war nichts zu sehen, aber dafür war das Schiff gerammelt voll mit Seeleuten, die geschäftig bei der Arbeit waren. Sie hob leicht ihre Röcke, um sie nicht auf den von der aufspritzenden Gischt feuchten Planken aufliegen zu lassen, ließ sie jedoch bald wieder los und klammerte sich stolpernd und schlitternd an der vom Wasser abgekehrten Seite an die Reling, um auf diese wenig elegante Art ihren Weg über Deck zum Bug hin fortzusetzen. Sie wich einigen Männern aus, die gerade die Kanonen reinigten und polierten, kam ins Rutschen, wurde von einem grinsenden Matrosen aufgefangen und wieder zur Reling hingeschoben, bedankte sich ebenso höflich wie würdevoll und hangelte sich mühsam weiter.

Sie war bereits lange genug auf See gewesen, um an das ständige Heben und Senken, mit dem ein Schiff über die Wellen glitt, gewohnt zu sein und ihr Gleichgewicht halten zu können, aber nun schien ihr die Reling auf der linken Seite, an die sie sich klammerte, gegen den Himmel zu weisen und die andere, vom Wind abgekehrte Seite fast ins Meer einzutauchen.

Sie hoffte, dass Martin gerade zur Wache eingeteilt war und sich an Deck befand. Falls nicht, so würde sie sich eben bis zur Kombüse durchkämpfen, um Jack zu bitten, ihren Freund für sie zu suchen und zu ihr zu bringen.

Vanessa hatte aber kaum den halben mühevollen Weg bis dorthin geschafft, als sie von einer kräftigen Hand gepackt und hinter einen Ballen Segel gezogen wurde, an dem zwei Männer arbeiteten. Sie atmete erleichtert auf, als sie in dem bärtigen Gesicht, das dicht vor ihr erschien, ihren Martin erkannte. Er stand trotz der starken Neigung des Schiffes so sicher wie auf ebenem Boden und hielt sie verlässlich fest.

»*Madame*«, sein Aussehen mochte wenig vertrauenerweckend sein, seine Kleidung nicht sehr sauber und sogar zerrissen, aber seine Stimme war so weich, dass Vanessa sofort die Tränen in die Augen traten. »Ich bin erleichtert. Geht es Euch gut?« Sie nickte nur, unendlich glücklich, ihren alten Freund vor sich zu sehen. »Jack hält mich zwar immer auf dem Laufenden, und ich habe gehört, dass dieser Captain Euch ein anderes Quartier gegeben hat, aber dennoch war ich voller Sorge um Euer Wohlergehen.« Sein Blick wurde schärfer. »Es ist doch alles in Ordnung, *Madame?*«

Sie nickte wieder, und diesmal gehorchte ihre Stimme. »Ja, Martin.«

Martin blickte erleichtert, aber seine Miene blieb ernst. »Ihr habt ihn doch gewiss erkannt. Es ist der Mann, der uns damals bei Dover aufhielt. Und der Erste Maat ist jener Verwundete, den Ihr in der Kutsche mitnahmt.«

»Ja, ich habe beide wiedererkannt«, erwiderte sie, »aber ich muss sagen, dass dieser Pirat damals einen weitaus angenehmeren Eindruck auf mich gemacht hat als jetzt.«

Der Blick ihres Freundes wurde finster. »Er behandelt Euch doch gut?«

Vanessa rümpfte die Nase. »Er ist impertinent und ungezogen, aber er macht nicht den Eindruck, als würde er mir etwas antun wollen.«

»Habt Ihr ihm gesagt, wer Ihr seid, Vanessa?«

Sie zögerte etwas. »Nur meinen Namen, bevor Jack mich warnen konnte. Aber er ist nicht darauf eingegangen – ich denke, er hat mich nicht erkannt. Sein Freund ebenso wenig.«

»Und das ist auch besser so«, nickte Martin grimmig. »Ich habe Gerüchte gehört, dass man ein anderes Schiff mit Verbündeten treffen will, um die Mannschaft von den knapp hundert Männern, die jetzt an Bord sind, auf über zweihundert aufzustocken und auch Soldaten an Bord zu nehmen. Ich denke nicht, dass wir es hier mit richtigen Piraten zu tun haben, *Madame*, sondern mit einem Freibeuterschiff der amerikanischen Rebellen, das von der Regierung selbst ausgestattet wurde. Und wie Ihr wohl ebenfalls bemerkt habt, tragen die Offiziere plötzlich Uniform.«

Vanessa verzog den Mund. Es gab genug Franzosen, die mit legalen Kaperbriefen Jagd auf feindliche Schiffe machten, und sie hatte sich niemals den Kopf darüber zerbrochen, sondern diese Art des Profitmachens immer als ganz legal empfunden. Martins Vergangenheit war eng mit einem Korsarenschiff verknüpft, und es hatte sie nicht gestört. Bei diesem McRawley jedoch fand sie es höchst verdammenswert. »Und ist dabei auch nichts Besseres als ein Piratenschiff«, erwiderte sie abfällig. »Sie rauben und töten ebenso wie alle anderen.«

Martin zuckte mit den Achseln. »Das mag wohl wahr sein, *Madame*, aber ich sehe die Unterschiede gegenüber vorher allein schon in der Schiffsführung. Es herrscht plötzlich ein anderer Ton an Bord. Disziplin. Und der Captain versteht etwas von seinem Schiff. Aber wenn dieser Mann ein ehrlicher Kaperfahrer ist, so wird er sich an die strengen Regeln halten und Euch seinen Vorgesetzen übergeben. Ihr werdet dann in Gefangenschaft warten müssen, bis man mit Eurem Onkel Kontakt aufgenommen hat, um das Lösegeld auszuhandeln.«

»Wir wären dann wohl viele Monate in deren Gewalt?«, fragte Vanessa zaghaft.

»Sie würden uns gewiss trennen, *Madame.*«

Vanessas Blick wurde ängstlich, und sie fasste nach Martins Arm.

»Was habt Ihr ihm über Euch gesagt, *Madame?*«

»Nicht viel. Nur, dass er uns nach Jamaika bringen soll. Er hat mich jedoch ausgelacht. Er hält mich für eine … für eine … Gespielin des anderen …«, fügte sie beleidigt hinzu.

»Hm«, erwiderte Martin nur und musterte sie eindringlich. Dann wandte er sich ab und blickte in die Runde. »Es wundert mich nicht, dass er Euch nicht nach Jamaika bringen will, *Madame*. Die Insel wird von den Engländern beherrscht, und dieses Schiff könnte sich nicht einmal auf hundert Meilen nähern, ohne einigen englischen Kriegsschiffen in den Weg zu kommen. Ich konnte immer noch nicht herausfinden, was sie planen. Sie arbeiten daran, es auf Hochglanz zu bringen, überprüfen und reparieren fast ununterbrochen jedes Teil, auch die Kanonen.« Er deutete dabei auf die Männer, an denen Vanessa soeben vorbeigekommen war. »Ganz zu schweigen von den Kampfübungen, die täglich abgehalten werden.«

Vanessa nickte. Beim ersten Mal, als die Kanonen losgegangen waren, hatte sie gedacht, dass sie angegriffen wurden, aber dann war Jack hereingehuscht und hatte ihr von Martin ausgerichtet, dass kein Grund zur Sorge bestand. Seitdem war sie an das Ritual und den Lärm gewohnt.

Martin zog sie ein bisschen weiter hinter die Segel, als eine weit tragende Stimme über das Deck klang, deren Tonfall Vanessa nur zu bekannt war. »Ihr müsst jetzt wieder gehen, *Madame,* ich kann mir nicht denken, dass der Captain Euch die Erlaubnis gegeben hat, an Deck herumzuspazieren. Verflixt, da kommt auch noch der Maat, der darf Euch ebenso wenig sehen. Ich werde ihn aufhalten. Schnell, beeilt Euch!«

Vanessa lief den Weg zurück, den sie gekommen war, rutschte auf dem nassen Deck mit ihren feinen Schühchen mehr, als sie ging, und stolperte über ein Tau, als das Schiffsheck sich unvermutet hob. Sie fand keinen Halt mehr, griff hilfesuchend um sich und landete … in den Armen des Captains. Dieser sah sie im ersten Moment verdutzt an, stellte sie dann aber mit einem erzürnten Ausdruck wieder auf die Füße.

»Mr. Finnegan!«

Vanessa wandte sich nach dem Maat um, der, vom Tonfall seines Kommandanten alarmiert, eilig näher kam, und begegnete dabei Martins Blick, der mit einem resignierten Kopfschütteln die Hände hob. Sie hatte keine Zeit, sich näher mit ihm zu befassen, denn der Captain hatte fest ihren Arm gepackt und zerrte sie, gefolgt von seinem Ersten Maat, ärgerlich Richtung Achterdeck, wo sich der Abgang zu den

Kajüten befand. »Mr. Finnegan, was hat diese Frau an Deck verloren?«

Finnegan kratzte sich, sichtlich überfragt, seinen Bart. Seine Augen glitten dabei nicht unfreundlich über Vanessas Gesicht, die sich heftig gegen den Griff des Captains wehrte. »Es ist eine drückende Hitze dort unten, Sir, vielleicht sollten Sie der Lady erlauben, hier oben etwas Luft zu ….«

»Sie hat hier oben nicht das Geringste verloren«, fiel ihm McRawley ins Wort. »Sorgen Sie dafür, dass so etwas nicht wieder vorkommt!«

»Aye, aye, Sir.«

»Lasst mich gefälligst los!«, zischte Vanessa den Captain an, als dieser keine Anstalten machte, ihren Arm freizugeben. Seine Finger hielten sie fest, aber nicht schmerzhaft umschlossen, und sie war erstaunt, dass sie bei allem Ärger den Druck seiner Hand und seine Nähe nicht so abstoßend fand, wie sie es erwartet hätte.

»Nicht, bevor du wieder dort bist, wo du hingehörst«, zischte er zurück. »Ich habe dir doch ausdrücklich verboten, auch nur einen Fuß an Deck zu setzen!«

»Ich mag es nicht, von Euch gehalten zu werden«, erklärte sie wütend.

»Da«, lautete die höhnische Antwort, »brauchst du keine Sorge zu haben, Püppchen, mir würde es unter anderen Umständen nicht einmal einfallen, dich auch nur mit einer Feuerzange anzurühren!« Ohne auf ihr Widerstreben zu achten, zerrte er sie die Leiter hinab, die sie vermutlich hinuntergefallen wäre, hätte er sie nicht festgehalten und mehr getragen als gezogen, wobei er bei aller Heftigkeit überraschend vorsichtig mit ihr umging. Bei der großen Achterkajüte angelangt, schob er sie energisch zu ihrem Schlafzimmer.

»Und diesmal bleibst du da drinnen!«

Vanessa starrte ihn wütend an. Seine Worte, dass er sie nicht einmal mit einer Feuerzange anrühren würde, hatten sie wider besseren Wissens zutiefst getroffen. Sie konnte nicht leugnen, dass sie sich zu ihrer eigenen Demütigung in gewisser Weise immer noch zu diesem Mann hingezogen fühlte, auch wenn sie sehr darauf achtete, sich nicht mehr in die sinnlichen Träume zu verlieren, in denen ausgerechnet er eine große Rolle gespielt hatte. Er war immerhin nichts anderes als ein gemeiner Verbrecher, auch wenn er vielleicht sympathischer wirken mochte als sein derber, gewissenloser Vorgänger. Ein Pirat war er! Einer, der Schiffe kaperte, alles an sich riss, was an Wertvollem an Bord war, und sie empfand es als tiefe Schande, einen solchen Mann auch nur mit einem etwas wärmeren Gefühl als Abscheu zu betrachten. Denn gerade sie hätte es besser wissen müssen – eine Frau, die mit einem Edelmann wie Albert de Chastel verheiratet gewesen war! Einem Ehrenmann, der niemals ein falsches Wort gesagt, niemals eine unehrenhafte Tat begangen hatte!

»Ihr seid ein Schurke!«, fauchte sie ihn, immer noch unter dem Eindruck der Kränkung seiner Worte, an. »*Vraiment!* Ihr ekelt mich an! Ein verkommenes Subjekt, das früher oder später am Galgen landen wird!«

»Du wirst gleich ganz woanders landen!«, brüllte er unvermittelt los. »Nämlich als Fischfutter! Und wenn mir die armen Tiere nicht leid täten, die sich an deinem Mundwerk vergiften würden, wärst du schon längst im Wasser! Anstatt dankbar zu sein, dass du hier Essen und eine angenehme Unterkunft hast, wagst du es auch noch, dich meinen Befehlen zu widersetzen und aufsässig zu werden!!«

Vanessa schluckte, als er sie so anschrie. Diese Behandlung

war *absolument inacceptable.* Sie, die Gräfin de Chastel, mochte vielleicht tief gesunken sein und vor aller Augen als billige Dirne dastehen, die von einem Piratenkapitän ausgehalten worden war, aber dieses Benehmen ging zu weit. *C'etait trop fort!*

Da sie zwar des Englischen mächtig war und es fast ohne Akzent sprach, in der Vergangenheit jedoch niemals in die Verlegenheit gekommen war, derbere Ausdrücke verwenden zu müssen, sah sie sich außerstande, diesem grobschlächtigen Menschen vor ihr eine passende Antwort zu geben. Außer sich vor Ärger bedachte sie ihn daher mit einem angemessenen, wohlakzentuierten französischen Satz, den sie als Kind mehr als einmal vom Stallmeister gehört hatte, wenn dieser nicht ahnte, dass die aufmerksame kleine Tochter seines Herrn in der Nähe war und verzückt lauschte.

Solcherart zumindest ein wenig erleichtert, machte sie auf dem Absatz kehrt und stolzierte trotz des schrägen Bodens hocherhobenen Hauptes davon, McRawley keines weiteren Blickes würdigend.

»Mr. Finnegan!«, hörte sie ihn hinter sich zu seinem Ersten Maat sagen, der langsamer gefolgt war und die Szene zweifellos miterlebt hatte.

»Aye, Captain?«

»Sie sprechen doch Französisch.«

»Aye, Sir.«

»Was hat sie soeben gesagt?«

Sein Erster Maat schien sich zu winden. »Das möchte ich lieber nicht übersetzen«, antwortete er schließlich zurückhaltend.

»WAS hat sie GESAGT??«

»Nun, Captain, es war ein ...«, er zögerte sichtlich, »... es war ein sehr bildhafter Ausdruck, kaum ins Englische übertragbar.«

»Ich warte!«

Finnegan trat näher und murmelte widerstrebend ein paar Worte.

»DAS hat sie gewagt?«, fuhr Robert auf.

Vanessa verschwand mit einem triumphierenden Lächeln auf den Lippen in ihrer Kabine und schlug die Tür hinter sich zu. Nun hatte dieser *vulgaire* zweifellos etwas dazugelernt.

Robert polterte wieder die steile Treppe hinauf, stapfte über das Deck und warf einen Blick in die Segel. Da stimmte einiges nicht mit dem Trimm. Sein verdammter Bruder hatte das Schiff so vernachlässigt, dass es nicht mit der gewohnten Leichtigkeit dahinglitt, die ihm sonst eigen war, sondern schwerfällig und mit unnötiger Schräglage vorwärtskroch. Er gab einige scharfe Befehle an seine Mannschaft, die sich angesichts der schlechten Stimmung ihres Kommandanten wie besessen in die Wanten stürzte, um seinen Anordnungen Folge zu leisten und Segel zu setzen, andere einzuholen, Taue zu straffen und zu lockern, bis Robert zwar nicht gerade zufrieden war, aber wenigstens nicht mehr laut herumbrüllte, sondern nur noch ein gallenbitteres Gesicht zog.

»Wie viel Knoten, Mr. Miller?«

Der Zweite Maat winkte einem der Matrosen, der auf sein Zeichen hin das Lot ins Wasser warf, während ein zweiter die Sandhuhr umdrehte und beobachtete.

»Sechs Knoten, Sir«, kam endlich die Antwort, als Robert schon wieder ungeduldig wurde.

Nur sechs Knoten bei diesem Wind! Er musterte nochmals die Takelung und die Segel, um einen Fehler zu finden und feine Änderungen vorzunehmen, um sie besser in den Wind zu bringen. Vier Doppelschläge der Schiffsglocke gaben den Wachwechsel bekannt. Finnegan stand schon bereit, um zu übernehmen.

»Die Freiwache bleibt an Deck, Mr. Finnegan. Es macht keiner Pause, bevor die Segel nicht so gesetzt sind, dass die *Independence* nicht mehr herumdümpelt wie ein alter Kutter.«

Eine Stunde später lag das Schiff tatsächlich besser, das Deck richtete sich auf, und sie gierte nicht mehr so stark nach der Leeseite. Robert hätte nun zufriedener sein können, rannte jedoch immer noch wütend auf dem Achterdeck hin und her, bis Finnegan näher kam und sich seinen Bart kratzte – offensichtlich hatte er etwas auf dem Herzen.

»Denken Sie eigentlich noch manchmal an diese Lady, die mir damals das Leben gerettet hat, Sir?«, fragte er nachdenklich.

Robert, der immer noch über die Unverschämtheit dieser blonden Hexe unter Deck empört war, blieb stehen und sah Finnegan überrascht an. »Ja«, gab er dann zu, »manchmal. Und Sie?«

»Ziemlich oft sogar. Wenn diese Lady nicht gewesen wäre, hätte ich niemals die Gelegenheit gehabt, wieder auf dieses schöne Schiff zu kommen. War schon was ganz Besonderes, diese Dame. Eine andere hätte das nicht getan.«

»Nein.« Roberts Gedanken glitten wieder zu diesem Moment zurück, in dem er einen kurzen Blick auf das Gesicht der Frau hatte werfen können, und die Ähnlichkeit mit der kleinen Freundin seines Bruders wurde ihm wieder bewusst. Vielleicht war das der Grund, weshalb er sie schlecht behandelte und nicht mochte – weil er ihr insgeheim vorwarf, dass sie nicht mit der Lady von damals identisch war, die seine geheimsten romantischen – und auch sehr erotischen – Vorstellungen über Wochen hinweg beschäftigt hatte.

»Angenommen«, fuhr Finnegan nach einigen Minuten des Schweigens, in denen er unaufhörlich an seinem Bart gezupft hatte, fort, »wir würden doch auf diese Dame treffen …«

Robert war schon längst wieder mit dieser Kleinen unten in der Kajüte beschäftigt. Was hatte sie gesagt? Er wäre ein Schurke und würde sie anekeln. Zu seiner eigenen Verwunderung verspürte er außer Ärger über die Frechheit dieser Bemerkung auch noch einen kleinen schmerzhaften Stich. Anekeln! Und dass er am Galgen landen würde! Es war zum Aus-der-Haut-Fahren! Dieses Biest … »Was haben Sie gesagt?«, fragte er Finnegan zerstreut, weil dieser offensichtlich auf eine Antwort wartete.

»Ich sagte«, wiederholte der ganz ruhig, »angenommen, wir würden doch wieder einmal auf diese Dame treffen, was würden Sie dann tun, Captain?«

»Mich dafür bedanken, dass sie Ihnen so viel Geld mitgegeben hat, dass ich die Überfahrt mit Martaires Schiff erwürfeln konnte. Andernfalls wären wir vermutlich jetzt noch nicht an Bord der *Independence*«, erwiderte Robert trocken. Sie war zweifellos hübsch gewesen, diese Dame. Aber das kleine Luder dort unten war noch weitaus hübscher und anziehender. Und vor allem war sie da. Ganz in seiner Nähe. Griffbereit sozusagen, auch wenn er vor sich selbst nicht zugeben wollte, wie sehr sie ihn reizte.

Und ihr ekelte vor ihm! Er schlug mit der Faust auf die Reling. »Freches Weibsstück! Was für eine Unverschämt…« Er unterbrach sich, als er Finnegans Blick begegnete, richtete sich auf und räusperte sich. »Wir sollten sehen, dass wir unsere Passagierin so schnell wie möglich loswerden.«

»Aye, Sir«, erwiderte sein Erster Maat mit einem hintergründigen Grinsen und sah dann aufs Meer hinaus. »Wenn der Wind weiter anhält, kommen wir spätestens in zwei Wochen auf Trinidad an. Gouverneur Valares wird Sie schon ungeduldig erwarten.«

Robert war in Gedanken immer noch so mit diesem blonden Ärgernis beschäftigt, dass er für die Ungeduld von Gouverneur Valares nur ein Achselzucken übrig hatte. »Dafür bekommt er die geforderten Waffen und noch mehr dazu. Schlimm genug, dass wir uns von diesem Spanier erpressen lassen müssen, obwohl Spanien selbst mit uns sympathisiert und gegen England agiert. So wie ich ihn kenne, wird er mich ohnehin für den Rest des Tages und die ganze Nacht aufhalten, um an seinen Saufgelagen teilzunehmen, auf die ich gut und gern verzichten könnte.« *Umso mehr*, dachte er, *als an Bord etwas weitaus Verlockenderes sitzt als dort an Land.*

Seine Aufmerksamkeit wurde plötzlich von einem Tumult angezogen, der von der Kombüse kam und offensichtlich von Jack, dem Schiffsjungen, ausging. »Was ist denn da los?«, brummte er, als die laute Stimme des Kochs ertönte, Jacks hellere, sich im Stimmbruch befindende erklang und sich dann eine dunkle, herrische daruntermischte.

»So was Blödes habe ich mein Lebtag lang noch nicht gehört, und ich fahre immerhin schon seit fünfunddreißig Jahren zur See!«, brüllte der Koch soeben. »Wasser abkochen!

Nur damit diese Dame dort unten gekochtes Wasser bekommt! Diese Nutte ist sich wohl zu fein, das Wasser zu trinken wie alle anderen auch!«

An Bord herrschte plötzlich Totenstille. Mehrere der Männer hatten ihre Arbeit niedergelegt und starrten feindselig Richtung Kombüse. Robert konnte ihr seltsames Verhalten jedoch nicht näher beobachten, denn Jacks Stimme schien sich zu überschlagen, dann ertönte ein lautes Krachen, und der Koch flog mitsamt der Kombüsentür über das Deck und rutschte auf den von der Gischt nassen Planken noch einige Schritt weiter, gefolgt von Jack und diesem Grauhaarigen mit dem finsteren Blick, der den Koch im nächsten Moment am nicht sehr sauberen Gewand packte und ihm zwei Ohrfeigen verpasste, die seinen Kopf hin und her warfen. »Wenn du es noch einmal wagst, du Missgeburt eines dreckigen Schiffskochs, die *Madame* so zu beleidigen, dann breche ich dir alle Knochen im Leib und werfe dich über Bord!«

Der Koch kreischte und zappelte mit Händen und Füßen, konnte sich jedoch nicht aus dem eisernen Griff des anderen befreien und musste nochmals zwei Ohrfeigen einstecken, die noch härter ausfielen als die ersten.

»Ja! Ja, gebt es ihm, Master Martin!«, jubelte Jack, der mit geballten Fäusten danebenstand, wobei ihm anzusehen war, dass er am liebsten auch ein paar Schläge ausgeteilt hätte. Von verschiedenen Seiten ertönte ein beifälliges Gemurmel, und Smithy sauste von einer Rah ganz oben über eines der Taue an Deck herunter.

»Was ist hier los?«, fuhr Robert dazwischen.

»Der Verrückte hat mich plötzlich angegriffen«, ächzte der Koch, der unsanft auf dem Boden gelandet war und sich das

Kinn hielt, über das ein schmales Blutrinnsal lief. »Der wollte doch glatt für das Weibsstück dort unten …«

Diesmal wurde er von Finnegan unterbrochen, der ihn derb auf die Beine zerrte und gegen den Mast stieß. »Hör gut zu, du elender Suppenvergifter, mir gefällt das auch nicht, wie du von unserer Passagierin sprichst. Und wenn ich noch einmal höre, dass du einen unflätigen Ausdruck über sie fallen lässt, dann lasse ich dich auspeitschen, bis dir dein großes Maul vergeht!« Er gab ihm einen so heftigen Schubs Richtung Kombüse, dass der Geprügelte stolperte und auf die Planken fiel. »Und jetzt geh und koch gefälligst das Wasser ab! Schlimm genug, dass die Lady deinen Fraß essen muss, da sollte sie wenigstens sauberes Wasser bekommen!«

Der Koch hastete eilends davon, und Finnegan wandte sich den beiden anderen zu. »Geht wieder an eure Arbeit! Aber macht nicht wieder so einen Stunk. Wenn ihr Beschwerden habt, dann kommt zu mir. Auf diesem Schiff prügelt man sich nicht!«

»Aye, aye, Sir.« Der Junge trollte sich mit einem schiefen Grinsen, während der ältere Mann stehen blieb und Finnegan mit einem seiner durchdringenden Blicke musterte. Dann nickte er, wandte sich um und ging ebenfalls.

Finnegan warf einigen Matrosen, die sichtlich zufrieden zugesehen hatten, einen scharfen Blick zu. »Habt ihr nichts zu tun?« Die Männer wandten sich hastig ab und vertieften sich mit besonderer Hingabe in ihre jeweiligen Arbeiten. Bootsführer Smithy hob die aus den Angeln gerissene Tür auf und folgte dem Koch verstohlen in die Kombüse. Finnegan sah, wie er die Tür an den Rahmen lehnte und dahinter verschwand. Der Suppenvergifter würde jetzt wohl noch einen hübschen Nachschlag bekommen, aber solange der

Captain nichts davon merkte, war das ganz in seinem Sinne. Es juckte ihm selbst in den Fäusten. Dies war nicht das erste Mal, dass der elende Kerl sich abfällig über die von gewissen Mannschaftsmitgliedern verehrte Passagierin geäußert hatte, und wäre es nach ihm gegangen, hätte er eine noch viel kräftigere Abreibung bekommen.

Robert hatte der Szene stumm und erstaunt beigewohnt. Prügeleien auf dem Schiff waren strengstens verboten, und er fand es verwunderlich, dass der korrekte und auf Disziplin bedachte Finnegan die beiden so einfach davonkommen lassen wollte. Er selbst hätte andere Maßnahmen ergriffen, hatte jedoch vor den anderen keinen Einspruch erheben wollen, um vor den Leuten nicht die Autorität seines Stellvertreters in Frage zu stellen.

»Was ist denn in Sie gefahren, Finnegan?«, fragte er so leise, dass kein anderer seine Worte verstehen konnte. Es hatte ihn zwar ebenfalls gestört, die Frau als Nutte bezeichnet zu hören, aber im Grunde war es kein Wunder, dass die Leute so über sie redeten. Sie war ja auch nichts Besseres als eine kleine Hure, die sein Bruder an Bord gebracht hatte. Seltsam war allerdings das Interesse dieses Mannes, den der Junge als ›Master Martin‹ angesprochen hatte. Was hatte er da gesagt? Die *Madame?* Ein komischer Bursche, der ihm bereits wiederholt aufgefallen war. Er arbeitete gut, war ein hervorragender Matrose, stellte sich auch außergewöhnlich geschickt an den Kanonen an, sprach mit keinem ein Wort, beobachtete jedoch scharf alles, was an Bord vor sich ging.

Sein Erster Maat kratzte sich den Bart. »Ist mir schon lange ein Dorn im Auge, der Kerl, Sir. Kocht, als wollte er uns umbringen, und sieht aus, als käme er direkt aus dem Schweinestall. Ich werde froh sein, wenn wir demnächst auf die

Fortune treffen und hoffentlich wieder unseren alten Koch bekommen.« Damit wandte er sich um und ging Richtung Bug, um einen Matrosen zu rügen, der soeben einen Topf mit Teer umgeworfen hatte.

Als Vanessa aufwachte, wusste sie mit einem Mal, dass irgendetwas auf dem Schiff anders war. Da waren zwar wieder die typischen Geräusche der Pumpen gewesen, das Reiben der Steine, mit denen das Deck gesäubert wurde, aber da war noch etwas anderes … Die Stimmen klangen nicht so gedämpft wie sonst, sondern fröhlicher, sie hörte einige Mannschaftsmitglieder sogar lachen, und es herrschte ein lebhaftes Treiben an Deck, das sie neugierig machte. Sie wusch sich schnell das Gesicht, kleidete sich an und lauschte dann hinaus. Der Captain unterhielt sich in seiner Kajüte mit jemandem, den sie als den Schiffsarzt erkannte. Sie konnte nicht verstehen, worüber sie sprachen, aber der Pirat klang ausnahmsweise ruhig und friedlich.

Schließlich meldete sich der Erste Maat. »Captain, die Mannschaft ist zur Musterung angetreten.«

»Danke, Mr. Finnegan.«

Sie hörte, wie sich die Schritte der Männer entfernten, und als sie sicher sein konnte, dass die drei an Deck waren, trat sie aus ihrem Zimmer und hinaus auf den Gang. Oben war alles ruhig, die Stimmen der Leute waren verstummt, und als sie die untersten Sprossen der Leiter hinaufstieg und vorsichtig die Nase hinaussteckte, sah sie zu ihrer Überraschung die gesamte Mannschaft versammelt. Die Männer hatten einer neben dem anderen über die ganze Länge des

Schiffs hin Aufstellung genommen, und der Captain schritt die Reihe ab, gefolgt von Finnegan. Er musterte jeden gründlich und machte hier und da eine Bemerkung. Vanessa konnte seine Worte nicht verstehen, erkannte aber aus der Reaktion der Betreffenden, ob es etwas Freundliches oder eine Mahnung oder gar Drohung war.

Jeder einzelne der *Matrosen* war frisch gewaschen und rasiert, die meisten trugen weiße Hosen, blaue Jacken und mit bunten Bändern verzierte Hüte, die sie nun in der Hand hielten. Ähnliche Szenen hatte Vanessa schon auf dem Handelsschiff gesehen. Allerdings ging es hier weitaus formeller zu, und sie staunte über die Veränderung, die mit dem Piratenhaufen vor sich gegangen war. Am Ende der Reihe standen Jack und der Koch. Der Junge sah ein wenig verschreckt aus, als der Captain vor ihm stehen blieb. Vanessa sah, wie er eine kurze Bemerkung machte, und dann ging McRawley auch schon weiter, am Koch vorbei, der ein verfärbtes und stark verschwollenes Gesicht hatte und ein wenig gekrümmt dastand.

Als McRawley die Reihe abgeschritten hatte, verschwand er mit Finnegan im Gefolge unter Deck, während die anderen sich sichtlich entspannten. Einige launige Worte fielen, mehrere der Matrosen lachten, und einer sang sogar ein paar Takte eines Liedes, das Vanessa nicht kannte, dessen erste Strophe aber keinen Zweifel daran ließ, dass es von einer eher freizügigen jungen Dame handelte, die in einem der Häfen lebte und gut daran verdiente. Er wurde von einem scharfen Befehl unterbrochen und verstummte grinsend.

Ein junger Mann, der Uniform nach zu urteilen wohl ein Offizier, stand ganz in Vanessas Nähe, und sie fiel vor Schreck fast von der Leiter, als sein Blick sie traf. Sie klammerte sich in letzter Sekunde an der obersten Sprosse fest und sah schuldbewusst hinauf, als sein Schatten den Eingang verdunkelte.

»Sie sollten vorsichtig sein, Madam«, sagte der Mann mit einer ruhigen, angenehmen Stimme. »Wenn man die Bewegungen des Schiffes nicht gewohnt ist, kann man leicht das Gleichgewicht verlieren.« Er streckte ihr die Hand hin. »Darf ich Ihnen vielleicht helfen, Madam?«

Vanessa lächelte ihn an. »Lieber nicht, der Captain sieht es nicht gern, wenn ich an Deck komme.« Nicht dass Vanessa sich auch nur einen Deut darum gekümmert hätte, was dieser Pirat gern sah oder nicht, aber sie wollte nicht, dass der freundliche junge Mann Schwierigkeiten mit seinem Captain bekam.

Er zog die Augenbrauen hoch. »So? Aber am Sonntag wird er doch zweifellos eine Ausnahme machen.«

Sie überlegte nicht lange, ergriff die dargebotene Hand und ließ sich hinaufziehen. Er war tatsächlich noch ein sehr junger Mann, jünger als sie, bestenfalls Anfang zwanzig, mit einem frischen, offenen Gesicht. Er strahlte sie an. »Sie verschönern diesen sonnigen Tag noch, Madam. Was für eine Schande, wenn Sie uns nicht die Ehre Ihrer Gesellschaft gäben.« Das Schiff wurde von einer größeren Welle leicht angehoben, und er reichte ihr höflich den Arm. »Darf ich bitten, Madam.« Vanessa war erstaunt über die gepflegte Ausdrucksweise, die sie auf einem solchen Schiff nicht vermutet hätte, und zögerte nicht, seine Hilfe anzunehmen. »Mein Name ist Miller. Mike Miller, Madam, ich bin der Zweite Maat.«

Sie lächelte ihn an. »Mein Name ist Vanessa Chastel.« Sie ließ kurzerhand das adelige ›de‹ weg, das ihr gegenüber einem Matrosen auf einem Freibeuterschiff unangebracht erschien.

»Gestatten Sie mir, Sie auf dem Schiff herumzuführen, Madam?« Er deutete auf mehrere Matrosen, die näher kamen und sich mit einem verlegenen Grinsen in Positur stellten, als Vanessas Blick auf sie fiel. »Wenn Sie es erlauben, möchte ich Ihnen einige der Männer vorstellen, denen dies eine große Ehre wäre.«

Vanessa war zwar verwundert, aber einverstanden und sah in ein gutmütiges, rundliches Gesicht, aus dem Augen unbestimmter Farbe herauszwinkerten. Der Mann hatte seinen Strohhut abgenommen, drehte ihn leicht verlegen in den Händen und grinste von einem Ohr zum anderen. »Mr. Jacob Smith, der Bootsführer des Captains.«

»Für Sie immer Smithy, Madam.«

Vanessa erinnerte sich sehr gut an diesen ›Smithy‹, der damals in der Kutsche auf dem Bock vorne mitgefahren war, auch wenn anzunehmen war, dass er sie ebenso wenig wiedererkannte wie die anderen. Sie hatte ihm bei der Ankunft in Dover durch Martin einen Beutel mit Geldstücken geben lassen, damit er für sich und seine Freunde vernünftige Kleidung und Essen kaufen konnte. Sie hielt ihm die Hand hin, er schüttelte sie, als wollte er sie aus dem Gelenk reißen, und trat dann einen Schritt zurück, als sich andere herandrängten.

»Ich muss schon bitten«, sagte Miller stirnrunzelnd. Sofort stellten sich die Leute in einer Reihe auf, und Vanessa schritt sie an Millers Arm ab, reichte jedem die Hand, versuchte sich die Namen zu merken und ihrer Verwunderung über die Freundlichkeit, die ihr begegnete, Herr zu werden. Sie waren jedoch kaum am Ende der Reihe angekommen, als sich ihnen jemand in den Weg stellte.

Vanessas Lächeln, das eben noch liebenswürdig gewesen war, wurde sofort strahlend, als sie Martin erkannte, der so wie die anderen rasiert war. Jetzt, ohne Bart, bemerkte sie, wie mitgenommen er aussah, und sie entzog dem Zweiten Maat ihre Hand und legte sie Martin auf den Arm. »Mein Lieber! Zu dir wollte ich zuvor!«

»So?«, fragte ihr alter Freund und warf den anderen einen missbilligenden Blick zu. »Ist das klug von Euch, *Madame*, sich den Zorn des Captains zuzuziehen? Soviel ich weiß …«

»Ja, natürlich«, unterbrach ihn Vanessa, »aber heute ist doch Sonntag!«

»Miss Vanessa!« Jack kam hastig angelaufen, über das ganze Gesicht strahlend. »Wie schön, dass Sie an Deck sind!«

»Ich bezweifle, ob der Captain derselben Meinung ist«, knurrte Martin, der sehr wohl bemerkt hatte, dass alle Gespräche verstummt waren und sämtliche Matrosen auf Vanessa starrten. »Es ist tatsächlich nicht gut, wenn Ihr hier unter den Männern seid.«

»In meiner Gegenwart hat Mylady nicht das Mindeste zu befürchten«, ließ sich Miller vernehmen. »Es wird niemand wagen, sich ihr respektlos zu nähern.«

»Stimmt«, knurrte Smithy, der ihnen gefolgt war, bekräftigend.

»Dennoch«, beharrte Martin, der die beiden kaum beachtete, »ich bin dafür, dass Ihr jetzt wieder hinuntergeht, bevor …« Er wurde unterbrochen, als in diesem Moment eine sonore Stimme erklang, die Vanessa nur zu bekannt war.

»Was ist hier los?«

Der junge Offizier, der soeben noch einen selbstbewussten Eindruck gemacht hatte, sank etwas in sich zusammen, versuchte jedoch sofort wieder den Gesichtsausdruck eines Mannes aufzusetzen, der jeder Situation gewachsen ist. Unter McRawleys scharfem Blick gelang ihm dies allerdings nicht vollkommen, und Vanessa sah voller Mitgefühl zuerst eine ungesunde Blässe und dann eine zarte Röte auf seine Stirn treten.

»Was für ein wunderschöner Tag!«, rief sie aus, bevor der Pirat seinen Mund aufmachen konnte, um den armen Kerl in Grund und Boden zu verdammen. »Es ist sehr liebenswürdig von Euch, mir zu gestatten, heute ein wenig an Deck spazieren zu gehen, *Monsieur le Capitaine!*«

McRawley sah sie aus schmalen Augen an und machte Anstalten, auf sie zuzugehen, aber da trat Finnegan dazwischen. »Wenn Sie erlauben, Sir, dann werde ich die Lady wieder unter Deck begleiten.«

Eine Handbewegung seines Vorgesetzten ließ ihn in der Bewegung innehalten.

»Fünfzehn Minuten«, sagte Robert zu Vanessa gewandt, »nicht länger.« Er deutete mit dem Kopf auf den jungen Maat, der sich sichtlich entspannte. »Mr. Miller wird Sie an Deck eskortieren.«

»Sehr liebenswürdig, *Monsieur le Capitaine*«, erwiderte sie und schenkte ihm ihr reizendstes Lächeln, erfreut über ihren Sieg, der ihr immerhin fünfzehn Minuten an der frischen Luft eingebracht hatte, sowie die Genugtuung, dass der Pirat sie vor der versammelten Mannschaft nicht geduzt hatte.

Vanessa genoss die Zeit an Deck, die sie übermütig einfach um ein paar Minuten verlängerte, und kehrte schließlich um einiges besser gelaunt in ihre Kajüte zurück. Als sie am Abend dem Captain wieder beim Essen gegenübersaß, musterte er sie mit einer Mischung aus Abneigung und

Amüsement, während sie die servierten Speisen vorsichtig untersuchte und den Schiffszwieback auf den Tisch klopfte, um den Großteil der unerwünschten und meist lebenden Zutaten zu entfernen.

»Du bist ziemlich wählerisch«, bemerkte Robert boshaft. »Dabei kannst du froh sein, dass wir so nahe bei den Inseln sind und öfter Proviant aufnehmen können, sonst würdest du dich bald mit der Mannschaft um einige fein säuberlich ausgenommene Ratten prügeln müssen.«

Vanessa wischte die aus dem Zwieback entfernten Würmer auf den Boden und wandte sich der Suppe zu, ohne den Captain eines Blickes zu würdigen.

Robert ertrug es nicht, dass sie ihn so offensichtlich ignorierte. »Du hast heute gewonnen«, sagte er spöttisch, während er kaum den Blick von ihren vollen Brüsten nehmen konnte, die sie lächerlich züchtig unter einem Tuch verdeckt hatte, »aber glaube ja nicht, dass du dir jetzt alles erlauben kannst. Du hast es übrigens Mr. Finnegan zu verdanken, dass ich dich nicht gleich kopfüber die Leiter hinuntergeworfen habe – er hat, bevor ich dich an Deck erwischte, schon auf mich eingeredet, dich täglich einige Minuten an die frische Luft zu lassen.«

Vanessa war gerade im Begriff, eine dicke weiße Made aus der Brotsuppe zu holen und sah ungehalten von dieser konzentrierten Tätigkeit auf. »Diesen Vorzug haben ja meines Wissens sogar die armen, gefangenen Geschöpfe auf einem Sklavenschiff. Ihr braucht Euch auf Eure Menschenfreundlichkeit nichts einzubilden!«

»Stimmt. Die dürfen aber nur hinauf, damit sie gesund bleiben und die Händler gute Preise für sie auf dem Markt erzielen.« Er grinste boshaft, während er seinen Blick ungeniert über sie gleiten ließ. »Was übrigens gar keine schlechte Idee wäre – ich glaube ja nicht, dass ich viel für dich bekäme, aber vielleicht reicht es wenigstens für das Essen, das du an Bord verbrauchst.«

»Vielleicht ist es Eurem Piratengehirn entfallen«, fuhr Vanessa gereizt hoch, »aber ich habe Euch gebeten, mich nach Jamaika zu bringen, womit Ihr Euch die Unkosten für meinen Unterhalt schnell ersparen würdet! Wobei«, sie wies ärgerlich auf die Made, die sie neben dem Teller auf den Tisch gelegt hatte, »man das hier wohl kaum als Essen bezeichnen kann!«

»Sei froh, dass ich dir die Fleischeinlage nicht mit verrechne«, grinste Robert unbeeindruckt. »Außerdem hättest du die hier ruhig verspeisen können, die ist weitaus geschmackvoller als die anderen Würmer.« Er genoss sekundenlang Vanessas angeekelten Gesichtsausdruck und lehnte sich dann lässig in seinem Stuhl zurück. »Ich kann dich nicht nach Jamaika bringen, aber wenn wir zu einer französischen Niederlassung kommen, werde ich dich von Bord gehen lassen. Bis dahin wirst du dich gut benehmen, sonst reist du den Rest des Weges im Laderaum und kannst dort die Ratten zählen.«

Vanessa sprang auf und funkelte ihn wutentbrannt an. »Ihr seid abscheulich! Ihr genießt es auch noch, mir auf diese perverse Weise die Macht zu zeigen, die Ihr über mich habt, weil ich mich unglücklicherweise auf diesem Schiff befinde! Aber der Tag wird kommen, wo Ihr diese Behandlung bedauern werdet!« Sie stürmte aus dem Raum in ihre Kajüte und knallte die Tür hinter sich zu.

»Und das Türenknallen werde ich dir auch noch abgewöhnen«, murmelte Robert erbittert und war seltsamerweise mit sich selbst und dem Ausgang dieses Abends mehr als unzufrieden.

9. Kapitel

Vanessa trat neben Robert, der an der Reling lehnte und mit einem Fernrohr auf die Insel Margarita sah, der sie sich nun schon seit vielen Stunden langsam und mühevoll näherten. Der Wind blies vom Land her, und es kostete sie viel Kraft, gegen den stetigen Strom zu kreuzen. Sie wollten dort Wasser und Proviant aufnehmen und sich mit Ramirez treffen, der zweifellos wieder Nachrichten über die jüngsten Unternehmungen der Engländer mitbrachte.

»Es wäre eine gute Gelegenheit, mich von Bord gehen zu lassen«, sagte Vanessa.

Robert sah sie mit zusammengezogenen Augenbrauen an. »Du solltest nicht so versessen darauf sein, an Land zu kommen. Vor allem nicht hier – diese Leute da draußen«, er deutete nach Osten, wo sich die Silhouette der Insel dunkel gegen den blauen Himmel abzeichnete, »sind nämlich hauptsächlich Kannibalen, die sich freuen würden, dich am Spieß zu rösten und dann zu verspeisen.« Diese Insel war früher von einem friedlichen Indianerstamm bewohnt gewesen, der allerdings schon vor vielen Jahren von den weißen Kolonialherren entweder ausgerottet oder versklavt worden war. Jetzt wohnten dort nur noch Spanier, einige Siedler unterschiedlicher Herkunft und Sklaven. Aber es gefiel ihm, die Kleine ein wenig zu verschrecken. Außerdem mochte er aus einem unerfindlichen Grund den Gedanken, sie schon so schnell an Land zu setzen, nicht im Geringsten.

Vanessa warf ihm einen ungläubigen Blick zu, den er mit einem grimmigen Auflachen quittierte. »Möglich, dass du dies immer noch der Aussicht, mit mir auf einem Schiff zu sein, vorziehst, aber glaube mir, du würdest mich bald zu schätzen wissen, wenn du in einem Kochtopf sitzt.« Damit wollte er sie einfach stehen lassen, wandte sich aber noch einmal nach ihr um. »Wenn ich es mir jedoch recht überlege – es wäre im Grunde eine gute Gelegenheit, dich endlich loszuwerden. Ich werde vielleicht doch Befehl geben, dich an Land zu setzen.«

Er hatte ihr die beleidigenden Äußerungen, dass er sie anekeln würde und sie hoffte, ihn am Galgen zu sehen, noch immer nicht verziehen und wollte ihr ein wenig Angst machen.

Statt jedoch erschrocken zu sein, lächelte sie amüsiert. »*Vraiment?* Aber würdet Ihr mich denn nicht auch … wie sagt man doch in Eurer Sprache …«, sie runzelte die Stirn, dann blitzte es in ihren Augen auf, »jetzt habe ich es! Würdet Ihr mich denn nicht auch gern *einkochen* und dann verspeisen, *Monsieur?*«

Robert stockte vor Ärger und Staunen über dieses freche Geschöpf der Atem. Sekundenlang stand er kurz vor einem veritablen Wutanfall, doch dann fiel ihm auf, wie reizend sie aussah mit diesem wunderbaren Haar, den leuchtend blauen Augen und diesem kecken Lächeln, das er heute zum ersten Mal an ihr bemerkte. Er schloss seinen Mund wieder, ohne etwas entgegnet zu haben, und entschied sich, die unziemliche Bemerkung zu überhören.

Als er sich energisch umwandte und Richtung Vorderdeck ging, sah er in die Augen dieses stets finster dreinblickenden Mannes, der angeblich mit Vanessa an Bord gekommen war und ihretwegen den Streit mit dem Koch angefangen hatte. Sekundenlang bohrten sich die Blicke der beiden ineinander, und Robert hatte das ungute Gefühl, als könne der andere seine Gedanken lesen. Dann wandte er sich ab, und Robert hätte schwören können, so etwas wie ein zufriedenes Lächeln auf seinen Lippen zu bemerken.

Er blieb stirnrunzelnd stehen und warf einen Blick zurück zu Vanessa, die immer noch an derselben Stelle stand und ihm nachsah. Sie lächelte und sagte etwas zu Mr. Finnegan, der daraufhin ein breites Grinsen aufsetzte. Dann stolzierte sie davon.

»Was hat sie gesagt?«, fragte Robert nun schon gewohnheitsmäßig, als Finnegan sich gleich darauf zu ihm gesellte, immer noch dieses verdächtige Feixen im Gesicht. Es war schließlich nicht das erste Mal, dass dieses hinterhältige Geschöpf irgendeine französische Frechheit an ihn gerichtet hatte, die er sich von seinem Freund hatte übersetzen lassen müssen.

»Das kann ich nicht wiederholen, Captain«, grinste Finnegan noch breiter.

»Ich höre!«, verlangte Robert scharf.

»Nun, Sir, sie hat gesagt, dass Sie zwar ein ungehobelter Patron sind, aber den süßesten Ar…, äh, Hinterteil haben, das sie je bei einem Mann gesehen hat. Zumindest war das der Sinn.«

Sekundenlang verschlug es Robert die Sprache, dann spürte er zu seinem Ärger, wie ihm eine leichte Röte ins Gesicht stieg. »Nun ja«, sagte er leichthin, weil er das Gefühl hatte, die Situation verlange nach einer Antwort, »wenigstens zur Abwechslung einmal nicht nur Beschimpfungen.«

»Nein, Captain«, antworte Finnegan, und als Robert sich entfernte und über das Deck ging, war er sich verdammt sicher, dass sein Erster Maat ihm mit einem Grinsen nachsah.

Da geht er hin, dachte Finnegan und grinste tatsächlich bis über beide Ohren, als er seinen Captain dabei beobachtete, wie dieser entgegen seiner sonstigen souveränen Art seltsam verkrampft das Deck überquerte, *da geht er hin – der Mann mit dem süßesten Arsch.*

Als sie den kleinen Hafen anliefen, sah Robert schon von weitem die bekannte Fahne von Ramirez Rodriguez Torrez-Ventamilla an einem der Schiffe wehen – weiß mit einem roten Schwert in der Mitte – und ein kleines Segelboot, das auf sie zuhielt. Zeit, diese blonde kleine Hexe unter Deck zu schicken, bevor Ramirez auch nur einen Blick auf sie werfen konnte.

»Geh hinunter«, herrschte er sie an, als er sie dabei ertappte, wie sie an der Reling stand und neugierig auf die Schaluppe blickte, die sich mit dem frischen Rückenwind der *Independence* schnell näherte. Ramirez hatte ebenso scharfe Augen wie eine unstillbare Wolllust, und wenn er Vanessa vom Boot aus sah, dann würde er nicht eher von ihr ablassen, bis er sie gehabt hatte. Robert kannte Ramirez schon lange genug, um sicher zu sein, dass Vanessa nicht nur seinem eigenen Geschmack entsprach, sondern auch dem des Spaniers.

Sie sah ihn verärgert an, als er sie so unfreundlich anfuhr und rauschte dann, für alle gut sichtbar, an ihm vorbei und unter Deck. Robert sah ihr wütend nach und warf dann einen prüfenden Blick auf das sich nähernde Boot. Er konnte nur hoffen, dass dieses unvorsichtige Geschöpf nicht schon längst von Ramirez bemerkt worden war.

Dass diese Hoffnung vergebens war, musste er wenig später einsehen, als er mit ihm an dem großen Tisch in der Achterkajüte saß und ihm zutrank. Er hatte diesmal Dinge mit ihm zu besprechen, für die er keine Zeugen brauchen konnte, und hatte alle seine Offiziere, sogar Finnegan, hinausgeschickt.

»Wo hast du denn dieses süße Liebchen hingetan, das ich zuvor an Bord sah?«, fragte Ramirez plötzlich mit einem schmierigen Lachen. »Etwa ins Wasser gestoßen?«

»Nein«, erwiderte er kalt.

»Dann lass sie doch kommen, sie soll uns ein wenig unterhalten.« Er zog einen kostbaren Ring vom Finger und hielt ihn ins Licht der Lampe. »Ich habe auch etwas Schönes für sie.«

Robert sah auf den funkelnden Stein und verspürte bei dem Gedanken, dass seine Passagierin als Spielzeug für diesen Wüstling dienen sollte, heißen Zorn in sich aufsteigen. Auf diesen Kerl, der so behäbig und dick am Tisch saß. Auf seinen Bruder, der ihm eine Dirne an Bord gebracht hatte. Und auf Vanessa selbst, weil sie ihn so anzog. Aber am meisten auf sich selbst, weil ihn allein schon der Gedanke daran, dass dieser widerliche Kerl sie in den Armen halten könnte, so sehr störte, dass er rote Punkte vor seinen Augen tanzen sah.

»Gut«, erwiderte er entschlossen, und um sich selbst zu beweisen, dass er sich nichts aus ihr machte und es ihm vollkommen gleichgültig sein würde, wenn dieser feiste Mensch seine dicken Finger über ihren Körper gleiten ließ, stand er auf und trat an die Tür ihrer Kabine. Er stieß sie auf und sah hinein. Vanessa saß auf dem Bett, hatte die Hände auf den Knien zusammengekrampft und sah ihm mit großen Augen entgegen. Sie hatte ein hochgeschlossene Kleid an, das sie wusste der Teufel woher haben mochte, und sah darin fast aus wie eine anständige Frau. Aber er wusste es besser.

»Komm raus«, sagte er barsch.

Sie schüttelte nur den Kopf, und um ihren Mund trat jener störrische Zug, der ihm ankündigte, dass er, wenn er nicht sofort hart durchgriff, sich auf eine längere Diskussion gefasst machen musste.

»Komm heraus, oder ich zerre dich aus dem Zimmer«, fuhr er sie zornig an, um sich vor Ramirez keine Blöße zu geben.

Sie starrte ihn sekundenlang fassungslos an, dann stand sie langsam vom Bett auf und ging, ohne ihn eines Blickes zu würdigen, an ihm vorbei durch die Tür. Draußen wurde sie von dem Spanier begrüßt, der bei ihrem Anblick laut auflachte. »*Señora*, welche Ehre! Kommt her zu mir, damit ich mich an Eurem Anblick weiden kann!«

Als sie zögerte, stieß Robert sie rücksichtslos in den Raum. Er hatte ihre Zicken satt. Auf der einen Seite gab sie sich wie eine schüchterne Jungfrau und auf der anderen hatte sie sich mit seinem Bruder eingelassen, der alles andere als ein Tugendbold war. Vielleicht würde sie der Umgang mit dem schmierigen Ramirez lehren, ihn selbst etwas mehr zu schätzen und in Zukunft respektvoller und höflicher zu behandeln. Es schadete ihr nicht, von dem Freibeuter ein wenig befingert zu werden. Und dass nicht mehr daraus wurde, dafür würde er schon sorgen.

Sie stolperte einige Schritte auf Ramirez zu, der die Hand nach ihr ausstreckte, sie am Arm packte und die heftig Widerstrebende auf seine Knie zog.

»Komm, mach nicht so ein Gesicht. Sei ein bisschen nett zu mir, dann gibt es auch ein Geschenk. Siehst du!« Er schlang den Arm um ihre Taille und hielt sie fest, während er ihr mit der freien Hand den rubinbesetzten Ring hinhielt. »Das ist doch was für meine schöne Dame, nicht wahr? Dafür kann man schon freundlich sein.« Er wedelte mit dem Schmuckstück vor ihrer Nase herum. »Gib mir einen Kuss.«

Vanessa drehte energisch den Kopf zur Seite, während Robert wieder am Tisch Platz genommen hatte und finster auf die Szene vor ihm starrte. Nur noch ein kleines bisschen, um ihr den Unterschied zu zeigen zwischen einem Piraten und einem Navy-Captain, und dann würde er sie wieder in ihre Kajüte schicken.

Ramirez verlor jedoch die Geduld, fasste ihr ins Haar, zwang sie, ihn anzusehen, und presste seinen breiten Mund auf ihre Lippen, während die Hand mit dem Ring fest auf ihren Brüsten lag. Robert wandte angeekelt und mit steigendem Zorn den Blick ab und griff nach dem Kelch, der vor ihm auf dem Tisch stand und bis obenhin mit Wein gefüllt war. Er zählte bis zehn, während er die Flüssigkeit in einem Zug hinunterkippte, und verschluckte sich fast, als Ramirez laut vor Zorn und Schmerz aufschrie. Die Kleine hatte ihm den Ring aus der Hand gerissen und ihm damit quer über die Wange gekratzt, so dass Blut in der Farbe des Steines hervorquoll. Ramirez ließ sie fluchend los, fuhr sich mit der Hand über die Wunde, und Vanessa nutzte die Gelegenheit, um schnell aufzuspringen und zu Robert hinüberzulaufen, der das Geschehen verblüfft verfolgt hatte.

Sie setzte sich auf seinen Schoß, legte einen Arm um seinen Hals und lächelte ihn an. »Du weißt doch, mein Süßer, dass ich nur dir gehöre. Weshalb führst du mich so in Versuchung?«

Er konnte die Wirkung, die ihre Nähe, ihr weicher Körper, ihre Brust, die seine berührte, und ihre Schenkel auf seinen Beinen hatten, kaum fassen und legte unwillkürlich seine Arme um sie, um sie etwas enger an sich zu ziehen. Im nächsten Moment fühlte er einen harten Griff, etwas Kaltes schob sich an seine Hose, und er brauchte nicht erst hinunterzusehen, um zu wissen, dass sie eine Klinge angesetzt hatte. Ein Blick auf den Tisch zeigte ihm, dass es ihr gelungen sein musste, sich des scharfen Messers zu bemächtigen, mit dem er zuvor ein Stück Fleisch von dem Braten abgeschnitten hatte.

»Wenn Ihr mich an dieses Scheusal weitergebt«, flüsterte sie ihm ins Ohr, während sie ihn so strahlend anlächelte, dass er den Atem anhielt, »dann schneide ich ihn Euch ab, *Capitaine*.« Was, wie Robert zugeben musste, eine Leichtigkeit gewesen wäre, bei der Art, wie sein bestes Stück sich ihr und den warmen Schenkeln auf seinem Schoß auf einmal entgegenreckte.

»Blitz und Donner!«, grinste Ramirez, der festgestellt hatte, dass die Wunde nicht allzu tief war. »Welch ein Teufelsweib! Sie gefällt mir, sie gefällt mir wirklich. Es wird Spaß machen, die kleine Katze zu zähmen. Sag mir, was du für sie willst!«

Robert riss sich von Vanessas blauen Augen los, in denen eine Härte lag, die er darin niemals vermutet hätte. »Nein, daraus wird nichts, Ramirez. Ich verkaufe sie nicht.« Unter anderen Umständen hätte er die Gelegenheit wahrgenommen, mit dem Piraten ein wenig zu feilschen, um diesem frechen Weibsstück Angst zu machen, aber da war zum einen dieser kalte Stahl an seinem Gemächt, und zum anderen war Ramirez nicht der Mann, der in dieser Hinsicht Spaß verstand.

»Ach was«, winkte Ramirez ab, das Blut war ihm mittlerweile von der Wange bis auf die gelbe Weste geflossen und hatte dort eine dunkle Spur hinterlassen. »Die Weiber haben alle ihren Preis.«

»Du hast gehört, was ich gesagt habe, Ramirez«, antwortete Robert abweisend. »Ich will sie für mich selbst.«

»Aber vorhin hast du sie doch aus ihrer Kammer gejagt«, erwiderte der Pirat scharf, während seine Blicke gierig über Vanessas Körper glitten. Robert wusste, dass sein Besucher schon weitaus mehr dem Alkohol zugesprochen hatte, als es den Anschein machte, und er kaum noch in der Lage war, sein Verlangen zurückzuhalten. Nüchtern war Ramirez ein guter Mann, betrunken aber ein hemmungsloser Bastard.

»Aber nicht, um dich zu unterhalten, sondern mich«, sagte er entschieden. Es hätte nicht erst des Messers, das Vanessa ihm so scharf angesetzt hatte, bedurft, um dem Freibeuter dieses Geschäft abzuschlagen. Er würde niemals dulden, dass diese kleine Hexe, so unbotmäßig sie sich auch aufführen mochte, mit einem anderen als ihm selbst von Bord oder ins Bett ging. Sekundenlang verweilten seine Gedanken bei dieser Vorstellung, und er schluckte unwillkürlich, als ihm dies bewusst wurde. Unmöglich, dass er diesem süßen Biest tatsächlich schon so verfallen sein sollte ... Er riss seinen Blick von den weichen Rundungen vor seinen Augen los und sah auf Ramirez.

Dessen vom Wein gerötete Augen wurden schmal. »Eine Gefälligkeit unter Waffenbrüdern, McRawley, du wirst doch einem alten Freund keine Bitte abschlagen.«

»In diesem Fall schon, also hör auf, mich damit zu belästigen. Du hast gehört, was ich gesagt habe. Richte dich danach.« Insgeheim verfluchte er sich schon längst für seine Idee, sie aus ihrer Kammer zu holen. Er musste dieses anziehende Frauenzimmer so schnell wie möglich aus dem Raum entfernen. Je eher sie aus der Reichweite des Piraten kam, desto besser.

Doch ein Blick zu Ramirez zeigte ihm, dass es bereits zu spät war. In den rot geäderten Augen des Spaniers blitzte es gefährlich auf, und Robert hatte gerade noch Zeit, Vanessa mit einer raschen Handbewegung das seine Männlichkeit gefährdende Messer aus der Hand zu ringen und sie dann mit einem kräftigen Schubs von seinen Knien auf die Seite zu stoßen, so dass sie in der Ecke der Kajüte landete, als der andere auch schon seinen Säbel gezogen hatte und auf ihn losging.

»Ich werde dich lehren, einem Ramirez Rodriguez Torrez-Ventamilla etwas abzuschlagen!«, brüllte er wie ein Verrückter und hieb so kräftig auf ihn ein, dass Robert sich gerade noch in letzter Sekunde wegducken und den Schlag mit dem Messer ablenken konnte. Es zerbrach bei dem heftigen Aufprall, während sich der Säbel tief in die Lehne des Stuhles fraß, auf dem er eben noch so bequem mit Vanessa auf dem Schoß gesessen hatte. Er sprang weg, hastete durch den Raum in seine Kajüte und war gerade im Begriff, seine eigene Waffe zu ergreifen, die neben dem Bett hing, als Ramirez schon blitzschnell und mit für einen betrunkenen Mann seiner Statur geradezu unheimlicher Wendigkeit hinter ihm stand und ihm vermutlich den Arm abgeschlagen hätte, wäre er nicht schnell ausgewichen. So jedoch streifte ihn der Hieb nur, fuhr glühend an seinem Oberarm entlang und zerfetzte an dieser Stelle das Hemd. Im nächsten Moment hatte er jedoch schon seinen eigenen Säbel in der Hand, fuhr herum und parierte den folgenden Schlag des Gegners, der sich blind vor Zorn auf ihn stürzte.

Ramirez war ein starker Gegner, dessen Körperfülle und Trunkenheit ihn nicht hinderten, mit einer Vehemenz auf ihn loszugehen, die einen weniger versierten und erfahrenen Kämpfer als Robert zweifellos bald das Leben gekostet hätte. So gelang es ihm jedoch, seinen Hieben auszuweichen und sie zu parieren, ohne selbst auf den anderen losgehen zu müssen. Er hatte schließlich nicht die geringste Absicht, Ramirez zu töten oder schwer zu verletzten, der in nüchternem Zustand ein durchaus ehrenwerter Pirat war, auf den sich seine wenigen Freunde verlassen konnten.

Er schaffte es, den Tisch zwischen sich und den tobenden Spanier zu bringen, griff dann nach einem Stuhl und schleuderte ihn auf Ramirez, der zu betrunken war, um rechtzeitig auszuweichen. Er verlor das Gleichgewicht, als ihn der Stuhl traf, und kam ins Stolpern. Sofort war Robert über den Tisch gehechtet, hatte sich auf den Piraten geworfen und ihm mit voller Wucht den Griff seines Säbels an den Kopf geschlagen.

Ramirez bäumte sich stöhnend auf, stieß Robert mit einer letzten gewaltigen Anstrengung von sich und sank dann bewusstlos zu Boden.

Robert, der halb unter den Tisch gerollt war, rappelte sich blitzschnell wieder auf, sah dann, dass er seinen Gegner außer Gefecht gesetzt hatte, und blickte schwer atmend auf ihn hinunter. Dieser verdammte Säufer war tatsächlich noch unberechenbarer als eine schwangere Frau oder eine tollwütige Katze. Fast so schlimm wie diese blonde Hexe, die den Streit erst ausgelöst hatte.

»Bringt euren *Capitano* zurück auf sein Schiff«, befahl er Ramirez' Männern, die, als der Tumult begonnen hatte, herbeigelaufen und gemeinsam mit Finnegan in der Tür gestanden waren, ohne sich jedoch einzumischen, »und sorgt dafür, dass er sich gut ausschläft.«

Die beiden verwegenen Gestalten kamen heran, hoben ihren massigen Captain grinsend auf und trugen ihn hinaus, während Finnegan sie begleitete und dafür sorgte, dass sie mit ihrer Fracht sicher an Bord ihrer Schaluppe kamen.

»Es ist immer dasselbe mit ihm«, sagte Robert an Vanessa gewandt, die sich nach ihrem Sturz erschrocken an die Wand gedrängt und mit wachsender Panik beobachtet hatte, wie Robert sich auf Leben und Tod gegen den verrückten Spanier verteidigte. »Sobald er betrunken ist, dreht er durch.«

»Das war alles Eure Schuld!«, stieß Vanessa wütend hervor. »Hättet Ihr mich nicht gezwungen, mein Zimmer zu verlassen, wäre nichts passiert! *Mon Dieu! Quel idiot, cet homme!* Und jetzt auch noch verletzt!« Sie ging zu Robert hinüber, löste vorsichtig das Hemd von der Wunde und verzog den Mund. *»Mon Dieu«*, sagte sie wieder und drückte den sichtlich verblüfften Robert auf einen Stuhl, bevor sie zur Waschschüssel eilte, frisches Wasser aus dem Krug hineingoss und damit zu ihm zurückkam. »Verbandsstoff?«, fragte sie kurz.

Robert deutete nur stumm auf eine Kommode. Vanessa öffnete eine Schublade und fand ein Stück Leinen, dann kam sie wieder zurück, riss einfach den Ärmel des Hemdes ab und wusch vorsichtig die Wunde. *»C'est pas si mal«*, murmelte sie mehr zu sich selbst als zu ihm.

»Wie?«

»Es ist nicht so schlimm«, wiederholte sie. Sie war vor

Aufregung in ihre Muttersprache verfallen – der Anblick von Robert, der zuerst verletzt worden war und dann diesen Kerl überwältigt hatte, während sie vor Angst um sein Leben gezittert hatte, war zu viel für sie gewesen. Er war ein mieser Pirat, dieser Robert McRawley. Ein verabscheuungswürdiger Mensch, der sie dem Widerling zum Fraß hatte vorwerfen wollen, und im Grunde wäre es ihm ganz recht geschehen, hätte der ihn einfach aufgespießt. Aber dennoch … So viel Angst wie um ihn hatte sie noch niemals um jemanden ausgestanden.

Sie griff, nachdem die Verletzung gesäubert war, kurzerhand nach der bauchigen Flasche, die auf dem Tisch stand, goss, ohne auf Roberts unterdrückten Schmerzensschrei zu achten, eine gehörige Portion Rum auf die Wunde, die zum Glück nicht allzu tief war, und machte sich daran, ihn fachgerecht zu verbinden.

»*Voilà*«, sagte sie schließlich zufrieden und hob den Blick von ihrem Werk zu Roberts Gesicht. Dieser blickte sie mit einem seltsamen Ausdruck in den Augen an, bevor er die Hand nach ihr ausstreckte.

Vanessa trat einen Schritt zurück. Er hatte den Kampf überlebt, seine Verletzung war nicht tief, und er würde nicht lange Schmerzen haben. Es gab keinen Grund mehr, Rücksicht zu nehmen und nicht das zu tun, was sie am liebsten schon im allerersten Moment getan hätte, als er sie aus ihrer Kabine geholt hatte. Sie lächelte ihn mit falscher Freundlichkeit an. »Fühlt Ihr Euch jetzt besser, *mon Capitaine?*«

Roberts Blick glitt von den blauen Augen über ihr Gesicht, blieb auf ihren lächelnden Lippen hängen, und er lauschte sekundenlang voller Rührung der Sorge in ihrer sanften Stimme nach. »Ja, meine Süße, und jetzt komm her, schließlich habe ich eine Belohnung dafür verdient, dass ich dich vor ihm beschützt habe, oder nicht?« Er gab seinem Verlangen nach und beugte sich mit gespitzten Lippen ein wenig vor, um sie zu erreichen. So ein kleiner Kuss widersprach wohl nicht ganz seinen Prinzipien, auch wenn dieser verräterische Drang zwischen seinen Beinen davon nicht unbedingt besser werden würde.

Er sah mit einigem Erstaunen, wie sich ihr besorgter Gesichtsausdruck ins Gegenteil verkehrte, das plötzliche, zornige Aufblitzen in den Augen, und er schnappte nach Luft als sie weit ausholte und ihm so kräftig ins Gesicht schlug, dass er fast von dem Stuhl gestürzt wäre.

»So«, sagte sie zufrieden, als er sie mit offenem Mund anstarrte und sich unwillkürlich die schmerzende Wange rieb, »dann wird Euch das jetzt wohl nicht mehr schaden!«

Sie wandte sich um, spazierte hocherhobenen Hauptes zu ihrer Kammer, verschwand darin, und dann donnerte die Tür mit einem solchen Knall zu, dass man das Geräusch vermutlich noch bis zum Ausguck hinauf hören konnte, und der Hauptmast erbebte.

Am nächsten Morgen blieb es still in ihrer Kajüte.

Robert wanderte unruhig auf und ab, wobei sein Blick immer wieder wie von selbst in die Richtung ging, in der dieses Frauenzimmer lag, das ihm mehr zu schaffen machte, als er bisher vor sich selbst zugegeben hatte. Und zwar vom ersten Moment an. Sie konnte ihn mit einigen Worten schneller in Rage versetzen als zehn aufsässige Matrosen zusammen, hatte ein Gesicht, das ihn beharrlich an einen der Engel erinnerte, die auf Gemälden in Kirchen herumflogen, und einen Körper, der seine Sinne vom ersten Moment an gereizt hatte. Schließlich war er auch nur ein Mann. Und noch dazu einer, der seit Monaten unterwegs war, ohne einer Frau auch nur annähernd so nahe zu kommen wie dieser.

»Weshalb lasse ich mir das eigentlich gefallen?«, murmelte er grimmig. »Ich habe jedes Recht der Welt, sie mir zu nehmen, anstatt hier wie ein Idiot vor ihrer Tür herumzulaufen und mir auszumalen, wie es wäre, wenn ... Und mich von ihr auch noch ohrfeigen zu lassen! Verflixtes Biest!«

Er atmete tief durch und bekämpfte den Gedanken, einfach hinüberzugehen und sich auf sie zu legen. Sie mochte vielleicht nur eine Dirne sein, die sein Bruder eine Weile aushalten wollte, bevor er sie wieder in irgendeinem Hafen von Bord gebracht hätte, aber seine Mutter hatte ihn nicht umsonst gelehrt, einer Frau mit einer gewisser Rücksicht zu begegnen.

Dennoch, der Gedanke an sie hatte ihn so sehr aufgewühlt, dass er glaubte, es keinen Moment länger aushalten zu können, wenn er dieses blonde Liebchen nicht endlich in seinen Armen hielt und zwischen diese vollen Schenkel stieß. Sekundenlang lauschte er zu ihrer Tür hin, dann wandte er sich ab und stieg die Leiter hinauf an Deck.

Der Zweite Maat hatte Wache und empfing ihn mit einem höflichen »Guten Morgen, Sir.«

»Lassen Sie sich nicht stören, Mr. Miller.« Er wanderte über das Achterdeck und blieb dann an der Reling stehen. Die warme Brise verschaffte ihm zwar keine Abkühlung, aber es tat gut, hier oben zu sein, das Schlagen der Wellen zu hören, das Rauschen des Windes in den Segeln, das Singen der Takelage, und die Gerüche des Meeres einzuatmen. Hier war er zu Hause, das war seine Welt, in der Frauen nichts – aber auch rein gar nichts – zu suchen hatten.

Die Luft hatte sich verändert, stellte er fest. Etwas war anders geworden. Ein Blick in den Himmel zeigte ihm, dass er nicht mehr so klar war wie noch vor einigen Stunden. Wenn sie Glück hatten, dann konnten sie morgen auf einen schönen Wind hoffen, der sie voranbrachte. Wenn sie Pech hatten, gerieten sie in einen der tropischen Stürme, die um diese Jahreszeit die Westindischen Inseln heimsuchten. Die Tatsache, dass die alte Narbe unter seinem Knie schmerzte, sprach ebenso dafür, dass sich etwas zusammenbraute, wie das Barometer, das seit der letzten Eintragung gefallen war. Er winkte den Zweiten Maat heran. »Lassen Sie zwei Strich Nordnordost setzen, Mr. Miller.« Sie waren für seinen Geschmack viel zu nah an den Inseln, und ein Sturm aus der falschen Richtung hätte sie unweigerlich gefährlich nahe an die Küste gebracht.

Er blieb für den Rest der Wache an Deck und ging erst wieder hinunter, als er sich davon überzeugt hatte, dass sie eine gute Chance hatten, dem aufziehenden Unwetter auszuweichen. Die *Independence* hatte auf Margarita nicht alle notwendigen Reparaturarbeiten vornehmen können und auch nicht genügend Ersatzteile bekommen, um die alten Spieren und die im Laderaum verschimmelten Segel auszutauschen. Ein starker Sturm, und die dabei unweigerlich auftretenden Schäden würden sie in eine arge Zwickmühle bringen.

Dass er mit seinen Berechnungen recht gehabt hatte, erkannte er, als er drei Stunden später wieder an Deck kam. Das Barometer war noch weiter gesunken, blieb jetzt jedoch stabil, und statt des Sturms hatten sie nur eine scharfe Brise erwischt, mit der sie gut vorwärtskamen. Finnegan hatte zwar keine Wache, blieb jedoch nach dem Essen an Deck, und Robert konnte in aller Ruhe hinuntergehen, um mit dem Frauenzimmer abzurechnen, das am Abend zuvor die Unverschämtheit besessen hatte, ihm eine Ohrfeige zu geben. Er hatte den ärgerlichen Gedanken bisher aus Sorge um das Schiff in den Hintergrund geschoben, jetzt tauchte er jedoch wieder auf, und es nagte an ihm, dass sie so einfach davonkommen sollte.

Er setzte sich an den großen Tisch in der Achterkajüte, während er das Logbuch kontrollierte, und lauschte von Zeit zu Zeit den leisen Geräuschen, die aus ihrer Kabine kamen. Der Junge hatte das Essen für sie hineinbringen wollen, aber er hatte es ihm verboten, um sie damit zu zwingen, sich ihm zu stellen. Das durchtriebene Luder schien seine Taktik jedoch zu ahnen, und Robert klopfte schon ungeduldig mit den Fingern auf den Tisch, während er Finnegans Eintragungen durchlas, die wie immer bis zum letzten Strich korrekt waren.

Als sie auch zwei Stunden später noch keine Anstalten machte, aus ihrem Zimmer zu kommen, pochte Robert, nachdem er fast zehn Minuten lang ungeduldig vor der geschlossenen Tür hin und her gelaufen war, energisch dagegen.

Nichts.

Er klopfte abermals, diesmal kräftiger.

Wieder keine Reaktion.

Schließlich trat er einfach ein. Vanessa saß auf der Bank, sah durch das Fenster auf den grauen Himmel hinaus und rührte sich nicht.

»Was sitzt du hier herum?«, fragte er ärgerlich.

Seine reizvolle Passagierin zeigte durch keine Regung, dass sie ihn auch nur bemerkt hatte.

»Der Junge hat das Essen gebracht«, setzte er hinzu.

Keine Antwort.

»Willst du verhungern?«

Vanessa erhob sich und ging so knapp an ihm vorbei, dass er schnell seinen Fuß wegziehen musste, sonst wäre sie darauf getreten. Sie nahm die Teller, die Teekanne, den Korb mit Brot, steinhart schon, aber immer noch genießbar, sowie die restlichen Speisen, stellte alles auf ein Tablett und ging damit schnurstracks zurück in ihre Kabine, wobei sie sich geschickt den Bewegungen des Schiffes anpasste, das durch den frischen Wind leicht rollte.

Robert sah fassungslos zu, wie sie wieder verschwand. »Was soll das?«

Vanessa stellte das Tablett auf den kleinen Tisch, ließ sich daneben nieder und begann mit sichtlichem Appetit zu essen.

»Benimm dich nicht so kindisch!«, schnauzte er sie an, als ihm der Geduldsfaden riss. »Wenn einer beleidigt sein könnte, dann ja wohl ich, nachdem du mir eine Ohrfeige verpasst hast! Glaubst du etwa, ich würde mir das von jemand anderem gefallen lassen?«

Das endlich wirkte.

»Warum habt Ihr mich dann aus dem Zimmer geholt?«, fuhr sie ihn aufgebracht an. »Wolltet Ihr Euch einen Spaß daraus machen, zuzusehen, wie dieses schmierige ...«, sie suchte nach dem richtigen Ausdruck, »dieses schmierige *Schwein* mich belästigt? Hättet Ihr vielleicht auch noch zugesehen, wie er mich vor Euren Augen auszieht? Ja? War es das, worauf Ihr gewartet habt? Vielleicht ist es ja so üblich unter Piraten und Verbrechern, sich eine Frau zu teilen!« Sie hatte die halbe Nacht vor Zorn und Kränkung geweint und spürte die Beleidigung über seine Handlungsweise immer noch wie einen scharfen Schmerz in der Brust und im Magen, was ihr den Appetit nahm, obwohl sie so getan hatte, als würde sie hungrig essen. Er hatte vorgehabt, sie seinem Freibeuterfreund zum Fraß vorzuwerfen! Und sie dumme Gans hatte tatsächlich begonnen, ihn zu mögen, ihm mit – wenn auch vorsichtigem – Vertrauen zu begegnen!

»Natürlich hätte ich nicht zugesehen«, knurrte er sie verärgert an.

»Ach? Ihr wärt wohl so vornehm gewesen, uns allein zu lassen? Oder hattet Ihr geplant, mich ihm mitzugeben?«

»Weder das eine noch das andere!«, brüllte er. »Auch wenn es dir nichts geschadet hätte, du hochmütiges Ding! Was bildest du dir eigentlich ein, wer du bist? Die Königin von Frankreich? Benimmst dich hier, als hättest du zu bestimmen und nicht ich, und wagst es auch noch, mir eine Ohrfeige zu geben, wenn ich dich anfassen will!«

»Die Ohrfeige war für Eure Niedertracht!«, hielt sie ihm zornbebend entgegen. »Und Ihr habt sie mehr als verdient!«

»Eine Tracht Prügel! Das ist es, was du brauchst!«, polterte er, als könnte er dadurch das ziehende Gefühl in seinen Lenden betäuben, das allein schon durch ihren Anblick ausgelöst wurde. »Ich sollte dich dort draußen an die Gräting binden und auspeitschen lassen! Einen Hieb für jeden hochmütigen Blick, den ich von dir geerntet habe, und zehn für die Ohrfeige! Das ist es, was Weiber wie du verstehen! Ich war bisher viel zu freundlich zu …«

Vanessa, die zwar immer so temperamentvoll gewesen war, dass Albert sie oft zärtlich sein ›wildes Füllen‹ genannt hatte, jedoch niemals auch nur die leisesten Anzeichen von Jähzorn in sich getragen hatte, merkte, wie die Wut so schnell in ihr hochstieg, dass es sie förmlich vom Stuhl riss. Sie trat schwer atmend auf Robert zu, der verstummte und mit zusammengezogenen Brauen auf sie hinuntersah.

»So«, sagte sie zornig, »wenn Ihr mich schon schlagen lassen wollt, dann sollte es sich wenigstens auszahlen! Die zusätzlichen zehn Hiebe werde ich auch noch verkraften!« Sie hob die Hand und wollte ihm abermals eine Ohrfeige verpassen, wurde jedoch mitten im Schwung abgefangen. Es gelang ihr, sich aus seinem harten Griff zu befreien, und Sekunden später hatte der fassungslose Robert McRawley, weitgehend seriöser Captain der jungen amerikanischen Kriegsmarine, alle Hände voll zu tun, um sich gegen den Angriff einer Frau zu wehren, die einen Kopf kleiner war als er und deren beide Fäuste er spielend in einer seiner großen unterbringen konnte.

Als er es am Ende endlich geschafft hatte, sie zu packen, trug er die strampelnde und kratzende Vanessa, deren Haar sich gelöst hatte und ihr wirr ins Gesicht hing, zum Bett, warf sie einfach mit dem Gesicht nach unten darauf und nutzte die Gelegenheit, bis sie sich wieder aufrappeln konnte, um einen halbwegs geordneten Rückzug anzutreten. In der Tür blieb er stehen, deutete mit dem Finger auf sie, als wollte er sie auf dem Bett festnageln, und fuhr sie an, wobei er schwer nach Luft rang: »Und du bleibst für den Rest des Tages hier drin! Hast du mich verstanden?! Ich will nicht einmal deine verdammte, vorwitzige Nasenspitze dort oben an Deck sehen!« Noch ein letzter drohender Blick, und dann schlug die Tür hinter ihm zu.

Vanessa setzte sich auf, strich sich das Haar aus dem Gesicht und starrte auf die Tür. Dann zuckten ihre Mundwinkel, und schließlich lachte sie so herzlich wie schon seit langem nicht mehr.

Ich glaube, dachte Robert McRawley zähneknirschend, als er das Gelächter hörte, *dass ich mich noch nie im Leben vor mir selbst so lächerlich gemacht habe wie wegen dieser Frau.*

Vanessa hörte Roberts Schritte, die er so wütend setzte, dass die Planken unter seinen Füßen zitterten, dann knallte die Kajütentür zu, und schließlich vernahm sie seine scharfen Befehle, die weithin hörbar über das Deck hallten. Sie legte sich auf ihr Bett, verschränkte die Arme unter dem Kopf und lächelte. Irgendwie mochte sie ihn doch, diesen Robert McRawley. Sie mochte ihn sogar sehr.

10. Kapitel

Robert war wieder aus diesem Traum erwacht, in dem ihm das blonde Biest ganz nahe gewesen war, er hatte sie berührt, sie geküsst, und dann war sie verschwunden. Es war einer jener Träume, die ihn steinhart und mit der demütigenden Gewissheit zurückließen, dass er selbst vollenden musste, was sein verführerisches Traumbild begonnen hatte.

Nach kurzem Zögern erhob er sich. Er hatte jetzt zwei Möglichkeiten: wie so oft an Deck zu flüchten, um sich in der frischen Meeresluft abzukühlen, oder sich einfach eine Kajüte weiter von dem Verlangen zu befreien, das ihn quälte, seit er dieses widerspenstige und dabei so anziehende Frauenzimmer zum ersten Mal gesehen hatte.

Ein Verlangen, das sich noch gesteigert hatte, seit sie bei Ramirez' Besuch auf seinen Knien gesessen war und er ihren weichen Körper so deutlich hatte fühlen können. Auch die Rangelei vor einigen Stunden war in dieser Angelegenheit wenig hilfreich gewesen. Er war, als er sie hochgehoben hatte, um sie daran zu hindern, ihm das Gesicht zu zerkratzen, schon drauf und dran gewesen, sich gleichzeitig mit ihr auf das Bett zu werfen, sie mit seinem Gewicht und seinen Händen zu fesseln, sie zu küssen, zu liebkosen und zu erregen, bis sie nachgab, aufhörte zu strampeln, und er statt französischer

Verwünschungen diesem sinnlichen, vollen Mund ein lustvolles Stöhnen abrang.

Es hatte seiner ganzen Beherrschung bedurft, um die Kajüte zu verlassen und sich wütend und frustriert ans andere Ende des Schiffes zu flüchten.

Kein Wunder, dass sie ihm im Traum erschien und ihn dort von neuem marterte.

Ich könnte jetzt hinübergehen, dachte er. *Es wäre nur vernünftig. Ich hätte sie gehabt, und damit wäre die Sache dann für mich erledigt.*

Es würde nicht mehr als eine Art Heilung sein, eine Medizin gegen die Schmerzen in seinen Lenden, und am Ende wäre sie kein quälender Traum mehr, sondern eine Frau wie jede andere auch, der er widerstehen konnte, ohne sich zum Narren zu machen.

Er straffte die Schultern und machte sich auf den Weg.

In ihrer Kabine war es fast völlig dunkel, als er leise die Tür öffnete. Der schwache Schein des Mondes, der durch die Fenster fiel, reichte kaum aus, um den kleinen Raum zu erhellen, aber er wusste auch so, wo er sie finden würde. Es herrschte eine tiefe Stille, wenn man von den ständig vorhandenen Geräuschen wie dem Schlagen der Wellen an den Schiffskörper, dem Knarren der Masten und Rahen und dem Rauschen des Windes in den Segeln absah, und er bewegte sich möglichst lautlos, um sie nicht vorzeitig zu wecken. Er wollte sie gleich haben, ohne erst lange Diskussionen führen zu müssen, die – so weit hatte er sie inzwischen schon kennengelernt – unweigerlich aufkamen, wenn er sie erst wach genug werden ließ.

Er trat dicht an ihr Bett heran. Sie schien tatsächlich tief und fest zu schlafen. Er tastete nach ihrem Haar. Sie hatte es zu zwei dicken Zöpfen geflochten, die jetzt neben ihr auf dem Kissen lagen, und er ließ seine Finger über das weiche Haar gleiten, das schönste, das er jemals gesehen hatte. Schließlich zog er vorsichtig die Decke zurück, setzte sich neben sie auf das Bett und ließ seine Hände über ihren Körper wandern. Sie fühlte sich wunderbar an, weich und warm, und er genoss es, ihre Rundungen mit den Händen zu berühren, bevor er ihr das Nachthemd über die Hüften schob und sich neben sie legte. Er hielt den Atem an, als sie sich bewegte, etwas im Schlaf murmelte und sich ihm zuwandte. Wenn sie jetzt aufwachte, würde sie vermutlich das ganze Schiff aufwecken und die gesamte Mannschaft herbeischreien. Das Beste war wohl, dafür zu sorgen, dass sie erst gar nicht dazu kam.

Vanessa ging im Traum über das Deck des Schiffes. Es war Nacht, Dunkelheit umgab sie. Sie blieb stehen, als aus dem Schatten eine Gestalt vor ihr auftauchte. Es war der Captain. Unvermittelt erwachte etwas in ihr, Sehnsucht, Lust nach seinen Berührungen, überhaupt nach einem Mann, und sie wollte ihn fühlen. Sie berührte seine breite Brust, ließ ihre Hände abwärts wandern und kam ihm entgegen, als er die Arme nach ihr ausstreckte, sie umfasste und seinen Mund auf ihre Lippen presste. Seine Hände wanderten über ihren Leib, streichelten sie, massierten ihre Brüste, fuhren über ihren Rücken, kneteten ihr Gesäß, als sie sich mit ihren Hüften eng an ihn drängte, während auch ihre Hände nicht untätig waren, sondern hinunterglitten, nach seinem Geschlecht suchten …

Vanessa erwachte und begriff, dass ihr Traum sich mit der Realität vermischt hatte. Sie lag nicht mehr allein in ihrem Bett, sondern jemand war neben ihr, sie spürte seine Lippen auf ihren, während seine Hand über ihren Körper glitt und zwischen den Schenkeln liegen blieb, um dort ein erregendes Spiel der Finger zu beginnen, das in ihr sofort ein Verlangen nach mehr erweckte. Sie musste nicht erst überlegen, um zu wissen, dass Robert McRawley zu ihr gekommen war und sie im Schlaf überfallen hatte. Die in ihrem Traum erwachte Begierde steigerte sich noch mehr, und sie sah sich durchaus geneigt, seinen Händen und seinem Willen nachzugeben, auch wenn sie sich das im wachen Zustand selbst kaum eingestanden hätte – und noch viel weniger ihm gegenüber.

Sie versuchte, sich ihrem letzten bisschen Selbstachtung zuliebe zu wehren und den Kopf wegzudrehen, obwohl sie sich danach sehnte, seinen Mund auf ihrem zu spüren, und hob die Hände an seine Brust, um ihn wegzuschieben. Zu ihrer kaum eingestandenen Erleichterung schien er sich jedoch nicht so einfach fortjagen zu lassen, denn sie fühlte, wie sein Griff sich verstärkte und er sich über sie legte, um sie mit dem Gewicht seines Körpers auf das Bett zu drücken. Als er sein Knie zwischen ihre Schenkel schob, um ihre Beine zu öffnen, machte sie noch eine halbherzige Anstrengung, ihn abzuwerfen, kämpfte aber mehr gegen ihr eigenes heftiges Verlangen als gegen ihn an und blieb erst ruhig liegen, als sie sein Glied fühlte, das mit einem schnellen Stoß die äußere Enge überwand. Es ging so leicht, dass sie wusste, dass ihr im Traum erwachtes Verlangen ihren Leib erregt und bereit gemacht hatte.

Sie stöhnte in seine Lippen hinein, die so fest auf ihren lagen, dass kein Widerstand mehr möglich war, und wand sich in seinen Armen, als er immer wieder zustieß. Nicht derb, sondern mit Bedacht und doch leidenschaftlich. Als ihr Körper sich erhitzte, bis ihr Inneres sich zusammenzog, wusste sie, dass ihre Lust sie verraten würde, genoss jedoch dieses Gefühl der aufsteigenden Erregung und darauffolgenden Erlösung in jedem Augenblick und mit jeder Faser ihres Körpers. Sie fühlte fast unmittelbar darauf auch sein Aufbäumen, den Höhepunkt seiner Leidenschaft, als er mit einigen letzten harten Stößen in sie eindrang und dann auf sie herabsank.

Vanessa, die sich eben noch ihren Gefühlen hingegeben hatte und von ihrem Begehren mitgerissen worden war, spürte nun, da es vorbei war und sie wieder zur Besinnung kam, ein tiefes, brennendes Gefühl der Scham in sich aufsteigen. Sie hatte sich zwar gegen ihn gewehrt, jedoch bei weitem nicht genug. Und sie hatte seine Umarmung genossen, die Berührung seiner Lippen. Sie hatte nicht im Geringsten die Abscheu empfunden, die sie hätte fühlen müssen, sondern hatte gewollt, dass ihr Traum Wahrheit wurde. Und damit war ihm gelungen, was sein Vorgänger nicht geschafft hatte: Aus der Gräfin Vanessa de Chastel war das geworden, wofür er und die meisten anderen an Bord sie hielten – nämlich eine billige Dirne.

Sie blieb ruhig, fast teilnahmslos liegen, während sich seine Lippen von ihren lösten und er zu ihrer Verwunderung begann, ihr Gesicht zu küssen, verlangend und doch zärtlich, anstatt jetzt, da seine Lust Erlösung gefunden hatte, einfach aufzustehen und aus dem Zimmer zu gehen. Sein Mund fuhr über ihre Lippen, schien sich an deren Weichheit zu erfreuen, koste ihre Wangen, ihre Stirn, wanderte ihren Hals hinab und erreichte schließlich ihre Brüste. Seine Hände streichelten sie ebenso sinnlich, und jede Stelle ihres Körpers brannte wie Feuer unter seinen Händen. Sie war versucht, sich ihm abermals hinzugeben, seine zärtlichen Liebkosungen zu genießen und sie sogar zu erwidern. Seine Zärtlichkeiten berührten mehr als ihren Körper, sie erreichten ihre Seele, die sich nach Liebe und Geborgenheit sehnte.

Ein gefährlicher Gedanke, dem sie nicht nachgeben durfte. Nicht hier und nicht bei diesem Mann, wie verführerisch er sie jetzt auch behandeln mochte. Sie fühlte, wie sich ihr Puls abermals beschleunigte, ihr das Herz bis zum Hals schlug, und nur der Gedanke an ihren verstorbenen Mann konnte sie jetzt noch davor retten, in einen Abgrund zu fallen, aus dem sie vermutlich nie wieder herausfinden würde.

»Nicht«, sagte sie schwer atmend, als er sanft das Nachthemd öffnete, um ihre Brustwarzen mit seinen Lippen zu streicheln. »Lasst es gut sein, *Monsieur*. Ihr hattet, was Ihr wolltet. Fügt mir keine zusätzliche Demütigung zu.«

Er hielt inne und sah sie im sanften Mondlicht an. »Demütigung? Ist es für dich erniedrigender, mir zu Willen zu sein als deinem früheren Liebhaber?«

»Ihr beleidigt mich. Geht.«

Robert fühlte einen scharfen Stich in seiner Brust, Eifersucht und Kränkung über die Zurückweisung. Und die Enttäuschung eines Mannes, der noch lange nicht genug von seinem Objekt der Begierde hatte. »Macht es für dich nicht dasselbe aus? Oder hast du dir tatsächlich eingebildet, in ihn verliebt zu sein?« Er lachte spöttisch auf. »Kleine Närrin, denkst du etwa, er wäre in der Lage, deine Gefühle zu erwidern? Ich kenne ihn, er hätte dich benutzt und dann ebenso weggeworfen wie alle anderen.«

»Und Ihr?«, fragte Vanessa tonlos zurück. »Und was tut Ihr?«

Sekundenlang blieb er schweigend auf ihr liegen, dann fühlte sie, wie er sich von ihr löste und sich erhob. Sie blieb seltsam leer und einsam zurück und sah nur seinen Schatten, als er sich von ihr fortbewegte und in die Tür trat. Dort blieb er noch einmal stehen und wandte sich zu ihr um: »Er und ich haben nicht viel gemein.« Dann war er fort, und die Tür schloss sich leise hinter ihm.

Vanessa blieb den ganzen nächsten Tag in ihrem Zimmer, holte sich das Tablett mit dem Essen hinein, sobald sie sicher sein konnte, dass der Captain seine Kajüte verlassen hatte, und saß dann ohne jeden Appetit vor dem vollen Teller und stocherte mit der Gabel in den Speisen herum. Es war ihr unmöglich, die vergangene Nacht aus ihren Gedanken zu verbannen. Zu heftig war das Verlangen in ihr gewesen, zu stark das Gefühl der Leidenschaft und der nachfolgenden Scham. Es war das erste Mal seit fast zwei Jahren gewesen, dass ein Mann sie auf diese Art berührt hatte und in sie eingedrungen war, und ihr junger Körper sehnte sich danach, dies wieder zu erleben. Albert war bereits lange vor seinem Tod zu krank dazu gewesen, und sie hatten schon monatelang nicht mehr wie Mann und Frau gelebt. Die zärtlichen Berührungen Robert McRawleys hatten jedoch mehr in ihr erweckt als reine körperliche Lust. Gefährlich mehr, und sie wusste, dass sie auf dem besten Wege war, sich in diesen Piraten oder Freibeuter oder was immer er sein mochte zu verlieben.

So ging das zwei Tage lang, in denen Vanessa in ihrem Zimmer saß und auf jede Bewegung vor ihrer Tür lauschte, während Robert von draußen auf jedes Geräusch horchte, das aus Vanessas Kajüte drang. Er hatte es genossen, bei ihr zu liegen, aber anstatt eine ausreichende Befriedigung daraus zu ziehen, die es ihm ermöglichte, ihr in Zukunft gleichmütig gegenüber zu treten, war ein Verlangen nach ihr in ihm erwacht, das es ihm noch schwerer machte als zuvor, nicht einfach wieder zu ihr zu gehen und sie an sich zu ziehen. Es musste an seiner Enthaltsamkeit liegen, in der er die letzten Monate zwangsläufig verbracht hatte, andernfalls konnte er sich keinen Grund vorstellen, weshalb er sich derartig zu einer Frau hingezogen fühlen sollte, die jeder haben konnte – sogar sein Bruder.

Ihre Worte waren allerdings seltsam gewesen. Vielleicht war sie ja wirklich in Malcolm verliebt gewesen – eine irregeleitete Frau, die sich von ihm hatte verführen lassen und ihm auf das Schiff gefolgt war. Vielleicht spielte sie aber auch nur ein Spiel mit ihm, versuchte, mit dieser widerspenstigen Art sein Interesse zu wecken, und wartete in Wahrheit darauf, dass er wieder den ersten Schritt machte. Frauen wie sie verstanden sich auf die Männer, und sie hatte ihn vermutlich schon längst durchschaut und wusste, wie sehr er sie begehrte.

Er saß am Tisch und starrte auf die fest verschlossene Tür. Seine Gefühle in dieser Sache waren gespalten. Einerseits bereute er nicht, dass er zu ihr gegangen war, aber andererseits hatte er genau das getan, was er bei anderen verurteilt hätte, und er schämte sich seiner Schwäche, die ihn hatte nachgeben und Befriedigung suchen lassen. Diese Frau war aber auch zu reizvoll und hatte all das, was er sich von einer

Geliebten erwartete. Sie war weich, sinnlich und anziehend.

Schließlich stand er auf, ging verärgert über sich selbst hinaus und an Deck. Er hatte an weitaus wichtigere Dinge zu denken als daran, was diese Frau dort unten wirklich dachte und welche Pläne sie verfolgte. Außerdem lastete seine Schwäche auf ihm, und er konnte nur hoffen, dass niemand es erfuhr. Sie würde allerdings wohl bestimmt Stillschweigen bewahren.

Im Freien wurde er von Finnegan begrüßt. »Wir haben den Treffpunkt erreicht, Sir. Trinidad liegt zwei Stunden westlich hinter uns. Die *Fortune* müsste, wenn alles gutgegangen ist, in spätestens zwölf Stunden auf uns stoßen.« Er blickte in den Himmel, über den sich einige Wolkenfetzen zogen. »Sie hatten guten Wind, eigentlich könnten sie schon längst hier sein.«

»Sie werden schon kommen, Finnegan. Kreuzen Sie hier, bis wir auf sie stoßen. Wir werden anschließend wieder Kurs auf Trinidad setzen. Während ich beim Gouverneur bin, werden Sie unsere Vorräte – vor allem Wasser – auffrischen, da wir später unter Umständen lange keine Gelegenheit haben werden, an Land zu gehen.« Er drehte rastlos auf dem Achterdeck seine Runden, aber seine Unruhe kam nicht von der Ungeduld, auf die *Fortune* zu treffen, sondern lag an dieser Frau da unten, die ihm mit jedem Tag schwerer aus dem Kopf ging, und er überlegte ernsthaft, ob er sie nicht einfach auf Trinidad absetzen sollte. Die Spanier zählten zu ihren Verbündeten, und der Gouverneur würde wohl ein Auge auf die Kleine haben.

Mehr als ein Auge vermutlich, dachte Robert grimmig, als er an das verlebte Gesicht des Mannes dachte, der nach außen hin die Rolle des edlen, gottesfürchtigen Grande spielte und die auf der Insel ansässigen Kleriker förderte, in Wahrheit aber an keinem Rock vorbeigehen konnte. *Ich könnte sie in einem der Klöster abgeben,* überlegte er weiter, *dort ist sie besser aufgehoben.* Die Idee gefiel ihm.

Er schlenderte weiter und warf einen kritischen Blick auf den Kompass und die Tafel, auf der der wachhabende Mr. Miller soeben seine Eintragungen machte. Ein tüchtiger Mann, dieser Miller. Scharwenzelte vielleicht ein wenig zu sehr um die kleine Blonde herum, wann immer sie an Deck war, aber trotzdem, ein guter Mann. Er war unter den Leuten gewesen, die mit ihm die Gefangenschaft in England geteilt hatten. Wenn der Krieg zu Ende war und sie ihn überlebten, dann würde er dafür sorgen, dass er befördert wurde. Er stammte aus einer guten, aber verarmten Familie und hätte vermutlich sogar in England studiert, wenn nicht der Krieg ausgebrochen wäre.

Er sah auf die Sanduhr. Nicht mehr lange, und es war Mittag. Finnegan stand schon mit den Sextanten bereit, Robert nahm seinen, maß gemeinsam mit Miller und dem Ersten Maat den Winkel zwischen Sonne und dem Horizont und las den höchsten Punkt ab.

»Mr. Miller, lassen Sie die Glocke läuten.«

Miller gab den Befehl weiter, einer der Männer drehte die Sanduhr um, und die Schiffsglocke schlug an. Acht Glasen. Mittag. Ein neuer Tag auf See begann.

Robert stellte sich breitbeinig auf das Achterdeck und beobachtete den Wachwechsel. Der Wind war frisch, aber nicht so stark, dass er die gesamte Mannschaft an Deck brauchte. Da war auch wieder dieser Grauhaarige, der den Koch verprügelt hatte und sich immer in der Nähe der

Kleinen herumtrieb, sobald sie sich an Deck sehen ließ. Er musterte den Mann aus schmalen Augen. Seltsam, der Kerl kam ihm bekannt vor, so als hätte er ihn früher schon einmal getroffen. Was allerdings leicht möglich war, denn er war viel herumgekommen, und dass dieser Mann dort drüben auf See zu Hause war, sah man ihm schon an der Art an, wie er sicher über das Deck ging.

Finnegan trat auf ihn zu. »Wir sollten die nächste Gelegenheit nutzen, um das Unterschiff von Muscheln zu säubern, Sir. Smithy hat sich die Sache angesehen und berichtet, dass wir schon eine ziemliche Schicht draufhaben.«

»Damit hatte ich schon gerechnet, da wir nicht so schnell sind wie erwartet. Wir können das in Trinidad machen«, erwiderte Robert und kam dann auf das Thema zu sprechen, das ihn die ganze Zeit über beschäftigt hatte. »Was halten Sie davon, wenn ich unsere Passagierin dort an Land setze, Finn? Es gibt einige Klöster, in denen sie unterkommen kann, wenn sie es nicht vorzieht, was anderes zu tun …« Er sprach nicht aus, was er dachte, aber Finnegan sah an seinem Gesichtsausdruck, was er im Sinn hatte.

»Sir, ich glaube nicht, dass Trinidad der richtige Ort für sie ist«, sagte Finnegan sofort. »Wenn Sie die Lady absetzen wollen, dann wäre eine französische Niederlassung wohl angemessener. Martinique zum Beispiel.«

»Sie wollte nach Jamaika«, murmelte Robert nachdenklich.

Finnegan zog ein nachdenkliches Gesicht. »Ja, Sir, aber das ist für uns sehr schwierig anzulaufen. Abgesehen davon, dass es gar nicht unwahrscheinlich ist, dass gerade die Franzosen die Insel angreifen, um die Engländer von dort zu vertreiben. Ich denke, bis der Krieg zu Ende ist, wäre sie auf Martinique besser aufgehoben.«

»Ich frage mich, was sie auf Jamaika will«, sprach Robert weiter, der den Einwand seines Freundes nur am Rande zur Kenntnis genommen hatte.

»Sie hat einen Onkel dort, Captain.«

Robert sah erstaunt auf. »Einen Onkel? Woher wissen Sie das?«

»Sie hat es mir gesagt, Sir.«

»Es ist mir gar nicht aufgefallen, dass Sie sich so eingehend mit ihr unterhalten haben«, bemerkte Robert stirnrunzelnd.

»Wir wechseln gelegentlich ein paar Worte«, erwiderte Finnegan und blickte seinem Captain standhaft in die Augen.

Roberts »So« klang nicht sehr überzeugt, aber er beschloss, das Thema nicht weiter zu verfolgen. »Dann meinen Sie also, ich sollte sie erst auf Martinique absetzen? Vielleicht keine schlechte Idee, ich werde es mir überlegen.«

»Ja, Sir.«

Finnegan ging daraufhin seinen Pflichten als wachhabender Offizier nach, und Robert nahm seinen Rundgang auf dem Achterdeck wieder auf. Die Idee, die Kleine noch etwas länger an Bord zu haben, missfiel ihm nicht im Geringsten. Es war gut, dass er mit Finnegan darüber gesprochen hatte. Wenn ihn nicht alles täuschte, dann gab es auf Martinique sogar ein Frauenkloster, in dem sie unterkommen konnte, und wenn nicht, dann würde er den Gouverneur ersuchen, sich ihrer anzunehmen. Der war zwar sonst ein harter Brocken, aber in diesem Fall würde er wohl seiner Bitte nachkommen. Zudem war er verheiratet und hatte eine Tochter im selben Alter. Man musste ihm ja nicht gleich auf die Nase binden, dass die kleine Hexe als Malcolms Liebchen an Bord gekommen war. Er könnte ihm erzählen, dass sie eine Schiffbrüchige wäre. Ja, das war eine gute Lösung. Genau so würde er es machen. Zufrieden mit sich selbst und der Welt blieb er stehen und ließ seinen Blick voller Stolz über das Schiff gleiten.

Sie hatten jetzt kaum Segel gesetzt, aber in den letzten Tagen war die *Independence* gut im Wind gelegen und trotz des nicht ganz perfekten Trimms und des Muschelbesatzes schnell vorangekommen. Robert liebte die Tage, an denen ein starker Wind ging, wenn alle Segel gehisst waren und das Schiff mit der Leeseite so tief lag, dass die weiße Gischt über die Reling und an Deck spritzte. Dann waren er und die *Independence* in ihrem Element. Er wusste, was er seinem Schiff zutrauen konnte, wusste, dass die Masten dem starken Druck des Windes widerstehen würden und das Schiff so sicher über die hohen Wellen glitt wie über kaum bewegte See.

Es dauerte tatsächlich sogar weniger als zwölf Stunden, bis sie am Horizont die weißen Segel eines Schiffes sehen konnten. Hendricks saß mit einem Fernrohr im Ausguck und winkte jetzt herunter. »Ahoi, Captain. Das ist die *Fortune!* Ich erkenne sie am schwarzen Klüver!«

»Wir kommen ihr entgegen. Lassen Sie die Flagge hissen und die Bramsegel setzen, Mr. Finnegan.«

»Aye, aye, Captain. Flagge hissen und Bramsegel setzen!«

Für die nächste Stunde, in der die *Independence* auf dem Meer dahinflog wie ein Vogel, gelang es Robert sogar, dieses Frauenzimmer unten in der Kajüte zu vergessen. Er stand voller Stolz auf seinem Lieblingsplatz am Achterdeck und sah dem sich schnell nähernden anderen Schiff entgegen. Es war eine wahre Freude, seine Fregatte so flink zu erleben – er hatte in seinem Leben schon auf vielen Schiffen gedient, aber so wendig und schnell wie dieses war kein anderes gewesen. Die Stunde schrumpfte zu Minuten, und schließlich ließ er die Segel wieder einholen und die Großmarssegel back setzen, um den fliegenden Lauf seines Schiffes zu stoppen.

Er hatte sich schon längst davon überzeugen können, dass Hendricks recht gehabt hatte. Es war die *Fortune*, die jetzt in Rufweite von ihnen entfernt mit ihrem schwarzen Klüver, der soeben eingeholt wurde, hielt. Robert sah eine Flagge von ihrem Mast wehen – mit weißen und roten Querstreifen und einem blauen Feld, das mit weißen Sternen verziert war. Die Flagge ihres neuen Staates. Ein Anblick, der sein Herz fast ebenso hoch schlagen ließ wie sein Schiff. Mochten die Engländer sie auch Rebellen nennen und ihre Unabhängigkeit bekämpften – sie würden siegen und auf ihrer Freiheit bestehen. Und er würde seinen Beitrag dazu leisten. Um jeden Preis.

Vanessa konnte das neu angekommene Schiff vom Heckfenster aus zwar nicht sehen, aber sie hörte die Rufe der Seeleute, die eines der Beiboote zu Wasser ließen. Jack hatte ihr am Morgen, als er das Frühstück auf ihr Zimmer gebracht hatte, hastig erzählt, dass in der Kombüse von einem amerikanischen Kriegsschiff gesprochen worden war, das man im Laufe dieses oder des nächsten Tages treffen wollte, um

Männer – vor allem Soldaten – an Bord zu nehmen. Der Koch, der alles andere als beliebt war, hatte große Erleichterung darüber gezeigt und seinen heftigen Wunsch ausgedrückt, endlich dieses Schiff voller Narren verlassen zu können. Wie Jack grinsend und mit sichtlicher Zufriedenheit hinzufügte, würde ihm keiner auch nur eine Träne nachweinen.

Vanessa fand ebenfalls, dass es keinen Grund gab, über den Verlust dieses Stümpers am Herd traurig zu sein, beschäftigte sich jedoch nicht lange mit dem schmutzigen, unangenehmen Mann, der sie immer mit scheelen Blicken musterte, wenn er sie an Deck erspähte. Jacks Nachricht stimmte mit dem überein, was sie von Martin gehört hatte, und sie fragte sich, was dieser Freibeuterkapitän danach planen mochte. Dass die Fregatte unterbemannt war, wusste sie von Martin – es wurden mehr als die sich bereits an Bord befindenden knapp über hundert Leute benötigt, die in sich abwechselnden Wachen von jeweils vier Stunden rund um die Uhr Dienst taten und besonders bei stärkerem Wind, wenn fast ununterbrochen Segel gesetzt oder gerefft wurden, bis an die Grenze ihrer Leistungsfähigkeit beansprucht wurden.

Wenn dieser Robert McRawley jedoch vorhatte, andere Schiffe anzugreifen, dann benötigte er noch weitaus mehr Männer für die Bedienung der Kanonen und den Nahkampf, sobald das bedauernswerte Opfer geentert wurde. Sie hatte es selbst erlebt, wie die Piraten sich wie wilde Tiere über Bord geschwungen und die wenigen noch kampffähigen Leute der *Duchesse* niedergemetzelt hatten. In ihren Ohren dröhnten jetzt noch der Kampflärm, die Schreie der Verwundeten und Sterbenden und die Schreckensrufe der Frauen an Bord. Sie selbst war mit Suzanne in ihrer Kajüte gesessen, eine Pistole in der Hand, die ihr Martin gegeben hatte, während er und sogar der kleine Jack hinausgegangen waren, um die Angreifer abzuwehren. Am Ende war sie, weil sie es in der Kabine nicht mehr aushielt, auf das blutüberströmte Deck hinausgelaufen, bereit, ihre Waffe gegen jeden der Piraten abzufeuern. Aber da war es schon fast vorüber gewesen, und man hatte sie verschleppt.

Vanessa überlegte, ob sie versuchen sollte, mit dem anderen Schiff Kontakt aufzunehmen. Es war wohl das Beste, hinaufzugehen, um Martin zu suchen und ihn um seinen Rat zu fragen. Seit ihrer Kindheit vertraute sie ihrem verlässlichen Freund in allen Angelegenheiten, und sie hatte es noch niemals bereut, auf ihn gehört zu haben. Sie verließ zum ersten Mal seit zwei Tagen ihre Kajüte, eilte den Gang entlang und steckte vorsichtig den Kopf aus der überdachten Öffnung an Deck. Ein seltsames Pfeifkonzert setzte ein, und zu ihrer Genugtuung sah sie, wie der Captain sich auf der Steuerbordseite über die Reling schwang, um über die Leiter in ein Boot zu klettern. Kaum war er verschwunden, als sie auch schon hinaus- und direkt in Martins Arme lief, der die Abwesenheit des Captains offensichtlich ebenfalls nutzen wollte, um mit seinem Schützling einige Worte zu wechseln.

»Ich dachte mir, dass Ihr diesen Einfall haben würdet«, sagte er ruhig, als sie ihm hastig ihren Plan dargelegt hatte, »aber ich rate Euch davon ab. Ich konnte, als ich hier am Achterdeck beschäftigt war, den Captain und seinen Ersten Maat belauschen«, er deutete mit dem Kinn auf das andere Schiff. »Die dort drüben werden uns jede Menge Waffen an Bord bringen und haben dann angeblich den Auftrag, nach

Süden zu segeln, um Kap Hoorn. Wir würden uns damit noch weiter von Jamaika entfernen. Seid nicht enttäuscht, *Madame*, wir werden schon noch eine gute Gelegenheit bekommen«, fügte er hinzu, ohne zu ahnen, dass sich Vanessas Laune in der letzten Minute um einiges gehoben hatte, »übt Euch bis dahin bitte in Geduld.«

Während Martin an seine Arbeit zurückkehrte, bevor der Erste Maat bemerkte, dass er mit Vanessa sprach, ging sie langsam über Deck. Die *Independence* war ein schönes Schiff, das hatte sie bei den früheren Gelegenheiten, als sie im Freien gewesen war, gar nicht bemerken können. Und jetzt war sie außerstande, der Stimme der Vernunft zu gehorchen, die ihr sagte, dass sie unweigerlich einen Streit mit dem Captain provozieren würde, sollte dieser erfahren, dass sie sich gegen seinen ausdrücklichen Befehl länger hier oben aufhielt, als er ihr zugebilligt hatte. Stattdessen ging sie langsam über das sich im Wasser hin und her wiegende Schiff und nickte den Leuten zu, die sie teils verlegen, teils fröhlich grüßten und ihr weitaus mehr Respekt entgegenbrachten als die Matrosen auf dem englischen Handelsschiff.

Sie blieb stehen, lehnte sich an die Reling und sah sich um. Wirklich ein schönes, elegantes Schiff, mit klaren Formen und Masten, die den Himmel zu berühren schienen. Alles war sauber und glänzte, das Deck war makellos rein, und die Kanonen schienen frisch poliert zu sein. Es wunderte sie kaum, dass Robert McRawley alles getan hatte, um es wieder zurückzuerhalten.

Sie drehte sich um und sah aufs Meer hinaus. Die *Independence* und das fremde Schiff waren die einzigen Punkte auf dieser endlosen, bewegten, blau, grün und golden schimmernden Fläche. Meer, nichts als Meer. Sie hatte sich schon so sehr daran gewöhnt, dass es ihr kaum noch auffiel. Es war so, als gäbe es nichts anderes auf der Welt als diesen Ozean, das Schiff und die wenigen Personen, die darauf lebten. Ihr früheres Leben lag so unfassbar weit zurück, und ihr Ziel Jamaika, wo ihr Onkel sie vermutlich schon als vermisst abgeschrieben hatte, war in unerreichbare Ferne gerückt. Noch vor einem halben Jahr, als sie das erste Mal überlegt hatte, Frankreich zu verlassen, hätte sie niemals vermutet, dass sie eines Tages auf einem Freibeuterschiff der rebellischen Kolonien stehen würde und im Begriff war, sich Hals über Kopf in dessen Captain zu verlieben.

Leicht lächelnd schloss sie die Augen, hielt das Gesicht in die herabbrennende Sonne und schnupperte den inzwischen schon vertrauten Geruch nach Meer, Holz, Teer und – ungewaschenen Männern. Sie wandte den Kopf und sah, dass sich ihr zwei der Seeleute genähert hatten. Sie kannte sie beide. Sie hatten zu den Angreifern der *Duchesse* gehört. Sie wandte sich um und gab vor, sie nicht zu bemerken, wurde zu ihrem Unwillen jedoch von ihnen angesprochen.

»Na, hübsches Kind, wieder mal an Deck? Hat der Captain heute keine Zeit für dich?« Ein widerliches Lachen folgte, und Vanessa ging einige Schritte weiter.

»Aber, aber, warum denn so unfreundlich? Kann mir schon vorstellen, dass du nicht mit jed…«

Plötzlich verstummte er, und Vanessa hörte ein dumpfes Geräusch, einen heiseren Aufschrei, ein Poltern, und wandte sich hastig um. Drei Matrosen umstanden den am Boden Liegenden. Einer von ihnen war Smithy, der sich jetzt mit einem Messer in der Hand zu ihm hinunterbeugte. »Hör gut zu, mein Freund«, sagte er in einem wohlwollenden Tonfall, »solltest du oder ein anderer von eurer Bande mieser, dreckiger, elender Piraten noch einmal die Unverschämtheit besitzen, der Lady zu nahe zu treten, dann schneide ich dir alles ab, was an dir nicht niet- und nagelfest ist. Und das ist – wie du schnell sehen wirst – eine ganze Menge. Und jetzt verschwinde und gib das an das restliche Lumpengesindel weiter.«

Vanessa sah, wie sich der Mann eilig aufrappelte und mit seinem Kumpan Richtung Vorderdeck verschwand.

Smithy sah ihnen zufrieden nach, steckte sein Messer wieder weg und kam dann auf sie zu, während seine Freunde herübernickten. »Alles in Ordnung, Madam. Die machen Ihnen keinen Ärger mehr. Entschuldigen Sie die unfeinen Worte, aber das war notwendig. Einige sind eben unbelehrbar – diesmal werden sie's wohl endlich kapiert haben.«

Der Arzt, der bisher am Achterdeck gestanden und zu dem anderen Schiff hinübergeblickt hatte, näherte sich. »Probleme, Smith?«

»Nein, Sir, jetzt nicht mehr.«

Dr. Johnson wandte sich an Vanessa. »Sie sollten sich vielleicht besser auf dem Achterdeck aufhalten, Madam. Das ist für die Offiziere reserviert und darf von der Mannschaft nur mit ausdrücklicher Erlaubnis betreten werden.«

»Sir«, grinste Smithy breit, »ich denke, die Lady kann sich überall auf dem Schiff aufhalten, ohne nochmals belästigt zu werden. Dafür sorgen wir schon. Und wenn einmal der Rest unserer Leute an Bord ist, dann hat das Gesindel ohnehin nichts mehr zu melden.« Er machte sich mit den anderen davon, während der Arzt neben Vanessa stehen blieb.

»Wirklich ein Lumpenpack, einige davon«, sagte er grimmig. »Sie gehören zu denen, die sich damals von diesem Kerl zur Meuterei haben anstiften lassen und den Captain im

Stich ließen. Alle, die sich nicht anschließen wollten, haben sie entweder umgebracht oder über Bord geworfen. Mich, den Zimmermann, den Segelmacher und deren Gehilfen haben sie gezwungen mitzukommen, weil sie uns brauchten, und uns die meiste Zeit unter Deck eingesperrt.« Er lächelte bitter. »Ich kann Ihnen gar nicht sagen, Madam, wie ich gejubelt habe, als der Captain wieder das Kommando auf dem Schiff übernahm.«

Er blieb eine Weile bei ihr stehen, plauderte und erzählte ihr von seiner Frau und seinen Kindern und ging erst wieder unter Deck, als er seinen Pflichten nachkommen musste. Der Gesundheitszustand der Mannschaft war zwar im Großen und Ganzen gut, aber es gab doch immer wieder einige, die mit kleineren Verletzungen oder fiebrigen Infektionen auf dem Krankenrevier lagen.

Vanessa befand sich immer noch an Deck, als der Captain mit etlichen anderen Männern an Bord zurückkehrte. Statt sie jedoch mit einem harschen Befehl zurück in ihre Kajüte zu scheuchen, nickte er ihr nur kurz zu, als sein Blick auf sie fiel, und wandte sich dann mit weiteren Anweisungen an seinen Ersten Maat. Vanessa, die sich nicht entschließen konnte, unter Deck zu gehen, sondern lieber den farbenprächtigen Sonnenuntergang genießen wollte, der sich ihr bot, zuckte zusammen, als sie plötzlich von einer Stimme angesprochen wurde, die sie inzwischen von allen anderen unterscheiden gelernt hatte. Ebenso wie seinen Schritt.

»Siehst du dir den Sonnenuntergang an?«

Sie wandte sich um – verlegen, weil es die ersten Worte waren, die seit dieser gewissen Nacht zwischen ihnen gewechselt wurden, und zugleich überrascht von seinem freundlichen Ton. »Ja, *Monsieur le Capitaine*. Er ist wunderbar.«

McRawley nickte, drehte sich dann aber um und lehnte sich mit dem Rücken an die Reling, um seinen Blick fast liebevoll über das Schiff schweifen zu lassen.

»Ihr seht das Schiff an, wie ein Mann die Frau seines Herzens ansehen sollte«, sagte Vanessa leise und fühlte eine vage, ebenso unlogische wie irritierende Eifersucht in sich aufsteigen.

Er wirkte zuerst verblüfft, lächelte dann jedoch. »Es war auch Liebe auf den ersten Blick, als ich sie vor drei Jahren das erste Mal sah. Damals war sie noch in englischer Hand, eine Prise, die man zuvor den Franzosen abgenommen hatte. Ich war als Erster Maat auf einem Linienschiff, der *Columbus*, stationiert. Wir waren schwer bewaffnet, aber sie konnte es mit uns aufnehmen, und wäre es uns nicht gelungen, den Kommandanten samt den führenden Offizieren mit einem gut gezielten Kanonenschuss zu töten, so wäre sie uns einfach davongesegelt. So jedoch konnten wir die Aufregung und die Kopflosigkeit der Mannschaft nutzen und an Bord gelangen.«

»Ihr wart früher auf einem Linienschiff?«, fragte Vanessa verwundert. »Auf einem richtigen Kriegsschiff?«

Robert musterte sie amüsiert. »Aber ja.« Dann stützte er sich mit dem Ellbogen an der Reling auf und wies mit der Hand über Deck, begann ihr das Schiff in allen Einzelheiten zu erläutern und sprach, bis die Sonne völlig hinter dem Horizont verschwunden war. Vanessa stand neben ihm und lauschte mehr seiner Stimme als seinen Worten. Wie weich sie klang, wenn er von dem Schiff sprach, ganz anders als sonst. Sie ertappte sich dabei, wie sie sich wünschte, er würde so zu ihr sprechen, sie so ansehen.

Als sie wenig später die steile Treppe hinunterkletterte,

folgte er ihr nach. Zum ersten Mal, seit er in der Nacht in ihre Kabine gekommen war, saßen sie wieder gemeinsam beim Abendessen. Zu ihrer Überraschung wurden sie nicht von Jack bedient, sondern von einem wohlwollend dreinblickenden älteren Mann, den der Captain ihr als Darnberry, seinen Steward, vorstellte. Vanessa verbarg ihr Erstaunen darüber, dass ein Freibeuterkapitän sich den gediegenen Luxus eines eigenen Stewards leistete, und nickte dem Neuankömmling freundlich zu, der, nachdem er die Platten und Schüsseln vorsichtig zwischen die Schlingerleisten des Tisches plaziert hatte, den Raum auf einen Wink des Captains hin wieder verließ.

»Schmeckt es dir heute besser?«, fragte Robert, als er sah, dass Vanessa den wohlzubereiteten Fisch mit wesentlich mehr Appetit verspeiste als die Madensuppen der vergangenen Wochen.

Sie lächelte. »Man scheint sich heute in der Küche besonders bemüht zu haben.«

»Wir haben den Suppenvergifter auf der *Fortune* abgegeben«, erwiderte Robert grinsend, »und wieder unseren früheren Koch an Bord genommen.«

»Eine Maßnahme, zu der ich Euch nur gratulieren kann«, schmunzelte Vanessa und widmete sich wieder hingebungsvoll dem Fisch. Sie hatte sich entschlossen, so zu tun, als wäre diese Nacht wirklich nicht mehr als ein Traum gewesen, zumal er bemüht zu sein schien, ihr mit Freundlichkeit zu begegnen und sich sogar ungewohnter Höflichkeit befleißigte.

Die leichte Stimmung, die zwischen ihnen aufgekommen war, verflüchtigte sich jedoch schnell wieder, und Vanessa war sich nur allzu sehr der Blicke bewusst, die der Captain über sie schweifen ließ. Wenn sie sprach, was nur selten vorkam, dann blieben seine Augen an ihrem Mund hängen, verfolgten jede Bewegung ihrer Lippen, glitten über ihr Gesicht, über ihren Hals, ruhten auf ihrem weißen Dekolleté, wanderten tiefer und beobachteten ihre Hände, deren unruhiges Zittern sie zu verbergen versuchte. Die gespannte Aufmerksamkeit, mit der er sie beobachtete, so ganz anders als zuvor, machte sie zugleich verlegen und erregt und erweckte in ihr Wünsche, deren Erfüllung sie sich selbst versagen musste. Als sie sich schließlich, am Ende ihrer Beherrschung, mit geröteten Wangen erhob, um sich in ihre Kajüte zu flüchten, stand er ebenfalls auf, ging ihr nach und packte ihren Arm.

Vanessa wagte kaum, sich umzublicken und in seine Augen zu sehen, in denen ein Verlangen stand, das ihrem eigenen in nichts nachstand. *»Monsieur?«*, sagte sie leise.

Seine Hand glitt an ihrem Arm entlang, über ihre Schulter, ihren Hals, und streichelte mit unerwarteter Zärtlichkeit ihren Nacken. »Stimmt es, was du gesagt hast?«, fragte er in einem Ton, der sie noch mehr aufwühlte als die Berührungen seiner Hand. »Ekelt dich vor mir?«

Sie wandte sich ihm zu und erwiderte fest seinen Blick. »Stimmt es, was Ihr gesagt habt, *Monsieur?* Würdet Ihr mich nicht einmal mit einer Feuerzange anrühren?«

Zu ihrer Überraschung lachte er. »Meine Worte waren im Zorn gesprochen. Du weißt, dass sie nicht so gemeint waren.«

Seine Hand lag immer noch angenehm liebkosend in ihrem Nacken, als er sich jedoch über sie beugte und sein Mund dem ihren immer näher kam, zuckte sie zurück, bevor er sie berühren konnte. »Nein«, sagte sie hastig. »Ich glaube Euch auch so, Ihr müsst es nicht beweisen.«

Nun hatte Robert McRawley nicht in jedem Hafen ein Liebchen sitzen und war auch sonst nicht gerade ein Weiberheld, doch er war es durchaus gewohnt, dass ihn die Damen nicht zurückwiesen, wenn er sich um sie bemühte. Und diese falsche französische Gräfin gefiel ihm sehr. Außerdem konnte er in ihren Augen lesen, dass sie ihm gegenüber bei weitem nicht so abgeneigt war, wie sie ihn das glauben machen wollte.

Umso mehr erbitterte ihn ihre abweisende Haltung.

Er machte zwar keinen Versuch mehr, sie zu küssen, ließ aber seine Hand mit einigem Nachdruck auf ihrem Nacken liegen. »Was willst du?«, fragte er finster, weil sie sich ihm immer wieder entzog und er sie schon so sehr begehrte, dass er kaum noch an etwas anderes denken konnte als an sie. Die Erinnerung an ihren Körper, die weiche Haut, ihre Schenkel, die enge Öffnung, in die er mit einem schier unbeschreiblichen Gefühl hineingeglitten war, machte ihm Tag und Nacht zu schaffen, und er wusste, dass er vor Sehnsucht nach ihr entweder die Beherrschung verlieren und sie mit Gewalt nehmen oder in einem Anfall von Verzweiflung über Bord werfen würde, um sie endlich aus den Augen zu bekommen.

Vanessa stand ruhig vor ihm, die Lippen zusammengepresst, und sah ihn mit einem so trotzigen Blick an, dass er am liebsten den Griff um ihren zarten Nacken verstärkt und sie wie eine junge Katze geschüttelt hätte.

»Was?«, knurrte er. »Geld? Kleider? Juwelen? Zum Teufel noch einmal, was nimmst du dafür?«

»Das, was ich will, *Monsieur*«, sagte sie schließlich finster, »würdet Ihr mir niemals geben, und ich würde es von Euch auch nicht haben wollen.«

Konnte sie sich nicht gefälligst klar und verständlich ausdrücken? War er etwa dazu da, um Rätsel zu lösen? Es war doch die einfachste Sache der Welt! Er hatte eine Frau an Bord, eine Dirne, die sein Bruder mitgebracht, vermutlich mit allerlei Versprechungen gelockt und vielleicht auch gut bezahlt hatte, und es gab nicht den geringsten Grund, weshalb sie diese Liebesdienste nicht auch ihm erweisen sollte! War er etwa schlechter als sein verkommener Bruder? »Hör auf, in Rätseln zu sprechen«, fuhr er sie an. »Sag mir deinen Preis!«

»Ich will mit Euch nichts zu schaffen haben«, erwiderte ihm dieses eigensinnige Weibsstück widerspenstig, dessen sanftmütige Stimmung so schnell verschwunden war wie seine eigene. »Lasst mich in Ruhe!« Damit stieß sie seine Hand zur Seite, wandte sich um, entschwand in ihre Kammer und schloss die Tür mit Nachdruck. Robert hörte, wie der Riegel vorgeschoben wurde, und er musste sich nahezu unmenschlich beherrschen, um nicht die Tür einzutreten. »Na gut«, murmelte er zornig, »dieses eine Mal noch, aber beim nächsten Mal schließt sich diese Tür entweder hinter uns beiden, oder sie bleibt offen.«

Und als sich Vanessa am nächsten Tag auf einem Spaziergang an Deck befand, montierte er den Riegel höchstpersönlich ab.

11. Kapitel

Robert verließ sein Quartier am frühen Morgen, gleich nachdem das Deck geschrubbt und wieder trocken war, um sich zu Finnegan zu gesellen, der mit dem Fernrohr an der Reling stand und angestrengt Richtung Südosten sah, wo Trinidad, ihr nächstes Ziel, lag.

Sie waren – entsprechend den von der *Fortune* übermittelten Befehlen – unterwegs, um die Inseln der Reihe nach aufzusuchen, wo sie sich der Mitarbeit der teilweise noch wankelmütigen Gouverneure versichern und die Aktivitäten des Feindes in diesem Gebiet beobachten sollten. Allerdings waren sie durch die in dieser Jahreszeit ungünstigen Windströmungen seit ihrer Abfahrt von Margarita dazu gezwungen worden, gegen den Wind zu kreuzen, und hatten viele Tage verloren, um Trinidad endlich anzusteuern. Robert, der sonst vermutlich vor Ungeduld explodiert wäre, war so mit seiner wachsenden Zuneigung zu dieser kleinen Hexe beschäftigt gewesen, dass er diese Verzögerungen mit einem für ihn fast unglaublichen Gleichmut ertragen hatte.

Er ließ seine Blicke über die wachhabenden Matrosen streifen. Größtenteils gute Leute, die ihm die Admiralität da geschickt hatte, richtige Seeleute, nicht nur Landratten, die man entweder irgendwo zusammengefangen hatte, oder die mit mehr Patriotismus als Können zur See gegangen waren, um ihr Land zu schützen und daneben noch ein bisschen Prisengeld zu machen. Viele kannte er sogar von früher, und einige, wie Smithy, Hendricks oder Dudley, segelten schon seit etlichen Jahren mit ihm zusammen. Aber die Mannschaft war noch lange nicht aufeinander eingespielt. Die Männer mussten zusammenwachsen. Und sich im Ernstfall bewähren können.

»Mr. Finnegan!«

»Captain?«

»Wir halten die Waffenübungen schon am Vormittag ab. Wenn der Wind weiter dreht, kommen wir noch früher als erwartet in die Nähe der Insel, und ich möchte nicht alle Schiffe in deren Umgebung auf uns aufmerksam machen. Bereiten Sie alles vor, und lassen Sie ein Ziel aussetzen.«

Kurze Zeit später war die Mannschaft an den Kanonen, und neben der *Independence*, gerade noch in Kanonenschussweite, schwamm ein Gebilde aus zusammengebundenen leeren Kisten, dem Smithy grinsend eine feindliche Fahne aufgesteckt hatte. Die Pulverjungen, darunter auch Jack, standen aufgeregt an ihren Plätzen, die Lunten brannten und verbreiteten den scharfen Geruch und jene Stimmung, die so typisch war für die letzten Minuten vor dem Gefecht. Manche der Männer hatten die Hemden ausgezogen und sich Tücher gegen den Schweiß um den Kopf gebunden, und alle sahen aufmerksam zu ihm herüber.

Er nickte Finnegan zu, war gerade im Begriff, den Befehl zum Feuern zu geben, als er plötzlich eine deutliche Veränderung in den Zügen derjenigen, die näher bei ihm standen, bemerkte. Die erwartungsvolle Gespanntheit nahm bei manchen den Ausdruck grimmigster Konzentration an, einige hielten sich plötzlich überaus gerade, andere versuchten äußerst gefährlich und entschlossen zu wirken, und der Rest stand mit einem dümmlichen Grinsen da und starrte selbstvergessen auf einen Punkt hinter seinem Rücken.

Voller Vorahnung wandte er sich um.

Natürlich. Nicht nur, dass sie *ihn* völlig durcheinanderbrachte, jetzt störte sie auch noch die Leute bei der Übung.

»Wollen Sie etwa zusehen?«

Vanessa schenkte ihm eines dieser vermaledeiten Lächeln, die – so selten sie waren – ihn immer aus der Fassung brachten. »Wenn ich darf, *Monsieur le Capitaine?*«

»Na schön.« Er deutete hinter sich. »Stellen Sie sich da hin. Hier sind Sie niemandem im Weg und werden auch nicht niedergetrampelt. Eine Waffenübung ist kein Damenkränzchen.«

»Nein, *Monsieur.*« Ihre Stimme klang erstaunlich sanft und friedfertig.

Robert warf ihr einen scharfen Blick zu. Machte sie sich etwa über ihn lustig? Er drehte sich wieder um, fixierte seine Leute und musste seine ganze Autorität und Kraft in seine Stimme legen, um deren Aufmerksamkeit von Vanessa auf sich zu lenken. Typisch. Kaum sahen die Männer einen Weiberrock, waren sie zu nichts mehr zu gebrauchen. Wie eine Herde dummer, blökender Schafe. Nichts als Schwierigkeiten brachten Frauen auf einem Schiff. Wenn er es nicht schon längst gewusst hätte, dann hatte er hier wieder einmal den Beweis.

Nur knapp eine Stunde und etliche Breitseiten später hatte er allerdings jeden Grund, seine Meinung zu revidieren. Noch nie zuvor hatten die Männer ihre Waffen so schnell abgeschossen, gereinigt, wieder mit Pulver und Kugeln geladen und abermals abgefeuert. Als er auf seine Uhr blickte und Finnegans zufriedenes Nicken sah, wusste er, dass er sich nicht getäuscht hatte. Sie hatten spielend ihren eigenen Rekord gebrochen. Die fest verschnürten Kisten waren schon nach der zweiten, gut gezielten Salve in Stücke geschossen worden und nach der dritten unter dem Jubel der Männer ganz untergegangen. Robert ließ auf der anderen Seite das nächste Ziel aussetzen – mit demselben Erfolg.

Die Leute klopften sich gegenseitig auf den Rücken und lachten, als er seiner Zufriedenheit mit dem Versprechen Ausdruck gab, eine Extraportion Grog verteilen zu lassen. Die meisten blickten jedoch mehr oder weniger unauffällig zu ihrer hübschen Passagierin hinüber, grinsten verstohlen, und einer – Smithy natürlich – winkte ihr sogar heimlich zu.

Obwohl Robert völlig auf die Arbeit der Leute konzentriert gewesen war und es vermieden hatte, sich die Blöße zu geben und gelegentlich einen schnellen Blick nach hinten zu werfen, wo Vanessa stand, war er sich ihrer Anwesenheit die ganze Zeit über wohl noch viel deutlicher bewusst gewesen als irgendeiner der anderen Männer. Nun endlich drehte er sich nach ihr um. Sie stand zwar immer noch folgsam in der Ecke, in die er sie verbannt hatte, aber er ertappte sie dabei, dass sie freundlich zurückwinkte und dabei ein Lächeln aufgesetzt hatte, das sofort eine ebenso unsinnige wie heftige Eifersucht in ihm weckte und den Wunsch, dieses Lächeln möge nur ihm allein gelten und nicht auch seinem Bootsführer, diesem Jungen Jack, Finnegan oder einem der anderen Matrosen.

In diesem Moment wandte sie sich ihm zu, und der Ausdruck ihrer Augen veränderte sich. Das bezaubernde Lächeln wurde schwächer, verschwand, und ein ihm an ihr vollkommen ungewohnter, tiefer Ernst legte sich über ihre weichen Züge.

Er hatte sie schon wütend erlebt, abweisend, hochmütig, spöttisch, kalt, unverschämt – Letzteres wohl am häufigsten –, aber noch niemals hatte er das Gefühl gehabt, *sie* zu sehen. So, wie sie wirklich war. Durch ihre Augen hindurch bis in ihre Seele zu blicken. Und plötzlich, inmitten des sich langsam verflüchtigenden, beißenden Pulverrauchs, halbtaub noch vom Donnern der Kanonen und heiser vom Brüllen der Befehle, wusste er, dass sie weitaus mehr für ihn war als eine begehrenswerte Frau, deren Körper er besitzen wollte. Nein, er wollte sie ganz. Ihre Gedanken, Gefühle … ihre Liebe. Er wollte sich nie wieder von ihr trennen müssen und mit ihr alt werden. Er wollte sie noch mehr als mit Haut und Haaren – er wollte ihr ganzes Wesen für sich haben.

Nichts, was er bisher für eine Frau empfunden hatte, hätte ihn auf diese Erkenntnis vorbereiten können. Er wusste nicht, wie lange dieser Moment dauerte, bis sie sich mit einem scheuen Lächeln und errötenden Wangen abwandte. Er stand hilflos da und hielt die Luft an, während die Welt um ihn herum versank.

Der fremde Zauber, der sich über sie beide gelegt hatte, zerplatzte jäh, und Robert wurde sich wieder seiner Umgebung bewusst, des Schiffes, der Männer, des Meeres … Und dann war da auch noch Finnegan, der offenbar auf eine Antwort wartete. Robert riss sich nur mit Mühe von Vanessa los, die mit raschen Schritten der Leiter zustrebte, die unter Deck führte, und wandte sich widerwillig seinem Ersten Maat zu. Er hatte Schwierigkeiten, sich auf dessen Frage zu besinnen, die er wie durch einen Schleier gehört und die kaum zu ihm durchgedrungen war.

»Sollen wir den Grog gleich ausschenken lassen, Sir, oder wünschen Sie, dass die doppelte Ration beim Abendessen verteilt wird?«

Grog? Was interessierte ihn jetzt der Grog? Er hatte soeben die wichtigste und umwerfendste Entdeckung seines Lebens gemacht, und Finnegan, dieser Barbar, belästigte ihn mit Grog!

Sein Freund und Erster Maat musste Zweifel an seinem momentanen Geisteszustand haben, denn er wiederholte seine Frage nochmals, diesmal überaus langsam und deutlich.

»Ich bin ja nicht taub«, fuhr er ihn ärgerlich an. »Lassen Sie den Grog gleich ausschenken.«

»Ja, Sir.« Finnegan wandte sich mit einem undurchdringlichen Gesichtsausdruck ab, und Robert blickte ihm misstrauisch nach. Hatte scharfe Augen, dieser Finnegan. Er konnte nur hoffen, dass er nicht allzu offen den Eindruck eines verliebten Mondkalbs gemacht und sich nicht nur vor seinem Ersten Maat, sondern auch vor jedem anderen lächerlich gemacht hatte, der ihn in diesem unbewachten Moment gesehen hatte.

Er warf einen raschen Blick zur Leiter. Sie war bereits verschwunden, aber diesmal war er nicht im Geringsten versucht, ihr nachzugehen. Er hatte jetzt nicht die Kraft, ihr gegenüberzutreten. Zuerst musste er allein sein, um sich über seine Gefühle klar zu werden – ohne Gefahr, in einer der Kajüten über sie zu stolpern.

Er blieb den ganzen Tag an Deck und ließ sich von Darnberry nur einen kleinen Imbiss bringen – den er mehr oder weniger gedankenlos hinunterwürgte, obwohl er sonst einen kräftigen Appetit hatte – und versuchte, nach außen hin den

Eindruck jenes unverwundbaren, unbeugsamen und durch nichts aus der Ruhe zu bringenden Mannes zu machen, den die Mannschaft als Captain erwartete.

Aber in Wahrheit fühlte er sich verwirrt und wehrlos angesichts dieses unerwarteten und in seiner Heftigkeit unbekannten Gefühls und wusste nicht, wie er sich dieser wohlgeformten Verführung, die dort unten auf ihn lauerte, gegenüber verhalten sollte.

»Der Wind hat tatsächlich gedreht, Sir«, sagte sein Erster Maat, als er einige Stunden später neben ihn trat. »Vermutlich kommen wir bereits am Nachmittag an.«

Robert war in Gedanken schon wieder unter Deck. »Ich habe nicht die geringste Lust, von Bord zu gehen und die Nacht dort zu verbringen«, sagte er unwillig. »Sobald wir die Waffen abgeliefert haben, fahren wir weiter nach Martinique, um das Schiff gründlich zu überholen. Der dortige Gouverneur ist zweifellos bereit, uns in dieser Hinsicht zu unterstützen. Dann geht es weiter nach St. Maarten, Finn. Ramirez hat mir gesagt, dass dort vereinzelt englische Kriegsschiffe kreuzen, die auf der Jagd nach unseren Kapern sind. Es wäre eine nette Gelegenheit, einige Prisen zu nehmen, bevor wir weiter nach Nordamerika segeln. Unsere Flotte könnte einige gute Kanonen und Musketen vertragen. Vielleicht bringen wir ja sogar ein hübsches Schiff mit.«

Er war nur halb bei der Sache, als er sprach. Nicht einmal die Aussicht auf eine schöne Prise konnte ihn von seiner verführerischen Passagierin ablenken. So weit war es also schon mit ihm gekommen …

Finnegan grinste ahnungslos. »Ich sehe schon, wir haben große Pläne, Sir.«

Robert nickte nur und blieb weiterhin standhaft an Deck,

obwohl es ihn mit fast übermenschlicher Macht nach unten zog, und legte sich, während er an der Reling stand und durch das Fernrohr die Insel beobachtete, eine Strategie zurecht, wie er dieser Frau in Zukunft begegnen konnte, ohne sofort einen vollkommenen Narren aus sich zu machen.

Erst am späten Nachmittag, kurz bevor sie in den Hafen einliefen, ging er hinunter. Sie saß in ihrer Kabine, hatte die Tür zur Achterkajüte jedoch offen gelassen und las in einem Buch. Das überraschte ihn. Er hatte bisher noch keinen Augenblick darüber nachgedacht, welche anderen Fähigkeiten sie sonst noch haben könnte außer einem ausgeprägten Widerspruchsgeist und einem solchen Liebreiz, der einem Mann den Kopf unheilbar verdrehen konnte.

»Was siehst du dir denn da an?«, fragte er ein wenig unsicher.

Sie zeigte ihm das Buch. »Ich habe es aus Eurer Kajüte geholt, *Monsieur le Capitaine*, und ich hoffe, Ihr nehmt es mir nicht übel.«

Robert las den Titel. »Das ist ja ein Buch über Navigation!«, sagte er dann erstaunt. »Aber es hat doch kaum Bilder und ist sicher zu schwierig für dich. Warum hast du nicht etwas anderes genommen?«

»Es hat mich interessiert, wie Ihr es schafft, mitten auf diesen Gewässern Euren Weg zu finden«, erwiderte sie gelassen. »Ich bin mit diesem Buch zwar noch nicht tief in dieses Geheimnis eingedrungen, aber ich weiß jetzt zumindest, dass es keine Magie ist, was Ihr betreibt, sondern reine Wissenschaft.«

»Nun, wenn ich ehrlich bin, so ist Finnegan wohl ein weitaus besserer Navigator als ich«, gab Robert zu. Er betrachtete sie mit Wohlgefallen, wie sie da saß in ihrem weißen

Baumwollkleid, adrett, sauber und ungemein appetitlich. Seine Strategie sah er langsam, aber sicher dahinschwinden. »Wir laufen in einigen Stunden eine Insel an«, sagte er schließlich betont gleichmütig, »soll ich dir von dort etwas mitbringen?«

»Vielleicht einige Früchte, *Monsieur le Capitaine?*«

»Früchte?«, lachte er gezwungen. »Ich dachte an andere Dinge. Ein schönes Kleid vielleicht, eine Bluse, einen Rock – was immer ihr Frauen eben so gernhabt.« Irgendetwas, womit er sie bestechen und williger machen konnte.

Sie sah an sich herunter. »Gefallen Euch meine Kleider nicht?«

»Doch, doch«, beeilte er sich zu sagen, »sehr sogar. Dieses steht dir ganz besonders gut.« *Besonders oben herum,* dachte er, wobei ihn die Vorstellung ihrer blanken Brüste darunter quälte. »Aber ich dachte, es würde dir vielleicht Freude machen.«

»Ihr seid sehr aufmerksam, *mon Capitaine*«, erwiderte sie erfreut. »Aber meine Kleider reichen mir.«

Allein schon dieses Lächeln trieb Robert die Hitze in den Kopf.

»Wann werdet Ihr zurückkehren?« Vanessa hatte diese Frage eigentlich nicht stellen wollen, aber seine liebenswürdige Aufmerksamkeit hatte sie unbedacht gemacht. Obwohl sie nicht einmal vor sich selbst zugeben wollte, dass er ihr fehlen würde, wenn er auch nur für wenige Stunden von Bord ging. Dieser kurze Augenblick dort oben an Deck, als er sie angesehen hatte – zum ersten Mal schien er wirklich sie gesehen zu haben, nicht die Dirne des anderen –, hatte sie zutiefst erschüttert und sich ihrer Gefühle für ihn bewusst werden lassen. Sie musste vorsichtig sein und durfte ihm auf keinen Fall zeigen, was sie wirklich für ihn empfand.

»Vermutlich erst morgen, im Laufe des Tages.«

Vanessas Augen wurden groß. »Erst morgen? Aber ich dachte, wir kämen bereits in Kürze an! Gedenkt Ihr etwa dort zu übernachten?« Zu ihrer eigenen Überraschung bemerkte sie, wie sie der Gedanke zornig machte, ihr Freibeuterkapitän könnte tatsächlich auf der Insel bleiben und sich womöglich mit den dortigen, nur allzu willfährigen Schönen vergnügen. Sie hatte genug von diesen Seeleuten gehört, die in jedem Hafen eine Geliebte hatten oder die Bordelle unsicher machten. Sie hatte sich zwar entschlossen, so viel Abstand wie möglich zwischen ihm und ihre irritierenden Gefühle zu bringen, aber das hinderte sie – wie sie gedemütigt feststellte – nicht daran, Eifersucht auf alles Weibliche zu verspüren, das in den Genuss seiner Aufmerksamkeit kam.

»Mit ziemlicher Wahrscheinlichkeit«, antwortete Robert leichthin. »Ich werde wohl nicht umhinkönnen, die Nacht dort zu verbringen.«

»Nicht umhinkönnen?«, sagte Vanessa spitz. »Ist das der Ausdruck dafür, wenn Ihr Euch Vergnügungen hingebt?«

»Vergnügungen?«, fragte Robert verblüfft.

»Jawohl … Vergnügungen. Oder versteht Ihr *verlustieren* besser?«, wiederholte Vanessa eisig. »Andernfalls könntet Ihr es sehr wohl möglich machen, bei Einbruch der Nacht wieder hier auf dem Schiff zu sein.«

»Ich habe nicht vor, mich zu … verlustieren«, sagte er erbost und wusste selbst nicht, weshalb er überhaupt auf die Idee kam, sich vor ihr rechtfertigen zu wollen. »Ich werde mit dem Gouverneur sprechen, und da kann ich nicht einfach fortlaufen.« Robert fixierte sie verärgert. Als hätte er es überhaupt nötig, sie anzulügen! Es ging sie nicht das Geringste an, was er auf der Insel machte. Und außerdem – dachte er mit einer Mischung aus Zorn und Selbstmitleid – wäre es allein ihre Schuld, wenn er seine Nächte im Bordell verbringen musste anstatt in ihren Armen!

Er bereute bereits, ihr in einem Moment der Schwäche das freundliche Angebot gemacht zu haben, und wollte schon gereizt hinausstapfen, als ihn ihr Tonfall – eine Mischung aus Kälte und Hochmut – veranlasste, stehen zu bleiben.

»Ich habe es mir anders überlegt. Bemüht Euch nicht, *Monsieur*. Es wäre mir unerträglich zu wissen, dass Ihr kostbare Zeit mit dem Gouverneur versäumt, indem Ihr Früchte für mich kauft.«

Robert konnte nicht dulden, dass sie wieder einmal das letzte Wort hatte. Zwei schnelle Schritte brachten ihn in ihre Nähe. Ein kleiner Aufschrei, als er sie in seine Arme zerrte, dort eisern festhielt und seinen Mund auf ihren presste: die einzige Möglichkeit, sie für einen Moment zum Schweigen zu bringen.

Ihr Protest verstummte erstaunlich schnell unter seinen Lippen, und als seine Hände wie von selbst lustvoll über ihre Schulterblätter ihren Körper hinunterwanderten, die üppig weichen Formen auskostend, spürte Robert voller Genugtuung, dass auch sie nicht untätig war. Ihre Finger spielten auf seinem Rücken, in seinem Haar, in seinem Nacken. Erfahren, sinnlich und leidenschaftlich.

Seine kräftigen Hände glitten wie von selbst tiefer, umfassten dieses herrliche unterste Stück weiblichen Rückens und pressten sie gegen seine wachsende Erregung. Ihre vollen Brüste drängten sich an seinen Körper. Das leise Stöhnen, das sich ihr dabei entrang, wurde von seinen Lippen aufgefangen und stachelte sein Verlangen noch mehr an. Die Geräusche des Schiffes und die Stimme des Zweiten Maates, der an Deck Befehle gab, traten in weite Ferne zurück. Robert versank in ihrem Geschmack, ihrem Duft, ihrem Körper und hätte wohl alles um sich herum vergessen, wäre da nicht Smithys eindringliche Stimme gewesen, die durch die Kajütentür hereinklang und sein letztes bisschen Verstand daran erinnerte, dass seine Leute bereits im Boot saßen und darauf warteten, ihn an Land zu rudern. Er ließ sie langsam los, und sie blieb wie betäubt stehen, ihre Finger noch besitzergreifend in seinem Haar vergraben.

Robert, verzaubert von ihrer Weichheit und ihren Berührungen, setzte zu einem Lächeln an und wollte gerade etwas Zärtliches sagen, als sie beide Hände an seine Brust legte und ihn heftig zurückstieß. Mit blitzenden Augen setzte sie zum Sprechen an, aber Robert hatte jetzt keine Zeit mehr für einen Streit, der in seiner Stimmung und körperlichen Verfassung vermutlich in seinem Bett geendet hätte. Er war sich seines ungestillten Verlangens jedoch nur zu sehr bewusst, und es drängte ihn danach, seine Frustration an ihr auszulassen.

»Dann werde ich dir also Früchte mitbringen«, sagte er über die Schulter hinweg in einem möglichst abfälligen Tonfall, während er aus der Tür trat. »Falls ich vor lauter Verlustieren überhaupt Zeit finde, mich an deine Wünsche zu erinnern.«

Als er fluchtartig die Kajüte verließ, hörte er hinter sich die inzwischen schon sehr vertraute weibliche Stimme, die ihm in französischer Sprache Ungehörigkeiten nachsandte.

Bei seiner Rückkehr vom Sitz des Gouverneurs am frühen Nachmittag des nächsten Tages erkannte er, noch bevor sich das Boot bis auf Rufweite genähert hatte, das leuchtend blonde Haar. Sie wartete also tatsächlich auf ihn, und er wagte den schmeichelhaften Gedanken, dass es nicht nur der Appetit auf einen Korb voller Früchte war, der sie an Deck getrieben hatte – auch wenn sie sich vermutlich eher die Zunge abgebissen hätte, als ihm gegenüber das zuzugeben. Er hatte tatsächlich im Gouverneurspalast übernachtet, allein in seinem Zimmer, war die halbe Nacht wach gelegen und hatte die wenigen Minuten, in denen er sie vor seiner Abfahrt im Arm gehalten hatte, nochmals ausgekostet und auf sehr erfreuliche Weise weitergesponnen. Er hatte sich in dieser einsamen Nacht geschworen, sie nicht mehr mit ihren Launen davonkommen zu lassen, sondern ihr zu verdeutlichen, dass eine Frau, die dem Captain eines Schiffes derart den Kopf verdrehte, auch die Konsequenzen zu tragen hatte. Die Art, wie sie am Vortag in seinen Armen dahingeschmolzen war, hatte Bände gesprochen, und er hoffte inständig, dass die erlesene Auswahl von Früchten, die er eigenhändig für sie ausgesucht hatte, sie ihm gegenüber freundlicher gestimmt werden ließ.

Sie stand an der Reling, als er an Bord kletterte. Er konnte sie vor den teils neugierigen, teils amüsierten Blicken der anderen nicht in die Arme nehmen, obwohl sie unter Umständen sogar stillgehalten hätte, und musste sich mit einem *»Merci, mon Capitaine«* begnügen, als der Bootsführer Smithy den Korb an einem Strick hochzog.

Sie nahm die Früchte mit einem bezaubernden Lächeln entgegen und verschwand zu seinem Ärger umgehend damit. Als sie längere Zeit nicht zurückkehrte, ging er ihr nach und fand sie auf dem Vorderdeck, zusammen mit diesem Jungen und dem älteren Mann. Jack verspeiste gerade eine Apfelsine, und der andere sah wohlwollend zu, wie Vanessa es ihm gleichtat.

»Die drei sind viel zusammen, was?«, meinte Robert zu Finnegan, der sich zu ihm gesellt hatte. Sein Erster Maat sah ebenfalls zu der kleinen Gruppe hinüber. Vanessa kehrte ihnen den Rücken zu, schien unbekümmert zu plaudern, und der Junge lachte, während der Grauhaarige einen scharfen, misstrauischen Blick Richtung Achterdeck warf.

Finnegan musterte seinen Captain, der nachdenklich dreinsah. »Sie gefällt Ihnen, nicht wahr? Mal ganz was anderes.« Er kratzte sich am Bart. »So gar nicht das, was Ihren Bruder sonst anspricht. Möchte auch wissen, was sie bewogen hat mitzukommen.«

Robert zog bei diesen Worten die Augenbrauen zusammen. Er mochte Finnegan als Freund und als Offizier – er war einer der verlässlichsten Männer, die er jemals gekannt hatte –, aber es gefiel ihm nicht, daran erinnert zu werden, dass Vanessa mit seinem Bruder an Bord gekommen war. Schließlich arbeitete er seit Tagen daran, diesen Gedanken zu verdrängen.

»Malcolm kann manchmal sehr überzeugend sein«, knurrte er unwillig. »Ich vermute, dass sie sich in ihn verliebt hat.« Dieser Gedanke störte ihn seltsamerweise noch mehr als die Möglichkeit, dass sie nur das Geld gelockt hatte. Im letzteren Fall würden sich nämlich seine Chancen bei ihr in gewisser Weise sehr erhöhen. Gegen Geld konnte er ankommen, aber eine Frau, die einem noch so unwürdigen Geliebten nachtrauerte, war ein schwierigerer Fall. Obwohl … seit einiger Zeit machte sie auf ihn nicht mehr den Eindruck, als würde sie ihren Aufenthalt auf dem Schiff verabscheuen, und der Abschied am Vortag ließ ihn hoffen, dass sie endlich Vernunft angenommen und sich ihm zugewandt hatte. Er konnte es kaum erwarten, sie zu sehen und allein für sich zu haben. Ein flüchtiger Gedanke galt Finnegan und dem Schiffsarzt, die zweifellos erwarteten, von ihm in die Kajüte eingeladen zu werden, doch er schob ihn sofort weg. Die beiden mussten eben in der Offiziersmesse zu Abend essen.

Vanessa hatte, nachdem die *Independence* mit Einsetzen der Flut ausgelaufen war, den Rest des Tages mit Jack und Martin plaudernd an Deck verbracht und war am Abend noch lange auf dem Achterdeck an der Reling gestanden, hatte sich mit beiden Händen festgehalten und sich den Wind durchs Haar wehen lassen. Es war ein wunderschöner Tag gewesen, die frische Brise hatte das Schiff rasch vorwärtsgebracht, und obwohl sie das Ziel der Fahrt nicht kannte, genoss sie es, zu reisen, die Bewegungen des Schiffes zu spüren, das Flattern der Segel und das Ächzen der Masten zu hören. Es war niemals still auf einem Schiff. Das Knarzen des Schiffsrumpfes, das ununterbrochene Singen in den Tauen, das Rauschen des Meeres, für gewöhnlich so vertraut und selbstverständlich, dass man es kaum noch wahrnahm, aber heute war es anders. Etwas hatte sich in Vanessa verändert. Sie war zwar niemals ein Mensch gewesen, der sich lange Traurigkeit und Schwermut hingab, sie hatte das Leben immer als etwas Aufregendes und Wunderbares gesehen, aber nun war ihr, als sei ihr Dasein plötzlich intensiver geworden. Jede Minute war ein Erlebnis, und selbst als die Sonne unterging, was in diesen Breiten nicht lange dauerte, leuchtete es in ihr selbst noch viel heller weiter. Sie fühlte sich leicht, unbeschwert und glücklich, und zum ersten Mal, seit sie diese Reise angetreten hatte und in die Hände der Piraten gefallen war, verschwendete sie keinen einzigen Gedanken mehr an Jamaika und ihren Onkel.

Sie kehrte erst in ihre Kabine zurück, als der Captain ihr mit einer sehr nachdrücklichen Handbewegung andeutete, unter Deck zu gehen, während er neben der Stufenleiter wartete. Sie kletterte rasch hinunter und schlüpfte schnell vor ihm hinein in die Achterkajüte, in der der Steward bereits aufgedeckt hatte. Robert folgte langsamer nach, zündete eine weitere Lampe an und wandte sich ihr lächelnd zu.

»Man sieht es dir an, dass du an der frischen Luft warst.«

Vanessa lief in ihre Kabine, trat an den Spiegel vor der Waschschüssel und blickte hinein. Tatsächlich, sie hatte rote Wangen, auch ihre Stirn hatte die helle Farbe verloren, und die Nase leuchtete förmlich heraus.

»*Mon Dieu!*«, rief sie entsetzt aus.

»Das war die Sonne«, lachte Robert. »Du bist es nicht gewohnt, viel im Freien zu sein.«

Vanessa warf ihm einen prüfenden Blick zu. Sein gebräuntes Gesicht zeigte, dass er bei jedem Wetter an Deck war. Er lächelte sie an und trat näher. »Du hast die Früchte geteilt, die ich dir mitgebracht habe«, sagte er freundlich.

»Ja … War Euch das nicht recht?«

»Doch, doch, ich … wundere mich nur, wer diese beiden sind. Es ist mir schon des Öfteren aufgefallen, dass du mit ihnen Umgang pflegst.«

»Sie sind meine Freunde«, erwiderte sie voller Wärme.

Er stand jetzt ganz nahe, so dass sie nur den Arm ausstrecken musste, um ihn zu berühren. Sie hob die Hand zu seinem Gesicht, fuhr mit den Fingerspitzen über seine Wange und seine Lippen, sein Kinn, das ein wenig kratzte, und dann wieder zurück hinauf, zu der Narbe, die von der Haarsträhne, die ihm in die Stirn fiel, halb verdeckt war. Robert rührte sich nicht, sondern sah sie nur mit einem undefinierbaren Ausdruck an.

»Was willst du?«, fragte er schließlich, als sie sein Haar berührte, die Locke aus seiner Stirn strich und die kleinen Fältchen neben seinen Augen nachzog, die von der Sonne nicht gebräunt worden waren und wie feine weiße Linien aussahen. Es war ein gutes Gesicht, mit männlichen Zügen, das im Gegensatz zu den vielen Gecken, die ihr in Frankreich begegnet waren, keiner Schminke bedurfte, um ausdrucksvoll zu sein.

»Ich möchte, dass Ihr mich wieder in die Arme nehmt und küsst«, erwiderte sie leise. »So wie gestern, bevor Ihr das Schiff verlassen habt.«

»Und sonst nichts?«

»Nein.« Es war eine Lüge, und sie wusste selbst, dass sie sehnsüchtig geklungen hatte. Aber wie konnte sie zugeben, dass es sie danach verlangte, seine Hände auf ihrem Körper zu spüren, sich an ihn zu schmiegen und ihn zu fühlen? Sie war die halbe Nacht wach gelegen, hatte immer wieder diese Momente, in denen er sie im Arm gehalten und sie fast besinnungslos geküsst hatte, erlebt. Und als sie am Morgen aufgewacht war, hatte sie es kaum erwarten können, ihn wiederzusehen.

Sie schloss die Augen, als er sich zu ihr hinunterbeugte und seine Lippen auf ihre legte, ganz zart, zurückhaltend, fast vorsichtig. »Du bist wunderschön«, murmelte er an ihrem Mund, »sehr erotisch, sinnlich und verführerisch. Ich frage mich wirklich, ob ich dich nicht besser auf der nächsten Insel aussetzen sollte, bevor du mir den Kopf völlig verdrehst.«

»Nur wenn Ihr mitgeht«, flüsterte sie zurück und sah sich im nächsten Moment auch schon von seinen Armen umfangen, während seine Lippen ein unendlich gekonntes Spiel mit ihren spielten, seine Zunge warm, feucht und verführerisch nach ihrer suchte und seine Hände überall auf ihrem Körper zu sein schienen, während sich ihr Pulsschlag so sehr beschleunigte, dass sie dachte, das Herz müsse ihr zerspringen.

Schließlich fühlte sie, wie er sich an den Knöpfen ihres Kleides zu schaffen machte, und löste sich schnell von ihm. »Nein, bitte nicht.«

»Aber …«, sagte Robert, wurde jedoch von Schritten auf dem Gang unterbrochen, und er konnte sich gerade noch weit genug von ihr zurückziehen, um dem eintretenden Steward einen unverfänglichen Anblick zu bieten.

»Guten Abend, Madam, guten Abend, Sir. Heute gibt es wieder Fisch und sogar Fleischpudding. Der Koch hat sich diesmal selbst übertroffen.« Darnberry lächelte freundlich zu Vanessa hinüber, die, ihre Verlegenheit überspielend, am Tisch Platz nahm. Der Steward zog ihr höflich den Stuhl zurecht.

»Vielen Dank.« Diesmal konnte Vanessa das Essen nicht angemessen würdigen, denn sie aß mehr oder weniger gedankenlos, während ihre Blicke immer wieder zu Robert hinüberglitten und dabei auf seine trafen. Ihre Beziehung hatte sich verändert. Er hatte sie heute nicht zum ersten Mal geküsst, und sie hatte es sich nicht nur gefallen lassen, sondern sogar den ersten Schritt getan. Sie staunte selbst ein wenig über ihr Verhalten, aber als sie vor wenigen Minuten vor ihm gestanden hatte, war es ihr wie selbstverständlich erschienen, ihn zu berühren und seine Arme um sich zu fühlen.

Sie aßen schweigend, und als sie das Mahl beendet hatten, kam Darnberry wieder herein und trug die Teller ab, ließ die Weinflasche jedoch stehen. Dann verneigte er sich, wünschte eine gute Nacht, lächelte Vanessa freundlich zu und zog sich zurück. Sie mochte den Steward des Captains. Aber obwohl sie versucht hatte, ihn vorsichtig über Robert auszuhorchen, hatte sie kaum Informationen bekommen und sich mit ausweichenden Antworten zufriedengeben müssen. Sie hatte nur in Erfahrung bringen können, dass Darnberry seinen Captain sehr schätzte und ihn schon seit über fünf Jahren kannte.

Robert wollte die Gläser nachfüllen, aber Vanessa schüttelte den Kopf. »Danke, *Monsieur*, für mich nichts mehr.« Sie war sich ihrer selbst ohnehin schon nicht mehr sicher. Der Alkohol würde ihren Verstand vermutlich nur noch mehr vernebeln und sie dem Mann, der ihr gegenübersaß und eine so starke Anziehungskraft auf sie ausübte, geradewegs in die Arme treiben. Sie überlegte, dass es wohl klüger wäre, so schnell wie möglich den Rückzug anzutreten, und erhob sich. Sie nickte ihm zu und wollte sich entfernen, als er sie aufhielt und zu ihrer Überraschung auf seine Knie zog. Sie verhielt sich still, als seine rechte Hand über ihren Rücken streichelte, während die Finger seiner Linken zart die Linie ihrer Brüste nachzeichneten. Doch als er sie küssen wollte, drehte sie ruhig, aber entschieden den Kopf zur Seite.

Sie fühlte ihr Blut durch seine körperliche Nähe heißer und schneller durch ihre Adern rinnen. Sie dachte an diese

Nacht, in der er zu ihr gekommen war und sie geliebt hatte. Nein, da hatte er sie nur benutzt. *Vielleicht,* dachte sie, während sie seine Lippen auf ihrem Hals fühlte, *wäre es noch ein Liebesspiel geworden, hätte ich ihn nicht davongeschickt.* Sie erinnerte sich an die sanfte Berührung seiner Lippen auf ihrem Gesicht und auf ihrer Brust. Das war kein Mann gewesen, der eine Frau rücksichtslos nahm, um sich an ihr zu befriedigen und dann wieder zu gehen. Es hatte eine Zärtlichkeit darin gelegen, die sie weitaus mehr berührt und aufgewühlt hatte als sein Körper, der zwischen ihren Beinen gelegen war.

Sie widerstand dem Drang, auf seinen Knien sitzen zu bleiben, stand entschlossen auf und trat einige Schritte von ihm fort. »Gute Nacht, *mon Capitaine*, schlaft wohl.« Dann drehte sie sich schnell um, eilte in ihr Zimmer und schloss die Tür, gefolgt von seinem Blick, in dem weit mehr gelegen hatte als nur Verlangen.

Sie setzte sich auf ihr Bett und wehrte sich gegen die Anziehungskraft, die dieser Mann auf sie ausübte. Allein schon seine unabsichtliche Berührung ließ ihre Haut erglühen, und vorhin, als er sie auf seinen Schoß gezogen hatte, war ihr nur allzu bewusst geworden, wie sehr sie sich zu ihm hingezogen fühlte. Nicht nur körperlich, sondern auch mit dem Herzen. Sie begehrte ihn nicht nur, diesen Piraten McRawley, sie mochte ihn auch. Mit einer Zuneigung, aus der, wenn sie nicht vorsichtig war, sogar Liebe werden konnte.

Sie war so in ihre Gedanken vertieft gewesen, dass sie zusammenzuckte, als es leise an der Tür klopfte.

»Oui?« Sie hatte versucht, ihrer Stimme Festigkeit zu verleihen, merkte jedoch selbst, wie zittrig sie klang. Robert trat mit einem Kleidungsstück in der Hand ein. Sie rückte an die

von ihm entfernteste Ecke des Bettes, als er näher kam und dicht vor ihr stehen blieb.

»Du bist hier auf meinem Schiff«, sagte er ruhig. »Du lebst hier, bekommst Essen und keine schlechte Behandlung. Also erwarte ich auch ein gewisses Entgegenkommen dafür. Das ist wohl nur fair. Ich weiß nicht, was man dir sonst für deine Dienste bietet, aber ich bin bereit, dasselbe und noch mehr zu geben. Überleg dir bis morgen früh einen Preis. Wenn nicht, dann werde ich keine Rücksicht mehr walten lassen und dich so nehmen, wie es mir gefällt.«

Vanessa rührte sich nicht, als er noch einen Schritt näher kam. Trotz seiner Worte, die sie beleidigen mussten, hatte die Erregung sie so sehr ergriffen, dass sie Mühe hatte, ihr Zittern zu verbergen.

»Hier«, er legte den seidenen Mantel neben sie auf das Bett. »Ich möchte, dass du das trägst, wenn du zu mir kommst.«

Vanessa starrte ihm nach, als er das Zimmer verließ und die Tür leise hinter sich schloss, dann blickte sie wieder auf den Mantel. Langsam streckte sie die Hand aus und ließ ihre Finger über den weichen Stoff gleiten. Eine Erinnerung an schöne Tage, in denen sie nur mit einem ähnlichen Stück Stoff bekleidet in Alberts Zimmer gekommen war, um seinem Ruf zu folgen oder einfach nur aus Sehnsucht nach ihm und seinen Liebkosungen.

Und jetzt sollte sie ein solches Kleidungsstück abermals tragen. Für einen Mann, den sie mehr begehrte als jemals ihren rechtmäßigen Ehemann, den sie geliebt und geachtet hatte.

Was soll nur aus mir werden, wenn ich jetzt nachgebe?, dachte sie zweifelnd. *Verliere ich dann nicht das letzte bisschen Respekt vor mir selbst? Ist das nicht alles, was ich noch habe? … Aber mache ich mir nicht selbst etwas vor, während ich mich in Wahrheit danach sehne, in seinen Armen zu liegen, seine Lippen auf meinen zu fühlen und ihn in mir zu spüren?* Sie schloss die Augen. Hatte sie sich nicht schon hundertmal, seit er an Bord gekommen war, insgeheim gefragt, wie es sein würde, ihn nackt zu sehen? Mit den Händen über seinen Körper zu wandern, ihn zu streicheln, sein Glied zu liebkosen, bis er sich unter ihren Berührungen wand und an nichts anderes mehr denken konnte als an sie?

Sie blickte zur Tür und hörte dahinter die Schritte des Captains, der unruhig auf und ab ging. *Er wird mich nicht mit Gewalt nehmen, trotz seiner Worte,* dachte sie, halb belustigt. *Niemals. Ich weiß nicht, woher ich diese Gewissheit habe, aber sie liegt in seinen Augen, wenn ich ihn ansehe. Er würde mir nie auch nur ein Haar krümmen. Ja, es ist sogar so, als könnte ich ihm bedenkenlos mein Leben anvertrauen … Welch seltsames Gefühl einem Piraten gegenüber …*

Pirat? Nein, sie wusste es inzwischen besser. Robert McRawley war kein Pirat. Und sie war sich schon lange nicht mehr sicher, ob Martin sich nicht täuschte und der Captain sie tatsächlich als Gefangene bei seinen Vorgesetzten abliefern würde. Zumindest wollte sie das nicht glauben.

Und in diesem Moment aber auch nicht darüber nachgrübeln. Sie entkleidete sich, zog ihr Nachthemd über und legte sich mit dem Seidenmantel in der Hand ins Bett. Ihr letzter Gedanke, bevor sie einschlief, galt dem Captain und seinen Küssen, die sie verzaubert hatten.

Am nächsten Morgen nahm sie das Medaillon, das sie um den Hals trug, ab, küsste es und verbarg es vorsichtig unter der Matratze. Dann stand sie auf, zog sich das züchtige Nachthemd über den Kopf und legte sich stattdessen den Mantel um. Der Stoff fühlte sich kühl an, angenehm auf der Haut und sogar erregend, und als sie ihn fest um den Körper zog, stellten sich ihre Brustspitzen leicht auf, so dass sie sich unter dem feinen Gewebe abzeichneten.

Der Gedanke, dass dort draußen der Mann auf sie wartete, der ihr vom ersten Moment an als Verkörperung ihres Ideals erschienen war, erregte sie zutiefst. Es war sinnlos, sich noch länger selbst zu belügen. Sie wollte ihn. Mit jeder Faser ihres Körpers und ihres Herzens. Sie blieb hinter der geschlossenen Tür stehen und atmete tief durch, um des Zitterns Herr zu werden, das sie auf einmal erfasst hatte. Sie durfte sich nichts vormachen. Es war keine Angst, die sie so erbeben ließ, dass sie ihre Hände kaum ruhig halten konnte. Es war ein Verlangen, das stärker war als sie selbst und jegliche Vernunft.

Robert sprang unwillkürlich auf, als sich die Tür zu seiner Kajüte öffnete und *sie* hereinkam. Sie hatte tatsächlich den Seidenmantel angelegt, und er konnte durch den dünnen Stoff hindurch sehen, dass sie nichts darunter trug.

Endlich, dachte er, ebenso erregt wie erleichtert. *Ich wüsste nicht, was ich getan hätte, wäre sie weiterhin so widerspenstig geblieben.* Ihr Gewalt anzutun hätte er niemals über sich gebracht. Bei keiner anderen Frau und schon gar nicht bei ihr. Viel eher hätte er sie im nächsten Hafen an Land gesetzt, um sie endlich aus den Augen zu bekommen. So allerdings war es besser. Viel besser.

Er nahm eine überlegene Pose ein. »Komm her«, sagte er mit gespielter Ruhe und schob ihr lässig einen Stuhl zum Tisch, auf dem sein Frühstück stand.

Vanessa setzte sich und fasste nach der Kaffeekanne, um sich einzuschenken. Dabei bemerkte er, dass sie zitterte. Lächerlich. Als müsste sie Angst vor ihm haben. Er nahm ihr gegenüber in seinem Lehnstuhl Platz und sah ihr zu, wie sie die Tasse unsicher mit beiden Händen zum Mund führte, einige hastige Schlucke nahm und sie dann wieder absetzte.

»Iss etwas«, forderte er sie freundlich auf, um ihr diese seltsame Furcht zu nehmen. *Wie sie sich benimmt …*, dachte er irritiert. *Wie eine anständige Frau, die zum ersten Mal ihren Mann betrügt und ein schlechtes Gewissen dabei hat.*

Sie schüttelte nur den Kopf. »Nein, danke, *mon Capitaine.* Ich habe keinen Appetit.«

Er mochte die Art, wie sie *»mon Capitaine«* zu ihm sagte. Es hatte etwas Persönliches. »Gut«, erwiderte er mit möglichst fester Stimme, »dann steh jetzt auf.«

Sie zögerte und sah ihn nachdenklich an, aber dann erhob sie sich.

»Komm näher.«

Sie gehorchte langsam, und er starrte sie an, wie sie da vor ihm stand, in diesem Seidenmantel, der ihre schönen, üppigen Formen kaum verhüllte. Sein Blick glitt über ihr schimmerndes Haar, das wie Gold glänzte, über ihren wohlgeformten Hals, die runden Schultern und weiter hinab über ihre halb verdeckten Brüste.

»Zieh dich aus«, sagte er mit rauher Stimme, die sein Verlangen kaum noch verbergen konnte. »Ich will dich zuerst nackt sehen. Und dann werde ich dich nehmen und am Ende bezahlen, was du dafür verlangst.« Es klang mehr wie eine Bitte, obwohl er geplant gehabt hatte, ihr gegenüber keine Schwäche zu zeigen, sondern die Rolle des allmächtigen Captains zu spielen.

Zu seiner Überraschung streifte sie nicht den Mantel ab, wie er es billigerweise erwartet hätte, sondern zog ihn im Gegenteil noch fester vor dem Körper zusammen, und als er seinen Blick von ihren nun vollständig verhüllten Brüsten, nach denen er sich so sehr sehnte, zu ihren Augen wandte, sah er, dass sie zornig blitzten.

»Was ist?«

»Eines, *Monsieur le Capitaine*«, sagte sie mit jener hoheitsvollen Miene, die ihn schon so oft zur Weißglut getrieben hatte, »sollte zwischen uns klargestellt werden! Ich bin keine der Dirnen, mit denen Ihr es sonst zu tun habt!«

»Ja, schon gut …« Er wollte beruhigend abwinken, aber sie stand auch schon mit in die Hüften gestützten Händen vor ihm und ließ ihn nicht zu Wort kommen.

»Was immer mich bewogen hat, zu Euch zu kommen und diesen Mantel zu tragen«, fuhr sie temperamentvoll fort, »seid Euch eines gewiss: Es ist keine Furcht und keine Nachgiebigkeit Euren Drohungen mir gegenüber! Und noch eines sei Euch gesagt, da Ihr offenbar glaubt, mir Befehle erteilen zu können: Eher würde ich mich kielholen lassen, als Euch aus Zwang zu gehören! Wenn Ihr das nicht begreift, *Monsieur*, dann ist es wohl besser, ich ziehe mich wieder zurück, und Ihr übt Euch entweder darin, Eure Lust zu bezähmen, oder Ihr sucht Euch eine willfährigere Dame!«

Robert sah sie wortlos und mit offenem Mund an. Als sie den Mantel losgelassen hatte, war er vorne auseinandergeklafft und hatte Robert einen überwältigenden Blick auf ihre nackte Brust geboten. Der Anblick hatte ihn – wenn man von einem gewissen Körperteil absah – fast bewegungsunfähig gemacht.

Sie war deshalb auch schon fast in ihrer Kajüte, als er endlich aufsprang. Was zum Teufel war jetzt wieder los? Er hatte gedacht, dass sie endlich Vernunft angenommen hatte, und was musste er erleben?

»Du bleibst gefälligst hier!« Er fasste sie am Arm, ließ sie jedoch schnell los, als sie sich mit einem Fauchen nach ihm umdrehte.

»Ist Euch eigentlich jemals in den Sinn gekommen, eine Frau nicht mit Befehlen, sondern mit Höflichkeit und zarter Verlockung zu verführen?«

Höflichkeit? Zarte Verlockung? War er etwa eine verweichlichte Landratte? Außerdem – als ob er es damit nicht schon längst versucht hätte! Zartfühlender konnte kein Mann um eine Frau werben, als er es ausgerechnet bei ihr getan hatte!

Er wollte schon laut werden, doch dann besann er sich eines Besseren. »Es tut mir leid«, würgte er stattdessen hervor. »Ich wollte dich nicht beleidigen.«

»Dazu bedarf es bei Euch offenbar auch gar nicht erst des Willens«, fuhr sie ihn gekränkt an. »Das liegt offensichlich bereits in Eurer Natur!«

»Geh nicht.« Wenn sie jetzt weglief, konnte er seine aufgestaute Lust und sein Begehren nur in Rum ersäufen oder sich vom Achterdeck ins Meer stürzen. Sein Lächeln fiel, wie er selbst wusste, kläglich aus. »Bitte bleib. Lass uns noch einmal von vorne beginnen.«

Sie blieb zögernd stehen. Ihr Blick glitt über sein Gesicht

und blieb dann endlos lange an seinen Augen haften, während sich Roberts Eingeweide vor Sehnsucht nach ihr verkrampften. Nach ihr, ihrem Körper, diesen vollen Brüsten, diesem weichen Haar, diesen molligen Schenkeln. Warum zum Teufel ließ er sich von diesem Weibsstück auf der Nase herumtanzen? Warum griff er nicht einfach nach ihr, warf sie aufs Bett und nahm sich, was ihm zustand!

Er begann zu zählen. Wenn sie bei zehn nicht nachgab …

»*Bien.*«

Robert unterdrückte einen Seufzer der Erleichterung.

»Ich bleibe. Und ich will tun, was Ihr verlangt. Aber«, ihre Augen begannen wieder zu funkeln, »weil ich es ebenfalls will! Versteht Ihr?«

»Ja. Ja, natürlich.« Robert verstand nur wenig von derart komplizierten Frauen, aber im Moment war ein Zugeständnis die beste Möglichkeit, ans Ziel zu kommen.

»Dann nehmt wieder Platz!«

Robert sah sich von der Rolle des Captains, der auf dem Schiff als unangefochtener Herrscher regierte, zum untersten Schiffsjungen degradiert. Aber es sollte ihm recht sein, solange er sie dafür bekam. Er ließ sich – vorsichtig, mit schmerzendem Schritt – auf dem Stuhl nieder und sah sie an.

Sie erwiderte seinen Blick. Nicht scheu, nicht herausfordernd, aber doch mit geröteten Wangen, hielt ihn fest, und dann, endlich, schob sie den Mantel von den Schultern, bis er zu Boden glitt. Robert atmete tief ein, als sie nackt vor ihm stand. Als er sie vor einer Woche in ihrer Kajüte aufgesucht hatte, war es zu dunkel gewesen, um ihren Körper betrachten zu können, aber nun war es früher Morgen, die durch die Bugfenster hereinscheinende Sonne erleuchtete den Raum, und er konnte ihren Anblick ungehindert genießen.

Sie war für ihn eine der schönsten Frauen, die er jemals gesehen hatte. Und wie sie nun vor ihm stand, gottlob ohne unterdrückten Zorn in den Augen, sondern mit diesem leicht verlegenen Ausdruck im Gesicht, einen Zug um die vollen Lippen, der kaum, aber vielleicht doch schon ein Lächeln war, dieser weißen Haut, die, wie er wusste, so samtweich war, dass allein schon die Vorstellung, sie zu berühren, sein Verlangen ins Unermessliche steigerte.

Sie ließ ihm Zeit, sie anzusehen. Und er genoss jede noch so kleine Stelle ihres Körpers, die vor seinen Augen offenlag, und wusste, dass er wenig später auch jene Orte ertasten würde, die seinen Blicken jetzt noch verborgen waren. Sein Blick glitt an ihr herab, blieb minutenlang an den Brüsten hängen – hübsch voll, aber nicht zu schwer, die eine Brustspitze stand ein wenig höher als die andere, und je länger er hinsah und sie sich seiner Aufmerksamkeit bewusst war, desto mehr röteten sich die Höfe um die rosa Spitzen, und er sah zu seinem Entzücken, dass sie dunkel und hart wurden.

Er lehnte sich auf dem Stuhl zurück und legte die Hände fest um die Armlehnen, um nicht vorzeitig aufzuspringen und nach ihr zu greifen. Vorerst wollte er sich noch an ihr sattsehen, bis sein Verlangen so stark wurde, dass er es nicht mehr ertrug.

An dem schnellen Heben und Senken dieser unwiderstehlichen Brüste erkannte er, dass ihr Atem rascher ging. Er sah in ihre Augen, aber sie blickte nicht ihn an, sondern seine Hose, die sich verräterisch wölbte. Ja, sein Glied war bereits hart, so dass er jeden Pulsschlag wie einen Schmerz empfand, der nach Erlösung suchte. Und diese Erlösung stand ihm gegenüber. Sein Blick suchte das dunkelblonde Dreieck zwischen ihren Beinen, ebenso seidig wie ihr Haar. Es würde sich wunderbar anfühlen, seine Finger durch diese kleinen, krausen Locken streichen zu lassen, bis er endlich zwischen diesen vollen Hüften und weichen Schenkeln lag.

»Dreh dich um. Bitte!«, fügte er hastig hinzu.

Sie wandte sich langsam um, ihre goldenen Locken umspielten ihre Schultern, ihre Brüste, ihren Rücken. Ihre Rückseite war ebenso verlockend und sinnlich. Das Haar bedeckte den Rücken und fiel bis zur Taille, ließ gerade die runden Formen frei, den Schlitz, zart beginnend, immer tiefer werdend, bis alles, was darunter lag, vor seinen Augen verborgen war. Aber nicht mehr lange, und er würde es sehen, fühlen.

»Stütz dich auf den Tisch.«

Sie zögerte, dann trat sie einen Schritt vor, stützte sich auf die Tischplatte und lehnte sich ohne weitere Aufforderung von ihm vornüber.

»Und jetzt spreiz die Beine.«

»Aber nur, weil ich es auch will«, sagte sie über die Schulter zu ihm.

»Ja, natürlich …«

Sie gehorchte, und er sah, wie sie noch schneller atmete. Es gefiel ihm, dass sie tatsächlich nachgab, es verlieh ihm trotz allem ein Gefühl der Macht über sie, das ihm bisher gefehlt hatte.

Ja, so war es noch besser, er konnte jetzt zwischen ihren geöffneten Beinen das dunkelblonde Schamhaar sehen. Er zog scharf die Luft ein, als er das leichte Glitzern bemerkte – wie kleine Tautropfen, die sich an den Locken festgesetzt hatten. Sie war erregt. So sehr wie er. Sekundenlang schloss er die

Augen. Genauso wollte er sie. Erregt. Empfänglich. Und nicht wie ein seelenloser Körper, so wie er sie in dieser einen Nacht genommen hatte.

Er stand auf, trat dicht zu ihr hin, schob das weiche, lange Haar zur Seite und ließ seine Hände über ihren Rücken wandern, der sich wie ein samtenes Polster anfühlte. Er ertastete die leicht zusammengezogenen Schulterblätter, die Wirbelsäule, deren zarte Höckerchen man nur fühlte und kaum sah, und dann diese breiten, wunderbaren Hüften und die Weichheit ihrer Gesäßbacken. Er legte beide Handflächen fest darauf und massierte sie.

Da! Ein Geräusch. Wie ein kleines Stöhnen, das sie nicht hatte unterdrücken können. Robert merkte, wie seine Erregung stieg, sein Glied presste sich bereits so hart gegen die Hose, als wollte es den Stoff sprengen, um endlich sein Ziel zu erreichen.

Aber noch nicht. Noch wollte er genießen, den Augenblick hinauszögern.

Während seine linke Hand sanft ihre Hüfte streichelte, wanderte seine Rechte tiefer. Er begann am untersten Punkt ihrer Wirbelsäule, glitt immer weiter zwischen diese lustvolle Kerbe, die bis tief in ihren Körper führte. Bis dorthin, wo er bald ganz und gar sein würde.

Jetzt war es nicht mehr zu überhören gewesen, ein leichtes Stöhnen, ein sanftes Nachgeben, noch weiter Vorbeugen. Robert triumphierte. Er hatte sie so weit, jetzt wollte sie ihn ebenso, wie er sie begehrte, auch wenn sie es vermutlich noch nicht zugeben würde.

Er zog seine Hand zurück und wartete, was geschehen würde. Sie stand ruhig da, wartete ab und drehte plötzlich leicht den Kopf.

»*Mon Capitaine?*«

Robert atmete auf. Da war es wieder, dieses vertrauliche »*Mon Capitaine*«. Sie hatte ihm also verziehen und mochte das Spiel, das ihn so sehr reizte. »Dreh dich zu mir um.«

Sie richtete sich auf und wandte sich um. Ihre blauen Augen waren dunkel vor Verlangen, der Mund leicht geöffnet und ihre Lippen so feucht wie ihre Scham, die er soeben berührt hatte. Ihre Brustspitzen standen weit hervor, hart und rot, und bewegten sich im schnellen Takt ihres Atems.

»Und jetzt schließe die Augen.«

Vanessa gehorchte. Sie fühlte nicht die geringste Angst vor ihm, auch wenn sie wusste, dass er gewiss nicht vorhatte, es bei dem bisherigen, reizvollen Spiel seiner Hände zu belassen. Sie stand vollkommen still, lauschte nur seinen Bewegungen und Schritten, als er sich jetzt ebenfalls auszog. Dann kam er näher, und sie konnte die Wärme seines Körpers schon fühlen, bevor sie seine Hände auf ihren Brüsten spürte.

Zuerst seine Handflächen, die leicht, wie ein Hauch darüberstrichen, dann ein wenig fester, und schließlich seine Daumen, mit denen er die Spitzen ihrer Brüste umkreiste. Sie atmete tief ein, um so seinen Händen näher zu kommen und den Druck seiner Finger zu verstärken. Sie fühlte, wie allein diese liebkosende Berührung ihr Inneres pochen ließ, im Rhythmus ihres Herzens und seiner Finger.

Sie hob den Kopf, in der Hoffnung, er würde sie endlich küssen, da sie es kaum noch erwarten konnte, seine Lippen auf ihrem Mund zu fühlen. Und endlich. Sein Atem fuhr über ihr Gesicht, eine hauchzarte Berührung ihrer Wangen, ihrer Stirn, ein sanftes Streicheln und schließlich sein Mund auf ihrem.

Sie öffnete begierig die Lippen, aber auch hier schien er sich Zeit lassen zu wollen, so wie zuvor, als er sie nur betrachtete und sie es kaum mehr ertragen konnte, nicht von ihm berührt zu werden. Er fuhr über ihre Lippen, ein sinnliches, erregendes Spiel, küsste dann wieder ihre Wangen, kehrte zu ihrem Mund zurück, und nun konnte sie auch seine Zunge fühlen, die ihre Lippen berührte, über ihre Zähne strich und ihre suchte, die sie ihm bereitwillig entgegenschob. Sie mochte seinen Geschmack, die Art, wie er ihren Mund erforschte, nach empfindsamen Stellen suchte, dort verweilte und dabei unaufhörlich mit seinen Händen über ihren Körper streichelte.

Es war ein endloser Kuss, der sie erglühen ließ. Albert hatte sich ebenfalls auf diese Fertigkeit verstanden, aber trotzdem hatte sie mit ihm niemals diesen Tumult von Gefühlen erlebt wie jetzt hier, in diesem Moment.

Schließlich glitten seine Hände an ihr herunter, über ihre Taille, ihre Hüften, wanderten nach hinten, bis er sie so plötzlich und heftig an sich zog, dass sie überrascht aufschrie und die Augen öffnete. Als er sich von ihr löste, wollte sie mehr. Sie schlang die Arme um ihn, hob ihm ihr Gesicht entgegen, versank in seinen Augen und suchte nach seinen Lippen, nach diesem schmalen Mund, der sich auf ihrem so gut anfühlte.

Vanessa spürte das Rauschen ihres eigenen Blutes in den Ohren, als sich sein Griff verstärkte, seine Hand hinunterwanderte und tief zwischen ihre Gesäßbacken griff. Ihre Knie gaben nach, doch er fing sie sicher auf und trug sie zum Bett. Und als er sie vorsichtig niederlegte, fühlte sie unter sich die weichen Kissen. Seidig wie der Mantel, den er ihr gebracht hatte.

Sie schloss die Augen, um ihn uneingeschränkt genießen

zu können, und spürte seine Hände über ihren Körper gleiten. Fest, beherrschend, besitzergreifend und dann wieder wie die Berührung einer zarten Feder. Sie merkte an der Art, wie sich die Matratze senkte, dass er sich neben sie legte, und dann waren wieder seine Lippen auf ihren, glitten jedoch enttäuschend schnell fort, weiter hinunter, über ihren Hals, ihre Schultern, seiner Hand nach, die mit einem festen Strich den Weg leitete. Sie bog sich ihm entgegen, als sein Mund sich um ihre Brustwarze schloss und seine Lippen damit spielten, sie noch härter, noch erregter machte und dann leicht zu saugen begann. Zuerst zart, dann stärker und stärker. Endlich, als sie dachte, es nicht länger ertragen zu können, ließ er von ihrer Brust ab, und sie fühlte seine Lippen über ihren Bauch gleiten. Seine Zunge bohrte sich in ihren Nabel, und ein lustvolles Schaudern überlief ihren Körper.

Sie wollte schon längst mehr von ihm, wollte, dass seine Hände weiter suchten und alle empfindsamen Stellen berührten, sie erregten, bis sie nicht mehr denken konnte. Sie horchte auf, als er jedoch plötzlich seine Hände und seine Lippen zurückzog. Das schmale Bett knarrte ein wenig, und als nichts weiter geschah, tastete sie vorsichtig hinüber. Er lag immer noch neben ihr, hatte sich jedoch auf die Seite gedreht und schien zu warten. Sie spürte seine Brust, das gekrauste Haar und glitt sanft mit den Fingerspitzen darüber.

Vanessa drehte sich zu ihm hinüber und betrachtete ihn ebenso wie er sie. *Mon Dieu,* was für ein eindrucksvoller Körper, und direkt in nächster Nähe! Es reizte sie so sehr, ihn endlich sehen und fühlen zu können. Als seine Brustspitzen unter ihren Fingern hart wurden, setzte sie sich halb auf und drückte ihn zurück in die Polster. Gehorsam legte er sich auf den Rücken, und sie glitt über ihn.

Nach dem in Frankreich herrschenden Schönheitsideal war Robert McRawley kein schöner Mann mit bleicher Haut, anmutigen, graziösen Bewegungen, einem Schönheitspflästerchen auf der Wange. Er war ein Mann mit breiten Schultern, dunkler, sonnenverbrannter Haut und Muskeln, die sich jetzt, unter ihren Berührungen, erwartungsvoll anspannten. Vanessa gefiel dieser seltsame Captain weitaus besser als all die geschminkten Männer Frankreichs, die von den Frauen ihres Landes angebetet wurden. Auf seine etwas ungehobelte und unkultivierte Art war er überwältigend. Ihre Hände tasteten über seine Brust, fühlten jeden Muskel, die über dem Brustbein und zum Schlüsselbein hin dichteren Haare, seine warme Haut, die von seinem Schweiß feucht war. Seine Brust hob und senkte sich unter seinen tiefen, schweren Atemzügen, und sie spürte seinen Atem angenehm auf ihrem Gesicht, als sie sich weiter hinunterbeugte und seine Schultern küsste. Sie mochte seine Haut, ihren Geruch, ein bisschen nach Schweiß, männlich und angenehm, und sie schmeckte gut unter ihren Lippen. Plötzlich hielt sie inne. Die glatte, geschmeidige Haut war durch eine seltsame, rötliche Vertiefung mit gezackten Rändern unterbrochen. Sie tastete mit den Fingerspitzen darüber. »Was habt Ihr hier, *mon Capitaine?*«

»Das habe ich mir einmal im Kampf gegen Piraten geholt«, murmelte Robert desinteressiert, »in meiner Zeit auf einem Handelsschiff, das zwischen Ostindien und Amerika segelte.«

»Oh … War es eine schwere Verletzung?«

»Nein, nein, ein glatter Durchschuss. Aber das ist schon

endlos lange her. Hör jetzt um Himmels willen nicht auf«, sagte er, als Vanessa zögerte, mit ihren Zärtlichkeiten fortzufahren.

Sie fuhr mit der Hand unter seine Schulter und tastete an seinem Rücken entlang, bis sie jene Stelle fand, an der die Kugel seinen Körper wieder verlassen hatte. Sie erschauerte ein wenig bei dem Gedanken, dass er hier verletzt gewesen war, geblutet hatte. »Hier?«, flüsterte sie.

»Hm … Ja.« Zu seiner Erleichterung schien sie sich damit zufriedenzugeben, denn ihre Finger glitten wieder über seine Brust. Was interessierten ihn jetzt seine alten Narben?! Viel lieber hätte er neue gehabt, von ihren Nägeln, die sie ihm vor Lust in die Schultern gekrallt hatte. Es musste wunderbar sein, sie so weit zu bringen, bis sie außer sich vor Leidenschaft war. Er hatte sich zurückgelehnt, um herauszufinden, was sie weiter tun würde, und die Tatsache, dass sie ohne Aufforderung fortgefahren war, gefiel ihm.

»Hast du noch mehr Narben, *mon Capitaine?*«

Ein Sturm von Lust und Blut schoss in sein ohnehin schon pochendes Glied. Sie hatte ihn geduzt! Ihn vertraulich angesprochen! Robert hatte bisher nicht gewusst, dass diese Intimität ihn so erregen konnte. Aber das hier war mehr. Es war das Zeichen, dass sie begann, sich ihm zu nähern. Sie schien seine erwartungsvolle Männlichkeit jedoch nicht zu bemerken, sondern beschäftigte sich nur damit, seine Brustwarzen zu erfreuen.

»Nur noch unten am Bein und am linken Arm«, erwiderte er ungeduldig, weil sie sich mit Nebensächlichkeiten aufhielt. »Abgesehen von der am Kopf.«

»Nach unten komme ich später.« Sie widmete sich wieder seinem Oberkörper, und er genoss jede Sekunde, wenn er auch hoffte, dass sie endlich etwas weiter unten ihre Künste spielen lassen würde.

Vanessas Gedanken beschäftigten sich ebenfalls mit dem, was sie zwischen seinen Beinen vorfinden würde, aber vorläufig hatte sie von seinen anderen Körperteilen noch nicht genug. Es gab so viel zu streicheln, zu küssen, zu erforschen. Sein starker Hals, die pochende Arterie, sein Kinn, auf dem sie zart die Stoppeln seines Bartes fühlte. Dann seine Lippen. Welch ein ausdrucksvoller und männlicher Mund. Sie zog sich ein wenig höher und legte sich halb auf ihn, als sie ihn küsste. Ihre vollen Brüste berührten ihn, und sie merkte, wie er zusammenzuckte. Wie unabsichtlich ließ sie ihre harten Brustspitzen über seine Haut gleiten, bis er die Arme um sie legte, um sie an sich zu ziehen, aber sie glitt unter seiner Umarmung hindurch. Sie wollte diese Minuten auskosten, ihn ertasten, erfühlen, mit Augen und Händen sehen. Sie fuhr mit den Fingerspitzen seinen linken Arm entlang, bis sie den Verband erreichte, der die Wunde dieses spanischen Piraten verdeckte. Sachte fuhr sie darüber. »Schmerzt sie noch?«

»Nein. Weniger jedenfalls als die Ohrfeige, die ich danach bekommen habe.« Er grinste, und sie lächelte ebenfalls.

»Die hattest du verdient.«

»Ja.« Robert hätte ihr in diesem Moment wohl jedes Zugeständnis gemacht.

Zufrieden mit seiner Einsichtigkeit, nahm Vanessa ihre Zärtlichkeiten wieder auf. Glitt an ihm hinab, über seinen Bauch, hart und kräftig, wie sie es erwartet hatte, fuhr, ohne seinen Blick loszulassen, mit den Händen über seine Hüften und wieder zurück, bis sie jenen Punkt seines Körpers erreicht hatte, an dem das stark gekrauste Haar ihr sagte, dass es sich nur um Millimeter handeln konnte, bis sie endlich sein empfindlichstes Körperteil in den Händen hielt, ihn mit Fingern und Lippen gleichermaßen kennenlernte.

Ihre Hand glitt ein wenig tiefer, sie merkte, wie sich seine Bauchmuskeln verspannten, und sie hielt unwillkürlich den Atem an, als sie ihn befühlte. Er war genau so, wie sie ihn sich erträumt hatte. Er erschauerte, als ihre Finger hauchzart und quälend langsam über die weiche Haut glitten, von der Wurzel und den krausen dunklen Haaren hinauf. Sie ließ ebenso langsam ihre Blicke folgen, über die blauen Adern, immer weiter bis zur Verdickung seiner Eichel. *Mon Dieu*, ihr *Capitaine* war hier unten wahrlich nicht schlechter gebaut als der Rest seines Körpers.

Sie nahm seine Männlichkeit in beide Hände, um so mehr davon ertasten zu können, strich über seine Vorhaut, die die geschwollene Eichel nicht mehr bedecken konnte. Sie kniete sich zwischen seine Beine, streichelte sein Glied, berührte es mit den Lippen. »*Très beau*. Noch besser, als ich es mir vorstellt habe«, murmelte sie zufrieden.

Robert konnte diese Bewunderung nicht unangenehm sein. Sekundenlang stieg in ihm zwar die dumpfe Befürchtung hoch, dass sie dies schon zu vielen Männern gesagt haben könnte, doch als sie begann, fester über seine Erektion zu streichen, vergaß er sofort alle albernen Überlegungen.

Sie ließ die weiche Haut auf und ab gleiten, zog sie ganz zurück, legte dann ihre Lippen um die heiße Spitze und bewegte tastend ihre Zunge darüber. Sein Glied fühlte sich so wunderbar an wie zuvor sein Mund. Er schmeckte sogar gut. Besser selbst als Albert, was vielleicht daran liegen mochte, dass er weitaus älter gewesen war als dieser Mann vor ihr, der sich unter ihren Händen und Berührungen wand. Während sie seine Spitze mit ihren Lippen liebkoste, fanden ihre suchenden Hände seine Hoden, und sie atmete zitternd ein, als sie sie unter der weichen Haut prall und hart ertastete. Genau so mussten sie sich anfühlen. Als sie anfing, sie sanft zu massieren, setzte er sich auf und ergriff ihre Hand.

»Hör auf damit, das ist zu viel. Komm, leg dich jetzt hin.«

Er zog sie neben sich, drehte sie auf den Rücken und verschloss ihr den Mund mit einem leidenschaftlichen Kuss, während er die Hand zwischen ihre Beine schob und sie sanft öffnete. Vanessa fühlte seine Finger an den erregendsten Punkten ihrer Scham, fühlte, wie sie tiefer hineinglitten, massierten, berührten, streichelten, und empfand eine so leidenschaftliche Sehnsucht nach ihm, dass sie ihn ungeduldig an sich zog. Seine Brust berührte ihre aufgerichteten Brustwarzen, als er über sie glitt und sie abermals küsste.

»Ich wollte noch ein wenig länger mit dir spielen«, sagte er sanft an ihrem Ohr, »aber das geht jetzt nicht mehr, mein wunderschöner, erotischer Liebling, dazu hast du zu gute Arbeit geleistet.«

Sie lächelte trotz der Erregung, die sie immer stärker ergriff, und öffnete die Beine, so dass er sich bequem auf sie legen konnte. Sekunden später stützte er sich neben ihr auf, sie fühlte sein Glied am Eingang ihres Körpers pochen, und dann senkte er sich so unerträglich langsam auf sie, dass sie ihre Beine um ihn schlang, um ihn an sich zu ziehen.

Robert genoss jeden Millimeter, den er tiefer in ihren Körper glitt, die warme, feuchte Öffnung empfing bereits die Spitze seines Glieds, und er fühlte den Triumph, endlich am Ziel seiner Wünsche zu sein, und ein Verlangen, das mit jeder ihrer Berührungen heftiger und unwiderstehlicher geworden war und noch lange keine Befriedigung gefunden hatte. Als er damals in ihre Kajüte eingedrungen war, hatte er nicht lange gezögert, sondern sie einfach genommen, um sich störende Diskussionen zu ersparen, aber diesmal war es anders, und nichts hatte ihn auf das Gefühl vorbereitet, das ihn jetzt überfiel. Ihr weicher Körper, die vollen Brüste mit den bebenden roten Spitzen, ihr leicht geöffneter Mund …

Ihr Gesicht war dicht vor ihm, und ihre Augen hatten ein intensives Blau angenommen. »Robert«, flüsterte sie leidenschaftlich, »Robert.«

Es war das erste Mal, dass sie ihn bei seinem Vornamen nannte, und die Erkenntnis dieser wachsenden Vertrautheit erregte ihn noch mehr als ihr Körper und ihre flüsternde Stimme. Die Art, wie sie seinen Namen aussprach, *Robääär* klang ungewohnt, aber unendlich erotisch, und er beugte sich abermals über sie, um sie zu küssen. Gleichzeitig gab er dem Druck ihrer Beine nach und senkte sich auf sie, bis sie ihn völlig in sich aufnahm.

Vanessa seufzte tief und zufrieden auf, als er endlich ganz in ihr war. Er bewegte sich nicht, füllte sie vollkommen aus, küsste sie und streichelte sie, während sie ihre Hände über seinen Rücken und seine Hüften gleiten ließ und dann ihre Finger in seinem kurzen, lockigen Haar vergrub.

»Ich mag dein Haar«, hauchte sie an seinem Mund und nahm seinen Atem auf, der heiß und verlockend über ihr Gesicht streifte, »es gefällt mir.«

Robert lachte leise und glücklich, wurde jedoch sofort wieder ernst, als sie sich leicht unter ihm bewegte. »Noch nicht, lass dir um Himmels willen Zeit, ich will dich erst noch genießen.«

»Es ist aber schon unerträglich, *mon Capitaine*«, wisperte sie, »ich kann es kaum noch aushalten.«

»Ein bisschen noch«, er küsste sie wieder, wollte jenen Augenblick der Erlösung noch etwas hinausschieben, »ein kleines bisschen noch, meine süße Verführung.«

Vanessa erwiderte die Zärtlichkeiten seiner Lippen und fühlte, wie er sich endlich langsam in ihr bewegte, sanft, mit kreisenden Bewegungen, die sie fast um den Verstand brachten. Strähnen ihres feuchten Haares klebten in ihrem Gesicht und an ihrer Brust, und er strich sie vorsichtig zur Seite.

Endlich hatte er von dem aufreizenden Spiel genug, denn er löste sich etwas von ihr, hob seinen Unterkörper leicht an, um dann sofort wieder zu ihr zurückzukommen und tief in sie hineinzusinken. Er hatte sich beherrscht, um dieses Erlebnis mit ihr auszukosten, hinauszuzögern, aber nun sah er sich außerstande, seine Leidenschaft noch länger zu zügeln. Er wollte sie, jetzt, in diesem Moment. Er wollte sehen, wie ihr Verlangen wuchs, sie in seinem Armen verging, und er wollte in ihren Augen die gleiche Zuneigung lesen, die auch er empfand.

Der erste schnelle Stoß nahm ihr fast den Atem. Robert kam immer rascher und ungeduldiger zu ihr. Vanessas Körper brannte, sie krallte ihre Finger in seine Schultern, wollte schreien, aber er hielt sie in seinen Armen fest, küsste sie und erstickte jeden verräterischen Laut, der aus der Kajüte und an die Ohren der Männer dringen konnte, während ihr Körper zuckte, sie sich, ihrer Leidenschaft ausgeliefert, unter ihm wand. Dann ein unterdrücktes Aufstöhnen über ihr, und ihr Inneres hielt ihn fest, während er ebenfalls seinen Höhepunkt erreichte und mit einem tiefen Seufzen auf sie fiel.

Sie waren beide schweißgebadet, und er lag schwer auf ihr, nahm ihr ein bisschen den Atem, aber es störte sie nicht. Es fühlte sich gut an. Geborgen. Er war noch in ihr, und sie verhielt sich ganz ruhig, als er begann, sie zu küssen, öffnete nur leicht die Lippen, zufrieden und befriedigt zugleich wie noch nie zuvor. Und von einem seltsamen Glücksgefühl durchzogen, das ihr sagte, dass sie in jeder Beziehung endlich den Mann gefunden hatte, von dem sie in ihrem Innersten bisher nur hatte träumen können.

Eine süße Stunde später verließ Robert mit dem größten Bedauern seinen wonnigen Liebling, um an Deck zu gehen. Er hatte wieder einiges, worüber er nachdenken musste, und das konnte er besser, wenn einige Meter und einige sichere Planken mehr zwischen ihm und ihr lagen. Er fuhr sich mit der Hand über das Kinn, wo er immer noch ihre Küsse zu fühlen glaubte. Welch eine reizende Art sie doch hatte, zärtlich und dabei so erotisch, dass er am liebsten gleich wieder zu ihr zurückgegangen wäre. Vanessa de Chastel hatte sie sich genannt, wenn er das richtig in Erinnerung hatte. Der Name war vermutlich falsch, aber er gefiel ihm, zerging förmlich auf der Zunge. Vanessa …

Er hatte sich nie zuvor glücklicher gefühlt, und seine Mannschaft fand ihn im Gegensatz zu den Tagen davor erstaunlich wohlwollend. Er traf jedoch mehrmals auf Matrosen, die alle Anzeichen einer Rauferei trugen. Einer hatte ein blaues Auge, der zweite eine aufgeplatzte Lippe und der dritte eine gebrochene Nase. Es war nicht das erste Mal, dass ihm einige Männer auffielen, die aussahen, als hätten sie sich geprügelt. Nun war das nicht ganz unüblich auf einem Schiff, wo die Mannschaft tagtäglich in beengten Quartieren zusammenleben musste, aber es missfiel ihm. Er würde keine

Schar von Raufbolden kommandieren, die sich ständig gegenseitig verdroschen.

»Mr. Finnegan?«

»Aye, Sir?«

»Es fällt mir auf, dass die Disziplin an Bord nachlässt. Es ist nicht das erste Mal, das mir einer über den Weg läuft, der aussieht, als hätte er sich betrunken in einem Hafen herumgetrieben.«

Finnegan musterte den Mann mit der aufgeplatzten Lippe mit unverhohlenem Abscheu. »Ja, Sir.«

Robert ging weiter, vorbei an einem Mann, der eine Platzwunde über dem Auge hatte. »Sorgen Sie bitte dafür, dass das nicht mehr vorkommt.« Er sprach jetzt so leise, dass nur Finnegan ihn verstehen konnte, und hob die Hand, als sein Erster Maat etwas antworten wollte. »Ich weiß, dass die Männer manchmal Dampf ablassen müssen und dass es dann oft zu Streitereien kommt. Aber in diesem Fall wird es vermutlich Wunder wirken, wenn Sie veranlassen, dass die Leute mehr beschäftigt sind. Müde Seeleute haben keine Lust mehr, sich zu prügeln.«

»Aye, aye, Sir.«

Irrte er sich, oder klang die Stimme seines Freundes ein wenig gedämpft? Als sie unter Deck waren, sah er Finnegan prüfend an. »Geht hier an Bord irgendetwas vor, das ich wissen müsste?« Er dachte an Vanessa. War es etwa möglich, dass die Leute etwas ahnten? Natürlich würde das die Moral untergraben und in den Männern Gefühle wachrufen, die sie nur in Form von Aggressionen abbauen konnten. Wenn, dann war das seine Schuld, weil er ein schlechtes Beispiel abgab und dadurch die Unzufriedenheit schürte. Er musste vorsichtiger sein.

»Sir?«

»Ich meine – gibt es vielleicht einen Grund für diese Aggressionen? Sind die Leute unzufrieden?«

»Aber nein, Sir!« Finnegan klang jetzt entsetzt. »Wie denn auch? Werden doch alle gut behandelt, besser als auf anderen Schiffen. Und es wird auch nicht wieder vorkommen. Ich werde schon aufpassen.«

»Sollte das nicht der Fall sein, werde ich geeignete Disziplinarmaßnahmen ergreifen müssen«, erwiderte Robert ruhig.

Finnegan, der wusste, was das bedeutete, nickte ernst. »Wird nicht nötig sein, Captain.«

»Gut.« Robert wandte sich zufrieden ab und setzte seinen Weg fort. Er konnte sicher sein, dass Finnegan alles tun würde, um weitere Schlägereien zu unterbinden. Trotzdem nahm er sich vor, am nächsten Sonntag nochmals ganz detailliert auf die Schiffs- und Kriegsregeln einzugehen und keinen Zweifel daran zu lassen, dass auf der *Independence* Disziplin zu herrschen hatte. Und dabei würde er sein schlechtes Gewissen, was seine eigene Disziplinlosigkeit anging, so gut wie möglich von sich schieben.

Als er den Rundgang beendet hatte, stieg er in sein Quartier hinunter, um mit Vanessa zu sprechen. Diese Vorsicht galt natürlich vor allem für sie. Je weniger die Leute etwas zu reden hatten, desto besser.

Sie saß in ihrer Kajüte und sah nachdenklich zum Fenster hinaus. Als sie seine Schritte hörte, wandte sie sich um, und ein Strahlen überzog ihr Gesicht, das ihm fast den Atem nahm. Unfähig, seine guten Vorsätze sofort wahr zu machen, streckte er seine Hand nach ihr aus.

Vanessa zögerte keinen Moment, seiner Aufforderung nachzukommen. Er setzte sich auf die Bank, zog sie auf seine Knie und umfasste sie mit beiden Armen. Sie lehnte sich an ihn, legte den Kopf auf seine Schulter und schloss die Augen, als sie seine Hand fühlte, die sanft über ihren Rücken strich, ihre Arme streichelte und zärtlich mit ihrem Haar spielte.

»Das ist schön«, murmelte sie genießerisch. Sie mochte es, einfach nur seine Zärtlichkeit zu spüren, sich ein bisschen liebkosen zu lassen, spielerisch, fast unschuldig. Sie fühlte sich geborgen und geliebt.

»Ich muss mit dir sprechen.«

»Ja, *mon Capitaine?* Ist etwas geschehen? Etwas Unangenehmes?« Sie richtete sich auf und sah ihn aufmerksam an.

»Die Leute sollen nicht wissen, dass wir beide … ich meine … du weißt schon …«

»Es gehört sich nicht für einen Captain, nicht wahr?« Vanessas Empfindungen hinsichtlich dieses Punktes waren gespalten. Einerseits fühlte sie sich nicht wohl in der Rolle eines Captainliebchens, aber andererseits empfand sie einen schmerzhaften Stich bei dem Gedanken, dass er sich ihrer und ihrer Beziehung offenbar schämte.

»Nein«, sagte er erleichtert, weil sie es verstand. »Und schon gar nicht auf einem Schiff wie diesem.«

»Dann willst du, dass wir in Zukunft nicht mehr zusammen sind?« Sie wollte sich frei machen, aber Robert riss sie sofort wieder zurück in seine Arme.

»Um Himmels willen – willst du mich umbringen?! Ich meinte nur, wir sollten vorsichtig sein.«

Vanessa lächelte, als er ihre Augen küsste, seine Lippen über ihre Wange gleiten ließ und dann eine halbe Ewigkeit bei ihrem Mund verweilte. »Musst du denn nicht an Deck, *mon Capitaine?*«, fragte sie schließlich etwas atemlos. »Was werden deine Leute sagen, wenn du dich so lange hier bei mir aufhältst?«

Robert war schon wieder weit davon entfernt, sich an seine eigenen Vorsätze zu halten. »So schnell kann ich dich aber nicht gehen lassen, das musst du verstehen, mein Engel. Wie oft hat ein armer Sterblicher wie ich schon die Gelegenheit, ein himmlisches Wesen wie dich auf seinen Knien zu haben?«

Vanessa lächelte, die Art, wie er sie ›mein Engel‹ nannte, gefiel ihr. »Und was geschieht dann weiter?«, fragte sie mit zärtlichem Drängen.

»Das weiß ich noch nicht, aber mir wird bestimmt etwas sehr Hübsches einfallen«, antwortete er dicht an ihrem Mund.

Vanessa konnte ihr erregtes Kichern nicht unterdrücken, und er bog den Kopf ein wenig zurück, um sie besser ansehen zu können. »Welch ein Lachen! Sollte ich mich so sehr in dir getäuscht haben? Vielleicht stammst du ja gar nicht aus den himmlischen Gefilden, sondern bist ein kleiner Teufel, der geschickt wurde, um meine Standhaftigkeit zu prüfen?«

Vanessa lächelte nur, dachte, dass es mit seiner Standhaftigkeit – zumindest in dieser Hinsicht – nicht sehr weit her war und fuhr zärtlich mit den Fingern durch sein Haar.

»Komm«, sagte er liebevoll, »lass es mich noch einmal hören.«

»Nein«, antwortete sie kopfschüttelnd.

»Auch nicht, wenn ich es dir befehle?«, fragte er finster. »Ich bin der Captain, mir muss jeder auf dem Schiff gehorchen, sogar kleine Teufel, die sich in der Gestalt eines Engels hier eingeschlichen haben.«

Sie hatte nicht nachgeben wollen, aber seine Worte und ihre Zuneigung zu ihm kitzelten unwiderstehlich wieder dieses Kichern heraus. »So ist es schon besser«, lächelte ihr *Capitaine* und fuhr mit den Fingerspitzen zart über die kleinen Grübchen in ihren Wangen.

»Ich wusste bisher nicht, dass du so *drôle* bist, Robert. Aber mir gefällt das.« Albert war viel ernster gewesen. Er hatte zwar manchmal mit ihr gelacht, aber es wäre ihr niemals eingefallen, zu scherzen, wenn sie in seinen Armen lag. Der *Capitaine* jedoch forderte ihre Neckerei geradezu heraus.

Robert, der eben dabei gewesen war, diese kleinen Grübchen auf ihren Wangen zu küssen, hielt inne. *»Drôle?«*, fragte er mit zusammengezogenen Augenbrauen. »Was ist das denn wieder?«

»Es heißt ›komisch‹, *mon Capitaine*«, erwiderte sie und musste gleich wieder kichern, weil er so ein gespielt böses Gesicht machte und sie zart am Ohr zog.

»Vorlautes Geschöpf, was erdreistest du dich eigentlich? Mich komisch zu nennen? Ich sollte dich wirklich kielholen lassen.« Vanessa, die nicht im Geringsten besorgt war, dass ihr *Capitaine* auch nur im Traum daran denken würde, diese Drohung wahr zu machen, kicherte wieder. »Glaubst du etwa nicht, dass ich das tun würde?«, fragte er erstaunt.

Sie schüttelte energisch den Kopf.

»Dann küss mich, aber sofort, sonst tu ich es doch.«

Sie beugte sich folgsam näher, und als sie sich Minuten später etwas atemlos voneinander lösten, sah sie einen seltsamen Ausdruck in seinen Augen. »Du machst mir schwer zu schaffen, meine süße Verführerin, weißt du das?« Seine Stimme klang belegt.

»Du machst mir zu schaffen, *mon Capitaine*«, erwiderte

Vanessa, die sich ihrer Stimme ebenfalls nicht ganz sicher war. »Ich weiß, du hältst mich für das Liebchen des anderen Captains, aber das war ich nie.« Sie zögerte ein wenig, dann sprach sie weiter – es war ihr plötzlich wichtiger als je zuvor, dass Robert nicht schlecht von ihr dachte. »Ich bin keine von diesen Frauen, die für jeden zu haben sind, der dafür bezahlt. Und keine, die sich einem Mann leichtfertig hingibt, nur weil sie sich in ihn verliebt hat …«

Roberts Augen wurden härter. »Hast du das? Hast du dich in meinen Bruder verliebt?«

Vanessa löste ihre Arme von seinem Hals und setzte sich auf. »Dein Bruder? Sag nicht, Robert, dass dieser abscheuliche Mensch dein Bruder war! *Mon Dieu! C'est incroyable!*«

»Abscheulich?« Er starrte sie an. »Wenn du ihn so widerwärtig gefunden hast, weshalb bist du denn dann mit ihm an Bord gegangen?«

»Welch dumme Frage, *Monsieur*«, erwiderte Vanessa naserümpfend, »ich wurde gar nicht gefragt! Er nahm mich einfach mit. *Voilà*. Und dann wollte er mich nach Jamaika bringen, wo mein Onkel lebt. Aber dazu ist es nicht mehr gekommen.« Sie stemmte die Arme in die Hüften. »Nein, *mon Capitaine*, verliebt war ich wahrhaftig nicht in ihn!«

»Es tut mir leid, meine Liebste, aber ich musste doch annehmen, dass ... Himmel, bin ich froh, das zu hören, weißt du, ich habe ... ich meine ...« Er begann zu stottern, verstummte und zog sie gegen ihren leisen Widerstand wieder eng an sich. Das musste er erst einmal verdauen.

In diesem Moment klopfte jemand an die Tür der Achterkajüte. »Captain?« Es war Jack. Der Erste Maat hatte ihm eingeschärft, unter keinen Umständen den Raum zu betreten, ohne vorher vom Captain dazu aufgefordert worden zu sein. »Mr. Finnegan bittet Sie, an Deck zu kommen, Sir! Backbord sind Segel gesichtet worden.«

»Ich komme«, rief Robert zurück. »Ausgerechnet jetzt«, brummte er, als Vanessa von seinen Knien sprang und er sich ebenfalls erhob. Es wäre ihm jetzt ein dringendes Bedürfnis gewesen, dieser Sache weiter nachzugehen, aber Finnegan war nicht der Mann, der ihn wegen einer Kleinigkeit an Deck holte. Er nahm Vanessa ein letztes Mal in die Arme, küsste sie schnell und ging zur Tür. »Bis später, mein süßes Teufelchen, wir sprechen dann weiter.« Er blinzelte ihr zu. »Und werde mir nicht untreu, sonst gräme ich mich zu Tode.« Er schmunzelte, als er hinter sich ihr leises Lachen hörte.

»*Mon Capitaine?*«

Er blieb mit der Hand am Türknauf stehen und sah sich nach ihr um.

»Verliebt, *mon Capitaine*«, sagte sie leise, »habe ich mich in dich.«

Robert stolperte mehr als er ging aus der Tür.

»In letzter Zeit ziemlich viel unter Deck, unser Captain, was?«, fragte Smithy grinsend, als Robert mit zerzausten Haaren und einem entrückten Lächeln ins Freie kam, kurz stehen blieb und zu den Segeln hinaufblickte, bevor er Richtung Heck ging, wo Finnegan mit Smithy stand.

»Das geht dich einen Dreck an«, antwortete Finnegan barsch, aber so leise, dass der Captain es nicht hören konnte. »Scher dich um deine eigenen Sachen und halt's Maul. Und sorg dafür, dass diese Prügeleien aufhören! Der Captain ist schon misstrauisch geworden. Sonst fahre ich einmal dazwischen!«

»Haben aber blöde Bemerkungen über die Lady gemacht«, wandte Smithy ein.

»Ich weiß, das gefällt mir auch nicht, aber das ist kein Grund, gleich die Fäuste sprechen zu lassen. Das nächste Mal gibst du mir Bescheid, und ich werde mir den Kerl vorknöpfen und so arbeiten lassen, dass er den Mund vor Müdigkeit nicht mehr aufkriegt. Klar?«

»Aye, aye, Sir.« Smithy verdrückte sich brummend, und Robert McRawleys Erster Maat grinste heimlich in sich hinein. *Und außerdem,* setzte er in Gedanken hinzu, als der Captain näher kam, *ist er jetzt immer so verdächtig gut rasiert.*

Robert trat neben ihn und griff nach dem Fernglas, das ihm sein Erster Maat hinhielt. »Wofür halten Sie das Schiff dort drüben?«

»Ein als Kriegsschiff getarnter englischer Händler«, erwiderte Finnegan prompt.

Robert nickte. »Sehe ich auch so. Wir werden ihn gar nicht beachten, sondern unseren Kurs fortsetzen.«

»Sir, das wäre eine nette Prise …«

»Bringt uns aber zu weit ab vom Kurs. Die sind ziemlich schnell«, sprach er weiter, nachdem er das fliehende Schiff längere Zeit beobachtet hatte. »Wir würden fast einen Tag verlieren, wenn wir ihnen nachsegeln und dann wieder den alten Kurs einschlagen.«

»Stimmt, Sir.«

Robert beobachtete immer noch das fremde Schiff, dachte aber schon längst an etwas anderes. Sie hatte ihm, Robert McRawley, soeben eine Liebeserklärung gemacht! Und er zweifelte keinen Moment an der Wahrheit ihrer Worte, die sie mit jenem scheuen Lächeln ausgesprochen hatte, das er schon einmal an ihr gesehen hatte, nämlich nach der Kampfübung an Deck. Es war der Tag gewesen, an dem er begriffen hatte, dass er sie liebte, auch wenn er diese Tatsache bisher vor sich selbst verleugnete und ihr gegenüber niemals zugegeben hätte.

Und sie erwiderte seine Liebe! Ein Glücksgefühl stieg in ihm hoch, das alles übertraf, was er seit dem Tag empfunden hatte, an dem ihm das Kommando über dieses Schiff anvertraut worden war.

»Ich werde sie wohl heiraten«, sagte er aus dieser Überlegung heraus möglichst beiläufig, während er das Fernrohr zusammenschob und sich Finnegan zuwandte. Er musste es seinem Freund sagen, musste einfach von ihr sprechen, auch wenn er versuchte, sich den Anschein kühler Gelassenheit zu geben.

Der Themenwechsel kam zwar überraschend für den Ersten Maat, aber er hatte schnell begriffen, wovon sein Captain sprach. »Dazu kann ich nur gratulieren, Sir«, erwiderte er nach einigen Sekunden mit einem verdächtigen Zucken seines Bartes.

»Aber ich werde sie nicht auf Martinique absetzen, sondern auf Guadeloupe«, sprach Robert weiter, während er langsam mit Finnegan an der Seite das Achterdeck auf und ab ging. »Dort habe ich einen guten Freund, bei dem sie besser aufgehoben ist als auf Martinique, da ich annehme, dass diese Insel eher im Blickpunkt englischer Interessen steht, zumal sie es immer noch nicht verkraftet haben, dass Frankreich ihnen die Insel vor einigen Jahren wieder abgenommen hat.«

»Eine gute Idee, Sir«, nickte sein Freund zustimmend.

Das Thema ließ ihn nicht mehr los. Jetzt, wo sie ihm gesagt hatte, dass sie ihn liebte, fügte sich alles so selbstverständlich. Er wusste immer noch nicht, wie und warum Vanessa an Bord gekommen war, aber sie war keine der Huren seines Bruders, das stand fest, und alles Weitere würde er bald erfahren. »Ich würde sie ja bis nach Hause bringen – sie könnte in der Zwischenzeit bei Ihnen wohnen –, aber wir werden auf dem Weg zweifellos in Kämpfe verwickelt, und da will ich sie schon von Bord haben.«

»Das ist vernünftig, Sir. Obwohl Alice sich freuen würde, Ihre zukünftige Frau bei uns aufzunehmen.«

»Sie ist reizend, nicht?«, sagte Robert voller Besitzerstolz.

»Allerdings. Und etwas ganz Besonderes, Sir. Sie könnten es nicht besser treffen.« In Finnegans Stimme klang aufrichtige Wärme mit. »Wann werden Sie denn heiraten? Auf Martinique?«

»Vielleicht, dort kenne ich einen Geistlichen«, antwortete Robert. Er blieb stehen und sah minutenlang gedankenverloren zu den Segeln hinauf. Als er sich bewusst wurde, dass Finnegan seinen geistesabwesenden Blick bemerken musste, räusperte er sich.

»Gut, weitermachen.« Er schlenderte weiter, das Handelsschiff, das schon längst alle Segel gesetzt hatte, um ihnen zu entkommen, keines Blickes mehr würdigend, und kehrte in seine Kajüte zurück, um das Logbuch durchzusehen und dabei einige Worte oder mehr mit seiner zukünftigen Frau zu wechseln.

Was auch so ein Punkt war, der ihm noch Kopfzerbrechen bereitete, obwohl er das Finnegan gegenüber niemals zugegeben hätte, sondern den Selbstsicheren gespielt hatte. Er wollte sie heiraten, so viel war klar. Zumindest hatte ihr Geständnis diese Erkenntnis zutage gebracht.

Aber zuerst musste er seinen Antrag vorbringen.

Was nicht ganz einfach war. Obwohl er sich nicht viel Widerstand erwartete, war die Lage im Moment wirklich nicht gerade rosig. Sie befanden sich mitten im Krieg, er konnte sie nicht auf dem Schiff lassen, sondern musste sie – kaum verheiratet – irgendwo absetzen, und es war nicht einmal sicher, wann er sie wieder abholen und nach Hause bringen konnte.

Auch das Zuhause war ein Problem. Die zweite Frau seines Vaters hatte die Farm nach dem Tod ihres Mannes nicht behalten können, das Land verkauft und war in eine Kleinstadt gezogen, in der sie einen kleinen Schneiderladen betrieb und gerade genug zum Überleben verdiente. Er mochte und schätzte seine Stiefmutter – was er von seinem Halbbruder nicht gerade behaupten konnte –, besuchte sie immer, wenn er daheim war, und schickte ihr von Zeit zu Zeit Geld, damit sie ihr Einkommen etwas aufbessern konnte. Sie war eine sehr liebenswürdige, einfache Frau, die ihn immer behandelt hatte wie ihr eigenes Kind und ihn heute noch erfreut in die Arme schloss, wenn er an ihre Tür klopfte. Trotzdem, Vanessa konnte nicht in der kleinen Wohnung über dem Laden bleiben, und solange der Krieg andauerte, war er nicht einmal sicher, wann er seine Heuer ausbezahlt bekommen würde.

Er dachte an das Handelsschiff, das er hatte davonfahren lassen, und ärgerte sich nun mit einem Mal darüber. Es wäre eine gute Gelegenheit für etwas Extrageld gewesen, und er hatte die Prise einfach davonkommen lassen. Dabei hätten er und seine Männer das Geld gut brauchen können. Es dauerte zwar immer eine Weile, bis die Formalitäten mit dem Prisengericht abgewickelt wurden, und er und seine

Leute hätten vermutlich vor Ablauf eines Jahres keine einzige Münze gesehen, aber dennoch! Ein Mann, der heiraten wollte, musste anders denken. Nicht mehr nur auf die Jagd nach Kriegsschiffen und Waffen gehen, sondern auch lukrative Gelegenheiten wahrnehmen, die sich gerade boten. Er musste lernen umzudenken.

12. Kapitel

Jack hatte Vanessa oftmals erzählt, welch ein wunderbares Gefühl es sein sollte, ganz vorne zu stehen, mit nichts vor sich als diesen langen Stangen, die er, stolz über sein Wissen, mit Bugspriet und Klüverbaum betitelte. Neugierig geworden, ließ sie sich von ihm zum Bug führen und lehnte sich weit hinaus. Sie blickte hinunter, wo der scharfe Bug der *Independence* durch das schäumende, glitzernde Wasser schnitt, das bei jedem Eintauchen des Schiffes bis zu ihr hinaufspritzte und sie abkühlte. Vanessa versank dabei bald in süße Träumereien, in der sie in jeder Welle, in jedem Aufschäumen nur das Gesicht ihres *Capitaines* vor sich sah.

Wie unrecht hatte sie ihm anfangs doch getan! Der allererste Eindruck hatte sie nicht getäuscht. Robert McRawley *war* ein Gentleman, ein ehrenwerter Mann, den zu lieben sie sich wahrhaftig nicht schämen musste. Kein gemeiner Pirat wie sein Bruder. Ein Freibeuter vielleicht, aber noch lange kein Pirat. Vanessa seufzte glücklich.

Wie ganz anders er und die Männer doch waren, die sie in den letzten Monaten kennengelernt hatte, als die adelige Gesellschaft daheim. Albert hatte das einfache Leben vorgezogen, aber viele seiner Freunde und Bekannten, mit denen sie Kontakt gepflegt hatten, waren anders gewesen. Geschminkte, kostbar gekleidete Männer, die ihren Kopf mit kunstvollen Frisuren und Perücken bedeckt und die für die Ausstattung unverzichtbaren Hüte unter dem Arm getragen hatten. Adelige und solche, die gern dazugehören wollten, die wohlgesetzte Worte gesprochen hatten, auch wenn sie inhaltslos waren, die einfach nur nachgeplappert hatten, was andere vor ihnen gesagt und geschrieben hatten. Ihr Freund Martin hatte hinter ihren Rücken oft verächtlich den Mund verzogen und den Kopf geschüttelt. Er war von anderer Art, so wie die Männer hier auf dem Schiff, kein Geck und kein Angeber. Männer, von denen einige ihre Freunde geworden waren, auch wenn sie es nicht aussprachen. Männer wie Robert.

Sie riss sich von den schäumenden Wellen los, beobachtete die Matrosen, die ihren harmlosen sonntäglichen Vergnügungen und Beschäftigungen nachgingen, und blickte dann blinzelnd hinauf. Über ihr ragten der Vormast und die Wolken aus weißem Segeltuch fast bis in den Himmel. Welch ein Anblick! Vanessa sah sehnsüchtig hinauf. Was für eine überwältigende Aussicht musste man von dort oben haben! Sie erblickte zwei Männer, die zu einer Plattform kletterten, die sich im ersten Drittel des Mastes befand, und wandte sich nach Jack um.

»Jack?«

Ihr junger Freund hatte einigen Seeleuten zugesehen, die sich mit allerhand Späßen unterhielten, und kam nun schnell angelaufen. »Ja, Madam?«

Sie deutete nach oben. »Meinst du, ich könnte dort hinaufklettern?«

Jack musterte kritisch ihr Kleid. »Nicht damit, Madam.«

Vanessa blickte an sich herab. »Dann ziehe ich mir eben Hosen an.«

Jack, noch jung und unternehmungslustig genug, um keine moralischen Einwände gegen Frauen in Hosen zu haben, fand die Idee zwar ungewöhnlich, aber keinesfalls anstößig. »Gute Idee, Madam. Ich hab zwar nur die eine, aber Mr. Smith wird Ihnen sicher eine passende leihen.«

»Ich will aber nicht, dass Martin etwas davon erfährt«, sagte sie, während sie Jack unter Deck folgte. Sie brauchte nicht viel Phantasie, um sich ausmalen zu können, was ihr alter Freund zu ihrem Plan sagen würde.

»Nein, nein, der hat jetzt gerade keine Wache und schläft vermutlich. Keine Sorge. Hier.« Er schob sie in einen Raum, der neben dem Krankenrevier lag und in dem der Arzt neben anderen Dingen auch Medikamente und Verbandszeug aufbewahrte.

Jack verschwand, kam jedoch nach erstaunlich kurzer Zeit wieder, einen aufgeregten Smithy im Gefolge, der all seine Beredsamkeit einsetzte, um Vanessa von dieser haarsträubenden Idee abzubringen.

»Also wirklich, M'am, was für ein Einfall! Sie können nicht zur Mars rauf!«

»Ich bin schon als Kind auf Bäume geklettert«, erwiderte Vanessa ungerührt, verschwieg jedoch, dass sie einmal hinuntergefallen war und von Martin, hätte sie nicht so herzzerreißend geschluchzt, wahrscheinlich noch zusätzlich versohlt worden wäre.

»Trotzdem, M'am! Völlig unmöglich!«

Vanessa griff nach der Hose, die Jack ihr grinsend reichte. »Ich will aber hinauf und das Meer sehen.«

»Das sehen Sie von unten viel besser!«

»Aber nicht so weit!«

Smithy drehte sich um und hastete hinaus, als sie begann,

ihr Kleid zu öffnen. »Der Skipper bringt mich um, wenn Sie runterfallen, M'am!«

»Ich falle nicht hinunter.« Vanessa schlüpfte schnell aus dem Kleid, zog sich die Hosen an, band sie in der Taille mit einem Strick fest und warf sich dann noch das saubere, wenn auch oftmals geflickte Hemd über, das Jack ihr mit der Hose gebracht hatte. *Die armen Leute haben oft wirklich nur Fetzen am Leib,* dachte sie bestürzt. *Wenn ich jemals wieder über mein Geld verfügen kann, muss ich dafür sorgen, dass sie neue Kleider bekommen.*

Als sie wieder zum Vorschein kam, starrte Smithy sie verzweifelt an, während Jack grinste. »Wie ein echter Seemann sehen Sie jetzt aus, Madam!«, rief er fröhlich.

»Der Captain lässt mich an die Gräting schnallen«, jammerte der Bootsführer.

Vanessa kletterte ohne Zeit zu verlieren wieder an Deck. Smithy hatte nicht ganz unrecht – der Captain würde vermutlich nicht weniger Einwände haben als Martin, und sie sollte sich beeilen, dass sie so schnell wie möglich die Plattform auf dem Vormast erreichte.

Dort kam Robert niemals hin, das wusste sie inzwischen schon.

Den Männern blieben die Münder offen stehen, als ihre Passagierin plötzlich in Hosen vor ihnen stand und Anstalten machte, die bequemen Sprossen am Mast emporzuklettern, die sonst von den auf Kriegsschiffen stationierten Marinesoldaten verwendet wurden, wenn sie von dort feindliche Schiffe unter Beschuss nahmen.

»Gafft nicht so blöd!«, fuhr sie Smithy verärgert an, dem der Schweiß aus allen Poren strömte vor Angst, der Captain könnte ihn dabei erwischen, wie er seiner Liebsten bei dieser

Verrücktheit half. »Seht lieber zu, dass uns keiner sieht! Hendricks, du pfeifst, wenn der Captain sich sehen lässt.«

Hendricks, ein großer, sanftmütig wirkender Mann mit beginnender Glatze, der sich seinen Strohhut tief ins Genick geschoben hatte, nickte, war aber außerstande zu sprechen. Er starrte nur auf Vanessa, die nun schon zwei Meter hoch über ihnen hinaufturnte.

Smithy fluchte unterdrückt und kletterte ihr, gefolgt von Jack, nach. »Langsam, Madam. Um Himmels willen, langsam.«

Vanessa fühlte die schaukelnde Vorwärtsbewegung stärker, je höher sie hinaufkam, ließ sich davon jedoch nicht irritieren, sondern stieg beharrlich weiter. Es war herrlich. Je mehr sie sich vom Deck entfernte, desto weiter konnte sie jetzt schon über das Meer blicken. Wie mochte es erst sein, wenn sie auch noch die letzten Meter zurückgelegt hatte und endlich auf der Plattform angelangt war!

»Durch das Soldatenloch«, keuchte Smithy hinter ihr.

Vanessa nickte, schlüpfte durch das für die Soldaten vorgesehene Loch ganz am Mast, und fühlte sich von etlichen hilfreichen Händen erfasst, die sie vorsichtig hinaufzogen. Drei Matrosen umstanden sie, grinsten und musterten sie verlegen.

»Nett, dass Sie uns hier besuchen kommen«, sagte einer von ihnen, nahm den bandgeschmückten Hut ab und drehte ihn in den Händen. »Ist uns eine Ehre, M'am.« Vanessa hatte den Mann auf ihren Spaziergängen an Deck schon kennengelernt. Er hieß Jasper Dudley, war bei der Gruppe dabei gewesen, die mit Robert in die Gefangenschaft geraten war, und einer von jenen, die mit besonderer Zuneigung an ihrer Passagierin hingen.

Smithy kam ebenfalls durch die Öffnung geklettert und musste sich einige spöttische Bemerkungen von seinen Kollegen gefallen lassen, die es eines Seemannes unwürdig fanden, den bequemen Weg über die Leiter zu nehmen und nicht jenen von außen, über die straff gespannten Taue. Da er vor Vanessa jedoch nicht so antworten konnte, wie es ihm auf der Zunge lag, knurrte er nur etwas Unverständliches und vertröstete sich und die anderen auf einen späteren Zeitpunkt, an dem er auf diese Unverschämtheiten zurückkommen würde.

Vanessa hielt sich seinem strikten Befehl gemäß brav an dem Tau fest, das er ihr in die Hand gedrückt hatte. Die Mars, die rechteckige, vorne oval gerundete Plattform, auf der sie sich jetzt befand, war zwar wesentlich größer, als sie gedacht hatte, aber da hier oben keine Reling, sondern nur ein niedriger Rand war, hatte sie das Gefühl, bei der nächsten heftigeren Bewegung des Schiffes abzurutschen.

Einer der Männer schob ihr nahe am Mast ein zusammengefaltetes Segel hin. Sie setzte sich dankend darauf, ohne das Tau loszulassen, und blickte auf die glitzernde Fläche des Meeres, das von diesem Platz aus jedoch durch Wanten, Rahen und die mächtigen Segel unterbrochen wurde. Unwillkürlich sah sie empor.

Dort, ganz oben, war noch eine kleinere Plattform, gerade breit genug, um darauf zu sitzen. Es gab jedoch keinen leiterartigen Aufstieg mehr, und allein der Gedanke, nur an den dünnen Wanten hochzuklettern, ließ Vanessa schnell wieder wegblicken.

Die anderen hatten sich um sie geschart, sprachen sie ebenso grinsend wie eifrig an, bis Smithy murrte. »Benehmt euch gefälligst gut unserer Dame gegenüber, sonst kriegt ihr's nicht nur mit mir zu tun, sondern auch mit dem Captain.«

»Wir benehmen uns gut!«, widersprach Dudley erbost, in seiner Ehre als Gentleman gekränkt. »Und außerdem is der Captain noch nie hier oben gewesen. Und schon gar nich am Sonntag.«

»Heute doch«, erklang plötzlich eine strenge Stimme.

Jasper Dudley erstarrte in der Bewegung und machte ein Gesicht, als wäre ihm der Leibhaftige selbst erschienen. Von unten klangen jetzt verzweifelte Pfiffe herauf, und Smithy schwor sich, diesen verschlafenen Trottel Hendricks umzubringen.

Robert kniff die Augen zusammen und blickte von einem zum anderen, dann trat er dicht an Vanessa heran. Er fixierte sie scharf, dann nickte er, und sein Gesicht entspannte sich. »Hier heraufzuklettern ist zwar etwas unbedacht und gefährlich, aber ich kann es verstehen – der Ausblick von hier oben ist an so schönen Tagen überwältigend.«

»Ich wollt's der Lady auch ausreden«, mischte sich Smithy ein, sichtlich von Reue und schlechtem Gewissen gepackt, »aber ...«

»Sie hat darauf bestanden«, ergänzte Robert wissend seinen Satz. Er wies in die Höhe, wo noch etliche Meter über ihnen die kleine Plattform war, die Vanessa zuvor schaudernd betrachtet hatte. »Von dort oben ist es allerdings noch schöner.« Er lächelte sie mit hinterhältiger Freundlichkeit an. »Trauen Sie sich zu, auch noch dort hinaufzuklettern, Madam?«

Vanessa blickte wieder nach oben. Zwischen ihr und dem blauen Himmel waren nur noch einige Taue, Wanten und wie auch immer diese Stricke genannt wurden, und senkrecht der Mast. Sie warf Robert einen gereizten Blick zu, wohl wissend, dass dieser ihr Angst machen und sich darüber amüsieren wollte, dass sie vor dem Risiko weiterzuklettern zurückscheute.

»Eine hervorragende Idee«, sagte sie kühl, obwohl ihre Hände allein schon bei dem Gedanken, an einigen dünnen Seilen direkt in den Himmel zu steigen, feucht wurden. Aber niemals würde sie jetzt nachgeben und diesem boshaften *Capitaine* die Genugtuung gönnen, sie ängstlich zu sehen! Sie stand tapfer auf, ließ das Tau los, an das sie sich aufgrund der leicht vor- und zurückwiegenden Bewegung des Schiffes geklammert hatte, und tastete sich zur Nähe des Plattformrandes, um dort nach den Seilen zu fassen, die wie ein schmales Netz weiter nach oben führten. Sie würde es ihm schon zeigen, diesem Robert McRawley! Als sie hinaufgriff und den Fuß auf das erste Querseil setzte, war Robert auch schon bei ihr.

»Nicht! Ich habe doch nur Spaß gemacht!«

»Ich nicht«, erwiderte sie fest, machte sich von ihm los und setzte auch den zweiten Fuß auf das Seil.

»Bleib da«, zischte Robert ihr verärgert zu.

»Nein.«

»Verflixtes, dickschädeliges ...« Er wandte sich zu Smithy um, der mit offenem Mund zusah. »Los, bring mir ein Seil. Mach schon, beeil dich!« An Vanessa gewandt sagte er: »Und du wartest, bis ich dir ein Seil umgebunden habe, dann klettere ich mit dir hinauf.« Niemandem – und am wenigsten Robert – fiel auf, dass er sie aus Ärger vor den Leuten duzte. Vanessa blieb folgsam dort hängen, wo sie war, und wartete, bis Smithy keuchend und mit hochrotem Kopf wieder zurückkam. Robert band das eine Ende des Seils um ihre Taille, das andere um die seine und kletterte an ihr vorbei hinauf. »Nicht hinuntersehen«, rief er ihr von oben zu. »Schön langsam!«

Sie folgte ihm, sah folgsam nicht in die Tiefe, während sie für ihre Füße nach Halt suchte, und wurde oben auf der kleinen Plattform schon von Robert in Empfang genommen, der ihr den letzten Schritt hinaufhalf. Er schlang das Seil um den Mast und legte den Arm um sie, sie dabei verstohlen küssend.

»Du hast tatsächlich viel Mut, mein Engel«, lächelte er.

»Engel brauchen keinen Mut, um in den Himmel zu klettern«, lachte Vanessa, sah sich um und war überwältigt von der Schönheit, die sie umgab. Um sie herum war nur das glitzernde Meer, und das Deck unter ihnen war zu einem Brett zusammengeschmolzen, auf denen sich die Männer wie Puppen bewegten.

Vanessa war vollkommen von dem Anblick des Wassers gefangen, das vom Bug des Schiffes geteilt wurde, wobei der Bugspriet weit darüber hinausreichte und bei jeder der langsamen, gleichmäßigen Bewegungen des Schiffes auf und ab wippte. Sie wurden, hoch oben und nur wenige Meter von der Spitze des Mastes entfernt sitzend, vor- und zurückgebeugt, wie auf einer überdimensional großen Schaukel. Vanessa schloss genießerisch die Augen und lächelte glücklich. Robert konnte kaum seinen Blick von ihr lösen, und plötzlich stieg in ihm die Frage hoch, die er ihr unbedingt stellen musste.

»Vanessa?«

Sie öffnete die Augen und sah ihn erfreut an. »Es ist das erste Mal, dass du mich bei meinem Namen nennst, *mon Capitaine*.«

»Er gefällt mir. Sehr gut sogar.«

»Mein Vater hat ihn ausgesucht.« Sie blinzelte in die Sonne, ganz in den Wind und die Bewegung des Schiffes versunken, und summte leise vor sich hin.

Robert öffnete den Mund, schloss ihn wieder und runzelte irritiert die Stirn. Verdammt, er hatte nie gedacht, dass ein Heiratsantrag eine so schwierige Sache war und man sich dabei vorkam wie ein Idiot. Wenn er sich überhaupt je in Gedanken damit beschäftigt hatte, dann war dabei immer alles recht einfach gewesen: Der Mann machte den Antrag, die Frau fiel ihm zitternd vor Glückseligkeit um den Hals, und damit war die Sache erledigt.

Aber diese Frau hier sah ihn nicht einmal an, sondern schien mit ihren Gedanken weit weg zu sein. Er gab sich einen Ruck.

»Vanessa.«

»Hm …« Sie summte weiter.

»Willst du bei mir bleiben?« Geschafft. Robert atmete auf. Es war weitaus weniger unangenehm gewesen, als er gefürchtet hatte.

Sie wandte den Kopf und sah ihn an. Das glückliche Lächeln war verschwunden, und ihr Blick war ernst und – wie es ihm sogar schien – abweisend.

Er räusperte sich, plötzlich verunsichert. »Ich weiß, es ist eine schwierige Zeit«, fuhr er fort. »Wir befinden uns im Krieg. Ich könnte morgen schon tot oder gefangen sein, aber …« Er unterbrach sich, als er sah, dass sich ihre Augen noch mehr verdunkelt hatten. »Also: Willst du bei mir bleiben?«

»Bei dir bleiben …«, wiederholte sie nachdenklich.

»Ja.« Jetzt wäre der Moment, in dem sie ihm um den Hals

fallen müsste und ihm mit zitternder Stimme erklären, wie glücklich sie wäre.

Aber nichts dergleichen geschah. Sie schwieg und sah ihn nur an.

Roberts gequältes Lächeln verschwand angesichts ihres abweisenden Ausdrucks. Was sollte das? Warum hielt sie ihn hin? War es dort, wo sie herkam, so üblich, die armen Trottel zappeln zu lassen? Ärger und Frustration stiegen in ihm hoch. Inzwischen musste sie ihn doch wohl schon gut genug kennen, um nicht von ihm zu erwarten, dass er mit einem Strauß roter Rosen vor ihr kniete und sie anflehte, seine Frau zu werden. Abgesehen davon, dass er mitten im Krieg ohnehin nicht ihretwegen eine Insel anlaufen konnte, um Blumen für die Lady zu pflücken.

Oder war es gar keine Taktik? Wollte sie ihn etwa nicht? Die vertraute Bewegung des Schiffes verursachte plötzlich ein unangenehmes Schwindelgefühl in seinem Kopf. Er klammerte sich unwillkürlich fester. Die Möglichkeit, sie könnte ihn abweisen, war bisher in seinen Überlegungen nicht aufgetreten. Aber wenn das der Fall war, dann sollte sie es gefälligst klipp und klar sagen und ihn nicht hier wie einen Bittsteller am Mast hängen lassen!

Er machte den Mund auf, um energisch eine Antwort zu verlangen, als vom Deck plötzlich ein Schrei ertönte.

»Captain! Captain, Schiff backbord voraus!«

Robert sah fluchend in die angegebene Richtung. Ein jäher Windstoß fuhr in die Segel, die Masten knarrten, und die Taue ächzten unter dem erhöhten Druck.

»Was ist das für ein Schiff?«, fragte Vanessa verblüfft. »Ist es das von vorhin?«

»Das werden wir gleich sehen«, erwiderte Robert kurz angebunden, während er sich mit Vanessa an den Abstieg machte, seinen Leuten dabei unaufhörlich Anweisungen zubrüllend. Die Männer eilten, um noch weitere Segel zu setzen, und die beiden Männer am Steuer folgten dem neuen Kurs.

Als sie endlich auf dem Achterdeck, dem geheiligten Platz des Kommandanten, angekommen waren, hielt Finnegan Robert ein Fernrohr hin. »Das ist nicht der Händler von vorhin. Aber vielleicht ein Begleitschiff. Hat eine französische Flagge und sieht aber aus wie ein Linienschiff«, sagte er in seiner ruhigen Art.

Robert griff mit einer für Vanessa befremdlich erfreuten Geste nach dem Fernrohr und sah lange hindurch. »Das ist tatsächlich kein Franzose«, murmelte er. »Zumindest kein Schiff französischer Bauart.« Er stellte das Rohr schärfer und sah nochmals angestrengt hindurch. »Das ist die *Thunderstorm*. Ja, ganz eindeutig. Die Täuschung nutzt ihnen nicht das Mindeste. Ich würde sie überall wiedererkennen. Das war eines der Schiffe, gegen die wir gekämpft haben, kurz bevor Malcolm uns davongesegelt ist.«

Er nahm das Fernrohr herunter, und seine Augen blitzten. »Das nenne ich eine gute Gelegenheit, unsere Niederlage auszumerzen und gleichzeitig einige gute Waffen und ein hervorragendes Schiff zu erbeuten.«

Vanessa krallte die Hand in seinen Ärmel. »Heißt das etwa, Ihr wollt dieses Schiff angreifen, *mon Capitaine?*«

Er sah sie erstaunt an. »Natürlich. Deshalb sind wir ja hier.«

»Aber …«, stammelte sie, »Ihr sagtet doch selbst, dass dies ein Linienschiff ist. Ich verstehe nicht viel davon, aber die Kriegsschiffe der Engländer sind meist sehr gut bewaffnet.«

»Fünfzig schwere Kanonen und etliche Sechsunddreißigpfünder darunter«, nickte Robert zufrieden. »Das ergibt einen schönen Fang für uns.«

»Fünfzig!« Vanessa blieb fast die Luft weg. »Aber wie viel haben wir denn?«

»Achtundzwanzig«, erwiderte Robert gleichmütig. »Mehr als genug also, um mit denen fertig zu werden.«

Finnegan, der Vanessas Entsetzen besser nachvollziehen konnte, trat ein wenig näher. »Sie brauchen sich nicht zu sorgen, Madam. Die *Independence* ist leichter und weitaus wendiger. Außerdem haben wir hervorragende Kanonen an Bord, die weit tragen. Wir können sie beschießen, ohne allzu sehr in die Nähe ihrer Waffen zu kommen.«

»Beschießen? Und dann?«

»Wenn sie kampfunfähig sind, werden wir sie entern. So einfach ist das.« Robert sah wieder durch das Fernrohr. »Einfach hervorragend«, murmelte er. Er setzte das Rohr ab und wandte sich ihr zu. »Sie gehen jetzt besser hinunter, *Madame*.« Ohne auf eine Antwort zu warten, gab er Befehle an Finnegan, der sie umgehend weiterleitete.

»Darnberry, sorgen Sie bitte dafür, dass mein Säbel scharf ist, und tauschen Sie die Feuersteine bei den Pistolen.« Sein Steward, der sich ganz in der Nähe aufgehalten hatte, eilte fort, und Robert blickte wieder durch das Fernrohr.

Vanessa hätte ihm dieses Ding am liebsten über den Kopf geschlagen. Hervorragend? Wie konnte es hervorragend sein, einen Kampf mit einem Schiff anzufangen, das fast die doppelte Bewaffnung mit sich führte? Und vermutlich auch entsprechend mehr Männer. Und dieser verrückte *Capitaine* wollte das Schiff dann auch noch entern!

Die *Independence* hatte inzwischen schon gedreht, Kurs auf

das fremde Schiff genommen und gewann nach der Wende bereits wieder deutlich an Fahrt.

»Hisst die Flagge!« Schnell liefen zwei der Männer los und zogen eine seltsame Flagge hoch – mit roten und weißen Streifen und Sternen auf blauem Hintergrund.

»Was ist das für eine Fahne?«

Robert, der wieder unverwandt auf das fremde Schiff gesehen hatte, wandte sich sofort ärgerlich nach ihr um. »Habe ich dir nicht ausdrücklich gesagt, du sollst nach unten gehen?«, zischte er so leise, dass die anderen ihn nicht verstehen konnten. »Schlimm genug, dass du überhaupt an Bord bist, wenn wir in Gefechte verwickelt werden – hier oben hast du rein gar nichts verloren!«

»Was ist das für eine Flagge?«, beharrte Vanessa.

»Die Flagge der Vereinigten Staaten von Amerika«, erklärte ihr Robert endlich, und in seiner Stimme klang unverhüllter Stolz mit. »Und nun mach, dass du unter Deck kommst, Vanessa, ich will dich, wenn der Kampf beginnt, hier oben nicht mehr sehen! Smithy! Smith!! Bring die Lady ganz hinunter.« Er wandte sich ihr wieder zu. »In der Kajüte ist es zu gefährlich, Vanessa, es tut mir leid, aber du musst in den Laderaum, unter die Wasserlinie, auch wenn es dort ungemütlich ist … Du hast doch keine Angst vor Ratten, oder?«

Vanessa bemerkte, dass seine Leute bereits die Kanonen schussfertig machten, und wusste, dass unter Deck verborgen noch eine ganze Reihe davon wartete, die todbringenden Kugeln auf den Feind abzuschießen. »Ich möchte aber bei dir bleiben, ich hätte unten keine Ruhe«, sagte sie drängend.

Robert winkte Smithy, ihm zu folgen, nahm sie dann einfach am Arm und verfrachtete sie höchstpersönlich in den Laderaum. »Du bleibst hier und sorgst dafür, dass der Lady da drinnen nichts geschieht«, sagte er scharf zu dem Matrosen, der sich sofort mit einem grimmigen Ausdruck auf dem Gesicht an der Tür postierte und keinen Zweifel daran ließ, dass er die Liebste des Captains mit seinem Leben verteidigen würde.

»Lassen Sie mich das tun!«, rief Jack, der plötzlich im Gang stand.

»Du kannst auch aufpassen«, nickte er ihm zu und ging an Deck, ohne noch einen einzigen Blick zurückzuwerfen.

Vanessa winkte den Jungen zu sich. »Ruf Martin«, sagte sie hastig. »Und beeil dich!«

Jack rannte los und brachte kurz darauf ihren alten Freund und Diener mit, der ein finsteres Gesicht machte. Sie zog ihn besorgt näher. »Wie sieht es da oben aus?«

»Nicht gut, *Madame*, der Kommandant ist verrückt genug, sich mit einem englischen Kriegsschiff anzulegen, das offensichtlich die Gewässer patrouilliert. Es ist ein Fünfzig-Kanonen-Schiff, mit schwersten Geschützen, dagegen kommen wir kaum an.«

Sie schlang die Finger ineinander. »Du meinst, sie werden uns versenken?«

»Zumindest schwer beschädigen und vielleicht entern, *Madame*. Ich schlage vor, dass Ihr Euch sofort danach unter den Schutz des englischen Kommandanten begebt und ihm Eure Lage erklärt. Er wird dafür sorgen, dass Ihr sicheres Geleit bekommt.«

Vanessa sah ihn entsetzt an. »Das darf nicht passieren, Martin! Dem *Capitaine* darf nichts geschehen!«

Martin Augenbrauen zogen sich zusammen. *»Madame?«*

Sie krallte ihre Finger in seine zerrissene Jacke. »Martin, bitte versprich mir, dass du auf den *Capitaine* achtest! Beschütze ihn! Ich flehe dich an, Martin!«

Ihr treuer Gefährte musterte sie eindringlich. »*Madame*, Ihr vergesst Euch.«

»Ich weiß«, erwiderte sie mit Tränen in den Augen, »aber ich kann nicht anders.«

»Verzeiht mir, wenn ich so frei spreche, aber ich bitte Euch: Vanessa, werft Euch nicht weg. Ihr würdet es bereuen. Ich gebe zu, dass einiges für diesen Mann spricht, aber dennoch, wollt Ihr denn wirklich …?«

»Ich liebe ihn«, hauchte Vanessa und sah ihren Freund flehentlich an.

Der betrachtete sie nachdenklich, dann nickte er. »Euer Wunsch ist mir Befehl, *Madame*. Ich werde ihn beschützen, so gut ich kann.«

Die folgenden Stunden verbrachte Vanessa im Rumpf des Schiffes, zu sehr voller Angst um Robert, als dass sie auch nur eine der Ratten, die Jack immer wieder mit kleinen, wohlgezielten Schrotkugeln oder Fußtritten verjagte, bemerkt hätte. Zuerst hatte sie sich die Ohren zugehalten, um den Kampflärm auszuschließen, aber dann hatte sie die Befürchtung, Roberts Stimme nicht mehr zu vernehmen, die kaum mehr die Atempausen zwischen dem Dröhnen der Geschütze, dem Einschlag der Kanonenkugeln auf dem

Wasser und der Musketenkugeln im Holz der *Independence* übertönte. Einige Male erzitterte das ganze Schiff von einem schweren Treffer, sie hörte die Befehle des Zimmermanns, der mit seinen Gehilfen daran arbeitete, einige Löcher zu stopfen, und dann wieder, in einer ganz kurzen Pause, Robert. Solange sie ihn hörte, wusste sie, dass er – hoffentlich – unverletzt war und lebte.

Jack lief zwischen dem Deck und ihrem Versteck hin und her und berichtete vom Fortgang der Schlacht. Das Linienschiff hatte nicht einmal daran gedacht zu fliehen, sondern sofort den Kurs geändert, die englische Flagge gehisst und war ihnen entgegengesegelt. Noch kaum in Reichweite, hatten beide Schiffe ihre Kanonen abgefeuert, wobei die Kugeln der *Independence* weitaus besser und genauer gezielt gewesen waren, während die des feindlichen Schiffes zu kurz flogen und nach einigen Sprüngen auf dem Wasser wirkungslos versanken. Endlich war es der Besatzung der *Independence* gelungen, einen der Masten des anderen Schiffes in Stücke zu schießen, weshalb dieses nicht mehr so leicht steuerbar war wie die *Independence* und sie dadurch einen großen Vorteil gewonnen hatten. Robert hatte diesen zu Jacks größter Befriedigung zu nutzen gewusst, die *Independence* gedreht und das fremde Schiff von der Luvseite her angesteuert. Vanessa hatte keine Ahnung, worin dieser geschickte Schachzug bestand, nickte jedoch und tat so, als verstünde sie alles. Offenbar hatte es irgendetwas mit der Steuerbarkeit des Schiffes und der Richtung zu tun, aus der der Wind kam.

Sie hörte Jacks begeisterten Schilderungen, mit denen er sie auf dem Laufenden hielt, nur mit einem Ohr zu und nahm nur jene Informationen wahr, die ihr sagten, dass Robert noch am Leben und unversehrt war. Andere hatten, wie

Jack ihr bedrückt mitteilte, weniger Glück, und die Krankenstation des Arztes war schon voll von Verletzten. Aber, ließ Jack sie wissen, es musste dem anderen Schiff noch viel schlimmer ergehen, da ihre letzte Breitseite voll eingeschlagen und vermutlich das Zwischendeck leergeräumt hatte.

Vanessa spürte ein Würgen im Hals, dachte an das blutüberströmte Deck der *Duchesse* nach dem Überfall der Piraten und war unendlich erleichtert, als die Ereignisse ihren Höhepunkt zu erreichen schienen und Jack so fasziniert von den Vorgängen an Deck war, dass er nur noch ganz selten zu ihr herunterstieg und sie mit weiteren blutigen Schilderungen verschonte. Sie beschäftigte sich die restliche Zeit damit, die Ratten mit einem Stock zu vertreiben und betete voller Angst darum, dass ihre Freunde und ihr *Capitaine* das Gemetzel lebend und möglichst unversehrt überstehen mögen.

Sie horchte auf, als der Kanonendonner verstummte, nur noch Musketenschüsse zu hören waren und dann Boote zu Wasser gelassen wurden. Am Ende spürte sie eine leichte Erschütterung, so, als würde ein anderes Schiff an der *Independence* anstoßen, und dann ertönte plötzlich ein markerschütterndes Kampfgeschrei, das sie bis in ihr Innerstes erbeben ließ. Direkt über ihr an Deck waren Pistolen- und Musketenschüsse zu hören, Männer brüllten auf, schwere Schritte liefen hin und her, dann war es wieder still. Sie sprang auf und wollte hinauslaufen, um herauszufinden, wo im Kampfgetümmel Robert steckte.

Auf dem Gang wurde sie jedoch von Smithy aufgehalten, der sie nicht durchlassen wollte. »Nein, M'am, unmöglich, der Captain reißt mir den Kopf ab, wenn Sie da rausgehen.« Er hielt eine Pistole in der einen, einen blutigen Säbel in der anderen Hand, sah zerzaust und verschwitzt aus und blutete aus einer Wunde am Bein.

»Ich muss sehen, wo er ist!«, fuhr ihn Vanessa an.

»Er ist mit den anderen aufs englische Schiff gegangen«, erwiderte der Seemann mit einem wilden Grinsen. »Macht dort wohl den Rest nieder, der sich nicht ergeben will.«

Diese mit einem zufriedenen Ausdruck mitgeteilte Nachricht trug nicht gerade dazu bei, Vanessas Angst zu lindern, und sie versuchte abermals, an Smithy vorbeizukommen. »Wisst Ihr wenigstens, ob er verletzt ist … oder ob er …«

»Es geht ihm schon gut«, nickte Smithy aufmunternd. »Den bringt so leicht nichts um. Haben schon viele versucht.«

»Anstatt hier aufzupassen, dass ich nicht über Bord springe, solltet Ihr lieber auf Euren Captain achten!«, antwortete Vanessa aufgebracht.

Smithy zuckte mit den Achseln, während er zur Leiter sah, die zum nächsten Deck führte, und kurz hinauslauschte. »Tja, ist auch das erste Mal, dass ich nicht im Kampf bin. Komisches Gefühl, muss ich Ihnen sagen, M'am. Aber der Captain verlässt sich auf mich, Sie verstehen? Wenn Sie 'ne Kugel in den Kopf kriegen, dann würde ich mich vermutlich schnell an den Mast gespießt und mit Teer übergossen sehen.«

»So etwas Entsetzliches würde der Captain niemals tun!«, rief Vanessa ungeduldig aus und ließ keinen Blick von dem hellen Viereck, durch das sie ein Stück Himmel und Masten sehen konnte.

»Würde mich an die Haifische verfüttern, anschließend«, bekräftigte Smithy. »Und hätte recht, M'am. Ich würde genauso wenig wollen, dass Ihnen was passiert, nach allem, was Sie für uns getan haben. Vor allem für Mr. Finnegan, und dann auch für mich. Und wo Sie uns dann auch noch jede Menge Geld gegeben und sich selbst in Gefahr gebracht haben, weil Sie dort bei den verrückten Engländern noch mit der Kutsche hin und her gefahren sind.«

Vanessa vergaß für Sekunden den Kampflärm, die Schreie der Verletzten und ihre Sorge um Robert. »Was sagt Ihr da?«

»Klar habe ich Sie gleich erkannt«, nickte Smithy zufrieden. »So wie Mr. Finnegan. Und ich bin richtig froh, und die anderen, die damals dabei waren, sind es auch, dass Sie sich so gut mit dem Captain verstehen. Ist ein guter Mann, wissen Sie. Hat eine so feine Dame wie Sie verdient.«

Vanessa spürte, wie eine tiefe Röte ihr Gesicht überzog.

»Ist ja nicht üblich bei unserem Captain, dass Damen mitfahren, aber bei Ihnen ist das was anderes. Fragt auch keiner danach, wie Sie an Bord gekommen sind. War wahrscheinlich 'ne Schurkerei des anderen. Aber so ist jetzt alles klar. Genau richtig. Die ganze Mannschaft weiß inzwischen schon, was Sie für uns gemacht haben, und freut sich für den Captain. Und jeder, der blöd genug ist, dämliche Bemerkungen zu machen, kriegt von uns allen eins in die Fresse … meine … kriegt Dresche.«

»Ihr sagtet, Mr. Finnegan weiß es auch?«, fragte Vanessa verwirrt.

»Mr. Finnegan sicher, der hat was Ähnliches zu mir gesagt, und mir gesagt, ich soll's Maul … Verzeihung, die Schnauze halten, weil …« Er verstummte und lauschte hinaus.

Auch Vanessa war sich der plötzlichen Stille bewusst, die nur durch einige harsche Befehle unterbrochen wurde. »Das ist die Stimme des *Capitaine!*«, rief sie aufgeregt. »Aber ich kann ihn nicht verstehen. Ist der Kampf zu Ende?«

Smithy nickte. »Schon möglich. Ich seh mal kurz nach, aber Sie bleiben unten. Klar, M'am? Sie können erst raufkommen, wenn ich es Ihnen sage.«

Er kletterte die Leiter hinauf, blickte sich kurz um und kam dann wieder zurück, um Vanessa die Hand zu reichen. »Alles vorbei, M'am. Sie können raufkommen, aber bleiben Sie in Deckung, damit der Captain Sie nicht sieht.«

Vanessa nahm die dargebotene Hand und kroch an ihm vorbei aus der Luke. Als sie das Deck betrat, lagen einige Meter vor ihr einige Männer auf dem Boden. Sie starrte schockiert auf die reglosen Gestalten und die Blutlachen, die sich langsam ausbreiteten.

»Engländer. Haben versucht, das Schiff zu entern«, sagte Smithy gleichmütig.

Vanessa wandte sich hastig ab. Sie konnte nicht genau sehen, was auf dem anderen Schiff vor sich ging, aber der Kampflärm hatte sich beruhigt, und sie schlang die Finger ineinander und stieß ein Stoßgebet aus, als sie abermals die sonore Stimme ihres *Capitaines* vernahm, der kurze, scharfe Befehle erteilte. Sie eilte zur Reling und spähte hinüber. Tatsächlich, dort war er!

Die dunkelblaue Uniformjacke war blutig und zerrissen, und sie hielt sekundenlang angstvoll den Atem an, aber er schien zumindest nicht schwer verletzt zu sein, denn er wirkte kräftig und hielt sich gerade. Knapp hinter ihm stand Martin. Er hatte außer einem Kratzer auf der Stirn keine offensichtliche Verletzung. Als er als einer der Ersten wieder an Bord zurückkam, lief sie sofort auf ihn zu, küsste ihn sanft auf die verschwitzte und schmutzige Wange und zog ihn etwas abseits, um sich trotz seines Widerstandes seine Wunde anzusehen. Zum Glück stellte es sich tatsächlich nur als

Kratzer heraus, und Martin brummelte vor sich hin, während sie die Wunde mit dem von Jack gebrachten Wasser und sauberen Tüchern reinigte und einen Verband anlegte, mit dem ihr alter Freund aussah, als hätte er eine schwere Kopfverletzung abbekommen.

»Aber *Madame!*«, sagte er ein ums andere Mal, wurde jedoch sofort zum Schweigen gebracht und erst aus ihrer Fürsorge entlassen, als sie ihr Werk zu ihrer Zufriedenheit vollendet hatte.

Sie huschte in die Kajüte, bevor ihr *Capitaine* sie bemerken konnte, und wartete nervös, bis er zu ihr kam. Ihre Geduld wurde auf eine harte Probe gestellt. Sie hörte ihn eine endlos lange Reihe an Befehlen brüllen, Finnegan, der den Kampf zum Glück unbeschadet überstanden hatte, rief auch etwas Unverständliches über Deck, Matrosen stiegen in die Wanten des englischen Schiffes, und endlich sagte ihr die Bewegung des Schiffsrumpfes, dass die *Independence* ebenfalls Segel gesetzt hatte und wieder unterwegs war.

Sie hatte in der endlos langen Wartezeit Gelegenheit gehabt, über das nachzudenken, was Smithy ihr gesagt hatte. Finnegan wusste also, wer sie war, aber sie zweifelte daran, dass auch Robert eine Ahnung hatte. Anders hätte sich sein Benehmen ihr gegenüber nicht erklären lassen, und er hätte sie niemals für eine Dirne gehalten, die seinem Bruder auf das Schiff gefolgt war. Sie lächelte bei dem Gedanken daran. Es gefiel ihr, dass er noch im Dunkeln tappte, und es freute sie noch mehr, dass er sich ihr trotzdem zugewandt hatte.

Endlich hörte sie Roberts Schritte, und die Tür hatte sich kaum geöffnet, als sie auch schon auf ihn zustürzte und ihn hereinzog.

»*Enfin!*«, rief sie aus. »Welch eine entsetzliche Aufregung,

Robert! Ich hatte ja solche Angst um dich!« Sie half ihm, vorsichtig die Jacke auszuziehen, öffnete hastig sein schmutziges und zerfetztes Hemd, zog es ihm von den Schultern und sah mit Erleichterung, dass er außer einem halbverkrusteten Kratzer am Arm und einem blutigen Streifen auf der linken Brusthälfte tatsächlich keine Verletzungen hatte.

»Das andere Blut ist nicht von mir«, sagte er müde, als sie das blutige Hemd einfach zur Seite warf und ihn auf den nächstbesten Stuhl drückte. Als sie wieder fort wollte, hielt er sie fest. »Hattest du tatsächlich Angst um mich?«

Sie nickte. »Mehr als je zuvor in meinem Leben, Robert. Und jetzt lass mich dich säubern und umsorgen.« Sie machte sich von ihm los, ging zur Ecke, in der der Krug mit frischem Wasser stand, stellte ihn auf den Tisch und kam dann mit einer Schüssel und einigen sauberen Tüchern wieder zurück. Als Darnberry den Raum betrat, schickte sie ihn sofort nach warmem Wasser.

»*Merci*«, sagte sie, als er es brachte. »Ihr könnt jetzt gehen, ich kümmere mich um den *Capitaine*.«

Der Steward wirkte zuerst verblüfft, doch dann bemerkte er den Blick, mit dem Robert Vanessa ansah, und entfernte sich leise. »Wenn Sie etwas brauchen, Madam, dann rufen Sie mich bitte.«

»Ja, ja, danke.« Sie war schon dabei, vorsichtig den Kratzer am Arm und die zum Glück oberflächliche Schürfwunde auf der Brust zu versorgen.

»Die Kugel hat mich nur gestreift«, murmelte er, völlig vertieft in ihr besorgtes Gesicht.

»Du hattest mehr Glück als Verstand, *mon Capitaine*«, sagte sie vorwurfsvoll. »Ein bisschen weiter …«

»Dein Freund Martin hat mich weggestoßen«, sagte er

ernst. »Ein guter Kämpfer«, fügte er anerkennend hinzu, »versteht was davon.«

»Er hat mich seit meiner Kindheit beschützt«, erwiderte sie voller Wärme. »Und er ist der beste und treueste Freund, den ich mir nur wünschen kann.«

Robert beugte sich vor, um sie zu küssen, hielt jedoch inne und fuhr sich mit dem Finger über seine schmutzige Wange. »Ich habe mir oben schon einen Kübel Wasser übergegossen, damit ich nicht ganz so verdreckt zu dir komme, meine Liebste, aber das verdammte Pulverzeug klebt so fest, als wäre es in die Haut eingedrungen.«

Vanessa lächelte nur leicht, nahm die Seife, tauchte ein Tuch ins Wasser und wusch ihm Pulverrauch, Blutspritzer und Schweiß vom Gesicht. Er lehnte sich zurück und genoss mit geschlossenen Augen die zarte Behandlung, die sie danach noch auf seine Brust und seine Arme ausdehnte, und lehnte sich gehorsam vor, als sie seinen Rücken wusch. Als sie fertig war und ihn abgetrocknet hatte, wollte er sie zu sich auf den Schoß ziehen, aber sie wehrte lächelnd ab. »Jetzt der Rest, *mon Capitaine*.«

»Der Rest?«, fragte er interessiert, und in seinen Augen, die eben noch zutiefst erschöpft geblickt hatten, blitzte es auf.

Vanessa nickte und zog ihm erst den einen blutigen Stiefel aus, dann den anderen, die löchrigen Socken flogen in hohem Bogen in die Ecke, und dann fasste sie ihn an den Händen, zog ihn hoch und öffnete den Gürtel seiner Hose. Als sie den schweren Leinenstoff von seinen Hüften schob, schmunzelte sie. »Du bist wirklich unersättlich, Robert, dabei sollte man doch annehmen, dass du dich heute schon ausgetobt hast.«

»So müde kann ich gar nicht sein, dass ich nicht noch Appetit auf dich bekommen würde«, erwiderte er grinsend und stellte sich folgsam auf das große Tuch, das sie auf dem Boden ausgebreitet hatte.

Vanessa goss das schmutzige Wasser aus dem großen Heckfenster und stellte die Schüssel mit frischem Wasser neben sich auf den Boden, bevor sie sich vor ihm hinkniete und fürsorglich daran ging, seine Beine zu säubern, seine Rückseite sorgfältig ebenfalls in die Reinigung mit einbezog – was sein Grinsen noch erheblich verstärkte und ihn stellenweise zum Lachen brachte – und ihn dann wieder herumdrehte, um sich ganz seiner Vorderseite zu widmen. Diesmal lachte er nicht mehr, und Vanessa stellte zufrieden fest, dass er nach Luft schnappte, als sie ihn zuerst gründlich einseifte und dann mit sauberem Wasser abspülte.

»Jetzt setz dich wieder«, sagte sie dann und blickte ihn von unten herauf lächelnd an.

»Kommt noch eine Behandlung?« Seine Augen waren noch dunkler als zuvor, und trotz der Müdigkeit in seinem Gesicht blickten sie intensiv und verlangend, als er sich langsam auf dem Stuhl niederließ.

»Allerdings.« Vanessa schob die Schüssel etwas näher, hob seine Füße hoch und stellte sie hinein.

»Daran hätte ich jetzt nicht mehr gedacht«, brummte er.

»Das dachte ich mir schon, als ich deine Strümpfe sah. Es wird Zeit, *mon Capitaine*, dass du einmal ein Handelsschiff mit frischer Kleidung an Bord kaperst. Ich habe in deiner Kommode kein einziges ganzes Paar mehr gefunden.«

»Du hast in meiner Kleidung gekramt?«, fragte er erstaunt.

Vanessa lachte, während sie seine Füße einseifte. »Nicht gekramt, Robert, einfach nur nachgesehen, was reparaturbedürftig war oder dringend gereinigt werden musste. Es war eine günstige Gelegenheit, als du zuletzt ohne mich von Bord gingst.«

Robert schwieg eine Weile, dann sagte er mit Wärme in der Stimme: »Das hat keine Frau mehr für mich getan, seit meine Mutter vor vielen Jahren starb und ich zur See ging.«

Vanessa blickte von seinen Füßen, die sie soeben von der Seife befreit hatte und nun abtrocknete, auf. »Hatte sie auch so rotes Haar wie du?«

»Sie hatte brandrotes Haar«, erwiderte er lächelnd, »aber mein Haar ist allenfalls rotbraun, du freches Ding.«

Vanessa erhob sich und kippte die zweite Schüssel Schmutzwasser aus dem Fenster. »Meine Mutter starb, als ich noch ein kleines Kind war«, sagte sie über die Schulter zu ihm. »Ich kann mich kaum an sie erinnern, aber mein Vater hatte ein Gemälde von ihr. Sie war groß und schlank, mit dunklem Haar, und eine sehr schöne Frau. Leider kam ich mehr nach meinem Vater, der ebenfalls blond und etwas rundlich war. Dabei hätte ich immer so gern schwarzes Haar und eine schlanke Taille gehabt.«

»Dem Himmel sei Dank für diese Ähnlichkeit mit deinem Vater«, murmelte Robert, »ich habe noch nie schöneres Haar und hübschere Formen gesehen als an dir.«

Sie stellte den Krug und die Schüssel zurück auf ihren Platz, hob die nassen Tücher vom Boden auf und ging zur Tür. »Jetzt ruh dich aus, ich werde in der Zwischenzeit dafür sorgen, dass du etwas zu essen bekommst … *Monsieur* Darnberry …?«

Als Darnberry nach einigen Minuten mit einem vollen Tablett hereinkam, hatte Robert sich bereits auf seinem Bett ausgestreckt, den Arm unter den Kopf geschoben und schien eingeschlafen zu sein. Vanessa bedeutete dem Steward, das Tablett leise auf den Tisch zu stellen, dann trug sie es nach kurzer Überlegung zum Bett hinüber, setzte sich neben Robert und schnitt ein Stück von dem geräucherten Fleisch ab, das sie ihm einfach in den Mund schob, als er blinzelte. Robert kaute grinsend und setzte sich ein wenig auf. »Gar nicht mal so schlecht. Daran könnte ich mich gewöhnen.«

Er aß alles auf, trank den Wein und legte sich dann zufrieden zurück, während Vanessa das Tablett wegstellte. »Du scheinst dich recht gut in meinem Quartier auszukennen.«

»Natürlich«, erwiderte sie erstaunt, »schließlich lebe ich ja schon lange genug hier. Da war es naheliegend, dass ich nachsehe, was sich in den Schränken, Truhen und Kommoden befindet.«

Er lachte und streckte die Hand nach ihr aus, und Vanessa kam sofort zu ihm. »Leg dich zu mir.«

»Gleich.« Sie fasste ihn am Arm und versuchte ihn herumzudrehen.

»Was ist denn jetzt wieder?«, fragte er erstaunt.

»Dreh dich um.«

»Wozu denn?«

»Nun dreh dich schon um!«, wiederholte Vanessa ungeduldig.

»Na schön.« Er rollte sich im Bett herum, Vanessa zog die leichte Decke so zurecht, dass sie gerade sein Gesäß bedeckte, und begann dann sanft über seinen Rücken zu streicheln, seine Schultern und seinen Nacken zu massieren und merkte, wie er sich entspannte und seine Atemzüge regelmäßiger wurden.

Kaum war Robert eingeschlafen, schlich sich Vanessa aus seiner Kajüte und lief hinauf an Deck. Die Wache war gerade dabei, die Planken zu waschen, und Miller, der die Aufsicht hatte, kam schnell zu ihr. »Vorsichtig, Madam, das Deck ist noch nass.«

»Ich wollte auf das Krankenrevier.« Vanessa nahm den angebotenen Arm dankend an. »Vielleicht kann ich etwas helfen. Ich fürchte, dass es viele Verletzte gibt.«

»Von unserer Seite weniger«, erklärte ihr der Zweite Maat freundlich. »Aber drüben«, er deutete nach links, wo das gekaperte Schiff etwa einhundert Schritt parallel zur *Independence* segelte, »sieht er schlimmer aus. Allerdings haben die zwei Ärzte, die sich um die Verwundeten kümmern.«

Vanessa warf nur einen kurzen Blick hinüber. Noch jetzt war ihr der Anblick des Blutes, das aus den Speigatten des Doppeldeckers gelaufen war, frisch im Gedächtnis. Sie war zwar nicht lange an Deck gewesen, nur um sich davon zu überzeugen, dass Robert lebte, aber es hatte genügt, um ihr einen Eindruck von der Erbarmungslosigkeit zu geben, mit der die Männer gegeneinander gekämpft hatten. Allein die Erinnerung daran drehte ihr fast den Magen um. »Sind … Sind viele unserer Leute bei dem Kampf gefallen?« Sie hatte einige der Matrosen ins Herz geschlossen, und der Gedanke, dass dieser nette Hendricks oder Jasper Dudley tot sein könnten, tat ihr in der Seele weh.

»Nur ein paar. Aber, Madam, Sie sollten wieder zurück in Ihre Kabine gehen. Der Anblick auf dem Krankenrevier ist nichts für eine Lady.«

»Ich bin weitaus weniger empfindlich, als Ihr denkt!« Vanessa ließ sich von ihm über das Deck führen und kletterte dann die Leiter hinunter, die zum Krankenrevier führte.

Dort wurde sie von Smithy begrüßt, der seine verletzten Kameraden besucht hatte und nun seltsam blass auf einer Kiste saß. Der Arzt hatte eine blutige Schürze um, sah müde und übernächtigt aus und war gerade dabei, einen Mann zu verbinden, dem er vor kurzem ein Bein amputiert hatte.

»Kann ich helfen?«, fragte sie scheu.

»Wenn Sie nicht gleich beim Anblick von Blut umfallen, so wie dieser Held da drüben«, erwiderte Johnson und deutete zu Smithy hinüber, der kaum mehr als ein verzerrtes Lächeln zustande brachte, »dann sind Sie mir willkommen, Madam.«

»Ist umgekippt wie 'ne Jungfrau, wenn wer unanständig flucht«, grinste einer seiner Kameraden.

»Hab auch noch nie gesehen, wie ein Bein abgesäbelt wurde«, knurrte Smithy böse. »Selbst abgehauen, ja, aber mit 'ner Säge … Allein schon vom Geräusch kann einem da übel werden.«

Vanessa atmete tief ein, schob die Vorstellung abgeschlagener und amputierter Gliedmaßen energisch von sich und trat näher zu einem Mann, der die Schulter fest verbunden hatte. »Mr. Hendricks, ich hoffe, Eure Verletzung ist nicht zu schmerzhaft.«

»Wird schon wieder, Madam«, nickte ihr der Matrose erfreut zu. »War 'n glatter Säbelhieb, aber vom Schlüsselbein abgefangen, sonst wäre ich jetzt nich mehr da.«

Miller hatte zwar gesagt, die Leute von der *Independence* wären nicht so schwer betroffen gewesen, aber Vanessa fand das Krankenrevier überfüllt. Sie blieb unter Deck, half dem Arzt und seinem Assistenten beim Verbinden, hielt Gaze und Verbandszeug, brachte den Verwundeten Wasser, flößte ihnen Medizin ein und sah erst von der Arbeit auf, als Robert hereinkam, um nach seinen Leuten zu sehen.

Er nickte Vanessa anerkennend zu und machte dann seine Runde. Sie arbeitete weiter, hörte aber, dass er für jeden ein aufmunterndes Wort hatte, einigen die Hand drückte, und bemerkte voll heimlichem Stolz die Blicke der Männer, in denen Respekt und sogar Zuneigung lagen.

Kurz nachdem er das Krankenrevier wieder verlassen hatte, erschien Jack in der Tür. »Madam, die besten Empfehlungen vom Captain, er würde sich freuen, wenn Sie das Frühstück mit ihm einnähmen.«

Frühstück? Vanessa war sich nicht bewusst gewesen, dass sie so viele Stunden hier unten verbracht hatte. Mit einem Mal fühlte sie die bleierne Müdigkeit in ihren Gliedern, auch wenn ihr der Appetit angesichts der vielen Verletzten gründlich vergangen war. »Sag dem Captain vielen Dank, Jack. Ich komme gern, aber etwas später …«

Johnson nahm ihr die Medizinflasche aus der Hand. »Anordnung des Arztes, Madam: Guten Appetit.«

Robert hatte das Frühstück in seiner Kajüte anrichten lassen und kam ihr sofort entgegen, als sie den Raum betrat. »Das werden sie dir niemals vergessen, meine Liebste, dass du ihnen geholfen hast«, sagte er warm, während er ihr den Stuhl zurechtschob. Er beugte sich rasch über sie und hauchte ihr einen Kuss aufs Haar, dann nahm er ihr gegenüber Platz.

Darnberry hatte bereits eine große Kanne Kaffee auf den Tisch gestellt, gebratene Eier, Brot und Schinken. Vanessa spürte zwar, wie ihr der Magen beim Anblick der Speisen knurrte, wusste aber, dass sie jeden Bissen davon mühsam würde hinunterwürgen müssen. Wenn sie die Augen schloss, konnte sie immer noch die toten Engländer an Deck liegen sehen, einen davon mit zerspaltenem Schädel. Überall war

Blut und Gehirnmasse. Und dann die zum Teil grässlich verwundeten Männer auf dem Krankenrevier.

Daheim hörte man von den Kämpfen, die die Schiffe der miteinander in Krieg stehenden Länder ausfochten, aber der wahre Schrecken blieb dabei verborgen. Tote waren nur Namen, Verwundete wurden zu Helden, deren Verletzungen schon längst verheilt waren, wenn sie zurückkehrten und von ihren Taten erzählten. Albert hatte einige Schiffskommandanten unter seinen Freunden gehabt, die mit Begeisterung von ihren Seeschlachten berichteten. Manchmal war sie gelangweilt dabei gesessen, während ihr Mann und seine Freunde Nussschalen oder kleine Obststücke auf dem Tisch verteilt und so die Schlacht nachvollzogen hatten. Wie ein Spiel war das gewesen …

Und jetzt war sie mitten in dieses »Spiel« hineingeraten. Sie hoffte von Herzen, dass ihnen auf der weiteren Reise – wohin auch immer sie führen mochte – kein weiteres Kriegsschiff begegnete, das den *Capitaine* veranlasste, es anzugreifen, um es als Prise heimzubringen.

Der Überfall auf die *Duchesse* war so völlig anders gewesen. Piraten hatten ein wehrloses Schiff überfallen, sie war verschleppt worden, und in der Angst waren fast alle anderen Eindrücke untergegangen. Aber hier hatte es sich nicht um Verbrecher gehandelt, sondern um Angehörige eines anderen Staates, der sich zufällig mit Robert und seinem Land im Krieg befand. Anständige Menschen, die sich gegenseitig umbrachten.

Robert bediente Vanessa, legte ihr Eier und Schinken auf den Teller und schenkte ihr Kaffee ein. Während er selbst aß, beobachtete er sie dabei, wie sie vorsichtig einige Maden aus dem Brot entfernte.

Sie fühlte seinen Blick und bemühte sich um ein Lächeln. »Ich weiß, Robert, dass diese Maden weitaus schmackhafter sind als die anderen Würmer. Aber dennoch – weißt du, worauf ich mich freue, wenn ich wieder an Land bin: auf frisches Gebäck und Früchte, und alles ganz ohne Maden oder anderes Getier darin.« Sie versuchte möglichst heiter zu sprechen, so als hätten die letzten Stunden niemals stattgefunden.

Robert ging nicht auf ihren leichten Tonfall ein. Er hatte nicht lange geschlafen, nachdem sie die Kajüte verlassen hatte, sondern war wach gelegen und hatte nachgedacht. Frische Lebensmittel waren dabei seine geringste Sorge gewesen, sondern seine Gedanken hatten sich vielmehr unaufhörlich um Vanessa und seine Gefühle für sie gedreht. Er hatte zwar während des Kampfes jeden Gedanken an sie zur Seite geschoben, aber tief in ihm war die Angst um sie gewesen und die Furcht, er könnte sie nie wiedersehen, getötet oder gefangen genommen werden, ohne ihr gezeigt zu haben, wie viel sie ihm bedeutete. Er wusste, dass er sie um nichts in der Welt verlieren wollte. Jetzt noch weniger als je zuvor.

Er griff über den Tisch nach ihrer Hand, streichelte mit der anderen darüber und ließ keinen Blick von ihrem Gesicht. »Sag mir, meine Liebste, was muss ich tun, um dich behalten zu können?«

Vanessas bemühtes Lächeln verschwand. »Willst du das denn?«

»Mehr als alles andere. Was muss ich also tun?«

Sie atmete tief durch, warf ihre Erziehung, Traditionen und den Glauben an das Sakrament der Ehe über Bord. Ihr ganzes Leben hatte sich verändert, und nach den letzten

Wochen würde für sie nichts mehr so sein wie zuvor. »Nichts, *mon Capitaine*«, lächelte sie liebevoll. »Du wirst es ganz im Gegenteil äußerst schwierig finden, mich wieder loszuwerden.«

13. Kapitel

Die weitere Reise nach Martinique hatten sie zu Vanessas größter Erleichterung zurückgelegt, ohne noch einmal auf ein englisches Kriegsschiff zu treffen. Ihr lebenslustiges Gemüt hatte ihr bald geholfen, die schrecklichen Erinnerungen verblassen zu lassen, und die freundschaftlichen Aufmerksamkeiten der Männer und vor allem Roberts zärtliche Besorgnis hatten schnell dafür gesorgt, dass die Wochen wie ein Traum aus Sonne, Glück und Liebe vorbeigegangen waren.

Vanessa stand an Deck und hatte schon seit Stunden kaum den Blick von dem langsam aus dem Meer wachsenden Eiland lassen können. Je näher sie kamen, desto größer war ihr Entzücken, endlich wieder Land zu sehen. Die Insel bot einen wunderbaren Anblick. Sie lag im vollen Schein der Sonne, hohe, zerklüftete Felsen bildeten einen Teil der Küste, und im Hintergrund waren mit üppigem Grün bedeckte Berge zu sehen. Als sie in die Bucht von Fort-Royal einliefen, sah Vanessa weiße Häuser zwischen der Vegetation hervorleuchten, und Palmen bewegten sich leicht im Wind, der die Stimmen von Vögeln, anderen Tieren und Menschen mit herüberbrachte. Robert wollte hier die Kriegsgefangenen abliefern, die die Reise in sicherem Gewahrsam im Laderaum des erbeuteten Schiffes zurückgelegt hatten. Danach wollte er beide Schiffe in der Reede überholen lassen und dann Richtung Ostküste der neuen Vereinigten Staaten von Amerika segeln.

Sie wurde aus ihren Träumen gerissen, als Robert den Befehl gab, seine Gig zu Wasser zu lassen.

»Ich will aber nicht immer an Bord bleiben!«, rief sie ungeduldig aus, als er ihr erklärte, dass er ohne sie gehen würde und sie auf dem Schiff bleiben musste. »Ich möchte einmal mit an Land!«

»Das geht nicht«, brummte Robert.

»Weshalb denn nicht?«

»Weil das kein Aufenthaltsort für eine Frau ist«, knurrte er ärgerlich. Er war schlechter Laune, seit sie in den Hafen eingesegelt waren und ein Boot mit einem Bevollmächtigten des Gouverneurs längsseits gekommen war. Mit einer höflichen Einladung zum Abendessen für ihn und seine Offiziere und einem Schreiben, das keinen Zweifel daran ließ, dass der Gouverneur das mitgebrachte englische Kriegsschiff beschlagnahmen wollte, um seine Flotte zu verstärken. Ein Plan, der Robert ganz und gar nicht zusagte. Er hatte ganz im Gegenteil zusätzliche Leute rekrutieren wollen, um die Prise zu bemannen und mit zwei Schiffen auf Jagd zu gehen. Und wäre das Schiff nicht so schwer beschädigt gewesen, dass er es im Hafen reparieren lassen musste, hätte er es wohl unter Millers Aufsicht einige Meilen vor der Insel gelassen.

»Aber *mon Capitaine!*«, rief Vanessa belustigt aus. »Dort leben doch zweifellos viele Frauen! Ich selbst habe eine Freundin, die ihrem Mann dorthin gefolgt ist, als er eine Plantage erwarb!«

»Trotzdem«, murrte er. Er hatte natürlich vor, mit ihr an Land zu gehen, aber zuerst wollte er mit dem Gouverneur fertig werden, und dabei war ihm Vanessa nur im Weg. Er musste den Mann überreden, ihm Material und einen Anlegeplatz zur Verfügung zu stellen, an dem er die beiden Schiffe kampf- und seetauglich machen konnte, und ihm ausreden, die Prise für sich behalten zu wollen. Erst wenn er diese Hürden genommen hatte, konnte er daran denken, sich einige nette Stunden mit seiner Liebsten zu gönnen.

»Dann ziehe ich mir eben etwas anderes an«, sagte Vanessa schnell. »Ich könnte eine Hose nehmen und eine Jacke darüber und das Haar unter einem Tuch verstecken.«

Robert ließ seinen Blick von dem vollen Haar über ihren Körper gleiten. Keine Hose und Jacke wäre jemals in der Lage, diese weiblichen Formen so zu verdecken, dass man in Vanessa einen Mann vermuten konnte. Einfach lächerlich, diese Idee. »Das kommt überhaupt nicht in Frage!« Er hatte mit einer Stimme gesprochen, die keine Widerrede zuließ.

Vanessas Blick wurde schmelzend. Sie kannte ihn nun schon gut genug, um zu wissen, wie sie ihren *Capitaine* am besten umstimmen konnte, und sie zögerte nicht, sich diese Kenntnis zunutze zu machen.

»Nein«, sagte er fest.

Vanessas Blick wurde noch bittender.

»Und schon gar nicht in einer lächerlichen Verkleidung.«

»*Mon Capitaine …*«

»Mr. Finnegan«, sagte Robert mit jenem Grollen in der Stimme, das Finnegans Mundwinkel zucken ließ und Vanessa veranlasste, ihr reizendstes Lächeln aufzusetzen. »Mr. Finnegan, geben Sie mir zusätzlich drei Männer mit, die auf sie aufpassen, während ich in den Verhandlungen bin.«

Finnegan machte sein diensteifrigstes Gesicht und winkte drei Matrosen heran, von denen er wusste, dass sie die

Unversehrtheit ihrer reizenden Passagierin mit ihrem Leben verteidigen würden.

»Ein einziges Wort nur, Finnegan«, sagte Robert drohend und mit einem misstrauischen Blick auf die verkrampften Lippen seines Ersten Maats und Freundes, als Vanessa unter Deck verschwand, um sich umzuziehen, »ein einziges Wort nur, und ich erwürge Sie.«

»Aye, Captain«, sagte Finnegan mit einer Stimme, in der trotz aller mannhaften Bemühungen ein deutliches Zittern mitklang.

Robert wandte sich wieder ab und warf Smithy, Dudley und Hendricks, die beim Boot warteten, einen kurzen, aber sprechenden Blick zu, der jede Grimasse sofort im Keim erstickte. Wären es nicht gerade seine besten und verlässlichsten Männer gewesen, die ein derart dümmliches Grinsen aufgesetzt hatten, wären sie wohl alle über kurz oder lang an der Gräting gelandet, und er hätte sie eigenhändig geprügelt. Miller, sein Zweiter Maat, war klüger. Er sah beharrlich zur Seite und vertiefte sich in den Anblick eines frisch geteerten Mastes.

»Was soll ich denn tun?«, fragte er nach einigen Minuten tiefsten Schweigens gereizt, aber so leise, dass nur Finnegan ihn verstehen konnte. »Das eigensinnige Ding ins Wasser werfen?«

»Eine ziemlich drastische Maßnahme«, antwortete Finnegan mit stoischer Ruhe, aber mit zuckendem Bart und hochrot im Gesicht.

Zehn Minuten später kletterte Vanessa, angetan mit einem hellen, luftigen Kleid, einem seidigen Tuch, das sie über Kopf und Schultern trug, und festen Schuhen wieder an Deck, schritt mit einem strahlenden Lächeln an den Männern vorbei und trat zur Reling. Finnegan hatte in der Zwischenzeit die Installation einer Art Schaukel an einem schwenkbaren Arm veranlasst, mit der man Passagiere vom Schiff in das Boot verfrachten konnte und umgekehrt.

»Ich hab nicht gegrinst«, sagte er schnell, bevor sein Captain noch eine scharfe Bemerkung an seine Adresse machen konnte, als er Vanessa auf den Sitz half und ihr einschärfte, sich ja festzuhalten.

Am Schluss sprang auch noch der Junge ins Boot, und Robert kletterte unter dem üblichen Pfeifen von Bord.

»Einen Moment!« Martin war ebenfalls zur Reling gekommen, und seine Stimme klang unerbittlich. »Die *Madame* geht gewiss nicht ohne mich an Land.«

Robert warf ihm einen gereizten Blick zu. »Wer an Land geht, bestimme allein ich. Wenn Sie ein Problem damit haben, werden wir darüber reden, wenn ich wieder zurück bin.« Jeden anderen hätte er vermutlich viel härter angefahren, aber dieser Mann war nicht nur Vanessas Freund, sondern hatte ihn während des Kampfes mit den Engländern mindestens zweimal vor schweren Verletzungen bewahrt oder ihm sogar das Leben gerettet.

»Sie wird nicht ohne mich …«, setzte Martin nochmals an, wurde jedoch von Vanessa unterbrochen, die ihn mit ihrem unwiderstehlichen Lächeln ansah.

»Mach dir keine Sorgen um mich, mein Lieber. Es geschieht mir nichts. Die Insel ist doch zivilisiert, und außerdem«, sie deutete auf die anderen Männer und auf Jack, »siehst du ja – ich bin nicht allein.«

»*Madame!*«

»Nein, Martin.« Sie winkte ihm zu, während die Männer das Boot vom Schiff abstießen und davonruderten. »Ich bringe dir etwas Schönes mit!«

»Wenn ich je einen verliebten Mann gesehen habe …«, brummte Finnegan in seinen Bart, als er sah, wie der Captain seinem Liebling den Schal richtete, damit sie nicht von der Sonne geblendet wurde. »Es ist unfassbar, wie schnell die Weiber herausfinden, wie man einen Mann um den Finger wickelt, und er ist auch noch stolz darauf. Aber wenigstens ist er in guten Händen …« Er sah dem Boot nach, als es sich mit kräftigen Ruderschlägen entfernte. »Die Lady ist ebenfalls gut aufgehoben«, sagte er, als er den finsteren Blick bemerkte, mit dem Martin dem Boot nachsah.

Vanessas Freund und Beschützer wandte sich ihm zu. »Das hoffe ich für Ihren Captain«, erwiderte er kalt, »andernfalls müsste ich ihm den Hals brechen.«

Finnegan lehnte sich an die Reling und musterte Martin eingehend. »Ich bin Ihnen und Ihrer Lady viel zu sehr zu Dank verpflichtet, als dass ich zulassen würde, dass ihr etwas geschieht«, sagte er ruhig. »Ohne sie wäre ich vermutlich irgendwo im Dreck auf der Straße nach Dover gestorben. Ich mische mich niemals in die Privatangelegenheiten meines Captains, aber ich hätte auf gar keinen Fall geduldet, dass er sich ihr nähert, ohne dass sie es will.«

Martins scharfer Blick schien ihn durchdringen zu wollen.

»Natürlich habe ich Sie beide erkannt«, fuhr der Erste Maat gelassen fort. »Ich war zwar verletzt und halb am Abkratzen, aber immer noch genügend bei Sinnen, um meine Retter deutlich genug zu sehen.« Er deutete zum Boot hin. »Ich kenne Robert McRawley nun schon seit vielen Jahren. Er war, als wir das erste Mal zusammentrafen, noch auf einem englischen Kriegsschiff und hat sich ziemlich schnell hochgearbeitet. Ein Seemann durch und durch, ich kenne keinen besseren.« Er schwieg eine Weile und beobachtete das Boot, das am Hafen angekommen war. Die Männer sprangen an Land, und Robert hob Vanessa aus der Gig.

»Als die Unstimmigkeiten zwischen den Kolonien und dem Mutterland immer größer wurden«, fuhr Finnegan schließlich fort, »verließ er die Royal Navy und ging als Maat auf ein Handelsschiff, bis der Kongress beschloss, Kriegsschiffe auszurüsten. Er war einer der Ersten, die angeheuert haben.« Finnegan klopfte auf die Reling. »Die *Independence* haben wir vor drei Jahren den Engländern abgenommen, und der Captain, der damals Erster Maat war, erhielt das Kommando darüber. Es war eine gute Entscheidung der Admiralität, das Schiff könnte keinen besseren Captain haben. Ebenso wenig wie die Mannschaft. Oder ich einen Freund.«

»Ich hielt die *Independence* für ein Kaperschiff Ihrer Regierung«, murmelte Martin.

Finnegan schüttelte den Kopf. »Für Prisenritter hat der Captain wenig übrig. Wir kreuzen hier nicht, um Handelsschiffe zu kapern, sondern auf der Jagd nach Kriegsschiffen.«

Martin ließ seinen Blick nicht von ihm. »Er weiß es nicht.«

Finnegan musste nicht erst nachfragen, was Martin meinte, sondern schüttelte nur den Kopf. »Ist schon seltsam, die Blindheit verliebter Männer, was?«

»Weshalb haben Sie ihm nichts gesagt?«

Der Erste Maat lehnte sich an die Reling und sah nachdenklich in die kurzen Wellen, die sich mit leichten Schaumkronen am Schiff brachen. »Robert McRawley ist ein Mann, der sogar bei Sturm mit beiden Beinen fest auf dem Boden steht«, sagte er schließlich. »Hat keine Flausen im Kopf, ist einer von der nüchternen Art. Aber die fremde Lady damals hatte es ihm angetan.« Er lächelte Martin etwas schief an. »Was unter diesen Umständen kein Wunder war. Sie ging ihm auch später nicht aus dem Sinn, und er bekam jedes Mal, wenn er von ihr sprach, so einen schwärmerischen Blick, wenn Sie wissen, was ich meine.« Martin nickte langsam, und Finnegan sprach weiter.

»Was ja gleichgültig war, da ohnehin keine Gefahr bestand, der Dame jemals wieder über den Weg zu laufen. Als sie dann allerdings auf dem Schiff auftauchte, war das eine andere Sache. Da sie selbst – aus welchen Gründen auch immer, und obwohl sie uns sehr wohl erkannt hatte, das sah ich ihr deutlich an – über ihre Identität schwieg, hatte ich keinen Grund, darüber zu sprechen.« Er hob die Schultern. »Offen gesagt hatte ich Angst, mein Captain würde sich da sofort in etwas verrennen und ihr mehr Aufmerksamkeit schenken, als für sie beide gut gewesen wäre. Damals dachte ich noch, dass so was nicht gut gehen könnte. Eine reiche französische Lady und ein völlig mittelloser Captain aus den rebellischen Kolonien. Hätte zumindest ihm nichts als Kummer gebracht, wenn sie ihn zurückgewiesen hätte.«

»Hat sie aber nicht«, brummte Martin und blickte aus schmalen Augen auf die kleine Gruppe, die sich vom Ufer entfernte.

»Nein.« Finnegans Grinsen war jetzt unmissverständlich. »Und wenn Sie mich fragen, dann passen die beiden verdammt gut zusammen.«

»Schon möglich«, knurrte Martin, der wusste, dass sein Schützling schon längst ebenfalls dieser Meinung war. »Aber trotzdem, sollte er sie unglücklich machen, dann …«

»Brechen Sie ihm den Hals«, vollendete Finnegan gemütlich seinen Satz. »Hab's schon kapiert.«

Vanessa war geradezu kindlich aufgeregt, als die Männer das Boot ans Ufer zogen und Robert sie heraushob. Zum ersten Mal seit Monaten betrat sie wieder festen Boden, würde mit Menschen aus ihrer Heimat sprechen können und all diese wunderbaren Dinge mit eigenen Augen sehen, von denen sie bisher nur gelesen oder gehört hatte. Sie blieb neben Robert stehen, während er den Matrosen, die bei der Gig zurückbleiben sollten, Anweisungen gab, und sah sich neugierig um. Wie eindrucksvoll diese Insel doch war! Es gab allerdings keinen weißen, romantischen Sandstrand, wie sie das erwartet hatte, sondern nur schroffe Felsen, die hohen, dicht bewachsenen Berge und vor ihnen das Fort, das die Stadt schützte.

Es herrschte reges Treiben am Hafen. Männer mit voll beladenen Karren fuhren vorbei, Kinder liefen zwischen den Matrosen hindurch, ein Hund saß ganz in der Nähe und kratzte sich hingebungsvoll, und gelegentlich sah man auch kostbar gekleidete Damen in Begleitung von Zofen und dunkelhäutigen Dienern. Zwei französische Handelsschiffe lagen nahe am Land und wurden über einen Steg mit Wasser und Vorräten beliefert, ein französisches Kriegsschiff lichtete soeben den Anker, und eine schnittige Barke mit amerikanischer Flagge schaukelte etwas weiter draußen in den Wellen. Daneben waren noch kleinere Fischerboote zu sehen und Ruderboote, die offenbar das amerikanische Schiff zum Ziel hatten. Vanessa sah einige herausgeputzte

Frauen darin, manche noch blutjung und hübsch, andere schon etwas älter, und alle lachten und winkten. Ein weiteres Boot stieß gerade vom Ufer ab, und es war eindeutig, dass es auf die *Independence* zusteuerte.

Robert zog die Augenbrauen zusammen, legte die Hände trichterförmig an den Mund und schrie so laut zu seinem Schiff hinüber, dass Vanessa sich unwillkürlich die Ohren zuhielt.

»Dass mir keines von diesen Weibern an Bord kommt, Finnegan! Haben Sie mich verstanden?«

Finnegans »Aye, Sir«, klang als Antwort herüber, und Vanessa machte große Augen.

»Was wollen die Frauen denn auf dem Schiff? Sind das Händlerinnen?«

Die Männer grinsten verstohlen, und Robert verzog gequält den Mund. »Ja, das könnte man so sagen. Aber jetzt komm.« Er fasste sie am Arm, doch Vanessa blieb stehen und starrte zu dem kleinen Boot hinüber, das von zwei kräftigen Männern gerudert wurde.

»Sind das … sind das etwa … Aber Robert! So viele! Da sind ja mindestens zwölf davon im Boot, und dort ist noch eines … und …!«

»Ja, schon gut. Das ist so üblich, weißt du. Komm jetzt bitte.«

»Überall?«

»Ja. Überall«, erklärte Robert ungeduldig. »Auch in englischen und französischen Häfen. Sag nicht, du hast das noch nie gesehen.«

Vanessa schüttelte nur langsam den Kopf und konnte sich kaum von dem Anblick losreißen. Sie hatten durch den Aufenthalt und die Rückfahrt nach Dover den Hafen in Portsmouth erst in letzter Sekunde erreicht und waren gerade kurz vor Einsetzen der Flut an Bord gekommen. Sie war zwar an der Reling gestanden, als sie aus dem Hafen ausgelaufen waren, hatte aber nur aufs Meer hinausgeblickt.

Als Robert den Weg zur Stadt einschlug, hielt sie sich lachend an ihm fest. »Der Boden ist so stabil, *mon Capitaine!* Ich weiß gar nicht, wie ich darauf gehen soll!«

Robert schmunzelte, und die anderen nickten grinsend. »Das geht uns allen jedes Mal so, wenn wir an Land kommen. Aber das dauert nicht lange, Vanessa, bald hast du dich wieder daran gewöhnt.«

Sie waren stillschweigend übereingekommen, darauf zu verzichten, sich vor den anderen mit Madam und *Monsieur* anzusprechen. Seit dem Tag, an dem sie das andere Schiff besiegt hatten, lebte Vanessa offiziell mit Robert zusammen. Es gab auch keinen Grund, etwas verschämt zu verheimlichen, das inzwischen ohnehin schon die ganze Mannschaft wusste.

Sie hatten die ersten Häuser erreicht. Einige armselige Hütten waren darunter, vor denen mehrere alte Leute ein Schwätzchen hielten. Immer wieder sah Vanessa dunkelhäutige Männer, die nur mit knapp bis unter die Knie reichenden Hosen bekleidet waren und deren Rücken deutliche Peitschenspuren aufwiesen.

»Sklaven«, sagte Robert kurz, als Vanessa auf zwei Männer deutete, die sich mit einer schweren Kiste abmühten. »Man gewöhnt sich daran, wenn man öfter an Land geht.«

»Sie werden geschlagen!«

»Das werden Seeleute auch«, sagte Robert achselzuckend. »Und noch schlimmer als die beiden dort. Es gibt Kommandanten, da werden die geringsten Vergehen mit Prügelstrafen vergolten, und kaum einer kommt mit weniger als dreißig Hieben davon. Ich habe auch als normaler Matrose angefangen und etliche Hiebe bekommen, bevor ich Offizier wurde.«

»Aber du warst ein freier Mann«, widersprach Vanessa, während sie neben ihm herlief. »Keiner hat dich gezwungen, an Bord eines Schiffes zu gehen.«

»Mich nicht, aber viele andere schon. Oder wie, meinst du wohl, schaffen es die Admiräle, ihre Schiffe so voll zu kriegen? Du hast doch selbst gesehen, wie hart die Arbeit an Bord ist – meinst du etwa, die Mannschaften bestehen nur aus Freiwilligen? Mindestens die Hälfte davon ist gepresst, Vanessa. Ohne Rücksicht auf Herkunft oder Beruf. Da kann es passieren, dass ein Familienvater morgens aus dem Haus geht und am Abend schon mit einem Schiff davonsegelt.«

»Das ist unmenschlich und kaum besser als Sklaverei«, sagte Vanessa betroffen.

»Ja, das stimmt. Aber es ist eben so«, erwiderte Robert ruhig. Sie gingen eine schmale Straße entlang, die ein wenig bergauf führte.

Miller hatte sich hinter ihnen gehalten, holte sie jetzt jedoch ein. »Sehen Sie dort, Captain?« Er deutete auf ein weißes Haus, das auf einer kleinen Anhöhe stand. »Das ist der Wohnsitz des Gouverneurs. Wenn mich nicht alles täuscht, hat man unsere Ankunft schon bemerkt.«

Roberts Augen folgten seinem ausgestreckten Zeigefinger. Tatsächlich. Einige Soldaten hatten Aufstellung genommen, und die Fahne wurde gehisst. »Die glauben vermutlich, dass wir gekommen sind, um uns ihrer Flotte anzuschließen«, brummte er. »Da haben sie aber Pech. Auch mit dem zweiten Schiff.«

Vanessa sah zu dem Haus hinauf. »Der Flotte anschließen?«

»Um die Angriffe der Engländer abzuwehren«, erwiderte Robert. »Jetzt da der Krieg offen ausgebrochen ist, wird die Krone nicht lange zögern, Martinique unter ihre Herrschaft zu bringen. Sie haben das bereits früher mit Erfolg versucht.« Er lachte spöttisch auf. »Nur, wir können nicht hierbleiben, sondern sind darauf angewiesen, von ihnen Hilfe zu bekommen. Aus diesem Grund bin ich hier.«

»Aber Frankreich hat die Kolonien doch unterstützt! Weshalb sollte einer seiner Gouverneure euch jetzt seine Hilfe versagen?«

»Die eigenen Interessen zählen immer mehr als die der anderen, meine Liebe. Das ist völlig normal.«

»Aber«, rief Vanessa empört aus, »das ist doch unerhört von ihm!«

Robert zog sie weiter. »Ja, mein Herz. Aber so ist die Welt nun einmal. Und«, setzte er ehrlich hinzu, »vermutlich würde ich an seiner Stelle auch nicht anders handeln.«

Sie gingen weiter in die Stadt hinein, bestaunt von den alten Frauen, die vor den Türen saßen und Körbe und Netze flochten oder Fische reinigten, und von den Kindern, die ein Stück neben ihnen herliefen. Vor einer Taverne blieben sie stehen, und Robert zog das Tuch zurecht, das Vanessas leuchtendes Haar verdeckte. »Du kannst dir die Insel etwas ansehen, Vanessa. Zusammen mit Smithy und den anderen. Ich kann dich leider nicht zu den Verhandlungen mitnehmen, aber du bist bei ihnen gut aufgehoben. Wir treffen uns dann wieder hier, in etwa drei Stunden.«

»Vielleicht sollte ich mit dem Gouverneur sprechen?«, schlug Vanessa vor.

»Nein«, entgegnete er entschieden. »Ich werde ganz bestimmt nicht mit dir dort hingehen.«

»Aber ich bin doch ebenso aus Frankreich«, widersprach sie, »ich könnte doch …«

»Nein. Und dabei bleibt es. Und wenn ich dich auch nur in der Nähe des Gouverneurspalastes sehe, so …«

»Wirfst du mich ich ins Wasser?«, fragte Vanessa mit hochgezogenen Augenbrauen. Sie überlegte kurz, ob die Angelegenheit es wert war, jetzt vor den anderen mit Robert eine längere Diskussion zu führen, und entschied sich dann, die Sache vorläufig auf sich beruhen zu lassen. Männer waren oft eigen in diesen Dingen und fühlten sich schnell in ihrem Stolz gekränkt, wenn sie von einer Frau Hilfe annehmen sollten. Sie würden noch länger auf der Insel verweilen, und sollte Robert vom Gouverneur abgewiesen werden, so hatte sie zweifellos noch Gelegenheit, mit diesem zu sprechen.

»Nein, dann werfe ich diese drei ins Wasser, weil sie nicht auf dich aufgepasst haben«, erwiderte Robert gleichmütig. »Und den Knaben, der dich so anhimmelt, gleich dazu.«

Diese Worte entlockten Smithy ein amüsiertes Grinsen und Jack und Vanessa ein Kichern, woraufhin Robert sich resigniert abwandte und mit Miller davonging. Nach einigen Schritten blieb er stehen und kam zurück. Vanessa sah ihm erwartungsvoll entgegen »Soll ich doch mitgehen, *mon Capitaine?*«

»Nein«, antwortete er gereizt. Er griff in die Tasche und zog seinen mageren Geldbeutel hervor, den er Smithy reichte. »Hier, für die Einkäufe. Du bezahlst alles, was sich die Lady aussucht, klar?« Smithy nickte beeindruckt und verwahrte den Beutel sorgfältig in seiner Jackentasche.

Als Robert sich wieder umwenden wollte, hielt ihn Vanessa fest und hauchte ihm einen Kuss auf die Wange. »*Merci beaucoup, mon Capitaine.*« Die anderen grinsten, Robert brummte verlegen etwas vor sich hin, sah aber sehr erfreut aus und stolzierte mit einem zufriedenen Gesichtsausdruck davon.

Vanessa sah ihm nach, bis er hinter einem Haus verschwunden war, dann wandte sie sich an ihre Gefolgschaft. »Und jetzt, *Messieurs*, sehen wir uns die Insel an!«

Sie lief in Begleitung der Männer, die ebenso bei der Sache waren wie sie selbst, durch die Straßen, erstaunt darüber, wie viele unterschiedliche Geschäfte und Herrlichkeiten diese Stadt zu bieten hatte. Sie kaufte bei einem Bäcker für alle süßes Naschwerk und nahm noch ausreichend für die anderen mit, zog Jack zu einem Händler, suchte ihm eine Jacke und eine Hose aus sowie Schuhe und erstand dann auch Kleidung für Martin und ein Hemd für Smithy, das sie ihm heimlich schenken wollte. Schließlich fand sie mit einem erfreuten Ausruf noch einen Laden, der Kakao verkaufte, wovon sie ein gutes Pfund erwarb. Smithy gab ihre Einkäufe ohne zu zögern an Hendricks und Dudley weiter, die alles gehorsam hinter ihnen hertrugen, und achtete peinlichst genau darauf, dass sich kein Fremder seiner Schutzbefohlenen auf mehr als fünf Schritte näherte.

Smithy hatte, gleich nachdem sie sich von Robert getrennt hatten, Erkundigungen über die Familie von Vanessas Freundin eingeholt und dabei herausgefunden, dass die Plantage auf der anderen Seite der Insel lag, was einen kurzen Besuch unmöglich machte. Zuerst war Vanessas Laune etwas getrübt, die Freude darüber, endlich wieder an Land zu sein und alles kaufen zu können, was mit Roberts Geld zu erwerben war, ließ sie die Enttäuschung jedoch schnell verschmerzen. Und so kehrten sie und ihre treue Gefolgschaft nach zwei Stunden zufrieden wieder zu ihrem Ausgangspunkt zurück.

Robert war noch nicht erschienen, und sie beobachtete neugierig das Kommen und Gehen in der Taverne gegenüber. Normalerweise wäre es für eine Vanessa de Chastel völlig undenkbar gewesen, einen solchen Ort zu betreten, aber seitdem sie die Geliebte ihres hinreißenden Freibeutercaptains war, gab es wohl keinen Grund mehr für sie, sich an solche Konventionen zu halten. Also gab sie ihrer Neugierde nach und äußerte den Wunsch, die Kaschemme zu betreten. Sie wollte endlich einmal eine dieser verruchten Tavernen sehen, in denen sich die Seemänner aufhielten, leichte Mädchen herumliefen und der Würfelbecher die Runde machte. Es kostete sie zwar einige Mühe, den sich sträubenden Smithy zu überreden, aber als Jack, der ebenfalls neugierig war, genauso begann, auf den gutmütigen Seemann einzureden, und sich die anderen beiden auch nicht abgeneigt zeigten, gab dieser schließlich nach.

»Aber Sie bleiben immer dicht bei mir, M'am«, wies er Vanessa energisch an. Diese nickte, während ihre Augen vor Abenteuerlust funkelten. Ein Glück, dass Martin nicht dabei war, der hätte ihr diesen Spaß niemals erlaubt. Smithy und die anderen bildeten einen Kreis um sie, als sie die Taverne betraten. Vanessas erste Reaktion war sofortige Umkehr, als ihr der Dunst aus Alkohol und Schweiß entgegenschlug, aber dann siegte die Neugier, und sie ging tapfer weiter. Die Schenke war mit zwei kleinen glaslosen Fenstern nur ungenügend erhellt, aber Vanessa erkannte deutlich die gemischte Gesellschaft, die hier Unterhaltung jeglicher Art suchte. Smithy ging voran und kämpfte sich durch bis zu einem Tisch in der Ecke, an dem nur ein einzelner Mann saß. Vanessa nahm mit Jack Platz, und einer der Männer ging für alle Grog holen. Als Smithy ihr den Krug hinschob, beugte er sich ein wenig vor. »Vorsicht, M'am, das ist verflixt stark. Was anderes haben die hier nicht.« Vanessa nickte und hob den Krug an die Lippen. Ein starker Geruch nach Alkohol drang ihr in die Nase, und noch bevor sie den ersten Schluck genommen hatte, musste sie husten.

Der Fremde, der ihr gegenübersaß, lachte. »Das ist auch nichts für Frauen.« Er hatte eine dunkelblaue Jacke an, derjenigen, die Robert heute für den Besuch beim Gouverneur angezogen hatte, sehr ähnlich. Sie stand offen, und darunter trug er eine Weste und ein fleckiges weißes Hemd.

Smithy warf ihm einen finsteren Blick zu, doch Vanessa ignorierte ihn einfach und widmete sich dem Grog. Es war viel Zucker in dem Gebräu, das nach dem ersten Schluck gar nicht so übel schmeckte, und so kostete sie abermals. Das Getränk gewann nach diesem weiteren Versuch, und sie wollte soeben ihren dritten Schluck nehmen, als eine Stimme neben ihr ertönte: »Seid ihr denn von allen guten Geistern verlassen? Was zum Teufel tut ihr hier drinnen?«

Smithy und Jack fuhren von ihren Stühlen hoch, und Vanessa, der allein schon der Geruch des Rums in den Kopf gestiegen war, lächelte verliebt. »*Monsieur le Capitaine!* Wir haben dich schon sehnsüchtig erwartet!«

»Das scheint mir aber nicht so.« Robert nahm ihr den Krug aus der Hand, roch daran und stellte ihn angewidert auf den Tisch. »Schöne Sitten reißen hier ein, kaum dass ich mich umdrehe. Kann man euch denn nirgendwo allein lassen? Komm, wir gehen.«

Er schob sie vor sich hinaus, wobei er einige Betrunkene

zur Seite stieß, und trat mit einem erleichterten Aufatmen ins Freie. »Was habt ihr euch nur dabei gedacht?«, schnauzte er Smithy und die anderen an, die etwas langsamer und sichtlich von schlechtem Gewissen gepeinigt folgten. »Das ist doch kein Aufenthaltsort für eine Dame!«

»Ich weiß, Captain«, sagte Smithy ziemlich zerknirscht, »aber …«

»Aber ich habe ihnen so zugesetzt, *mon Capitaine*«, ergänzte Vanessa seinen Satz und unterstrich ihre Worte mit ihrem berüchtigten Lächeln, mit dem sie von Robert alles haben konnte. »Nimm es uns nicht übel. Und wirf uns bitte nicht ins Wasser.«

»Verprügeln würde ich euch alle am liebsten«, knurrte Robert, schon halb versöhnt von diesem Lächeln. Er machte sich auf den Weg zum Hafen, während Vanessa neben ihm herlief und nach seiner Hand fasste, bemüht, seine gute Stimmung wiederherzustellen. Sie wollte ihm noch etwas Schmeichelndes sagen, wurde jedoch von dem Fremden unterbrochen, der ihnen gefolgt war.

»McRawley?« Seine Stimme klang heiser und unangenehm.

Robert blieb stehen, als er so unvermutet angesprochen wurde, und wandte sich um. Der andere schlenderte näher. »Dachte ich's mir doch, dass Sie es sind. Erinnern Sie sich nicht an mich? Wir waren beide auf der *Columbus*, als sie ihre erste Fahrt machte.«

Robert nickte langsam, aber es war ihm anzumerken, dass er sich über das Wiedersehen nicht sonderlich freute. »Ja, natürlich. James Stranec. Sie waren Zweiter Maat.«

Stranec grinste. »Und jetzt bin ich Maat auf der *Chase*.« Er deutete zum Hafen hinunter.

Robert hatte die Barke mit der amerikanischen Fahne im

Hafen gesehen und auch vom Gouverneur gehört, dass sich einige seiner Landsleute auf der Insel befanden. Dass dieser Mann dazugehörte, gefiel ihm weniger.

»Das dort ist die *Independence*, nicht wahr?«, redete Stranec weiter. »Schönes Schiff, hat aber schlecht von sich reden gemacht, als der Kommandant einige Franzosen angriff, die Leute beraubte und tötete. Macht böses Blut, wenn eines unserer Schiffe gegen unsere Verbündeten zieht.«

»Das wird auch nicht wieder vorkommen«, antwortete Robert kalt. Er nahm Vanessas Arm. »Jetzt entschuldigen Sie uns bitte.«

»Warum denn so unfreundlich?«, rief ihm der andere nach. »Haben Sie Angst, ich könnte Ihnen die kleine Nutte wegschnappen?«

Robert blieb wie angewurzelt stehen und wandte sich dann langsam um. »Was haben Sie da gesagt?«

Stranecs Blick glitt über Vanessa, und ein gehässiges Grinsen überzog sein Gesicht. »Ziemlich hübsche Mannschaft haben Sie da, muss ich schon sagen. Wenn Sie abreisen, können Sie die Kleine getrost mir überlassen. Sie werden Sie ja wohl nicht mit aufs Schiff nehmen wollen, oder?«

Vanessa griff nach Roberts Hand. Das Gesicht ihres Liebsten hatte sich in der letzten Minute bedenklich verdunkelt, und eine tiefe Röte war ihm in die Stirn gestiegen. »Nicht, *mon Capitaine*. Der Mann ist betrunken. Lass uns weitergehen.«

In diesem Moment beschloss Jack, sich in den Wortwechsel einzumischen, und baute sich vor dem Offizier auf. »Das nehmen Sie sofort zurück, Sie …«

Der andere blickte ihn nur verächtlich an. »Mach dich davon, Bursche, sonst lernst du mich kennen.«

»Oder Sie mich!«, fauchte Jack los. Er ging dem Mann kaum bis zum Kinn, war wohl kaum halb so schwer, aber wild entschlossen, seine angebetete Vanessa zu verteidigen. Dass es nicht so weit kam, lag allein an Robert, der den Jungen wegschob.

»Das ist meine Sache, Jack, verschwinde.«

»Nicht nur Ihre, Sir«, knurrte Smithy, der sich soeben die Ärmel aufkrempelte. »Die Lady steht unter unser aller Schutz. Wer sie beleidigt, beleidigt auch uns.« Hendricks und Dudley zögerten keinen Moment, ebenfalls drohend näher zu kommen.

»Bitte nicht!«, machte Vanessa einen Versuch, die Situation zu entschärfen. »Lasst uns doch bitte gehen, *Messieurs!*«

Keiner hörte auf sie.

Stranec blickte höhnisch auf Robert, der ihn kalt musterte. »Sieht ganz so aus, als würdet ihr euch die Nutte an Bord teilen, was?«

Robert traf ihn schnell und gezielt. Der Mann torkelte zurück, fing sich jedoch wieder und stürzte sich mit erhobenen Fäusten auf Robert, dessen zweiter Schlag ihn ins Land der Träume schickte. Er fiel um wie ein gefällter Baum und blieb regungslos liegen.

»Bravo, Sir«, sagte Smithy händereibend. »Das hätte ich nicht besser gekonnt.«

»So geht's jedem, der es wagt, meine Dame zu beleidigen«, knurrte Robert und wandte sich ab, um Vanessa, die mit großen Augen zugesehen hatte, wegzuführen.

»Das war sehr galant von dir, *mon Capitaine*«, sagte sie beeindruckt.

»Das war selbstverständlich«, brummte er zurück und murmelte noch etwas, das sie nicht genau verstand, was sich aber anhörte wie: »Ich lasse mir doch von so einem dahergelaufenen Kerl nicht mein Piratenliebchen beleidigen.«

»Aber der Mann war nicht dahergelaufen«, wandte Vanessa bedrückt ein. »Er war ein Offizier der amerikanischen Marine, der dich kennt. Er kann dich verklagen und dir übelwollen.«

»Das soll er erst einmal versuchen«, antwortete Robert grimmig.

»Wie war denn das Gespräch mit dem Gouverneur?«, fragte sie schließlich scheu, nachdem sie einige Zeit schweigend neben ihm zum Boot gelaufen war.

»Nicht gut«, erwiderte Robert finster. »Ich konnte nichts ausrichten. Der Mann war zwar freundlich und höflich, hat mich sogar zu einem Abendessen eingeladen, ist auch bereit, uns alles zur Verfügung zu stellen, was wir für die *Independence* brauchen, besteht aber darauf, das Prisenschiff zu beschlagnahmen.«

»Lass mich mit ihm sprechen«, sagte sie schnell. »Ich bin sicher, *mon Capitaine*, dass es einen Unterschied macht.«

»Nein, Vanessa. So ein Unsinn. Was willst du ihm sagen?«

»So lass es mich doch wenigstens versuchen! Was kann es schon schaden? Ich gehe jetzt mit euch auf das Schiff, werde mich umkleiden, und dann bringst du mich wieder her.« Sie nickte begeistert. »Ja, *mon Capitaine*, das ist es! Und du erzählst ihm einfach, dass ich eine Schiffbrüchige bin und du mich zu meinem Onkel bringen wirst, der auf einer der Inseln lebt. Wir müssen ja nicht sagen, dass dein Bruder unser Schiff überfallen und mich als Geisel genommen hat. Und wir können auch verschweigen, dass mein Onkel auf Jamaika lebt. Da dein Land sich im Krieg mit England befindet, wäre das wohl klug. Und weil ich einen Landsmann sehen wollte, hast du mir den Gefallen getan, mich mitzunehmen.«

»Nein!«

»Dann …«, Vanessa biss sich ärgerlich auf die Lippen. »Nun gut, wenn du so störrisch und uneinsichtig sind, dann gehe ich eben allein zum Gouverneur.«

»Das kannst du dir auf der Stelle aus dem Kopf schlagen!«

Gegen Abend stand Robert frisch gewaschen, rasiert und in seiner besten Uniform mit goldglänzenden Epauletten in seiner Kajüte und zupfte an seinem Kragen herum, während sein Blick immer wieder wie magisch angezogen zu dem Geldbeutel hinüberwanderte, der so betrüblich dünn auf dem Tisch lag. Er hatte, als sie an Bord gekommen waren und er die Menge der Einkäufe gesehen hatte, noch gegrinst, doch als er danach die absolute Ebbe bemerkt hatte, die in seinem Geldbeutel herrschte, war er schockiert gewesen. Vanessa hatte zwar nichts für sich gekauft, aber so freizügig Geschenke erworben, als wäre er Krösus selbst. Es war wohl angebracht, seiner Liebsten, die offenbar kein Gefühl für Geld hatte, bei passender Gelegenheit zu verdeutlichen, dass er nur ein einfacher, schlecht bezahlter Captain war, der schon lange keine Heuer mehr ausbezahlt bekommen hatte, und kein reicher Admiral der englischen Flotte.

Aber vorher wollte er noch etwas anderes mit ihr klären, das ihn schon seit Tagen beschäftigte, und eine Bemerkung von Vanessa an diesem Nachmittag hatte seinen Entschluss bestärkt, endlich alles zur Sprache zu bringen.

»*Monsieur* sehen *merveilleux* aus«, sagte Vanessa bewundernd, als sie eintrat.

»Vanessa, da ist etwas, das ich dich fragen muss. Es geht mir nicht aus dem Kopf.«

Sie sah zu ihm hoch. »Du klingst so ernst.«

»Was du da über meinen Bruder gesagt hast – er hat also euer Schiff gekapert?« Vanessa war ihm bisher jedes Mal ausgewichen, wenn er sie gefragt hatte, aber nun war wohl der Zeitpunkt gekommen, endlich die Wahrheit auszusprechen, und er würde nicht eher ablassen, bevor er nicht alles wusste.

Ein Schatten glitt über ihr Gesicht, und sie senkte den Kopf. Sie wollte nicht schlecht über Malcolm sprechen, um ihn nicht zu kränken, und Gutes ließ sich wahrlich nicht über ihn sagen, also hatte sie es bisher vorgezogen zu schweigen und hatte nur angedeutet, dass er den Sturm genutzt hatte, um die *Duchesse* an sich zu bringen.

»Vanessa?« Robert legte die Hand unter ihr Kinn und hob ihr Gesicht zu ihm empor.

»Nicht nur gekapert«, sagte sie endlich. »Er ist mit seiner Bande von Piraten eingefallen und hat viele getötet. Sie haben die Frauen unter Deck gezerrt und alles gestohlen, was sie an sich bringen konnten. Dann haben sie das Schiff und die Leute einfach zurückgelassen und sind davongesegelt.«

Roberts Gesicht war bei ihren Worten versteinert, und seine Augen blickten mit einer Härte, die sie bisher noch nicht an ihm gesehen hatte. »Er hat euch also überfallen wie ein gemeiner Pirat.« Seine Stimme klang heiser. »Haben … haben sie dich ebenfalls … ich meine …« Er fasste unwillkürlich nach ihren Schultern und hielt sie fest.

»Nein, *mon Capitaine*. Mir ist nichts geschehen«, sagte sie schnell. »Meine Zofe hatte ihm gesagt, dass ich einen reichen Onkel habe, und er war wohl der Meinung, dass er eher Lösegeld von ihm bekommen würde, wenn er mich nicht seiner Mannschaft überlässt.«

»Und er?« Er wurde sich bewusst, dass er seine Finger zu fest um ihre Oberarme gekrampft hatte und lockerte seinen Griff ein wenig. »Hat er es gewagt, sich an dir zu vergreifen?« Er hatte Vanessa anfangs für das Flittchen seines Bruders gehalten – ein Gedanke, der ihm vom ersten Moment an zu schaffen gemacht hatte. Aber die Vorstellung, seine Liebste könnte von seinem Bruder dazu gezwungen worden sein, das Lager mit ihm zu teilen, brachte ihn zur Weißglut, und er bedauerte zutiefst, dass er den verkommenen Kerl nicht doch an die Rah geknüpft hatte. Auch wenn das noch viel zu wenig gewesen wäre.

Vanessa hätte sich lieber die Zunge abgebissen, als ihm von dem missglückten Versuch des Piraten zu erzählen, und schüttelte den Kopf. »Nein, *mon Capitaine*, er hat mir nichts getan. Ich befand mich ja auch nur zwei Tage auf dem Schiff, bis du kamst und mich rettetest.« Sie lächelte zu ihm hinauf. »Du kannst dir nicht vorstellen, wie erleichtert ich war.«

Robert nahm sie in die Arme. »Du musst mir alles erzählen«, sagte er eindringlich. »Ich möchte alles wissen. Von Anfang an.« Er presste sie an sich, überwältigt von seiner Zuneigung zu ihr und dem Bewusstsein, dass sein eigener Bruder die Frau, die er liebte, gequält hatte.

»Aber nicht jetzt«, schob sie ihn lächelnd von sich. »Wir sprechen ein anderes Mal darüber, sonst kommst du zu spät zum Gouverneur.« Sie musterte ihn von oben bis unten, bemüht, wieder einen leichteren Ton anzuschlagen und ihn abzulenken. »Gut, dass ich dir die neuen Strümpfe gekauft habe, *mon Capitaine*. Löchrige Socken hätten wahrlich nicht zu dieser Pracht gepasst.«

»Das war sehr nett von dir«, murmelte Robert halbherzig. Er selbst fand, dass löchrige Strümpfe zu den kleineren Übeln gehörten, die einem Navy-Captain widerfahren konnten – noch dazu einem, der in seiner Vorstellung gerade seinem Bruder den Hals umdrehte –, aber Frauen schienen sich an solchen Nebensächlichkeiten festzubeißen.

»Habe ich zu viel ausgegeben?«, fragte Vanessa bestürzt, als sie bemerkte, dass Roberts Blick unwillkürlich zu dem auf dem Tisch liegenden, beklemmend leeren Geldbeutel geglitten war, und sich sein Gesicht dabei merklich verdüstert hatte. »Ich habe aber kaum etwas gekauft, Robert, nur das Allernotwendigste.« Die Seidenstrümpfe waren zwar teuer gewesen, jedoch von erstklassiger Qualität, wie man sie sonst nur in Paris bekam.

»Hm«, antwortete Robert nur. Es erschien ihm jetzt, nachdem er erfahren hatte, wie sein Bruder mit ihr umgesprungen war, herzlos, ihr Vorwürfe wegen der Ausgaben zu machen.

»Doch«, sagte sie seufzend. »Ich sehe dir an, dass es dir nicht recht ist.«

»Es ist nur so«, sagte er mit einer für ihn ungewöhnlichen Nachsicht, »dass ich nicht weiß, wann ich meinen nächsten Sold bekomme, und bis dahin …«

»Aber du könntest doch das Geld aus der Schatulle nehmen!«, unterbrach sie ihn lebhaft.

»Welche Schatulle?«, fragte er stirnrunzelnd.

Sie deutete auf den Wandschrank. »Dort drinnen. Wo dein Bruder seine Beute aufbewahrte. Ich habe sie gesehen, als ich deine Wäsche hineingelegt habe.«

»Das kann ich nicht nehmen«, wehrte Robert ab. »Das ist Diebesgut. Bestenfalls kann ich es dem Prisengericht übergeben und hoffen, dass mir ein Anteil ausbezahlt wird.«

»Dem Prisengericht?,« rief Vanessa entsetzt aus. »Weshalb denn?«

»Weil es Beute ist, Vanessa, wie du ganz richtig gesagt hast. Diebesgut. Ich kann das nicht nehmen. Es gehört mir nicht!« Er schüttelte indigniert den Kopf. Frauen. Warfen das Geld für unnötigen Tand zum Fenster raus, und wenn es dann nicht reichte, bedienten sie sich zwanglos an fremdem.

»Aber das kannst du guten Gewissens nehmen!«, erwiderte sie lebhaft. »Es gehört mir – jedenfalls ein Teil davon.«

»Dir?« Roberts Gesicht drückte absolutes Unverständnis aus.

Sie nickte nachdrücklich. »Ja, Robert. Ein Teil des Geldes in der Schatulle ist meines, das mir dein Bruder weggenommen hat. Komm, sieh selbst!«

Sie zog ihn zum Schrank hin, er nahm die schwere, reich mit Schnitzereien und Gold verzierte Kassette heraus und stellte sie auf den Tisch. Der Schlüssel lag obenauf, Vanessa steckte ihn ganz selbstverständlich ins Schloss und sperrte auf. Als sie den Deckel hochklappte, blitzten Gold- und Schmuckstücke im Licht der Talgkerze auf. Er blickte in die Schatulle, geblendet von dem Vermögen, das sein Bruder darin gehortet hatte. Perlenketten, Smaragdringe, Rubinohrgehänge, vermischt mit glänzenden Goldstücken.

»Siehst du, das ist mein Geld. Und vieles von dem Schmuck gehört mir ebenfalls. Ich hatte dies alles mitgenommen, als ich Frankreich verließ.« Sie griff hinein und zog einen prall gefüllten Lederbeutel heraus.

Robert vergaß den Schmuck und starrte auf den Geldbeutel. Solche Taschen glichen sich natürlich, aber diese Stickerei … Einen ähnlichen musste er schon einmal gesehen haben, aber wo war das gewesen …

Vanessa unterbrach seine Gedanken, indem sie ihm einfach den Beutel in die Jackentasche schob und ihn zur Tür hinausdrängte, bevor er noch protestieren konnte. »Wir reden später weiter, Robert. Nun musst du dich beeilen.«

Das Säckchen zerrte ungewohnt schwer an seiner Jacke, als er ins Boot kletterte. Als seine Männer in die Ruder griffen und die Küste ansteuerten, wandte er sich um und sah Vanessa noch lange an der Reling stehen und winken.

Als Robert einige Stunden später in völliger Dunkelheit zurückkam und vorsichtig in ihre Kajüte hineinsah, fand er Vanessa schlafend vor. Er stellte die Laterne mit dem Talglicht auf den Tisch und strich ihr zart über die Wange. Sie regte sich leicht, blinzelte und zog ihn an sich. »War es nett, *mon Capitaine?*«

»Es geht«, murmelte er an ihrer Wange. »Aber ich wollte dich nicht wecken.«

»Ich freue mich darüber«, lächelte sie müde. »Hast du jetzt die Zusicherung des Gouverneurs, dich zu unterstützen?«

»Nicht mehr als zuvor. Wir werden einige Tage hierbleiben, um endlich die Reparaturen am Schiff vornehmen zu können. Wir haben die Erlaubnis, uns alles aus dem Lager zu nehmen, was wir dafür brauchen, und noch etliche Ersatzteile zusätzlich.«

»Bleibst du bei mir?«, flüsterte sie an seinem Ohr.

»Nein. Nein, heute nicht, mein Herz. Wir sehen uns dann morgen früh. Schlaf gut.« Er drückte ihr einen Kuss auf die Stirn und richtete sich auf. Dann legte er den Geldbeutel auf den Stuhl neben ihrem Bett, wandte sich um und ging wieder an Deck. Es gab einiges, worüber er nachdenken musste, und das konnte er am besten an der frischen Luft.

14. KAPITEL

Zeitig am nächsten Morgen kam Finnegan zu Robert, der in seiner Kajüte saß und das Logbuch durchsah.

»Sir, was gestern Abend betrifft …«

Robert sah mit hochgezogenen Augenbrauen auf. »Ja, Mr. Finnegan?«

Sein Freund zupfte an seinem Bart. »Blöde Sache.«

»Blöd für Stranec«, erwiderte Robert gelassen.

»Stranec soll ein ziemlich guter Schütze sein – ich habe schon von ihm gehört. Sollte er Sie zum Duell fordern, so gibt es die Möglichkeit, dass ein Stellvertreter Ihren Part übernimmt. Darf ich Ihnen vorschlagen, dass ich …«

»Nein danke, Mr. Finnegan.« Robert sah mit einem leichten Grinsen hoch. »Das Vergnügen behalte ich mir selbst vor. Außerdem – geht es um meine Braut oder um Ihre? Abgesehen davon glaube ich nicht, dass Stranec mir seine Sekundanten schicken wird. Ich kenne ihn von früher. Es ist zwar billig, über einen Kontrahenten schlecht zu reden, aber er war schon auf dem Schiff, auf dem wir gemeinsam gedient haben, für seine Neigung bekannt, zu sehr dem Alkohol zuzusprechen und dann Dinge zu sagen, die er sonst nicht gewagt hätte. Er wird sich hüten, mich auch noch zum Duell zu fordern.«

Finnegan nickte nur besorgt und verließ die Kajüte, während Robert sich in seinem Stuhl zurücklehnte und über den vergangen Abend nachdachte.

Er hatte beim Diner Stranec wiedergetroffen, der offensichtlich so dumm war, abermals einige Bemerkungen über Vanessa zu machen, die Robert ihm nicht ungestraft hatte durchgehen lassen können und wollen. Er hätte ihn vermutlich auf der Stelle niedergeschlagen, wäre nicht wieder sein weitaus bedächtigerer Freund Finnegan dazwischengetreten, worauf Robert, um im Haus keine Schlägerei zu provozieren, Stranec am Kragen gepackt und auf die Terrasse gezerrt hatte. Dort hatte er ihm einige Zähne ausgeschlagen, das Nasenbein gebrochen und ihn mit einem gezielten Schwung in einen hübsch anzusehenden, aber mit Stacheln bewehrten Strauch geworfen.

All das hatte natürlich nicht ohne Aufsehen vor sich gehen können, und Stranec, kaum wieder bei Bewusstsein und fähig zu sprechen, hatte ihn vor allen Anwesenden zum Duell gefordert. Robert, etwas verwundert darüber, dass der Dreckskerl noch nicht genug hatte, war sofort einverstanden gewesen und hatte entsprechend dem in England und Frankreich üblichen Duellprozedere Finnegan und Miller zu seinen Sekundanten ernannt. In seiner Heimat hätte er dem Widerling vermutlich nur eine saftige Abreibung verpasst und kein weiteres Wort mehr über die Sache verloren, aber hier, vor dem Gouverneur, musste er sich an die Spielregeln halten, wenn er nicht sein Gesicht verlieren wollte. Und das wäre zweifellos geschehen, hätte er die Herausforderung nicht angenommen.

Trotzdem glaubte er nicht, dass Stranec seine Forderung tatsächlich in die Tat umsetzen würde, und obwohl Finnegan den ganzen Tag über mit einem besorgten Blick herumlief, gab das Auslaufen der *Chase* gegen Abend – ohne dass man von Stranec noch etwas gehört oder gesehen hatte – Robert recht. Es kam ihm auch ganz gelegen so. Nicht, dass er Angst vor der Auseinandersetzung mit diesem Kerl gehabt hätte, aber er legte auch keinen Wert darauf, einen Offizier der amerikanischen Marine zu töten, der im Krieg vielleicht wenigstens noch einen geringen Nutzen bringen konnte.

Vanessa war nach dem Frühstück, das sie allein eingenommen hatte, weil ihr Captain an Deck war, ebenfalls hinaufgeklettert, um ihren Morgenspaziergang zu machen und ihre Freunde zu begrüßen. Robert kam ihr schon entgegen, lächelte sie an, küsste ihr zu ihrer Überraschung die Hand und schlenderte dann wieder davon, während sie sich auf eine Kiste setzte und das Gesicht in den vom Meer wehenden Wind hielt. Da sie sich unbeobachtet glaubte, zog sie – wie sie es so oft tat – die Kette aus ihrem Ausschnitt und blickte voller Liebe auf das geöffnete Medaillon mit Alberts Bildnis in ihrer Hand. Sie führte ihren Finger zum Mund, hauchte einen Kuss darauf und fuhr dann damit langsam über das kleine Bild – die hohe Stirn, die klugen, dunklen und so gütigen Augen, der schmale Mund.

»Was hast du da?« Vanessa, die in Erinnerungen versunken gewesen war, zuckte so heftig zusammen, dass ihr das Medaillon aus der Hand glitt und auf die Planken fiel. Robert war mit zwei Schritten dort und hob es auf.

»Wer ist das?« Sein Stimme klang scharf.

»Albert, mein Mann.« Sie streckte die Hand nach dem Schmuckstück aus.

Robert warf einen entgeisterten Blick darauf, bevor er es ihr zurückgab. »Du bist verheiratet?!, stieß er entsetzt hervor. Er hatte alle Möglichkeiten durchdacht, aber dass sie schon gebunden sein könnte, hatte er niemals in Betracht gezogen.

»Nein, Albert starb vor über einem Jahr.« Sie zögerte, ehe sie fortfuhr. »Das war der Grund, weshalb ich hierhergekommen bin. Ein unerwünschter Verehrer bedrängte mich, und ich beschloss daher, die Einladung meines Onkels anzunehmen, eines Bruders meiner Mutter, der mir geschrieben hatte, dass ich ihm und seiner Frau jederzeit willkommen sei.« Sie hatte, während sie sprach, die Kette mit dem Medaillon wieder um ihren Hals gelegt.

»Er muss um einiges älter gewesen zu sein als du«, sagte Robert erleichtert, aber mit einem leichten Widerwillen in der Stimme.

»Fast vierzig Jahre«, antwortete sie und fühlte wieder den Schmerz um den Verlust ihres väterlichen Freundes und späteren Gatten. »Er war einer der gütigsten und ehrbarsten Männer, die ich jemals getroffen habe. Er hat mich nach dem Tod meines Vaters zu sich genommen, um mir ein Heim zu geben, und dann hat er mich geheiratet … Albert hat mir sehr viel bedeutet. Ich habe ihn geliebt.«

»Es scheint viel zu geben, was ich nicht von dir weiß.« Robert stützte sich mit einem Fuß auf der Kiste neben ihr ab, beugte sich vor und sah sie unverwandt an. »Du kommst also tatsächlich aus Europa?« Die Wache hatte sich auf die andere Schiffsseite zurückgezogen, und er konnte sich leise mit ihr unterhalten, ohne dabei belauscht zu werden. Nicht zum ersten Mal wurde ihm bewusst, dass er sie eigentlich gar nicht kannte. Es war im Grunde gleichgültig, Hauptsache sie war da, erfüllte ihn mit einer Zuneigung, die er noch nie zuvor gespürt hatte, und gab ihm alles das, was er sich von ihr wünschte.

Vanessa nickte, ein rätselhaftes Lächeln um die Lippen. »Habe ich dir das nicht gleich zu Beginn gesagt, Robert? Ich komme aus Frankreich und war unterwegs nach Jamaika, als ich auf deinen Bruder traf.«

»Erzähl weiter«, bat er, als sie zögerte. »Ich möchte jetzt genau wissen, wie der Überfall vonstatten gegangen ist.«

»Der Konvoi war in einen Sturm geraten, unser Schiff wurde abgetrieben und schwer beschädigt. Als wir auf deinen Bruder stießen, waren wir praktisch hilflos.« Ihre Stimme klang bitter. »Er hatte leichtes Spiel mit uns, ließ die meisten Männer töten und nahm mich als Geisel mit, um Lösegeld von meinem Onkel zu erpressen.« Sie zuckte mit den Achseln. Es war im Grunde verrückt, aber sie musste diesem widerlichen Piraten sogar dankbar sein, dass er die *Duchesse* damals angegriffen und sie verschleppt hatte. Andernfalls wäre sie Robert wohl niemals wieder begegnet.

Sie senkte den Blick vor seinen prüfenden Augen. »Kein Wunder, dass du mich für ein loses Frauenzimmer gehalten hast. Ich weiß, ich hätte eher den Tod vorziehen sollen als diese entwürdigende Gefangenschaft, aber ich war zu feige dazu. Dabei wäre es mir ein Leichtes gewesen, über Bord zu springen. Mit dieser Feigheit jedoch hatte er mich in der Hand und konnte mich erpressen. Aber was hätte ich denn tun sollen?«, fügte sie leise und verschämt hinzu. »Ich lebe gern. Ich wollte nicht sterben.«

Robert atmete tief ein, dann nahm er ihre Hand in die

seine und drückte sie leicht, bevor er sie an seine Lippen führte.

Die Wärme dieses unschuldigen Kusses breitete sich in Vanessas ganzem Körper aus und machte sie leicht und glücklich. »Und jetzt«, fügte sie deshalb mit einem verschmitzten Lächeln hinzu, »bin ich wohl tatsächlich nichts anderes mehr als … ein loses Frauenzimmer.«

»Das ist nicht wahr«, sagte er schnell. »Bitte, halte mir nicht vor, was ich in meiner Dummheit früher glaubte.«

Vanessas Lächeln verstärkte sich. »Doch, ich bin jetzt dein Piratenliebchen, *mon Capitaine*. Das hast du selbst einmal gesagt. Aber ich bereue es nicht.«

Robert lächelte nicht, sondern sah sie wieder mit diesem Blick an, der bis in ihr Innerstes zu reichen schien. »Das hoffe ich sehr, mein Liebstes.«

Vanessa verlor sich rettungslos in den unendlichen Tiefen seiner Augen, die an manchen Tagen die Farbe des Meeres hatten, und minutenlang waren sie mit nichts anderem beschäftigt, als sich anzusehen, anzulächeln und sich an den Händen zu halten, während die Mannschaft grinsend verstohlene Blicke herüberwarf und im Übrigen so tat, als würde sie nichts bemerken.

»Aber«, fragte Vanessa schließlich, als die Wirklichkeit langsam wieder Oberhand über ihre romantischen Gefühle gewann und sie die Gelegenheit günstig fand, die Frage zu stellen, die ihr schon lange auf dem Herzen lag, »weshalb warst du denn so wütend auf deinen Bruder?«

»Weil er mein Schiff gestohlen hat!« Robert fühlte zu dem neuen Hass auf seinen Bruder zusätzlich den alten Groll in sich aufsteigen, und wäre Malcolm in diesem Moment zur Stelle gewesen, so hätte er ihn wohl zuerst verprügelt, dann eigenhändig zerstückelt und schließlich den Haifischen zum Fraß vorgeworfen. »Er hat mich einfach sitzen lassen, auf einem englischen Schiff, das wir entern wollten, und ist mit der *Independence* davongesegelt!«

»Oh!«, hauchte Vanessa.

Robert kniff wütend die Augen zusammen und ließ ihre Hand los, um gereizt an Deck hin und her zu laufen. »Wir wurden gefangen genommen und in ein Gefängnis geworfen. Etliche meiner Leute sind beim Kampf getötet worden, und einige sind in der Gefangenschaft gestorben. Alles gute Männer. Wenn es unseren Leuten nicht möglich gewesen wäre, englische Kriegsgefangene gegen uns auszutauschen, hätte uns dasselbe Schicksal geblüht.«

Vanessa nickte stumm. Sie dachte daran, wie abgerissen und erschöpft Robert gewirkt hatte, an den blutigen Fetzen um seinen Kopf, und nachträglich stieg heißes Mitleid in ihr auf. Wenn sie damals nur schon gewusst hätte ...! Niemals wäre sie ohne ihn weitergefahren, sondern eher mit ihm zu Fuß durch den Schlamm gewatet. »Es tut mir so leid, *mon Capitaine* ...« In ihrer Stimme schwangen Tränen mit. »Ich wollte ...«

Robert blieb stehen und beugte sich verwundert zu ihr hinunter. »Aber Vanessa, das ist doch jetzt vorbei.«

»Du hättest damals sterben können, und ich hätte dich niemals wiedergetroffen!«, schluchzte sie auf.

»Aber Vanessa«, sagte Robert völlig verwirrt. »Was ...?«

»Ich liebe dich doch so sehr! Und ich weiß jetzt, dass ich dich vom ersten Moment an geliebt haben muss, andernfalls ...« Sie unterbrach sich, als Finnegan näher kam. Er hatte sich schon mehrmals geräuspert, was jedoch ungehört geblieben war, und nun hatte er keine andere Wahl mehr.

»Captain?«

Robert riss sich nur mit Mühe von Vanessas Augen los, in denen Tränen glänzten. Wie hatte sie das nur gemeint? Er hatte wahrlich noch nie eine Frau getroffen, die so in Rätseln sprach wie sie. Was sollte das heißen: »wiedergetroffen«?

»Captain?!«

»Ja, zum Donnerwetter?!«

Finnegan deutete hinter sich, wo man über die Reling ein kleines Boot sah, das auf die *Independence* zusteuerte. »Wir bekommen Besuch, Sir. Der Vertreter des Gouverneurs, wenn ich mich nicht täusche.«

»Vanessa, geh bitte unter Deck.«

»*Mon Capitaine?*«

»Ich muss mit dem Mann allein sprechen.«

»Ich ... bin dir im Weg?« Vanessa sah ihn ungläubig an. Sie hatte ihm soeben eine Liebeserklärung gemacht, und er schickte sie weg!

»Nein, aber es geht um geschäftliche Dinge.«

»Aber warum lässt du mich nicht ...?«

»Bitte, Vanessa.« Robert wurde ungeduldig. Er wollte nicht, dass sie diesen Mann traf und er ihre Anwesenheit auf dem Schiff erklären musste. Dazu war später noch Zeit genug, wenn er sich eine gute Ausrede hatte einfallen lassen. Wäre sie für ihn tatsächlich nur ein Piratenliebchen gewesen, wie sie scherzhaft gesagt hatte, so hätte er sie – stolz auf seinen Besitz – hergezeigt.

So jedoch lag ihm daran, ihren Ruf zu wahren und jede Situation zu verhindern, in dem ein schiefer Blick oder eine abfällige Bemerkung des Besuchers ihn dazu genötigt hätte, ihm die Zähne einzuschlagen.

Er sah ihr nicht mehr nach, als sie verstimmt unter Deck

verschwand, sondern trat an die Reling, um den Mann zu empfangen. Es war tatsächlich die rechte Hand des Gouverneurs selbst, und er brachte Robert alle schriftlichen Bestätigungen, die er benötigte, um die *Independence* überholen zu lassen und Zugang zu allen Ersatzteilen zu erhalten. Er lud ihn mit gequälter Höflichkeit ein und bot ihm den besten Wein an, den Malcolm wahrscheinlich irgendwo gestohlen hatte.

Vanessa sah er erst beim Abendessen wieder. Das Schiff lag ruhig im Hafen, die Abendsonne verfärbte das Meer hinter den großen Achterfenstern rötlich und zauberte einen rosigen Schimmer auf ihre Wangen. Nicht lange, und es würde völlig dunkel werden. Darnberry hatte bereits die Lampe angezündet und auf einen kleinen Tisch gestellt, bevor er sich wieder zurückgezogen hatte, um das Paar nicht zu stören.

Es war ein wunderbarer Abend, wäre da nicht Vanessa gewesen, die ungewöhnlich schweigsam in ihrem Essen herumstocherte und ihm immer wieder prüfende Blicke zuwarf. Schließlich hielt Robert es nicht mehr aus und legte die Gabel zur Seite. »Was ist? Weshalb siehst du mich so an?«

Sie zuckte mit den Schultern. »Nichts, *mon Capitaine*.«

»Du hast doch etwas!« Robert hatte nicht die geringste Lust zu raten, was einer Frau fehlen könnte, die stumm schmollte, anstatt klipp und klar zu sagen, was sie beschäftigte.

Vanessa zerteilte den hervorragenden Fisch in kleine Stücke und schob diese auf dem Teller hin und her. »Ich habe zufällig gehört, *mon Capitaine*, dass Ihr vorhin mit Mr. Finnegan von einem Abendessen spracht, zu dem Ihr den Gouverneur eingeladen habt.« Sie sah nicht auf.

»Ja, das stimmt«, erwiderte Robert verblüfft. »Und? Stört es dich? Bist du deshalb plötzlich wieder so förmlich?«

»Nein, nein«, beeilte Vanessa sich zu sagen, wobei sie den ganzen Hochmut ihrer Vorfahren in ihre Stimme legte, »ganz und gar nicht. Wie denn auch, *Monsieur*? Es geht mich ja schließlich nichts an, nicht wahr?«

»Seit wann sagst du denn wieder *Monsieur* zu mir?«

»Ach?« Vanessa sah ihn kühl an, während ihre Fußspitze unter dem Tisch einen deutlichen Takt klopfte. »Habe ich das tatsächlich getan?«

»Das weißt du verdammt genau. Also, was ist los?« Er hatte schon Ärger genug mit dem Gouverneur, der immer noch darauf bestand, seine schöne Prise an sich zu bringen, und war nicht in der Stimmung, die wechselhaften Launen einer Frau zu ertragen.

Sie schob ihren Teller weg. »Nichts weiter. Ich bin heute nur sehr müde. Wir sehen uns dann morgen zum Frühstück.«

Vanessa bemühte sich, nicht auf Roberts Ärger zu achten, der sein Besteck wütend auf den Tisch warf, sondern zog sich in ihre Kajüte zurück, setzte sich auf die Truhenbank unter dem Fenster und sah hinaus. Die Sonne war schon fast untergegangen, nur ein schmaler Streifen am Horizont war noch zu sehen, und der würde innerhalb der nächsten Minuten ebenfalls verschwinden und die Welt wieder in Dunkelheit getaucht sein. Genauso wie ihre Seele sich verdunkelt hatte. Ihr Ärger war verraucht und hatte einem brennenden Gefühl der Kränkung Platz gemacht. Vor wenigen Stunden noch war alles licht in ihr gewesen, sie hatte sich glücklich gefühlt. Sie liebte und wurde geliebt, und es hatte sie nicht im Mindesten gestört, nur das Liebchen ihres *Capitaines* zu sein.

Aber nun war sie sich der Rolle, die sie spielte, plötzlich bewusst geworden. Ein Liebchen versteckte man, zeigte es nicht her wie eine Ehefrau. Deshalb hatte er sie unter Deck geschickt, und aus diesem Grund hatte er ihr bisher nichts von dieser Einladung und dem Diner erzählt. Dabei hätte sie sich so sehr gefreut, wieder einmal ein schönes Abendkleid zu tragen, das Haar zu einer hübschen Frisur hochzustecken und die Saphirkette zu tragen, von der Albert immer gesagt hatte, sie passe so gut zu ihren Augen. Oder die kostbare Perlenkette, ein Erbstück ihrer Mutter.

Unwillkürlich seufzte sie auf. Sie liebte ihren *Capitaine* mit heißer Leidenschaft, aber wie lange die gegenseitige Zuneigung wohl halten würde? Und wenn er eines Tages genug von ihr hatte und sie einfach irgendwo an Land absetzte? Er war nur ihr Geliebter, nicht ihr Ehemann. Sie war reich genug, um auch ohne die Sicherheit eines Eherings leben zu können – aber war sie auch stark genug, die Demütigung einer sitzengelassenen Geliebten zu ertragen?

Robert hatte inzwischen ganz andere Sorgen. Er war eine Weile über launenhafte Frauen sinnierend am Tisch gesessen und hatte dann, einem plötzlichen Einfall folgend, den Schrank geöffnet, in dem sein Bruder die Beute seiner Raubzüge versteckt hatte.

Er griff nach der Schatulle, klappte den Deckel auf und fand sofort, wonach er gesucht hatte. Er hatte sich tatsächlich nicht getäuscht – der Ring, der ihm bereits früher unter all den Schmuckstücken aufgefallen war, trug dasselbe Wappen wie das Medaillon, das er heute bei Vanessa gesehen hatte. Es fand sich auch an den Geldbeuteln in der Schatulle.

Ebenso wie an jenem, den Finnegan ihm damals übergeben hatte, um die Überfahrt zu erwürfeln.

Der Beutel der fremden Dame.

Er nahm den Ring heraus und betrachtete ihn. Er kannte sich mit Wappen nicht aus, aber diesem war anzusehen, dass es zu einer bedeutenden Familie gehören musste. Er ließ sich schwer in den Stuhl hinter seinem großen Tisch fallen, legte den Ring vor sich hin, stützte den Kopf in die Hände und dachte nach.

Es hatte ihn zutiefst betroffen gemacht herauszufinden, dass Vanessa tatsächlich eine anständige Frau war, die sein Bruder an Bord dieses Schiffes festgehalten hatte, um mit ihr Lösegeld von ihrem reichen Onkel zu erpressen, und Malcolm tat wahrlich gut daran, ihm nie wieder unter die Augen zu kommen, wenn ihm seine Gesundheit und sein Leben lieb waren.

Das war aber bei weitem nicht alles, was ihm jetzt durch den Kopf ging. Die Erinnerung an die Frau in der Kutsche tauchte wieder auf, lebhafter denn je zuvor, und der kurze Augenblick, in dem er ihr Gesicht gesehen hatte, wurde in seinem Kopf zu einer Ewigkeit. Und im nächsten Moment konnte er sie so deutlich vor sich sehen, als säße sie ihm so wie vorhin mit trotzig verzogenem Mund gegenüber am Tisch.

Vanessa.

Eine Gräfin de Chastel.

Er raufte sich fluchend die Haare. Wie hatte er nur so blind und dumm sein können! Natürlich war sie es! Die Ähnlichkeit war ihm sofort aufgefallen, aber er hatte diesen

Gedanken immer gleich weit von sich geschoben, da es ihm absolut lächerlich erschienen war, eine reiche Lady könnte plötzlich als Liebchen seines Bruders hier auf dem Schiff auftauchen.

Dabei passte alles so gut zusammen! Sie war Richtung Portsmouth unterwegs gewesen, von wo aus die Flotte der englischen Schiffe absegelte, und war nur umgekehrt, um Finnegan auf seine Bitte hin nach Dover zu bringen. Die Stimme. Ja, es war ihre Stimme gewesen. Wie konnte er nur so unglaublich einfältig gewesen sein, nicht früher erkannt zu haben, wer sie war!

Er stutzte, als ihm ein weiterer Gedanke kam.

War sie deshalb plötzlich so zurückhaltend? War ihr mit einem Mal klar geworden, welche Mesalliance sie mit ihm eingegangen war oder im Begriff war einzugehen? Die Vermutung ließ sein Herz zuerst fast stehenbleiben und dann bis zum Hals klopfen. Das musste es sein! Deshalb also die launenhafte Stimmung!

Wenn er nur gewusst hätte … Wenn sie nur ein Wort gesagt hätte! Sie oder …

Robert sprang auf, stürzte aus dem Zimmer, durchmaß mit langen Schritten den Gang und platzte ohne anzuklopfen in Finnegans Kajüte.

Der saß in Hemdsärmeln am Tisch neben der Lampe und schrieb ahnungslos in das Logbuch. Robert war mit zwei Schritten bei ihm, packte ihn am Kragen, zerrte ihn hoch und schüttelte ihn. »Finnegan, Sie verdammter Schurke!«

Sein Erster Maat starrte ihn verblüfft an, dann versuchte er, sich freizumachen. »Was …? Zum Teufel noch mal, Captain, lassen Sie mich los! Was ist denn passiert?«

Robert legte die Hände um seinen Hals und brachte sein

Gesicht ganz nahe an seines. In seinen Augen glomm ein gefährliches Licht. »Sie verfluchter Bastard haben mir kein Wort gesagt!«

»Was denn gesagt?«, tat Finnegan erstaunt, obwohl ihm durch die Heftigkeit dieses Angriffs langsam klar wurde, was sein Captain meinte.

»Über Vanessa!«, schnauzte Robert ihn an. »Sie haben sie viel länger gesehen als ich und mussten sie sofort erkannt haben! Und haben trotzdem das Maul nicht aufgemacht! Ein schöner Freund sind Sie!«

»Aber Captain …«, versuchte Finnegan ihn zu besänftigen. Der Captain war zwar für sein aufbrausendes Temperament bekannt und dafür, dass er kein Blatt vor den Mund nahm, aber in dieser Art hatte er zu ihm noch nie gesprochen, geschweige denn ihn so behandelt. »Captain, ich dachte … nun, da die Dame es offensichtlich selbst nicht wollte …«

»Sie finden das wohl auch noch lustig, was!«, brüllte Robert ihn an und machte alle Anstalten, ihm die Seele aus dem Leib zu schütteln. »Haben Sie sich wenigstens gut über mich amüsiert?«

»Ja«, gab Finnegan zu, was Robert veranlasste, ihn loszulassen und fassungslos anzustarren.

»Und das wagen Sie mir auch noch zu gestehen?«

Finnegan atmete erleichtert durch und zog sein Hemd zurecht.

»Steckt ihr beide etwa unter einer Decke?!«

Sein Erster Maat schüttelte energisch den Kopf. »Aber woher denn, Captain. Die Lady nimmt wohl an, dass ich sie ebenfalls nicht erkannt habe. Ich hielt es für besser zu schweigen.«

»Haben Sie vollkommen den Verstand verloren?« Robert

machte wieder Anstalten, sich an ihm zu vergreifen, aber Finnegan wich hastig einige Schritte zurück.

»Nein, Sir. Ich dachte anfangs, wir würden die Lady so schnell wie möglich irgendwo an Land setzen, und da wollte ich Sie nicht auch noch in Ihren romantischen Gefühlen bestärken. Wie ich Ihnen ja schon sagte, Captain, ich war der Meinung, dass sie nichts für Sie ist.«

»Umso eher hätten Sie den Mund aufmachen müssen!«, fuhr Robert ihn an.

»Nein.« Finnegan war jetzt vollkommen ruhig. »Ich bemerkte doch, wie Sie beide sich zueinander hingezogen fühlten. Wäre Ihnen bekannt gewesen, dass es sich bei der vermeintlichen Dirne Ihres Bruders in Wahrheit um eine anständige und nach dazu überaus reiche Frau handelt, hätten Sie sich vermutlich sofort zurückgezogen. Und das …«

»… wäre sehr vernünftig gewesen«, ergänzte Robert grimmig seinen Satz.

Finnegan schüttelte nachdrücklich den Kopf. »Nein, Sir. Sehr unvernünftig. Sie beide sind wie füreinander geschaffen, das habe ich bald gesehen. Und ich bin nicht der Einzige, der so denkt. Auch Martin, der Diener der Lady, denkt so.«

»Der Grauhaarige, der mich immer so durchdringend anstarrt …«, ächzte Robert, sich mit beiden Händen den Kopf haltend, als könne er damit seine Dummheit herauspressen. »Das ist derjenige, der mich verjagen wollte, als ich die Kutsche aufhielt.«

»Ja, genau der.« Finnegan lächelte leicht. »Ich möchte Ihnen nicht vorschreiben, was Sie tun sollen, Sir, aber an Ihrer Stelle würde ich die Lady nicht mehr loslassen. Sie ist genau die richtige für Sie.«

»Sie hätten es mir früher sagen müssen, Finnegan«, sagte Robert ernst, jeglicher Zorn war plötzlich aus ihm gewichen, und geblieben war nur die Angst, seinen Liebling und seine schönen Zukunftsträume zu verlieren. »Da ... da wäre es noch ... leichter gewesen.«

»Leichter?«

»Ja.« Er ließ sich erschöpft auf einen Stuhl fallen. »Sie haben es doch selbst gesagt: Das ist keine Frau für mich. Keine Alice ...«

Finnegan wiegte bedächtig seinen Kopf. »Wissen Sie, Captain, meine Alice kommt auch nicht gerade aus der Gosse. Und Ihre Mutter – soviel mir bekannt ist, stammte sie ebenfalls aus einer guten Familie.«

»Das weiß ich selbst«, knurrte Robert. »Aber sie war keine reiche und verwöhnte Frau wie Vanessa – eine Gräfin de Chastel!« Er lachte spöttisch auf. »Wie konnte mir nur so eine Dummheit passieren! Das werde ich Ihnen niemals verzeihen, Finnegan, dass Sie mich nicht gewarnt haben!«

Sein Freund zuckte mit den Schultern. »Na, und wenn schon! Was macht es denn aus, dass sie reich ist? Wenn es umgekehrt wäre, würden Sie sich ja auch nicht daran stören, nicht wahr? An Ihrer Stelle würde ich sie nach Hause bringen und heiraten, und das so schnell wie möglich.«

»Ich kann sie nicht heimbringen, wir sind schließlich nicht auf einer Vergnügungsfahrt, sondern haben den Auftrag, so viele Kriegsschiffe wie möglich abzufangen. Wir könnten auf dem Weg dahin fünfmal versenkt werden!«

Finnegans Gesicht wurde ernst. »Dann müssen Sie sie eben doch entweder nach Guadeloupe bringen, wie Sie es ursprünglich geplant hatten, oder zu ihrem Onkel nach Jamaika.« Er nahm ihm gegenüber Platz. »Jamaika ist gut befestigt. Ich glaube nicht, dass Gefahr besteht, dass die Insel von den Franzosen eingenommen wird. Sie ist dort in Sicherheit, und Sie können sie abholen, wenn der Krieg vorbei ist. Sollte … sollte die *Independence* wirklich nicht zurückkehren, so ist sie bei ihrem Onkel gut aufgehoben. Besser als bei uns daheim oder bei Fremden. Alice würde sie zwar aufnehmen, aber mein Heim bietet ihr gewiss nicht den Luxus wie die Plantage eines reichen Verwandten.«

Robert stützte den Kopf in die Hände. »Ich werde sie nach Jamaika bringen, aber alles andere ist vollkommen unmöglich. Mein Gott!«, stöhnte er. »Und ich hätte ihr beinahe einen Heiratsantrag gemacht! Zum Glück ist damals das englische Schiff dazwischengekommen …« Kein Wunder, dass sie ihn so befremdet angesehen hatte, als er sie bat, bei ihm zu bleiben!

Finnegan musterte seinen Captain, den er noch niemals so niedergeschlagen gesehen hatte. »Captain! Robert! Denken Sie darüber nach. Sie würden es für den Rest Ihres Lebens bereuen, diese Frau weggeschickt zu haben!«

»Besser, als dass sie es bereut, mich geheiratet zu haben«, erwiderte Robert bitter. Er atmete tief durch, stand auf und verließ die Kabine.

Finnegan wollte noch etwas sagen, aber er schlug ihm die Tür vor der Nase zu und ging an Deck, um nachzudenken. Die Vorstellung, seine Liebste zu verlieren, war so überaus schmerzhaft, dass er allein sein musste. Er hatte sich schon insgeheim an den Gedanken gewöhnt, mit ihr verheiratet zu sein, hatte davon geträumt, ihr ein kleines Haus zu kaufen, mit einem Gärtchen, in dem sie Gemüse pflanzen und in dem die Kinder herumlaufen konnten, während er auf See war, um fette Prisen zu erobern. Und jetzt das!

Gräfin de Chastel! Er würgte förmlich an diesem Namen. Finnegan hatte ja recht, abgesehen von Vanessas Reichtum passten sie wohl wirklich nicht schlecht zusammen, aber es war vollkommen unmöglich, dass eine Gräfin einen mittellosen Captain heiratete. Allein schon diese Schmuckschatulle, in die sie so selbstverständlich gegriffen hatte! Wahrscheinlich gehörte nicht nur ein Teil davon ihr, sondern die ganze glitzernde Pracht.

Ein anderer Gedanke erfasste ihn und presste sein Herz schmerzhaft zusammen: Weshalb hatte sie nichts gesagt? Wenn Finnegan sie erkannt hatte, dann wussten sie und ihr Diener zweifellos auch, auf wessen Schiff sie sich befanden. Warum nur hatte sie geschwiegen?

»*Aus Misstrauen*«, war die Antwort, die er sich selbst geben musste.

Für Minuten fraß sich diese Erkenntnis durch seinen Körper. Sie hatte ihm von Beginn an misstraut, ihn für nicht besser gehalten als seinen Bruder. Hatte sie ihn nicht auch mehrmals einen Piraten genannt und sogar Abschaum? Und selbst dann, als sie in seinen Armen gelegen war, sich von ihm liebkosen und lieben hatte lassen, war es ihr nicht eingefallen, ihm die Wahrheit zu sagen.

Er fuhr sich über die Stirn. Vanessas Worte, ihre Blicke, ihre Gesten bekamen plötzlich eine völlig andere Bedeutung, und er verspürte eine brennende Eifersucht auf diesen toten Ehemann, dessen Bildnis sie um ihren Hals trug. Ihre Augen hatten eine deutliche Sprache gesprochen, als sie von ihm erzählt hatte, und er empfand Neid auf diesen Mann, der Vanessas Zuneigung in dieser Weise besessen hatte. Sie hatte ihm zwar gesagt, dass sie ihn liebte, und das mit einer Innigkeit, die ihm jetzt noch die Wärme in den Kopf trieb, aber eine Heirat war doch eine andere Sache. Vielleicht war er ihr ja als Liebhaber gut genug, aber als Ehemann völlig inakzeptabel.

War dies der Grund für ihr Schweigen? Ein Misstrauen ganz anderer Art? Hatte sie ihn in Verdacht, ein Mann zu sein, der sich an eine reiche Frau heranmachte?

Er rannte ziellos über Deck und wurde mit jedem Moment unglücklicher, schwankte dann wieder zwischen Hoffnung und tiefster Verzweiflung und kehrte schließlich kein bisschen klüger in seine Kajüte zurück. Er nahm den Ring in die Hand und drehte ihn nachdenklich zwischen den Fingern, bevor er an Vanessas Tür trat und anklopfte. Er musste es jetzt herausfinden, auf der Stelle, sonst würde er vermutlich noch den Rest seines Verstandes verlieren.

»*Oui?*«

Er öffnete die Tür. Die Lampe brannte, Vanessa schlief noch nicht, sondern saß auf dem Bett, hatte wieder dieses Medaillon in der Hand und sah ihm aufmerksam entgegen, als er näher trat.

»Hier«, sagte er mit einer Stimme, die ihm selbst rauh erschien, »das habe ich in der Schmuckschatulle gefunden. Er passt genau zu dem Medaillon.« Er hielt ihr den Ring hin, Vanessa streckte die Hand aus, und er legte ihr das Schmuckstück in die geöffnete Handfläche.

»Das ist mein Ehering«, sagte sie leise. »Albert hat ihn mir am Tage unserer Hochzeit an den Finger gesteckt. Er trägt das Wappen seiner Familie. Dein Bruder hat ihn mir abgenommen, er wollte auch das Medaillon haben …« Ihre Stimme war immer leiser und undeutlicher geworden, und Robert konnte die Tränen darin hören.

Er hatte angenommen, sie jetzt verwirrt zu sehen, weil er

ihr hinter ihr Geheimnis gekommen war, aber stattdessen begann sie zu weinen. Er stand hilflos vor ihr, während sie sich über den Ring beugte, so dass ihr offenes Haar ihr Gesicht verdeckte. Sie schluchzte fast lautlos, aber ihre Schultern zuckten, und eine Welle von Mitleid erfasste ihn, obwohl er nicht begriff, weshalb sie jetzt weinte. Ob es wegen ihres verstorbenen Ehemanns war, seines Bruders wegen, der ihr Schiff überfallen und sie bestohlen hatte, oder aus Gründen, die in den komplizierten Regionen eines weibliches Gehirns zu suchen waren und die ein Mann nie verstehen würde.

Nach kurzem Zögern blies er das Talglicht aus, nahm Vanessa einfach auf die Arme und trug sie in sein eigenes Bett. Beim Schein der Lampe sah er, dass ihre Wangen tränennass und gerötet waren, sie musste also schon längere Zeit geweint haben. Sie hatte die Augen geschlossen, ihre Hand um den Ring und das Medaillon gekrampft, und sie rollte sich, kaum dass er sie hingelegt hatte, wie eine Katze zusammen, um das Gesicht im Kissen zu verbergen.

Er schob die Blende so weit vor die Lampe, dass nur ein kleiner Spalt offen blieb und es fast völlig dunkel im Raum war, zog seinem Liebling die leichte Decke über und legte sich dann neben sie. Er stützte sich auf dem Ellbogen auf, betrachtete sie, wie sie mit dem Rücken zu ihm lag, und griff dann hinüber, um ihr zart einige feuchte Haarsträhnen aus dem Gesicht zu streichen.

»Warum hast du mir nichts gesagt?«

Ihre Stimme war kaum verständlich. »Weil ich zuerst nicht wusste, was ich von dir halten sollte. Martin meinte, dass wohlhabende Gefangene in Lager gebracht werden, bis ein Lösegeld für sie gezahlt wird.«

Also doch. Er schloss sekundenlang die Augen. Ihr Misstrauen war grundsätzlich nicht unbegründet gewesen. Bei jedem anderen Captain wäre dies mit ihr geschehen. Vorausgesetzt natürlich, es handelte sich um einen ehrlichen Mann, der seine Prisen – Menschen und Gegenstände – ablieferte und nicht um einen, der das Lösegeld selbst einsteckte. Aber wie hatte sie ihn nur einer solchen Undankbarkeit für fähig halten können, nach allem, was sie für ihn und seine Leute getan hatte?

»Und dann aber«, ihre Stimme, immer noch leise, klang jetzt wärmer, auch wenn Tränen darin mitschwangen, »hatte ich mich wirklich in dich verliebt. Und gesehen, dass der romantische Eindruck, den ich von dir mitgenommen hatte, mich nicht getrogen hatte. Danach war alles andere gleichgültig …«

»Meine Liebste.« Er drehte sie sanft zu sich herum. Sie umschlang ihn mit einer Heftigkeit, die ihn überraschte, vergrub ihr Gesicht an seiner Schulter und weinte leise hinein, während er sie streichelte und zärtlich ihr Haar und ihre Schläfen küsste, so lange, bis sie eingeschlafen war.

Als Vanessa am nächsten Tag aufwachte, lag sie eng an Robert geschmiegt. Er hatte seinen Arm um sie gelegt, und ihr Kopf ruhte auf seiner Brust. In der Hand hielt sie immer noch das Medaillon, und Alberts Ring steckte an ihrem Finger. Robert hatte ihn ihr am Abend angesteckt. Sie drehte die Hand und sah im Schein der aufgehenden Sonne, die das Zimmer warm erleuchtete, auf das Wappen. Dann hob sie leicht den Kopf, um ihren *Capitaine* anzusehen, der noch tief und fest schlief. Sie betrachtete sein männliches Gesicht, die harten Züge, die im Schlaf weicher waren, und fand mit tiefer Zuneigung, dass er mit diesem leicht in die Stirn hängenden rotbraunen Haar viel mehr wie ein kleiner Junge aussah denn wie ein gefährlicher Schiffskommandant.

Zutiefst berührt dachte sie daran, wie er sie aus ihrem Zimmer getragen und in sein Bett gelegt hatte. Sie hatte geglaubt, dass er es tat, um sie zu lieben, aber stattdessen hatte er nur die Arme um sie gelegt, sie liebkost und wie ein weinendes Kind beruhigt, bis sie irgendwann vor Müdigkeit und Erschöpfung eingeschlafen war. Sie hatte sich in seinen Armen geborgen und geliebt gefühlt – nicht nur wie eine Frau, deren Körper man begehrt, sondern wie eine, deren Seele man achtet.

So wie Albert es ihr kurz vor seinem Tod vorausgesagt hatte.

Sie verlor sich in Erinnerungen, sah sich selbst neben Alberts Bett sitzen und wachen, bis sie plötzlich bemerkt hatte, dass er sie ansah. Sie war schnell neben ihn getreten, hatte seine Hand genommen, und er hatte sie schwach, aber dennoch liebevoll gedrückt.

»*Mon amour*«, hatte er zärtlich gesagt, und seine Stimme hatte müde, aber verständlich geklungen, »meine kleine Frau, meine wunderschöne Geliebte. Wo immer ich bald hingehen werde, du wirst mir unendlich fehlen, aber ich werde glücklich sein, wenn ich weiß, dass du es auch bist. Ich war nie ein besonders gläubiger Mensch, *ma petite*, aber jetzt bete ich voller Inbrunst, dass es dir vergönnt sein möge, einen Mann zu treffen, der dich liebt und dich zu schätzen weiß und dessen Liebe du erwidern wirst. Du bist klug, Vanessa, du wirst dich nicht von Männern blenden lassen, die nur deinen Körper haben wollen, sondern einen finden, der deine Seele so sehr liebt, wie ich das tue und immer getan habe. Einen, der dich respektiert, dein Wesen, deine ganz besondere Art.«

Sie war an seinem Bett gesessen, hatte geweint und ihn gebeten, nicht solche Worte zu sprechen, aber er hatte nur gelächelt und war dann wieder in sanften Schlummer gefallen. Sie hatte sich damals jedoch nicht vorstellen können, je einem anderen Mann so viel Zuneigung und Wertschätzung entgegenbringen zu können wie Albert.

Aber das war gewesen, bevor sie auf diesen Captain getroffen war. Diesen vermeintlichen Freibeuter, zu dem sie sich sofort hingezogen gefühlt hatte. Sie hatte ihn anfangs begehrt, hätte diesem Gefühl gefühlloser Leidenschaft jedoch niemals nachgegeben, wäre nicht etwas in seinen Augen gewesen, das sie berührt hatte. Etwas in seinem Lächeln, ja sogar in der Art, wie er die Augenbrauen zusammenzog, und sogar in der Weise, wie er sie anfangs immer angeschrien hatte.

Als er damals, in ihrer ersten gemeinsamen Nacht, zu ihr gekommen war, hatte sie sich nicht gewehrt, weil ihr Körper ihn wollte, aber später hatte sie ihn bereits mit dem Herzen ersehnt, und mit jeder seiner Berührungen hatte er nicht nur ihren Leib, sondern zugleich auch ihre Seele erreicht, und ihre Zuneigung war so schnell gewachsen und hatte sie so erfüllt, dass es ihr schien, als kenne sie ihn schon ihr ganzes Leben.

Sie hob die Hand, fuhr sanft mit den Fingerspitzen die Linie seiner Lippen nach, auf denen ein leichtes Lächeln lag, dann seine dunklen Augenbrauen, tiefschwarz und nicht rotbraun wie sein Haar, sein energisches Kinn. Das weiße Leinenhemd war geöffnet, und sie ließ ihre Finger über sein lockiges Haar wandern, die Muskeln …

»Was tust du da eigentlich?«, erklang plötzlich seine verschlafene Stimme.

»Ich sehe dich an.« Als er ihr gestern Abend den Ring gebracht, ihr später an den Finger gesteckt und sie ruhig im Arm gehalten hatte, da war es ihr als ein Zeichen von Albert erschienen. Sein Einverständnis, dass sie diesen Mann lieben und ihm mit jeder Faser ihrer selbst angehören durfte. Sie wusste nicht, was die Zukunft bringen würde, aber daran wollte sie jetzt nicht denken, sondern nur jeden Tag genießen, den sie in seiner Gegenwart verbringen durfte.

Er streckte sich, ohne sie loszulassen, gähnte herzhaft, öffnete die Augen und sah sie an. »Zeig mir deine bezaubernden kleinen Grübchen, meine Liebste.«

Vanessa legte den Kopf schief. »Sprichst du von meinen Wangengrübchen, *mon Capitaine?*«

»Genau von denen«, erwiderte er und zog ihren Kopf zu sich heran, um sie genau auf die Stellen zu küssen, an denen diese Grübchen beim Lachen entstanden. »An deine anderen wage ich mich nicht heran, solange du den Ring eines anderen am Finger trägst.«

Vanessa hob die Hand und sah auf den Siegelring. »Dann werde ich ihn abnehmen.«

Sie griff danach, aber er legte schnell seine Hand über ihre. »Nicht, Vanessa, lass ihn noch an. Ich möchte, dass du ihn trägst und ihn erst abnimmst, wenn ich dich darum bitte.«

»Aber …«, sagte sie erstaunt, »wenn dich der Ring stört, können wir uns nicht lieben, und das möchte ich doch.«

»Das werden wir auch«, antwortete er ernst, »aber nicht jetzt, erst später wieder.« Vanessa bedachte ihn mit einem enttäuschten Blick und wollte es sich wieder auf seiner Schulter bequem machen, als er sie daran hinderte. »Vanessa«, sagte er, mit einem Mal wieder ernst geworden, »ich weiß, dass unsere Bekanntschaft nicht sehr … nun, nicht sehr erfreulich begonnen hat. Dass es einige Missverständnisse gab, aber dazwischen ist viel geschehen, und ich habe festgestellt, dass ich dich liebe und mit dir zusammen sein will.«

«Das tue ich doch auch, *mon Capitaine! Je t'aime,* Robert. Und ich möchte bei dir bleiben.« Vanessa legte liebevoll die Hand an seine Wange, und er zog sie an seine Lippen und küsste sie.

»Das ist gut«, erwiderte er, nachdem er sich geräuspert und sichtlich mit sich gerungen hatte. »Nur mit dir leben genügt mir nämlich nicht. Ich möchte dich heiraten.«

»Was willst du?«, fragte sie atemlos.

»Dich heiraten, dich zur Frau nehmen. Dich ganz haben, mit allem, was dazugehört. Mit Ehering«, er wies dabei mit dem Kinn auf den Siegelring an ihrem Finger, »mit einem Heim, mit Kindern. Kurz – alles, was zu einer richtigen Ehe dazugehört.« Er atmete tief durch und schien sichtlich erleichtert, dass er es endlich ausgesprochen hatte.

Sie schloss die Augen. Vor ihr drehte sich alles. Er wollte sie heiraten. Tatsächlich zur Frau nehmen und mit ihr leben. Sie hatte kaum zu hoffen gewagt, dass er sie jemals fragte.

»Willst du?« Seine Stimme klang unsicher, aber Vanessa nahm ihm sofort die Furcht, sie könne seinen Antrag nicht annehmen, indem sie sich über ihn warf und ihn stürmisch umarmte.

»Ich bin so glücklich, *mon Capitaine*«, lachte sie. »Unendlich glücklich!« Sie schmiegte sich an ihn, wurde von ihm gehalten und fühlte, wie die bedrückende Dunkelheit des vergangenen Tages von ihr wich. Er würde sie nicht in irgendeinem Hafen aussetzen, sondern sie heiraten, mit ihr leben und immer bei ihr bleiben!

Plötzlich fiel ihr etwas ein. Etwas sehr Wichtiges. Unaufschiebbares. Schließlich hatte sich in den letzten Minuten ja alles geändert. Auch was ihre Teilnahme am Diner betraf. Als seine Ehefrau würde sie selbstverständlich dabei sein, das stand völlig außer Frage. Gleichgültig, wie Roberts Meinung dazu war.

»Robert?«

»Ja?«

»Ich glaube, ich habe nichts anzuziehen für das Diner mit dem Gouverneur …«

Robert schluckte und dachte an seinen Geldbeutel.

Der Gouverneur hatte sein Versprechen gehalten, was seine Unterstützung bei der Instandsetzung der *Independence* betraf, und Robert fand sich zum ersten Mal seit Kriegsbeginn in der glücklichen Lage, über alles an Ersatzteilen, Munition und Proviant zu verfügen, was das Lager einer Inselregierung beherbergte. Er hätte also allen Grund gehabt, zufrieden zu sein, wäre der Gouverneur nicht andererseits überaus eigensinig, was die erbeutete Prise anging.

Da die *Independence* all ihrer Masten beraubt aus dem Wasser gezogen worden war und nun im Hafen auf der Seite lag, damit ihr Schiffsrumpf von dem dichten Muschelbelag gesäubert und auf Schäden im schützenden Kupfermantel untersucht werden konnte, hatte Robert sich mit Vanessa im besten Hotel der Stadt eingemietet und dafür gesorgt, dass sie eine weibliche Bedienstete erhielt, die ihr zur Hand gehen sollte und die vor allem in einer kleinen Kammer neben ihr schlief, um zu gewährleisten, dass der Ruf seiner zukünftigen Frau nicht in Frage gestellt wurde. Über das, was zuvor auf dem Schiff zwischen ihnen vor sich gegangen war, mochten sich die Leute ohnehin genug Gedanken machen, aber er würde schon dafür sorgen, dass nicht einer es wagte, sie auch laut auszusprechen.

Bei der kleinen Feier, an der nicht nur der Gouverneur und dessen Familie teilgenommen hatten, sondern auch die wichtigsten Würdenträger der Insel und Roberts Offiziere, hatte Vanessa ihm zu seiner Verblüffung und uneingestandenen Erleichterung einfach die Organisation aus der Hand genommen. Sie hatte sich mit Begeisterung in die Vorbereitungen gestürzt, wobei ihr Martin, Jack und nicht zuletzt Smithy treu zur Seite gestanden waren. Dass er ihr seinen Bootsführer ausgeliehen hatte, den er weitaus dringender für die Arbeit an der *Independence* gebraucht hätte, sprach wohl – wie er sich selbst eingestand – für seine übergroße Verliebtheit.

Als er mit Vanessa über die Kosten gesprochen und versucht hatte, ihr vorsichtig anzudeuten, was ein Navy-Captain sich an Aufwand leisten konnte, hatte seine zukünftige Frau achselzuckend wieder einmal in ihre Schmuckschatulle gegriffen und einen Beutel voller Münzen herausgezogen. »Wenn wir erst verheiratet sind, Robert, dann gehört ohnehin alles dir, was auch mein ist. Mach dir also keine Gedanken, *mon amour*, überlass das nur alles mir und kümmere dich nicht um solche Kleinigkeiten. Ich habe gelernt, Feste auszurichten, da war ich gerade achtzehn Jahre alt.« Damit hatte sie ihn flüchtig auf den Mund geküsst, ihm ein bezauberndes Lächeln geschenkt und war auch schon fortgeeilt.

Am Morgen nach dem gelungenen Diner, bei dessen Vorbereitung und Durchführung Vanessa sich selbst übertroffen hatte, saßen sie einander im Hotel am Frühstückstisch gegenüber, als einer der Hausdiener den Raum betrat und einen französischen Wortschwall auf Robert niederprasseln ließ.

»Es ist ein Bote vor der Tür«, übersetzte Vanessa schnell, als sie Roberts konsterniertes Gesicht sah. »Ein Bote, mit einer Nachricht vom Gouverneur.«

»Gouverneur habe ich auch verstanden«, brummte Robert verdrossen, weil er sich in der trauten Zweisamkeit gestört sah. »Der Mann soll eintreten«, winkte er dem Hausangestellten zu, der erleichtert verschwand und kurz darauf mit einem livrierten dunkelhäutigen Diener eintrat, der Robert nach einigen wohlakzentuierten Sätzen, die dieser mit der Miene eines Mannes, der des Französischen fließend mächtig war, über sich ergehen ließ, mit einer tiefen Verbeugung einen versiegelten Brief überreichte.

Robert bedankte sich mit einem perfekten *»Merci«* und zog eine Münze aus der Tasche, die er dem Mann in die Hand drückte.

Als sie wieder allein waren, sah Robert misstrauisch auf das Schreiben. »Hoffentlich fällt dem Gouverneur jetzt nicht noch ein, dass er auch die *Independence* zum Schutz der Insel braucht.« Wie sie am Vortag erfahren hatten, hatte Spanien sich dem Krieg gegen England angeschlossen. Eine vereinigte Flotte von sechzig französischen und spanischen Schiffen war vor wenigen Monaten in den Ärmelkanal eingedrungen und hatte England mit einer Invasion bedroht. Auf den angreifenden Schiffen waren jedoch Krankheiten ausgebrochen und hatten die Flotte gezwungen, sich nach Brest zurückzuziehen. Wäre der Angriff gelungen, so hätte König Georg III. wohl keine Mittel mehr gehabt, gegen seine ehemaligen Kolonien vorzugehen, und der Krieg wäre zu Ende gewesen. So jedoch war England – wenn auch sehr geschwächt – immer noch eine Seemacht, mit der zu rechnen war. Und dass die Westindischen Inseln mit ihren Rohstoffen von größter Bedeutung waren, wusste schon der kleinste Schiffsjunge.

»Das glaube ich nicht, Robert«, sagte Vanessa, nachdem sie seine Vermutung überdacht hatte. »Diesen Eindruck hat er gestern Abend nicht auf mich gemacht.«

Robert brach achselzuckend das Siegel auf und überflog die wenigen Zeilen. Schließlich sah er auf. »Das ist eine Einladung. Er ersucht mich, ihn in einer Stunde zu besuchen.«

»Vielleicht sind es ja gute Nachrichten, mein Lieber?«

»Hoffentlich hält er mich nicht auf«, murrte Robert. »Ich möchte schon morgen Abend mit der Flut in See stechen, um so schnell wie möglich nach St. Pierre zu kommen.«

»Reisen wir tatsächlich schon morgen ab?«, rief Vanessa lebhaft aus. »Oh, ich muss unbedingt einen Brief an Suzanne schreiben! Was mag sie nur durchge…« Sie unterbrach sich hastig, aber Robert, dessen Augen unvermittelt kalt geworden waren, vollendete ihren Satz.

»… durchgemacht haben, wolltest du sagen, Vanessa. Am liebsten würde ich sie mit den noch auf dem Schiff befindlichen Spießgesellen meines Bruders konfrontieren, um herauszufinden, wer von ihnen sich an ihr und den anderen vergangen hat. Es ist mir ein Greuel, daran zu denken, dass diese verdammten Kerle ungestraft davonkommen sollen.«

Vanessa nickte nur und rührte gedankenvoll in ihrer Kaffeetasse. Sie selbst hatte unfassbares Glück gehabt. Ihre Zofe hatte sie zwar verraten, ihr damit jedoch letztendlich einen Gefallen getan. Andernfalls wäre sie wohl nicht in der Kajüte des Captains gelandet, sondern so wie die anderen Frauen von den verkommenen Verbrechern vergewaltigt worden.

Sie hatte vom Gouverneur erfahren, dass die *Duchesse* von einem vorbeikommenden französischen Freibeuterschiff gerettet und die Leute nach Martinique gebracht worden waren. Ihre Zofe war als Dienstmädchen bei einer Familie, die im Norden der Insel Plantagen betrieb, untergekommen. Die Frau des englischen Kaufmanns war angeblich mit einem niederländischen Schiff nach Jamaika weitergereist. Da die Holländer noch nicht in den Krieg eingetreten waren, galten sie als neutrales Land und konnten sowohl französische als auch englische Häfen ansteuern.

»Es ist wohl kaum Zeit, Suzanne aufzusuchen«, sagte sie nach einigen Minuten, in denen Robert sie nicht aus den Augen gelassen hatte. In seinem Blick lagen Zuneigung, Sorge und ein seltsamer Ausdruck, den sie nicht genau deuten konnte. »Ich werde ihr jedoch schreiben, um ihr zu sagen, was geschehen ist, und ihr etwas Geld schicken. Sie ist ein hübsches Mädchen und wird es nicht schwer haben, einen der Siedler hier zum Mann zu bekommen. Wie ich weiß, sind Frauen aus Europa hier immer noch selten, und Suzanne hat darüber hinaus auch eine gute Ausbildung genossen.«

»Möglicherweise kann ein Bote schnell genug unterwegs sein, um die Familie zu erreichen, bei der sich deine Zofe nun aufhält«, erwiderte Robert langsam, »und ihr Nachricht geben, dass sie nach St. Pierre kommen soll, unserem nächsten Ziel. Du bist sie gewöhnt, und es wäre schön für dich, eine vertraute Frau um dich zu haben.«

Vanessas Blick wurde zärtlich. »Du bist sehr lieb, Robert, aber das ist nicht notwendig. Ich brauche keine Frau um mich, ich komme sehr gut allein zurecht. Mein Vater hat dafür gesorgt, dass mir gewisse hausfrauliche Tätigkeiten nicht fremd sind. Ich kann sehr gut nähen, deine Strümpfe stopfen und deine Sachen in Ordnung halten. Außerdem«, fügte sie nachdenklich hinzu, »glaube ich nicht, dass Suzanne nach allem, was geschehen ist, gern zurückkommt. Und wo sollten wir denn eine Zofe auf dem Schiff unterbringen? Es ist doch so schon kaum Platz genug!«

»Möglich«, murmelte Robert, und ein dunkler Schatten legte sich auf sein Gesicht.

»Robert?« Vanessas Stimme klang beunruhigt. »Was ist denn? Du siehst so ernst aus.«

»Ich dachte nur an etwas«, erwiderte er und zwang sich zu einem Lächeln. »Aber es ist schon vorbei. Reden wir lieber davon, was uns die nächsten Tage bringen werden, meine Liebe.«

Sie hob fragend die Augenbrauen.

»Wir segeln von hier aus die Küste entlang nach St. Pierre. Dort erst nehmen wir Wasser und Proviant auf, um keine Zeit mehr zu verlieren. Und während der gute Finnegan sich um alles kümmert, werden wir beide zwei oder drei wunderschöne Tage zu zweit verbringen. Nur wir beide, ohne Mannschaft. In einem richtigen Haus mit Steinwänden, fern von allen anderen.«

Vanessa lächelte schweigend, aber ihr Blick sprach Bände und enthielt Versprechen für zukünftige Freuden, die Roberts Herz sofort höher schlagen ließen.

Dennoch machte er sich eine knappe Stunde später niedergeschlagen auf den Weg zum Gouverneur. Er hatte versucht, es vor Vanessa zu verbergen, aber ihre Bemerkungen hatten ihn zutiefst getroffen. Sie schien es tatsächlich für selbstverständlich zu erachten, dass er sie weiterhin auf dem Schiff mitnehmen würde. Bisher hatte er den Gedanken, sich in absehbarer Zeit von ihr trennen zu müssen, mehr oder weniger erfolgreich von sich geschoben, aber nun kam er wieder mit Macht über ihn und ließ ihm sogar die Sonne, die vom wolkenlosen azurblauen Himmel herunterbrannte, dunkler erscheinen.

Ein Kriegsschiff war nun einmal kein Aufenthaltsort für eine Frau. Er musste frei von allen Ablenkungen sein, wenn er in den Kampf ging und seinen Hals und den seiner Leute riskierte.

Daraus ergaben sich aber noch andere Konsequenzen. Er hatte Vanessa zwar einen Antrag gemacht, aber für ihn war es selbstverständlich, dass er sie erst nach Ende dieses Krieges heiratete. Zum einem war eine verwitwete Gräfin de Chastel besser gestellt als die Hinterbliebene eines mittellosen Rebellencaptains, und zum anderen wollte er seine besten Freunde und seine Stiefmutter um sich haben, wenn er Vanessa standesgemäß vor den Altar führte und ihr dort den Ring an den Finger steckte, der sie für ewig aneinander binden sollte.

Er musste danach natürlich wieder fortreisen, schließlich war er Seemann und keine Landratte, aber es würde für Vanessa dann leichter sein, zurückzubleiben und ihm und ihren Kindern ein Heim zu schaffen, in das er immer wieder zurückkehrte, das für ihn eine Insel der Seligen werden sollte. Ein Heim, das er seit dem Tod seiner Mutter in dieser Form nicht mehr gehabt hatte und nach dem er sich sehnte. Etwas, das Finnegan besaß, das ihm Kraft gab und worum er ihn oftmals beneidet hatte. Bis dieser glückliche Zeitpunkt gekommen war, musste er sie aber bei ihrem Onkel in Jamaika absetzen und dann wieder in den Krieg ziehen.

Trotzdem wollte er ihre Beziehung durch mehr als Liebe festigen. Diese beiden Tage in der Einsamkeit sollten eine Art Verlöbnis sein – vielleicht sogar das letzte ungestörte Glück für viele Monate oder gar Jahre –, und er wollte ihr jetzt schon den Ring seiner Mutter schenken, um ihr und ihm etwas zu geben, das ihnen über die schwere Zeit der Trennung hinweghelfen würde.

Als er zwei Stunden später wieder zu Vanessa zurückkehrte, sah er sich zumindest eines seiner Probleme entledigt, und er umarmte sie stürmisch, als er sie allein in ihrem Zimmer vorfand.

»Du wirst nicht glauben, meine Liebste, was geschehen ist! Der Gouverneur hat endlich Einsicht gezeigt! Er nimmt davon Abstand, das erbeutete Linienschiff für Frankreich zu beanspruchen. Ich war bereits unten am Hafen und habe Finnegan den Auftrag gegeben, sofort alles Notwendige zu veranlassen, um das Schiff instand zu setzen.«

Sein Strahlen spiegelte sich auf Vanessas Gesicht wider. »Ich freue mich ja so für dich, Robert«, erwiderte sie innig, obwohl sie weitaus weniger überrascht war als er. Sie hatte am Vorabend ihren ganzen Charme gegen die Hartnäckigkeit des Gouverneurs eingesetzt, mit ihm über gemeinsame Bekannte gesprochen, sich sehr liebenswürdig über seine Gattin und seine hübsche, wenn auch etwas geistlose Tochter geäußert und sogar ein wenig mit ihren Beziehungen und ihrem Geld angegeben, etwas, das ihr – wäre es nicht um Robert gegangen – sonst niemals eingefallen wäre. Am Ende war der Gouverneur wie Butter in ihren Händen gewesen.

Aber davon musste Robert nicht unbedingt etwas wissen. Männer wie er hatten eine recht seltsame Beziehung zu ihrem Stolz.

»Das bedeutet wohl, dass wir nun mit zwei Schiffen auf die Jagd nach den Engländern gehen können?« Vanessa hatte nicht das geringste Interesse daran, auf irgendjemand anderen als die Ratten und das übrige Ungeziefer auf dem Schiff Jagd zu machen, aber da sie wusste, wie sehr Roberts Herz daran hing, versuchte sie tapfer, sich für ihn zu freuen. Schließlich war sein Glück auch das ihre, selbst wenn dies bedeutete, dass sie ständig Angst um ihn haben und bei jedem Kampf hinunter in den Laderaum zu diesem abscheulichen Getier geschickt werden würde. Um am Ende dann die halbe Mannschaft verletzt und verstümmelt oder gar tot vorzufinden.

Robert wurde ein wenig ernster. »Ja … das heißt nein … Wir werden wohl nicht mit beiden Schiffen hinter den Engländern her sein, aber ich kann das englische Schiff nun dazu benutzen …«, er unterbrach sich. »Auf jeden Fall ist es ein Glück, dass ich nun über beide verfügen kann.«

Vanessa dachte zwar, dass es mehr Glück gewesen wäre, gar kein Schiff zu haben, sondern still und beschaulich daheim zu sitzen, aber sie schwieg und seufzte nur innerlich. Sie hatte sich fest entschlossen, eine würdige Seemannsgattin zu werden, die vollstes Verständnis dafür hatte, dass für ihren Mann das Schiff an erster Stelle stand. Sie wusste jedoch jetzt schon, dass es nicht leicht für sie werden würde. Für Albert, der nur aus Freude und Interesse seinen Beschäftigungen nachgegangen war, hatte sein Mündel und seine spätere Frau im Mittelpunkt seiner Aufmerksamkeit gestanden, und Vanessa war es gewohnt gewesen, an erster Stelle zu stehen. Nun aber musste sie sich damit abfinden, dass es in Roberts Leben noch andere Prioritäten außer seiner Liebe zu ihr gab: sein Schiff, sein Land und seine Aufgabe, die er nach Männerart so unverhältnismäßig ernst nahm.

Robert, der keinen Tag länger als notwendig auf die süßen Mußestunden mit Vanessa warten wollte, entschloss sich, das andere Schiff im Hafen von Fort-Royal zu lassen, wo es unter Millers Kommando und kompetenter Aufsicht instand gesetzt wurde, und mit der *Independence* nach St. Pierre zu segeln.

Vanessa stand neben Robert an der Reling, als sie ihr Ziel erreichten und in den Hafen von St. Pierre einliefen. Sie konnte große gemauerte Häuser erkennen, Gärten mit Bäumen und blühenden Sträuchern und bunte Vögel, die, sobald man in ihre Nähe kam, mit ohrenbetäubendem Gekreisch aufflogen. Ein sehr netter Ort, fand sie, um einige Tage allein mit ihrem *Capitaine* zu verbringen.

Robert hatte es eilig, Finnegan die letzten Befehle zu erteilen und ihm dann die *Independence* zu überlassen, die er bei seinem Freund und Ersten Maat in guten Händen wusste. Er hatte gleich nach seiner Ankunft einen alten Bekannten aufgesucht, um ihn zu bitten, ihm ein abgelegenes Haus, das dieser früher benutzt hatte, bevor er in die Stadt gezogen war, zu überlassen, und hatte sogar einige seiner verlässlichsten Leute hingeschickt, um dort alles für Vanessas Ankunft vorzubereiten.

Vanessa strahlte, als Robert sie am Hafen auf ein Pferd hob, in dessen Zaumzeug Blüten steckten und um dessen

Hals ein ganzer Kranz aus wunderbaren weißen Blumen hing.

Er stieg hinter ihr in den Sattel und nahm die Zügel auf. Vanessa fühlte seinen warmen Atem auf ihrem Nacken, seine Arme, seinen Körper und lehnte sich mit einem tiefen Aufatmen zurück, um sich völlig dem Gefühl der Geborgenheit und der Vorfreude auf die nähere und fernere Zukunft hinzugeben.

Einige ihrer engsten Freunde vom Schiff standen dabei, lachten, winkten, einer – Smithy natürlich – stimmte ein fröhliches, wenn auch dieses Mal sehr ehrenwertes Lied an, und dann ritten sie unter Martins scharfem Blick davon.

Sie neigte sich ein wenig in Roberts Armen auf die Seite und wandte den Kopf, um ihn ansehen zu können, als er das Pferd antrieb und es fort von den Häusern in die grüne Wildnis lenkte. »Wohin bringst du mich denn, *mon Capitaine?*«

»Zu einem Haus, das nur uns allein gehört«, flüsterte er an ihrer Schläfe, »mit steinernen Wänden und ohne Leute, die uns stören könnten. So, wie ich es dir versprochen habe.«

Vanessa lächelte, drehte den Kopf noch ein wenig mehr, bis ihre Lippen die seinen erreichten und sie beide in einen Kuss versanken, der sie alles um sich herum vergessen ließ.

Als sie sich wieder voneinander lösten, bemerkte Robert, dass das Pferd stehen geblieben war und die Gelegenheit nutzte, ein paar frische Blätter von einem Strauch zu naschen. Er trieb das Tier wieder an und legte seinen Arm fester um Vanessa. »Es ist zum Glück nicht mehr weit, sonst würde ich jetzt vor Ungeduld vergehen. Ich kann es kaum fassen, dass ich dich seit unserer Ankunft auf Martinique kein einziges Mal mehr in den Armen gehalten habe.«

»Du warst ja so versessen darauf, mich dort als anständige

Frau auszugeben und den seriösen Captain zu spielen«, grinste Vanessa. »Am Ende war ich schon selbst davon überzeugt, dass wir bisher nie mehr als einen verschämten Kuss getauscht haben.«

»Dann wird es höchste Zeit, dich in dieser Hinsicht wieder eines Besseren zu belehren.« Robert ließ das Pferd in Trab verfallen.

Obwohl ihr Ziel in einer knappen Viertelstunde hätte erreicht werden können, brauchten sie – bedingt durch eine ganze Reihe kleinerer Pausen – fast eine halbe Stunde, bis sie zu einem steinernen Häuschen kamen, das von wunderbaren, üppig blühenden exotischen Blumen umwuchert war, einen überdachten Brunnen vor der Haustür hatte und einen Stall, der sich an das kleine Gebäude drängte.

Robert sprang aus dem Sattel, hob Vanessa herab, küsste sie schnell und führte dann das Pferd in den Stall. Vanessa folgte ihm.

»Ich wundere mich, dass ein Mann, der auf dem Meer lebt, so gut mit Pferden umgehen kann«, sagte sie, während sie ihm zusah, wie er das Tier versorgte.

»Ich bin schließlich auf einer Farm aufgewachsen.« Robert beendete seine Arbeit und führte sie wieder hinaus ins helle Tageslicht. »Meine Eltern hatten einen kleinen Hof, mit Kühen, Pferden und allen möglichen anderen Tieren. Ich bin erst relativ spät, mit zwölf Jahren, zur See gegangen, weil mich die Schiffe, die im Hafen von Boston lagen, so sehr faszinierten, dass ich nicht mehr Farmer werden wollte.« Er ging zum Brunnen, holte einen Kübel Wasser herauf und wusch sich Gesicht und Hände.

Vanessa fasste nach seiner nassen Hand und drückte sie liebevoll. »Ich kenne nur unsere Bauern in Frankreich, und ich habe immer bewundert, wie tapfer sie die schwere Arbeit ertragen haben.«

»Nun, ich musste damals feststellen, dass die Arbeit auf einem Schiff nicht viel leichter ist, solange man noch zur Mannschaft gehört.« Robert erwiderte den Druck ihrer Hand ebenso zärtlich. »Man ist ständig in Gefahr, mit Mann und Maus unterzugehen, kommt manchmal wochenlang nicht in trockene Kleider, muss bei jedem Sturm hinaus und in die Wanten und bekommt Hiebe, wenn man einen Fehler macht oder aufbegehrt. Im Kampf hat man Glück, wenn man Arme und Beine behalten hat, wobei die Narben kaum noch zu zählen sind.«

Vanessas Blick wurde eindringlicher. »Ich würde das aber gern tun«, sagte sie sanft. »Ich würde liebend gern wieder einmal deine Narben zählen, *mon Capitaine*, und zwar so schnell wie möglich.«

Robert verlor angesichts dieses Blicks und dieser Worte keine Zeit mehr, nahm seine Geliebte auf die Arme und trug sie zum Haus.

Er stieß die Eingangstür mit dem Fuß auf und stellte Vanessa vorsichtig ab, bevor er die Tür schloss und einen Riegel vorlegte. »So, jetzt sind wir endlich ungestört, mein Liebling.«

Vanessa drehte sich im Kreis und sah sich um. Das kleine Häuschen blitzte nur so vor Sauberkeit, auf dem Tisch lag ein blütenweißes Tischtuch, eine Vase mit dunkelroten Rosen stand darauf, ebenso eine Flasche Wein und kostbare Gläser sowie einige bedeckte Platten und Schüsseln. Sie hob die Deckel auf und staunte. »Robert! Hier ist ja alles vorbereitet für ein wahres Festessen!« Sie wandte sich zu ihm um. »Und wie sauber hier alles ist! Und …«, fügte sie hinzu, als ihr Blick auf ein breites, bequemes Bett fiel, »… *mon Dieu!* Sogar das Bett ist schon gemacht!«

Robert lachte und zog sie an sich. »Dachtest du etwa, ich würde dich in ein schmutziges Loch führen? Ich habe Smithy vorgeschickt, um alles vorzubereiten, und wie du siehst, haben er und seine Leute ganze Arbeit geleistet.«

Vanessa erröte zart, als sie daran dachte, welche Gedanken die Männer gehabt haben mussten, als sie die Vorbereitungen für diese Nacht getroffen hatten. »Das war sehr fürsorglich von dir«, flüsterte sie etwas verlegen, dann griff sie nach den Blumen. »Welch wunderbare Rosen, Robert.«

»Ein Geschenk meines alten Freundes«, flüsterte er an ihrem Ohr, »aus seinem Garten, liebevoll gehegt und gepflegt. Genau das Richtige für dich.« Er zog sie ein bisschen enger an sich. »Hast du Hunger, meine Liebste?«

Vanessa schüttelte nur den Kopf und fühlte, wie Roberts Finger über ihren Körper glitten, ihr Haar öffneten, bis es wie ein dichter Vorhang über ihren Rücken fiel.

Vanessa stand still, als er mit Bedacht die Bänder ihres Mieders löste und jedes freie Stückchen ihrer warmen Haut küsste. Sie stöhnte leicht auf, als er sich hinunterbeugte und mit seinen Lippen von ihrem Hals abwärts fuhr, bis er ihre Brüste erreichte.

Es dauerte nicht lange, da fiel das kostbare cremefarbene Gewand zu Boden, gefolgt von ihren Unterröcken, so dass Vanessa nur in ihrem hauchdünnen Hemd vor ihm stand, durch dessen durchscheinenden Stoff sich ihre Formen so köstlich abzeichneten.

Sie war kurz davor, wie ein Kätzchen zu schnurren, als er einen Schritt zurücktrat und sich suchend umblickte.

»Robert?«

»Warte, mein Liebchen, mir fällt da etwas ein.« Sie sah ihm erstaunt nach, als er mit wenigen Schritten den Raum durchquerte und dann triumphierend mit einem Fußschemel zurückkam. »Hier!« Er küsste sie zärtlich, dann zog er das zarte, knielange Hemd über ihren Kopf, hob Vanessa in die Höhe und stellte sie auf den Schemel.

»Aber Robert!« Vanessa kicherte erregt, als sie sich plötzlich auf gleicher Höhe mit ihm befand, und wollte seinen Kopf an sich ziehen.

»Pst, mein Liebling, ich bin noch lange nicht fertig mit dir.« Er kümmerte sich hingebungsvoll um ihre Brüste, saugte an den Spitzen, spielte damit, streichelte über die Seiten und ließ seine Lippen schließlich zu ihrem Hals wandern, um dort die zarte Haut unter ihrem Ohr zu liebkosen, bevor er sich wieder bis zu ihrem Nabel hinunterarbeitete, für den er in diesem Moment eine besondere Vorliebe zu empfinden schien.

Vanessa hielt sich an ihm fest, als er tiefer glitt, ihren Bauch hinab, sie seinen Atem auf ihrem Schamhaar fühlte und er dann zu ihrem Entzücken mit seiner Zunge in die feuchte, erwartungsvolle Spalte glitt und sie ihn auf ihrer Perle fühlen konnte.

Insgeheim leistete sie bei ihrem verstorbenen Mann, der sie behutsam und kunstvoll in die Freuden der Liebe eingeführt hatte, Abbitte, aber jedes Zusammensein mit Robert übertraf alles, was sie jemals davor empfunden hatte. Albert war ein sehr einfühlsamer, erfahrener Liebhaber gewesen, aber mit Robert hatte Vanessa ihren Körper erst wirklich kennengelernt.

Er hatte jede Stelle berührt, mit ebenso viel Geduld wie Eifer jene Punkte gesucht, die sie erregten, und hatte zu ihrer beider Vergnügen herausgefunden, dass sie schon in seinen Armen dahinschmolz, wenn er allein nur die zarte Haut in ihren Armbeugen küsste oder seine Lippen über ganz bestimmte Stellen an ihrem Nacken gleiten ließ.

Ihre Knie begannen zu zittern, und sie musste sich auf seinen breiten Schultern abstützten, als er nicht aufhören wollte, mit seiner Zunge immer wieder tief in sie hineinzugleiten, sie zu necken, zumal seine Hände dabei nicht untätig waren, sondern fest ihre Gesäßbacken massierten und streichelten und sie zu einem kleinen Schrei veranlassten, als seine Finger neugierig tiefer hineinglitten.

»Robert! Hör auf, das ertrage ich nicht mehr!«

Er lachte in ihre Scham hinein, ließ jedoch nicht von ihr ab, bis ihre Knie endgültig nachgaben und sie zusammensackte. Zärtlich fing er sie auf und hob sie von dem Schemel. Ihr ganzer Körper brannte von seinen Küssen und seinen Berührungen, seine Lippen hatten glühende Spuren auf ihrer Haut hinterlassen, und sie zitterte vor Verlangen nach mehr.

Robert trug sie zum Bett, legte sie sanft in die weichen Kissen, beugte sich über sie und küsste sie zärtlich. Sie hob die Arme, um ihn an sich zu ziehen, aber er wehrte sie ab. »Nein, Vanessa. Heute nicht.«

»Robert, wie lange willst du mich denn noch warten lassen?«

»Zuerst will ich etwas anderes tun.« Er zog aus seiner Hosentasche den Ring seiner Mutter hervor. Zart und unauffällig im Vergleich zu den Schmuckstücken, die sich in Vanessas Schatulle befanden, aber für ihn ungleich kostbarer. Er nahm Vanessas Hand, zog den Ring der Chastels, den sie seit der Nacht auf dem Schiff immer noch trug, herunter, und streifte ihr seinen eigenen über.

Vanessa blickte erst auf das Schmuckstück, dann auf Robert.

»Er soll unser Eheversprechen bestätigen, meine Liebste«, sagte Robert leise. »Er soll dich jede Minute daran erinnern, dass ich nichts mehr möchte, als dich bis an mein Lebensende in den Armen zu halten. Auch wenn wir getrennt sind, soll er dich an mich erinnern und daran, dass wir beide zusammengehören.«

»Aber wir werden uns nicht trennen, Robert!«

»Nicht jetzt.«

»Aber auch nicht morgen oder übermorgen. Wovon sprichst du? Was meinst du?« Vanessa setzte sich auf.

Das Gespräch nahm eine gefährliche Wendung. Robert hatte mit einem Mal das Gefühl, dass sein Liebling sich nicht so leicht auf Jamaika absetzen lassen würde, wie er das gehofft hatte. Aber er hatte auch keine Lust, sich durch fruchtlose Diskussionen die nächsten beiden Tage zu verderben.

»Natürlich nicht«, sagte er beschwichtigend. »Was ich damit sagen wollte, ist, dass wir ab jetzt für immer zusammengehören, gleichgültig, was auch geschehen mag. Auch wenn wir nicht vor einem Priester getraut wurden, so sind wir mit diesem Ring doch Mann und Frau.«

»Das sind wir in meinen Augen schon längst«, flüsterte Vanessa zurück.

Er küsste sie zart auf den Mund. »Und jetzt leg dich zurück und bleib still liegen. Ich möchte dich verwöhnen.«

»Soll das heißen, dass ich dich nicht streicheln darf?«, fragte sie enttäuscht und ließ ihre Hand schnell über seine Männlichkeit gleiten, die sich ihr durch den Stoff der Hose bereits erregt entgegenstreckte.

»Doch, aber später. Zuerst bin ich dran«, erwiderte er hartnäckig. »Und du wirst dieses Mal gar nichts tun.«

Vanessa legte sich in die Kissen zurück und streckte sich wohlig, als Robert seine Hand über ihren Körper gleiten ließ. »Du wirst das bereuen, *mon Capitaine*«, sagte sie lächelnd. »Ich weiß, wie sehr du es magst, wenn ich dich streichle und liebkose.« Was auch stimmte. Und sie mochte es, wenn Robert Wachs in ihren Händen wurde, sich unter ihren Berührungen wand, vergaß, dass er der Captain war, dem alle gehorchen mussten, und stattdessen unter ihren Lippen und zart nagenden Zähnen vor Wonne verging.

»Das kannst du auch noch in aller Ausführlichkeit tun, mein liebes Weib«, antwortete er lächelnd. »Wir stechen erst in zwei Tagen wieder in See, bis dahin hast du Zeit genug, mich mit deinen Künsten um den Verstand zu bringen.«

Er beugte sich zu ihr hinunter, seine Lippen fanden ihren Mund, und sie schlang die Arme um seinen Hals. Seine Zunge fuhr zart zwischen ihre Lippen und erweckte in ihr den Wunsch, noch mehr davon zu bekommen. Als sie ihre Hände jedoch von seinem Hals über seine Schultern abwärts gleiten ließ, machte er sich von ihr los.

»Ruhig liegen bleiben«, murmelte er an ihrem Mund.

»Das geht nicht«, widersprach sie sofort. »Ich will dich berühren und fühlen und dich streicheln.«

»Nachher, mein Liebchen. Nachher.« Robert lachte. »So wie ich dich kenne, Vanessa, ist dies das erste und letzte Mal, dass du dich nach mir richtest und nicht umgekehrt. Und das werde ich auskosten. Also benimm dich, gehorche, und leg dich wieder hin.«

Vanessa fühlte eine kribbelnde Gänsehaut auf ihrem Körper, als sie nachgab, die Arme neben sich legte und abwartete, was ihr *Capitaine* weiter tun würde. Dieser hatte offensichtlich vor, das erregende Spiel fortzusetzen, neckte sie eine schier endlos lange Zeit mit seinen Händen und Lippen, brachte sie zum Schreien und Stöhnen, bis er endlich Gnade walten ließ und mit zwei Fingern in ihre schon lange für ihn bereite Öffnung eindrang und sie eng an ihn geschmiegt unter seinen Händen zerschmolz.

15. Kapitel

Sie verbrachten drei Tage auf der Insel. Drei Tage, in denen sie keinen anderen Menschen sahen, sich liebten, miteinander lachten und einander ihr Leben erzählten.

Vanessa konnte es kaum erwarten, das Land zu betreten, in dem Robert aufgewachsen war. Er hatte ihr in den vielen vertrauten Stunden, die sie ungestört in dieser Hütte verbracht hatten, von seiner Heimat erzählt, von seiner Jugend und davon, wie er zur See gegangen war.

Zu ihrer Freude hatte er Pläne geschmiedet, von einem Stück Land gesprochen oder einem Häuschen mit Garten, das er kaufen und in dem er mit ihr wohnen wollte. Sie stellte es sich wunderbar vor, mit Robert zu leben, für ihn zu sorgen, seine Kinder großzuziehen und ein langes und glückliches Leben zu führen.

Als sie wieder – nicht ohne größtes Bedauern – zu den anderen zurückkehrten, war die *Treasury*, so hatten sie das eroberte Linienschiff genannt, dank Millers Durchsetzungsvermögen und Einsatz schon im Hafen. Die Reparaturen waren schneller vorangegangen, als man zuerst gedacht hatte, und Robert konnte nun seine Pläne durchführen.

Er schickte die *Independence* unter Finnegans Kommando voraus, um nach feindlichen Schiffen zu suchen und diese nach Möglichkeit aufzubringen, während er selbst mit Vanessa auf dem englischen Kriegsschiff nach Jamaika segeln würde. Dieses Schiff war – obwohl größer – wesentlich unauffälliger als die *Independence*, die dank der Beutefahrten seines Bruders in den Westindischen Inseln berüchtigt war. Die *Treasury* dagegen konnte, solange nicht bekannt wurde, dass sie von den Amerikanern gekapert worden war, unauffälliger einen feindlichen Hafen ansteuern.

Er plante, zuerst Vanessa nach Jamaika zu bringen, sie dort abzusetzen, wo sie bei ihrem Onkel in Sicherheit war, während er selbst die um diese Jahreszeit herrschenden Winde und Oberflächenströme ausnutzen würde, um weiter Richtung Florida und dann nördlicher zu segeln. Vom Gouverneur hatte er erfahren, dass sich die Aktivitäten der Engländer vor der nordamerikanischen Küste verstärkten, um ihre Landtruppen zu unterstützen, also brauchte man ihn dort mehr als hier.

Die Oberflächenströme konnten sie genau an Jamaika vorbei und weiter nach Kuba bringen, von dort zog sich der Golfstrom zwischen der Insel und Florida hindurch Richtung Atlantischer Ozean. Und an der Südspitze Floridas würde er auf Finnegan stoßen, um dann gemeinsam mit ihm nach Norden zu segeln.

Vanessa war zwar enttäuscht, als sie auf das Linienschiff umstieg, und sie wunderte sich über Finnegans ernstes Gesicht, als er sich von ihr verabschiedete und mit der *Independence* davonsegelte, aber sie hegte nicht den geringsten Verdacht, dass ihr *Capitaine* vorhaben könnte, sie an Land zu setzen. Jetzt, wo sie sich durch den Ring mit ihm so gut wie verheiratet glaubte, fühlte sie sich vollkommen sicher.

Es war ungewohnt für sie, auf einem so großen Schiff zu

fahren. Die *Independence* war ihr überschaubarer vorgekommen. Außerdem war fast die gesamte Mannschaft – bis auf einige wenige Männer, die Robert auf das erbeutete Schiff gefolgt waren – an Bord der Fregatte geblieben, und sie befanden sich in der Gesellschaft von Fremden, Seeleuten, die sie von Martinique mitgenommen hatten und die zum Teil von anderen Schiffen abgezogen worden waren. Außerdem hatte sie die *Independence* lieben gelernt. Sie war ein Teil ihres Lebens gewesen, jener Ort, an dem sie Robert wiedergetroffen und sich in ihn verliebt hatte, mittlerweile sogar eine Art Heimat für sie, und sie freute sich schon sehr auf das Wiedersehen mit Finnegan und den anderen.

Je näher sie Jamaika kamen, desto klarer wurde Robert, dass Vanessa nicht den geringsten Argwohn hegte, was seine Pläne betraf. Er hatte insgeheim gehofft, dass sie selbst diese Einsicht zeigte, was ihren Verbleib auf dem Schiff anging, hatte dann jedoch seinen Irrtum einsehen müssen: Vanessa dachte offensichtlich nicht im Geringsten daran, dass er auf die Idee kommen könnte, sie auf Jamaika abzusetzen und allein weiterzufahren.

Er hatte, nachdem ihm dies klargeworden war, mit für ihn ungewöhnlicher Feigheit die Aussprache immer wieder hinausgezögert, um die noch verbleibenden Stunden mit ihr ungetrübt genießen zu können. Doch als sie Hispagniola passiert hatten, konnte er seine Pläne nicht mehr vor ihr geheim halten, und er beschloss, ihr reinen Wein einzuschenken. Er stand bewegungslos am Heck und starrte blicklos auf das Meer und das schäumende Kielwasser des Schiffes, als Vanessa an Deck kam. Sie trat näher, strich ihm mit der Hand verstohlen über den Rücken und lehnte sich dann an ihn, als er den Arm um sie legte und sie leicht an sich drückte. »Wir haben guten Wind, mein Engel, und kommen schön voran. Wenn das Wetter anhält, können wir in zwei Tagen in Jamaika sein.« Er sagte dies in einem möglichst unbefangenem Ton.

Vanessa sah schnell nach oben und versuchte, in seinem Gesicht zu lesen. Er blickte immer noch hinaus aufs Meer, unfähig, sie anzusehen.

»Jamaika? Du willst Jamaika anfahren?«, fragte sie fassungslos. »Das kannst du nicht, *mon Capitaine!* Die Insel ist in englischer Hand, sie würden dich dort als Feind behandeln! Das hast du mir selbst gesagt, als ich dich damals darum gebeten habe.«

»Wir werden natürlich nicht mit der amerikanischen Flagge in Kingston einlaufen«, erwiderte er mit gespieltem Gleichmut. »Sondern mit der englischen, und außerdem werden wir mit einem kleinen, unauffälligen Boot in einer abgelegenen Bucht landen.«

»Was willst du in Jamaika, Robert?«

Nun blieb ihm nichts anderes mehr übrig, als sie anzusehen. »Dich zu deinem Onkel bringen, Vanessa.«

»Zu meinem Onkel?« Vanessa hörte zwar, was er sagte, weigerte sich jedoch, den Sinn seiner Worte zu begreifen. »Ich will nicht zu meinem Onkel! Ich will bei dir bleiben, Robert! Was soll ich in Jamaika? Ich gehöre doch jetzt zu dir!«

Roberts Gesicht war tiefernst. »Wir werden vermutlich sehr bald in Gefechte verwickelt, Vanessa. Ich würde dich ja nach Boston bringen, wo ich Freunde habe, aber der Weg dorthin ist weit, und ich muss versuchen, die englischen Kriegsschiffe schon vor der amerikanischen Küste abzufangen. Du bist also weitaus besser und sicherer bei deinem Onkel aufgehoben.«

Vanessa starrte ihm ins Gesicht. Sein Blick war liebevoll, ließ aber keinen Zweifel, dass es ihm ernst war. »Ich habe aber keine Angst. Warum kann ich nicht bei dir bleiben?«

»Das ginge schon deshalb nicht, weil Frauen auf einem Schiff wie diesem nichts verloren haben«, erwiderte er unbehaglich. »Vanessa, hör auf, es mir noch schwerer zu machen, als es schon ist. Was glaubst du wohl, mit welchem Gefühl ich in einen Kampf gehe, wenn ich weiß, dass du hier auf dem Schiff bist und in die Hände der Engländer fallen könntest?«

Vanessa senkte den Kopf, und er legte ihr die Hand unter das Kinn. Es befand sich niemand in ihrer Nähe, und so konnte er offen reden. »Meine Liebste, du wirst nicht allein auf Jamaika sein. Dein Freund Martin geht mit, ebenso Jack, und dann ist dort dein Onkel. Ich hatte schon gedacht, dich auf Martinique zu lassen, aber … aber ich denke, dass du bei deiner Familie besser aufgehoben bist. Und es ist ja nicht für lange Zeit. Der Krieg wird bald zu Ende sein, und dann hole ich dich wieder ab.«

»Wenn du das dann noch kannst«, stieß Vanessa hervor. Obwohl sie seine Beweggründe verstand, war sie wütend, weil er sie so einfach abschieben wollte. Die Vorstellung, dass ihr *Capitaine* und künftiger Ehemann in Kämpfe verwickelt wurde, die ihn unter Umständen wieder in die Gefangenschaft der Engländer oder ihm sogar den Tod bringen konnten, machte sie fast wahnsinnig vor Angst um ihn. Sie wollte bei ihm bleiben und nicht irgendwo an Land sitzen und bang darauf warten, dass er zu ihr zurückkehrte!

»Aber es geht um meine Heimat. Ich habe dir das doch schon mehrmals erklärt. Wir haben darum gekämpft, frei zu sein, für uns selbst entscheiden zu können. Du wirst doch wohl keinen Mann wollen, der desertiert und sein Land im Stich lässt, oder?«, fragte er gereizt.

»Ich will auch keinen Mann, der mich auf einer Insel vergisst und auf der Suche nach Abenteuern über die Meere segelt!«

»Das ist kein Abenteuer! Wir befinden uns im Krieg, Vanessa.«

»Das musst du mir nicht erst sagen! Aber darum geht es nicht! Ich dachte, wir bleiben jetzt für immer zusammen, bis der Krieg vorbei ist, und leben dann in deiner Heimat!«

»Das werden wir auch.« Robert bemühte sich um einen ruhigeren Tonfall. In den wenigen Stunden, die ihnen noch blieben, war ein Streit das Letzte, was er im Sinn hatte. »Zumindest wenn ich nicht unterwegs bin. Und wer weiß – wenn die Zeiten ruhig sind, kannst du mich ja begleiten. Aber vorläufig eben noch nicht.«

Vanessa stockte für einige Herzschläge der Atem. »Du willst weiterhin fortsegeln?«

»Natürlich! Das habe ich seit meiner Jugend gemacht. Ich kenne nichts anderes. Meinst du etwa, ich würde mich irgendwo zur Ruhe setzen?«

»Ja!«

Er sah sie entgeistert an. »Das kann nicht dein Ernst sein. Wovon sollten wir denn leben? Meinst du etwa, ich würde Gemüse züchten?«

»Das hast du aber gesagt!«, empörte sich Vanessa. »Du hast von einem kleinen Haus mit Garten gesprochen und von Kindern und …«

»Ja, in dem du bleiben kannst, während ich auf See bin!«

»Du hast mich also angelogen!« Ihre blauen Augen funkelten so zornig wie schon lange nicht mehr.

»Denk bitte einmal darüber nach, Vanessa«, versuchte er es in einem milderen Tonfall, »ich kann doch nicht …«

»Wir müssen nicht von dem dummen Gemüse leben«, fuhr sie aufgebracht fort. »Du brauchst auch nicht mehr auf einem Handelsschiff zu fahren oder Prisen zu kapern, um damit Geld zu verdienen!«

»Denkst du wirklich, ich würde mich von dir aushalten lassen?«, fragte er fassungslos. »Hältst du mich etwa für einen gewöhnlichen Mitgiftjäger?«

»Das hat doch damit nichts zu tun!«

»Oh doch! Das hat …« Robert unterbrach sich, als Martin neben sie beide trat. »Ich will jetzt nicht gestört werden!«

»Das verstehe ich vollkommen«, erwiderte Vanessas väterlicher Freund gelassen, »aber Sie werden wohl auch nicht wollen, dass die gesamte Mannschaft Ihre Auseinandersetzung miterlebt, oder?« Kein anderer außer ihm oder Finnegan hätte es wagen können, Robert so etwas zu sagen, und da Finnegan sich weit fort an Bord der *Independence* befand, war die undankbare Aufgabe Martin zugefallen.

Robert und Vanessa blickten über das Schiff. Überall grinsende Gesichter, die sich schnell abwandten, als das finstere Auge ihres Kommandanten sie erfasste. »Nun«, sagte er bissig, »es gibt wohl auch nichts mehr dazu zu sagen.«

»Ach ja?«, rief Vanessa wütend, drehte sich um und ließ ihn einfach stehen. Und während sie weinend in ihrer Kajüte saß und schmollte, drehte Robert am Achterdeck seine Runden und sinnierte erbost über eigensinnige Frauen, denen jegliche Einsicht fremd war.

Sie hatten sich mit der *Treasury* Jamaika bis auf zehn Meilen genähert, und Robert nutzte im Schutz der Nacht den günstigen Wind, um noch etwas näher heranzukommen, bevor sie die Schaluppe ins Wasser ließen und er zusammen mit Vanessa, Martin und Jack sowie Vanessas treuer Gefolgschaft bestehend aus Smithy, Dudley und Hendricks und einigen anderen Männern die letzten zwei Meilen bis zum Land zurücklegte. Miller, der in Finnegans Abwesenheit die Position des Ersten Maats einnahm, war an Bord geblieben und hatte mit einem wehmütigen Gefühl dem kleinen Boot nachgeblickt, als es im Dunkel der Nacht entschwand.

Vanessa und Robert hatten in den vergangenen Tagen nur das Nötigste miteinander gesprochen, und Vanessa hatte sogar auf getrennten Kajüten bestanden. Erst in der letzten Nacht, kurz vor ihrer Ankunft in Jamaika, war sie zu ihm gegangen, und Robert hatte Stunden verbracht, die er so schnell nicht vergessen würde. Nicht nur Liebe und Zärtlichkeit hatten Vanessas Liebkosungen inspiriert, sondern andere, sehr viel gewaltigere Gefühle, die er nicht ganz begreifen konnte. Aber alles zusammen hatte eine rücksichtslose Leidenschaft ergeben, die ihm bei allem Temperament an ihr neu gewesen war. Sein Rücken war noch zerkratzt von ihren Nägeln, mit denen sie sich beim Liebesakt, als er sich in ihr bewegt hatte, in seine Haut gekrallt hatte. Seine Brust trug die Spuren von Bissen, die nicht zärtlich verspielt gewesen waren, sondern wild und besitzergreifend. Robert war überwältigt gewesen, und erst am Morgen, als sie sich wieder von ihm zurückgezogen hatte und in drückendes Schweigen verfiel, wusste er, dass sie ihm immer noch böse war.

Aber nun, da die Trennung kurz bevorstand, ließ Robert es sich nicht nehmen, mit ihr an Land zu gehen. Er wollte die letzten Minuten nutzen, die ihm mit ihr blieben. Obwohl er von der Richtigkeit seiner Handlungsweise felsenfest überzeugt war, konnte er es selbst kaum begreifen, dass er seine Liebste tatsächlich im Feindesland absetzte und sich auf unbestimmte Zeit von ihr trennte.

Roberts Männer sprangen im Dunkeln, das nur von einigen Sternen erhellt wurde, aus dem Boot, als es den Strand berührte, und hielten es fest, während er Vanessa heraushob und über den feuchten Sand trug, bis sie sicher im Trockenen war.

Vanessa hatte sich schon zuvor im Boot von Smithy und den anderen verabschiedet, hatte ihnen allen einen Kuss auf die Wange gedrückt und sich dann schnell abwenden müssen, während die sonst so harten Männer sich verstohlen über die Augen wischten und Smithy sogar sein Taschentuch hervorsuchte und sich unauffällig schnäuzte.

Martin und Jack, der sich unter keinen Umständen von seiner angebeteten Freundin trennen wollte, folgten etwas langsamer nach, als Robert und Vanessa den Strand entlang auf einige Häuser zugingen, die sich an die kleine Bucht anschlossen. Sie hatten einen Landeplatz etwas abseits von Kingston gewählt, an dem sie nicht Gefahr liefen, einem feindlichen Kriegsschiff zu begegnen und sie niemand weiter beachten würde. Der stets Rat wissende Martin hatte hier einen alten Freund, bei dem sie bleiben wollten, bis Vanessas Onkel verständigt war und sie abholte.

Vanessa hielt ihn auf, als Robert noch weitergehen wollte. »Nein, Robert, auf gar keinen Fall. Das ist viel zu gefährlich. Es wäre überhaupt besser gewesen, du hättest mich allein, nur mit ein paar Männern, an Land gehen lassen.« Sie deutete zu den Häusern. »Von hier aus ist es nicht weit, und dort drüben können wir warten, bis ein Bote meinen Onkel verständigt hat.«

Robert blieb stehen und sah unschlüssig zu den Häusern, und Vanessa konnte in Ruhe ein letztes Mal das markante Profil ihres ehemaligen Piratenkapitäns betrachten. Es war im Licht der Sterne kaum sichtbar, aber sein Gesicht war ihr bereits so vertraut, dass sie es sogar hätte zeichnen können. Die hohe Stirn, in die ständig einige widerspenstige rotbraune Locken fielen, die leicht gebogene Nase, die Brauen, die sich manchmal verärgert zusammenzogen, die kantigen Wangenknochen und das energische Kinn. Und darüber sein Mund. Wohlgeformt, aber schmal und kein bisschen weibisch wie der seines Bruders. *Wie können Brüder nur so verschieden sein?,* dachte sie, hob wie von selbst die Hand und zeichnete zart die Konturen seiner Wangen nach, was Robert lächeln ließ. Sie sah es nicht, sondern fühlte es an der Bewegung seiner Gesichtsmuskeln. Sie brauchte kein Licht, um ihn sehen zu können. Sie wusste auch so, dass er einfach bezaubernd aussah, wenn er lächelte, verschmitzt und weich, wie ein spitzbübischer Junge und gar nicht wie ein Schiffscaptain, der – wenn es sein musste – über Leichen ging.

Und darüber hinaus auch noch unschuldige Frauen wie sie auf fremden Inseln aussetzte.

Sie seufzte tief und ließ ihre Hand sinken. Sofort legte Robert den Arm um sie und sah auf sie hinunter. »Es tut mir so leid, meine Liebste. Aber es geht nicht anders.«

»Das behauptest du schon, seit wir von Martinique abgereist sind«, sagte Vanessa erstickt. »Und ich habe es dir vom ersten Moment an nicht geglaubt.«

»Ich hole dich so bald wie möglich wieder ab, Vanessa. Der Krieg kann nicht ewig dauern. Auf Martinique habe ich erfahren, dass meine Leute schon große Erfolge haben und der Frieden nicht mehr weit sein kann.« Es war eine Lüge, er hatte nichts dergleichen gehört, aber jetzt, als er die Worte aussprach, merkte er, wie er sich selbst an diese Hoffnung klammerte.

Vanessa trat einen Schritt zurück. »Das musst du nicht, Robert. Du musst mich nicht abholen.«

»Aber …«

Ihre Stimme zitterte, als sie weitersprach. Sie war in den letzten Tagen wütend gewesen, aber nun war sie so unendlich traurig, dass sie am liebsten gestorben wäre. Allein schon, um ihn damit zu bestrafen. Was bildete er sich eigentlich ein? Dass sie hier saß und wartete, bis es ihm genehm war, sie abzuholen? Oder noch schlimmer, nie wieder von ihm hörte und sich in ihren schrecklichsten Phantasien ausmalte, wie er tot im Wasser trieb? Sie zerrte sich den Ring vom Finger und drückte ihn Robert in die Hand.

»Du hast mich verraten, Robert. Du hattest schon die längste Zeit die Absicht, mich hier zu lassen, ich hatte das nur nicht erkannt. Und du hast mich belogen, als du von einem gemeinsamen Leben gesprochen hast!«

Robert schnappte nach Luft. »Wie kannst du so etwas sagen? Es gibt nichts, was mir ernster wäre!«

»Aber so, wie du das im Sinn hattest, ist es für mich ohnehin undenkbar. Ich werde nicht daheim sitzen, Kinder großziehen, die du großzügig bei deinen Landurlauben zeugst, und dazwischen monate- oder sogar jahrelang darauf warten, dass du ab und zu vorbeikommst.« Sie schluchzte trocken auf. »Das ist kein Leben, wie ich es mir vorstelle. So nicht, Robert! Und jetzt lässt du mich auch noch hier verrotten wie ein gestrandetes Schiff, das keiner mehr haben will!«

»Sei nicht so einfältig und selbstsüchtig, Vanessa! Was glaubst du denn, was ich dabei empfinde? Unsägliche Freude?« Robert wurde langsam ungeduldig. Er hatte gehofft, noch einen letzten, süßen Abschiedskuss zu bekommen, und jetzt begann sie wieder mit ihrer dummen Streiterei! »Nimm sofort den Ring zurück!«

In der Zwischenzeit hatten die Männer schon Vanessas große Reisetruhe an Land gebracht und in die Nähe der Häuser getragen. Sie hatte nicht alles mitgenommen, sondern einige Dinge an Bord der *Independence* gelassen. Auf der Insel konnte sie alles erwerben, was sie zum Leben benötigte.

»Du musst jetzt fort, Robert. Es wird in zwei Stunden hell, und dann läufst du Gefahr, dass man euch sieht und verfolgt.« Sie drehte sich um und ließ ihn einfach stehen.

Robert sah ihr nach, hin- und hergerissen zwischen dem Wunsch, sie zu verprügeln, und dem Drang, sie in die Arme zu reißen. Dann marschierte er los und erreichte sie mit wenigen langen Schritten. Vanessa wurde herumgeschleudert, als wäre sie eine Puppe, ihr Protest verhallte unbeachtet, und eine Eisenklaue schien ihre Hand zu halten, während Robert ihr den Ring wieder über den Finger streifte. »Den wirst du tragen, hast du mich verstanden?«, herrschte er sie an. »Du wirst dir nicht einfallen lassen, ihn jemals wieder abzunehmen! Und du wirst auf mich warten! Und wenn ich dann komme, um dich abzuholen, will ich eine anschmiegsame und vernünftige Frau, ist das klar? Und keine, die ständig widerspricht!«

Vanessas Empörung ging in einem Kuss unter, der sie noch wie bei einem Sturm schwankend und nach Luft ringend zurückließ, als Robert schon längst zum Boot gelaufen und hineingesprungen war.

Die Männer schoben es rasch ins Wasser. Vanessa sah undeutlich, dass sie herüberwinkten, und dann waren sie auch schon auf dem Meer.

Sie blieb stehen und wartete, bis der letzte Schein des weißen Segels in der Dunkelheit verschwunden war. Ihr war, als müsse ihr das Herz brechen vor Traurigkeit und Angst um ihren *Capitaine*, und ein wildes, schmerzvolles Schluchzen entrang sich ihr, bevor sie sich wieder in der Gewalt hatte.

»Er kommt bestimmt zurück, *Madame*. Habt keine Sorge. Ihr seht ihn wieder.«

»Ich will ihn aber nicht wiedersehen, diesen Barbaren, diesen Lügner …«

»Nein, *Madame*, natürlich nicht. Aber in einer Stunde sieht alles schon wieder ganz anders aus. Vertraut mir.« Martin legte beschützend den Arm um sie, drückte sie väterlich an sich und führte sie dann fort zu den Häusern, während Jack traurig nebenherlief.

Als Robert an Bord kam, nickte er dem niedergeschlagen aussehenden Miller nur kurz zu und zog sich dann sofort in seine Kajüte zurück. Er stand einige Zeit regungslos mitten im Raum, hörte über ihm an Deck Millers Befehle zum Segelsetzen, das Trappeln von Männerfüßen, das Schlagen der Segel. Die Bewegungen des Schiffes veränderten sich, und Robert glich die leichte Schräglage automatisch durch seine Haltung aus, immer noch versunken in seinen Abschiedsschmerz und den Ärger über Vanessas Uneinsichtigkeit. Nun wurde ihm erst die Bedeutung ihrer letzten gemeinsamen Nacht klar. Sie war wütend auf ihn gewesen, entschlossen, ihn zu verlassen, hatte jedoch ihren Zorn in Leidenschaft verwandelt.

Er schwor sich in diesem Moment, keinen Tag länger als nötig von ihr fernzubleiben. Und sollte sie sich bei seiner Rückkehr immer noch so widerspenstig zeigen, dann würde er sie eben an Bord schleppen und sie dann in dieser Kammer neben seiner Kajüte einschließen, bis sie Vernunft angenommen hatte. Wenn es sein musste, bei Wasser und Brot. Verflixtes Weibsstück!

Sein Blick glitt unwillkürlich zu dem Bett, in dem er noch vor einer Nacht mit Vanessa im Arm gelegen hatte, und plötzlich bemerkte er im Schein der Lampe einen glänzenden Schimmer. Er beugte sich hinunter und fand ihr Medaillon. Sie musste es hier vergessen oder verloren haben. Das Medaillon mit dem Bild ihres ersten Gatten.

Robert durchzuckte wieder diese lächerliche Eifersucht, und er wollte das Schmuckstück in eine kleine Schatulle legen, um es für sie aufzubewahren. Dann besann er sich jedoch anders und setzte sich in den bequemen Stuhl hinter dem Schreibtisch. Minutenlang hielt er das Medaillon in der Hand und starrte darauf, bis er es schließlich öffnete. Er wollte nochmals den Mann sehen, dem ihre Liebe vor ihm gehört hatte.

Als er es jedoch ins Licht der Lampe hielt, blickte er anstatt in die dunkelgrauen Augen ihres verstorbenen Mannes in Vanessas leuchtend blaue. Sie lächelte, und obwohl das Bildnis so klein und zart gemalt war, sah er deutlich die beiden entzückenden Grübchen in ihren Wangen.

16. Kapitel

Vanessa kam von der kleinen Kapelle. Sie hatte sich nie besonders eingehend mit Glaubensdingen befasst, aber da sie hier niemanden außer Martin und Jack hatte, mit dem sie über ihre Sorge und Angst um Robert sprechen konnte, tat es ihr unendlich wohl, sich einem höheren Wesen anzuvertrauen und es um Schutz für ihren *Capitaine* zu bitten. Obwohl mit jeder Woche und jedem Monat, der verging, ihr Glaube an die hilfreiche höhere Macht und eine sichere Rückkehr Roberts schwand.

Immerhin war schon eine lange Zeit vergangen, seit ihr Liebster sie so entschlossen hier ausgesetzt hatte. Und wäre da nicht der Ring gewesen, der für sie ein Zeichen für Roberts Willen war, sie abzuholen und zu heiraten, so hätte sie die Insel schon längst verlassen. Die romantische Vorstellung, die sie sich bei ihrer Abreise aus Frankreich gemacht hatte, hatte sich verflüchtigt, und sie hätte lieber überall anders gelebt als hier. Und sosehr sie sich zu Beginn der Reise darauf gefreut hatte, auf einer Insel zu leben, auf der das ganze Jahr Sommer war, sosehr sehnte sie jetzt nichts mehr herbei als den Tag, an dem Robert sie endlich wieder abholen würde.

Sie war schon spät dran. Zuerst hatte sie gemeinsam mit Jack und dem auf der Plantage wohnenden Pater eine junge

Sklavin besucht, die gerade ein Kind zur Welt gebracht hatte, hatte den zwei Tage alten Säugling im Arm gewiegt und war fast in Tränen ausgebrochen vor Sehnsucht nach Robert und der Zukunft, die sie sich mit ihm ausgemalt hatte. Inzwischen war sie schon längst bereit, auf Roberts Wünsche einzugehen, solange sie ihn nur endlich wieder zurückbekam. Wenn sie sich erst einmal in den Armen lagen, konnte sie immer noch versuchen, die weitere Entwicklung etwas mehr nach ihren Vorstellungen zu formen. Im Moment waren das alles ohnehin nur Träume, mit denen sie sich aufrecht hielt: von einem gemeinsamen Leben, von Glück, einem wohligen Heim und einem Mann, der bei ihr war und sie liebte.

Sie hatte nach dem Besuch Zeit gebraucht, um sich zu fassen, und sich daher länger in der Kirche aufgehalten als geplant. Nun beeilte sie sich, ins Haus zu kommen. Es war ein relativ weiter Weg, den sie zurücklegen musste, denn die gesamte Plantage war eine kleine Welt für sich.

Das Herrenhaus lag auf einem Hügel und bot einen guten Überblick über die gesamte Anlage. Es befanden sich nicht nur die Wohnräume für die Familie und die Gästezimmer darin, sondern auch alle hauswirtschaftlichen Räumlichkeiten und im Anschluss daran die Domestikenkammern, in denen jene Sklaven wohnten, die die Vorrangstellung hatten, unmittelbar für die Familie tätig zu sein.

Nicht weit davon lagen die Wohnungen des weißen Personals, zu dem Aufseher, Buchhalter, die für die Zuckerraffinerie verantwortlichen Ingenieure und ein Arzt gehörten. Daran schlossen sich die Hütten der Sklaven sowie eine Krankenstation an, die kleine Kapelle und sogar Gefängnisse, in die jene armen Teufel geworfen wurden, die ein Delikt begangen hatten. Zum gesamten Komplex der Plantage ihres Onkels gehörten außerdem die Zuckermühle, die Siederei, Lagerräume, eine Schmiede und andere Werkstätten. Alles war so angelegt, dass die Zuckerproduktion ohne mühsamen Transport ablaufen konnte.

Vanessa hatte sich daran gewöhnen müssen, dass man auf Jamaika – ebenso wie auf den anderen Westindischen Inseln – Sklaven hielt, obwohl ihr Onkel wohl mehr aus Klugheit denn aus Überzeugung wesentlich umsichtiger mit seinen Sklaven umging als andere Plantagenbesitzer und seine Sklaven verhältnismäßig zufrieden lebten. Er nahm auch die ständigen Schwierigkeiten mit den Maroons ernst, jenen entlaufenen Sklaven, die sich in die unwegsamen Berge zurückgezogen hatten und von dort aus immer wieder Plantagen überfielen. Vor Jahren hatte es einen großen Aufstand gegeben, der zwar niedergeschlagen worden war, aber die Plantagenbesitzer fühlten immer noch die Gefahr, zumal diese verzweifelten Menschen von allen Seiten Zulauf bekamen von Unglücklichen, die ihren Unterdrückern entkommen wollten.

Manche versuchten mit Grausamkeit und Strenge die Sklaven von der Flucht abzuhalten, aber Vanessas Onkel hatte einen anderen Weg eingeschlagen. Er gestand seinen Leuten, sofern sie Familien gründeten, ein angemessenes Stück Land zum Bewirtschaften zu, dessen Erträge sie auf dem Markt verkaufen konnten, achtete ferner darauf, Familien nicht zu trennen, und verkaufte nur jene, die sich nicht in die Gemeinschaft einfügen konnten und sogar versuchten, andere aufzuwiegeln. Die Kranken wurden im Hospital gepflegt, und die Alten wurden mit leichten Arbeiten betraut. Er war stolz auf seine – wie er es nannte – fortschrittliche

Sklavenhaltung, und Vanessa musste anerkennen, dass er unter all den anderen Plantagenbesitzern eine Ausnahme war. Aber wirklichen Grund zum Stolz, meinte sie, die schon als halbes Kind den freigeistigen Ausführungen ihres späteren Gatten gelauscht hatte, hätte er nur haben können, wenn er jeden einzelnen Sklaven freiließe und für seine Arbeit bezahlte. Ein Standpunkt, den sie angesichts der hier herrschenden Meinung allerdings besser für sich behielt.

Sie hatte sich auch noch an einiges andere gewöhnen müssen. An die kleinen Erdbeben, die die Insel von Zeit zu Zeit erschütterten, an die Laute des nahen Urwalds und vor allem an die Feindseligkeit ihrer Tante. Vanessa hatte sich ehrlich bemüht, mit der Gattin ihres Onkels auszukommen, jedoch keinen Zugang zu der herben, etwas herrschsüchtigen und kinderlosen Frau gefunden, die sie auf den ersten Blick nicht hatte leiden können. Erschwerend kam noch hinzu, dass sie ihre hübsche Nichte als Konkurrenz um die Gunst der männlichen Nachbarn betrachtete. Da europäische Frauen auf den Westindischen Inseln selten waren, wurde jede einzelne – ungeachtet ihres Familienstandes – von den Männern hofiert. Und eine junge, liebreizende Frau wie Vanessa stand natürlich besonders hoch im Kurs.

Als die Nachricht vom Überfall der Piraten nach Jamaika gedrungen war, hatte man angenommen, sie nie wiederzusehen, und ihr Onkel war mehr als überrascht gewesen, die tot geglaubte Nichte seltsam bedrückt, aber doch lebendig vor sich zu sehen. Die *Duchesse* war damals zwar wie durch ein Wunder gerettet worden, aber nach den schrecklichen Erlebnissen von Samantha Baxter, der jungen Kaufmannswitwe mit den zwei kleinen Kindern, die mit ihr auf der *Duchesse* gewesen und bei den Eltern ihres ermordeten Mannes untergekommen war, hatte keiner mehr damit gerechnet, dass Vanessa die Entführung überstanden hätte. Samantha hatte zwar nur Bruchstücke von dem Überfall und den damit verbundenen Greueln erzählt, aber auch wenn es nicht ausgesprochen wurde, so war jeder davon überzeugt, dass es Vanessa nicht besser ergangen war, und alle hatten ihr anfangs eine mühsame Freundlichkeit entgegengebracht.

Auch Samantha Baxter hatte schiefe Blicke erdulden müssen, denn obwohl sie keinerlei Schuld an der ihr zugefügten Schmach trug, war ihr Ruf beschädigt und warf einen Schatten auf die ganze Familie. Aus diesem Grund, und weil sie wieder einen eigenen Haushalt führen wollte, hatte sie nach einigem Zögern den Heiratsantrag eines etwas älteren, sympathischen Kaufmanns angenommen, der sich auf der Stelle in sie verliebt hatte. Vanessa, die den glücklichen Bräutigam bald kennengelernt hatte, fand, dass Samantha keinen besseren Mann hätte bekommen können. Obwohl Samantha zwei Reisestunden von ihr entfernt wohnte, nutzte sie jede Gelegenheit, um die junge Frau zu sehen. Sie war die Einzige auf der Insel, der sie ihr Geheimnis und ihre Liebe zu Robert anvertraut hatte und die sie verstand.

Endlich hatte sie das Herrenhaus erreicht. Das Gebäude war schlicht, aber hübsch angelegt und entsprach sehr Vanessas Geschmack. Es war auf drei Seiten von rundbogigen Arkaden umgeben, auf denen im Obergeschoss Balkone aufgesetzt waren, und hatte große Fenster, die viel Tageslicht hereinließen. So ähnlich stellte sie sich das Heim vor, das Robert und sie sich schaffen würden, sobald der Krieg endlich vorbei war und sie ihm in seine Heimat folgte.

Vanessa lief die Treppe zum Nebeneingang hinauf, reichte einem der Mädchen den Korb mit Blumen, die sie auf dem

Weg hierher gepflückt hatte, und huschte dann ins Wohnzimmer. Als sie eintrat, sah sie ihren Onkel mit einem Brief in der Hand am Fenster sitzen. Offenbar hatte er wieder Post von seinen Freunden aus England erhalten, die ihn über die neuesten Entwicklungen in seiner alten Heimat auf dem Laufenden hielten. Auch für sie war Post gekommen. Sie griff hastig danach, hielt dann jedoch enttäuscht den Brief ihres Verwalters in der Hand, der das Schloss und ihre Güter in Frankreich für sie leitete. Er hatte ihr über findige Umwege über die Bank ihrer Verwandten in England wieder eine größere Summe überweisen lassen. Das war nicht das erste Mal, und ihr Onkel, dessen Plantage nicht viel mehr abwarf, hatte den Betrag mit großen Augen bestaunt. Er hatte ihr angeboten, ihn für sie aufzuheben und zu veranlagen, aber sie hatte abgelehnt und alles in Goldstücke umgetauscht, die auch in den Vereinigten Staaten Wert besaßen. Wenn Robert kam, dann brauchte sie das Geld sofort.

»Zuerst haben uns Russland, Dänemark und Schweden die ›bewaffnete Neutralität‹ erklärt, um sich dagegen zu verwahren, dass wir neutrale Schiffe anhalten und nach feindlichen Gütern durchsuchen«, las ihr Onkel soeben schlecht gelaunt vor, »dann sind andere gefolgt, und jetzt stehen wir auch noch im Krieg mit Holland.« Er sah von seinem Brief auf und warf einen sprechenden Blick auf seine Frau, die ihre Handarbeit hatte sinken lassen. »Es sieht jetzt so aus, als hätten wir schon fast alle Staaten gegen uns. Da nutzt es auch nichts mehr, wenn wir kleinere Scharmützel im Norden gewinnen. Nun«, fügte er grimmig hinzu, »so wie ich das sehe, muss der König den Verstand verloren haben, sich mit allen anzulegen. Nicht mehr lange, und die Franzosen stehen vor unserer Tür!«

»Aber«, sagte seine Frau entsetzt, »wie kannst du so über Seine Majestät reden!«

»Weil es doch wahr ist«, brummte er missmutig. »Ich war ja auch nicht dafür, den Rebellen ihren Willen zu lassen, aber der Krieg nimmt jetzt Ausmaße an, die niemand vorhersehen konnte. Es wird Zeit einzulenken, und mit dieser Meinung stehe ich nicht allein da. Dass wir den Krieg nicht gewinnen können, hat uns Lord Chatham schon vor zwei Jahren prophezeit. Wer weiß, wäre er nicht gestorben, vielleicht hätten wir dann schon Frieden, und der Wahnsinn wäre zu Ende.«

Vanessa kniete sich vor ihren Onkel und nahm seine Hand in ihre. »Onkel, meinst du tatsächlich, dass König Georg nicht bald ein Einsehen hat und Frieden schließen muss? Es kann doch so nicht weitergehen, dass wir uns alle bekriegen. Ständig kommen neue Nachrichten über versenkte Schiffe …« Ihre Stimme brach.

Albreight, der im Gegensatz zu seiner Frau eine echte Zuneigung zur Tochter seiner verstorbenen Schwester fühlte, strich ihr liebevoll übers Haar. »Ich weiß, dass diese Situation besonders schwer für dich sein muss, mein Kind, da du mit dem Herzen Französin und Engländerin gleichzeitig bist. Vielleicht«, setzte er sinnend hinzu, »noch mehr Französin, da du dort aufgewachsen bist und einen Franzosen geheiratet hast.« Er seufzte. »Ach, ich wollte, deine Mutter wäre niemals nach Paris gegangen. Sie könnte vielleicht heute noch leben und hier bei uns sein.«

»Mutter hat meinen Vater sehr geliebt«, sagte Vanessa sanft. »Obwohl ich noch ein Kind war, als sie starb, weiß ich, dass die beiden sehr glücklich waren.«

»Du solltest deiner Nichte nicht noch Flausen in den Kopf

setzen«, fing Mrs. Albreight an, die es nicht leiden konnte, wenn ihr Mann sich mit Vanessa beschäftigte. »Sie mag vielleicht Französin gewesen sein, aber jetzt lebt sie hier, in einem englischen und königstreuen Haus, und es schickt sich nicht für sie, andere Gefühle zu haben.«

Ihr Onkel blinzelte Vanessa zu, und sie erhob sich, strich ihr Kleid glatt und nickte ihrer Tante zu. »Ich gehe in die Küche, Tante Susan, ich habe der Köchin versprochen, ihr bei dem Soufflee behilflich zu sein.« Sie ging schnell aus dem Zimmer, bevor Mrs. Albreight noch eine gehässige Bemerkung machen konnte.

Vanessa sah von ihrer Stickerei auf, mit der sie sich nun schon seit Tagen abmühte, als Martin am nächsten Abend das Zimmer betrat. Er, der sonst immer so ernst blickte, hatte ein Lächeln auf den Lippen, als er ihr einen dicken Umschlag hinhielt. »Ein Brief für Euch, *Madame.* Endlich einmal eine gute Nachricht.«

Vanessa nahm das Päckchen zögernd entgegen.

»Ich erhielt dies von einem französischen Captain, der die Insel heimlich betreten hat, nur um ihn Euch zu bringen. Er konnte nicht selbst kommen, sondern verbirgt sich am Hafen. Ein gewisser *Capitaine* Martaire.«

»Martaire?« Robert hatte ihr von einem Martaire erzählt und von dem Würfelspiel um die Überfahrt nach Curaçao. Der Brief war versiegelt, aber es stand ihr Name darauf: Vanessa de Chastel, der Name, unter dem man sie hier kannte. Sie starrte darauf und brachte vor Überraschung und Freude kein Wort hervor. Seit dem Tag, an dem Robert sie hier abgesetzt hatte, war dies das erste Lebenszeichen von ihm. Ja, das war seine Handschrift. Energisch und groß. So wie er selbst. Sie presste den Brief an ihre Brust. Robert lebte also. Er hatte ihr geschrieben.

»Er sendet Euch darüber hinaus durch den Captain seine Grüße und seine Liebe«, erklang Martins Stimme jetzt wieder. »Es geht ihm gut«, fuhr er fort, als er Vanessas ängstlichen Blick sah. »Er ist bei bester Gesundheit. Lest jetzt in Ruhe. Wenn Ihr dem Captain ein Schreiben mitgeben wollen, so habt Ihr Gelegenheit dazu. Er wartet so lange.«

Sie sprang auf. »Dieser Martaire hat Robert getroffen? Ich möchte ihn sehen und selbst mit ihm sprechen!«

»Das geht nicht, Vanessa«, erwiderte Martin ruhig. »Das wäre zu gefährlich. Es würde unter Umständen Aufmerksamkeit erregen, und Ihr wollt doch, dass Euer Brief Captain McRawley sicher erreicht und der Bote nicht etwa gefangen gesetzt wird?«

»Ja, ja. Natürlich.« Vanessa konnte kaum vernünftig denken. »Ich habe sogar schon einen Brief – er ist fast fertig. Nur noch einige Zeilen – wenn er solange warten könnte. Und … und dann möchte ich vorher noch Roberts Brief lesen.«

»Gewiss, *Madame*.« Martin verließ den Raum, und Vanessa setzte sich mit zitternden Knien auf ihr Bett und erbrach das Siegel. Sie hatte es im Schein der Kerzen erkannt; es war das Wappen der Chastels. Robert musste ihr Medaillon dazu verwendet haben.

Sie wischte sich die Tränen aus den Augen und begann zu lesen. Die Blätter waren dicht beschrieben. Robert hatte den Brief, einen Tag nachdem sie sich getrennt hatten, begonnen und ihn dann wie ein Tagebuch weitergeführt. Er hatte also ebenso an sie gedacht wie sie an ihn. Sie hatte in den vergangenen Monaten ihre bösen Worte zum Abschied zur Genüge bereut und mehr als tausendmal gewünscht, sie nicht gesagt zu haben. Der Ring, den er ihr bei ihrem Abschied so energisch angesteckt hatte, hatte ihr zwar die Gewissheit gegeben, dass er ihr verziehen hatte und sie wiedersehen wollte. Aber als dann die Monate und Jahre vergangen waren, war ihre Angst gewachsen. Und nun hielt sie seinen Brief in den Händen. Einen Beweis seiner Liebe.

Robert hatte immer das Datum dazugeschrieben, und ihre Sorge wuchs, als er in seinem Brief fast eine Woche übersprang und die bisher so energische Schrift plötzlich zittrig wurde. Robert schrieb von einer ›kleinen Verletzung an der Hand‹, nichts Besonderes, wirklich nur eine Kleinigkeit, die bald wieder verheilt sein würde, nur hindere sie ihn ärgerlicherweise daran, leserlicher zu schreiben. Ihr Herz krampfte sich vor Sorge und Angst zusammen, und sie wünschte nichts sehnlicher, als bei ihm zu sein und sich davon zu überzeugen, dass er wieder gesund war. Nicht zum ersten Mal verdammte sie den Krieg und Roberts Starrköpfigkeit, die ihn sie hier hatte absetzen lassen. Wenn sie doch nur bei ihm sein könnte! Ihn pflegen und umhegen!

Sie atmete auf, als die Schrift zwei Blätter später wieder kräftiger wurde. Er schrieb von der Reise, erwähnte nur ganz beiläufig einige Kämpfe, erzählte von zwei Prisen, die sie gemeinsam mit der *Treasury* genommen hatten, fügte Grüße der Mannschaft ein, schrieb dann, dass der Befehlshaber der englischen Streitkräfte, Lord Cornwallis, sich General Washington in Yorktown ergeben hatte und sprach seine Hoffnung aus, dass der Krieg nun bald zu Ende war und er sie endlich abholen konnte.

»Gebe das der Himmel«, murmelte Vanessa und schloss sekundenlang die Augen. Der Sieg Washingtons über Cornwallis war nun schon über fünf Monate her, und der Krieg dauerte immer noch an.

Dann brach der Brief plötzlich ab, und ganz unten auf dem letzten Blatt fand sich die hastig hingeworfene Mitteilung, dass er auf Captain Martaire getroffen war – sie erinnerte sich an ihn? Er hatte ihr von dem Würfelspiel erzählt – und ihm diesen Brief mitgeben könne. Noch einige liebevolle Worte, er umarmte sie zärtlich und sehnte sich nach ihr, hoffte, dass sie seinen Ring trage, ihm ebenso treu und liebevoll ergeben sei wie er ihr – das Letztere zweimal so dick und energisch unterstrichen, dass sich die Feder gespreizt hatte –, und zum Abschluss seine schwungvolle Unterschrift.

Vanessa tupfte ihre Tränen weg und küsste den Ring. Sie wollte weinen, sich ins Bett legen und so lange vor Erleichterung und Freude weinen, bis sie keine Tränen mehr hatte, aber dazu war jetzt keine Zeit. Sie stand rasch auf, holte aus dem Geheimfach ihrer Truhe die Briefe, die sie fast täglich an Robert geschrieben hatte, setzte sich an den kleinen Schreibtisch, tauchte die Feder ins Tintenfass und nahm ein neues Blatt. Sie schrieb, wie glücklich und dankbar sie war, ein Lebenszeichen von ihm zu erhalten und wie sehr sie hoffte, dass er wohlauf sei und wie besorgt sie über seine Verletzung gewesen war. Sie schrieb davon, dass man auch hier auf Jamaika hoffte, dass der Krieg bald zu Ende sei und dass sie es kaum erwarten konnte, wieder in seinen Armen zu liegen und ihm all die Zuneigung zu geben, die sich in ihr aufgestaut hatte. Sie schrieb heiter, um ihm eine Freude zu machen, obwohl sie vor Sehnsucht nach ihm nicht halb so frohgemut war. Dann trocknete sie die Tinte, faltete den Brief zusammen, versiegelte ihn und wickelte ihn gemeinsam mit den anderen in ein weiches Ledertuch, das sie für diese Gelegenheit schon vorbereitet hatte. Sie band es fest zusammen und trat dann hinaus auf die Veranda, um Martin zu winken.

Der sah schmunzelnd auf das üppige Päckchen. »Ihr scheint in den vergangenen Jahren nichts anderes getan zu haben, als heimlich Briefe zu schreiben, *Madame*. Wenn ich bedenke, dass Ihr früher kaum dazu gebracht werden konntet, auch nur ein kleines Grußkärtchen zu verfassen …«

Vanessa lächelte nur und küsste ihn auf die Wange. »Nimm Jack mit, wenn du zum Hafen gehst, Martin. Er mag das Meer so gern, und hier sieht er nichts anderes als Zuckerrohr und Melasse. Und … und bedanke dich in meinem Namen bei Captain Martaire viele tausend Mal für seine Liebenswürdigkeit.«

»Das werde ich tun, *Madame*.«

Als er fort war, legte sich Vanessa auf ihr Bett, schloss die Augen und dachte lange an ihren Geliebten.

Kurz nachdem sie Roberts Brief erhalten hatte, wurde es unruhig auf der Insel. Man hatte Nachricht bekommen von einer französischen Flotte, die von Martinique aus Richtung Jamaika unterwegs war, um die Insel zu erobern. Die Franzosen hatten sich dabei angeblich unter dem Befehl Admiral de Grasse' mit den Spaniern verbündet. Man verstärkte die Festungen am Meer, und auch Vanessas Onkel ließ die Plantage besser befestigen und kaufte zusätzliche Waffen ein.

Wenn die Invasoren tatsächlich an Land kommen sollten, so würde er sogar einige der verlässlicheren Sklaven bewaffnen.

Vanessa kannte François de Grasse flüchtig, sie hatte ihn einmal in Paris getroffen. Er war ein stattlicher, höflicher Mann und offenbar auch ein guter Offizier. Sie wusste von ihrem Onkel, der sich mit deutlicher Verärgerung darüber ausgelassen hatte, dass de Grasse mit seiner Flotte wesentlich zum Sieg der kolonialen Streitkräfte, der in Roberts Brief erwähnt war, beigetragen hatte, da er Chesapeake blockiert und dort die britischen Kriegsstreitkräfte besiegt hatte. Sie hatte nur eine ungenaue Vorstellung davon, wo dieses Chesapeake lag, aber offenbar war es eine strategische Meisterleistung gewesen, und der Admiral war nun im Begriff, die westindischen Besitzungen Englands anzugreifen.

Martin nickte, als sie mit ihm darüber sprach. »Das hat mir Captain Martaire auch gesagt. Allerdings war es damals nur ein Gerücht. Er hat mir versprochen, dafür zu sorgen, dass Ihr von hier abgeholt und in Sicherheit gebracht werdet, wenn es wirklich zu Kämpfen mit den Franzosen kommen sollte.«

»Die Franzosen? Aber von denen haben wir doch nichts zu befürchten?«

»Es kann zu Plünderungen kommen, und dann werden diese Leute keinen Unterschied machen, sondern ohne Rücksicht angreifen«, erwiderte Martin in seiner ruhigen Art.

»Glaubst du, dass der Krieg damit dann endlich zu Ende ist, Martin?«

Ihr Freund zuckte mit den Schultern. »Im Grunde sollte der englische König schon längst aufgegeben haben. Ich weiß nicht, wie er hoffen kann, noch zu siegen. Selbst wenn

Jamaika fallen sollte – der Krieg um die ehemaligen Kolonien ist schon längst entschieden. König Georg hat sich selbst belogen, als er versuchte, die Freiheitsbestrebungen dieser Leute zu unterdrücken und mit Waffengewalt niederzuschlagen.«

Vanessa waren König Georgs Intentionen vollkommen gleichgültig, sie hatte jemand anderen im Sinn. »Meinst du, Robert war ebenfalls dabei, als de Grasse die Flotte der Engländer im Norden geschlagen hat?«

»Durchaus möglich. Wenn ich auch nicht annehme, dass die amerikanische Flotte sich gern unter den Befehl der Franzosen gestellt haben sollte.«

Vanessa seufzte. So lange saß sie nun schon hier fest, und das einzige Lebenszeichen, das sie von Robert erhalten hatte, war dieser eine Brief. Und das lag nun auch schon wieder endlose Zeit zurück. Sie hatte seine Worte schon Hunderte Male gelesen. Das Papier war bereits abgegriffen und brüchig, aber jeden Abend zog sie Roberts Worte an sie wieder hervor und las sie im Bett liegend im Schein der Kerze.

Einige Tage später herrschte auf der Insel Jubel. Die feindliche Flotte war vernichtet, und de Grasse hatte die Fahne gestrichen und war festgenommen worden. Er hatte seine Schiffe erst gar nicht in die Nähe Jamaikas bringen können, sondern war bei den Saintes-Inseln von Englands Erstem Admiral, Lord Rodney, gestellt und geschlagen worden. Man feierte Rodney, und Vanessas Tante, die über diesen Sieg vergaß, dass sie diesen Mann noch vor wenigen Wochen als brutal und geldgierig bezeichnet hatte, schwärmte jetzt in den höchsten Tönen von ihm. Sie hoffte sogar, er würde die Einladung annehmen, zu der sie ihren Mann im Überschwang der Freude und des Triumphes überredet hatte. Zu Vanessas größter Erleichterung antwortete der Seeheld jedoch nicht einmal und ward auf der Plantage niemals gesehen.

Man sprach wochenlang über diese Schlacht, die größte, die es bisher mit Segelschiffen gegeben hatte. Angeblich waren dreißig Kriegsschiffe der Franzosen und Spanier auf sechsunddreißig der Engländer gestoßen, und die Freundinnen von Mrs. Albreight, die sich einmal im Monat bei ihr versammelten und ein Wochenende auf der Plantage verbrachten, malten sich das Gefecht in den glühendsten Farben aus. Zu Vanessas Unwillen war auch Dunkins anwesend, ein reicher Händler, der, seit Vanessa im Haus der Albreights lebte, regelmäßige Besuche abstattete. Er saß in dem bequemen Lehnstuhl am Fenster, ließ sich von den Damen bewundern und erzählte so von der Schlacht, als wäre er selbst dabei gewesen.

Vanessa saß mit einer Handarbeit bei der Gesellschaft, versuchte nicht hinzuhören und stach sich mindestens fünfmal mit der Sticknadel in den Finger, bevor sie schließlich die Geduld verlor und Dunkins' selbstherrliche Schilderungen unterbrach.

»Über eintausend Tote, sagtet Ihr?«, warf sie laut und deutlich ein. »Und etwa doppelt so viel Verwundete? Und Ihr seid tatsächlich in der Lage, Euch daran zu ergötzen?«

»Es bedeutet den Verlust der französischen Vorherrschaft über die Kleinen Antillen«, erwiderte Dunkins mit Genugtuung. »Dass Euch das stört, kann ich gut verstehen. Auch wenn man annehmen sollte, meine verehrte Vanessa, dass Ihr Euch während der Zeit, in der Ihr hier unter dem Schutz Eures Onkels und Englands lebtet, eine andere Gesinnung zugelegt hättet.« Vanessas Tante hatte die Besuche dieses Mr. Dunkins gefördert, der eine ebenso heftige wie aussichtslose Neigung zu Vanessa gefasst zu haben schien und sie seinem Charakter entsprechend einerseits bevormundete, mit den Ergüssen seiner umfassenden Lebenserfahrung überschüttete und sie andererseits so mit seinen Anträgen und Zudringlichkeiten verfolgte, dass sie fluchtartig das Haus verließ, wenn sie seine Kutsche in der Ferne auftauchen sah.

»Diese Gesinnung wird immer die gleiche bleiben«, erwiderte sie kalt. »Ihr habt vermutlich noch nie einen Kampf auf See gesehen, auch wenn Ihr so sprecht, als wärt Ihr selbst mittendrin gewesen. Es ist grauenvoll, Mister Dunkins. Menschen werden von den Kanonenkugeln entzweigerissen, das Blut fließt in Strömen ins Meer. Ja, das tut es«, sagte sie an eine der Damen gewandt, die sich mit einem entsetzten Laut ihr Tüchlein an den Mund hielt. »Überall Verstümmelte, die Arme und Beine verloren haben, halb Erblindete. Einige Stunden vorher habt Ihr noch mit den Leuten gesprochen, und dann werden ihre Leichen, wenn sie nicht einfach über Bord geworfen werden, in Segeltuch eingenäht und dem Meer übergeben.« Sie hatte sich in Rage geredet. »So sieht eine Schlacht aus! Menschenvernichtung und Zerstörung! Nicht anders als an Land!«

Ein bitterböser Blick von ihrer Tante ließ sie verstummen. Sie starrte zuerst zurück, gab dann jedoch nach, senkte den Kopf, und obwohl es in ihr kochte, tat sie so, als wäre sie in ihre Arbeit vertieft. Sie horchte erst wieder auf, als die Sprache auf die ehemaligen Kolonien kam. Es ging um die zum Teil schweren Diskrepanzen zwischen den Königstreuen und jenen Amerikanern, die sich vom Mutterland abspalten wollten.

Ihr Onkel nickte. »So wäre es vermutlich auch uns ergangen, hätten wir uns nicht schon früher entschlossen gehabt, hierherzuziehen.«

»Es ist unglaublich, wie sich diese Rebellen benommen haben«, wetterte Mr. Dunkins. »Meine Schwester konnte sich mit ihrer Familie noch rechtzeitig nach Kanada retten, aber andere hatten weniger Glück. Tausende wurden festgenommen und in Lager gesteckt, und einen meiner ehemaligen Nachbarn, der sein Geschäft nicht aufgeben wollte, hat der Pöbel sogar geteert und gefedert. Und das war kein Einzelfall!«

»Die Leute müssen sehr aufgebracht gewesen sein, dass sie so weit gegangen sind«, konnte Vanessa sich wieder nicht zurückhalten. Sie mischte sich sonst nicht in die Gespräche ihres Onkels, aber es ging um Roberts Heimat. Sicher sagte Mr. Dunkins die Wahrheit, aber diese Geschichte warf einen ungünstigen Schatten auf das strahlende Bild, das sie sich von Roberts Landsleuten gemacht hatte.

»Alles nur Barbaren«, erregte sich Dunkins weiter, während ihre Tante und die Gänse, die sie ihre ›lieben Freundinnen‹ nannte, eifrig nickten. »Aufgebracht? Wovon denn? Neid war es! Purer Neid auf die Großgrundbesitzer und wohlhabenden Kaufleute, die sich mit schwerer Arbeit Besitz erworben haben. Aber der Mob will so etwas ja gleich mit einem Schlag. Arbeitsfaul, aber gierig, das sind sie! Mit diesem Land kann es nur ein schlechtes Ende nehmen. Sie werden schon sehen, was sie davon haben, wenn sie sich von England und der Krone lossagen – eine Anarchie wird das! Ohne Chance auf eine Zukunft!«

»Der Pöbel ist leicht erregbar«, erwiderte Vanessas Onkel beruhigend. »Man darf davon nicht auf alle schließen. Ich selbst habe immer noch gute Freunde unter den Leuten dort, mit denen ich bis zum Ausbruch des Krieges immer in Briefkontakt gestanden habe.«

»Mag sein, dass es noch einige wenige gibt, die Vernunft zeigen, aber der Großteil …« Dunkins machte eine abfällige Handbewegung.

Vanessa dachte betroffen über seine Worte nach. Alles in ihr sträubte sich, ihm zu glauben. Robert hatte immer so voller Stolz von seinem Land gesprochen. »Ich habe, als ich noch in Frankreich war, kurz bevor mein Mann verstorben ist, den Vertreter der Vereinigten Staaten kennengelernt«, sagte sie schließlich aus einem Impuls heraus.

»Vereinigte Staaten«, höhnte Dunkins. »Wenn ich das schon höre!«

»Es war ein gewisser Benjamin Franklin«, fuhr Vanessa ungerührt fort. »Ein sehr eindrucksvoller, besonnener Mann. Wenn er stellvertretend ist für die Regierung dieses neuen Staates, so muss uns nicht bange um dessen Zukunft sein.«

»Bange?!«, fuhr Dunkins auf. »Als wäre mir bange! Nichts wäre mir lieber, als diese Verbrecher in Ketten zu sehen!«

»Ihr mögt vielleicht schlechte Erfahrungen gemacht haben«, wurde Vanessa nun wieder ärgerlich, die selbst dann noch zu Robert und seinen Leuten gestanden hätte, wenn sie schwarz auf weiß den Beweis ihrer völligen Verderbtheit und Nichtsnutzigkeit in Händen gehalten hätte, »aber das ist kein Grund, über alle den Stab zu brechen. Es gibt viele sehr wertvolle und aufrechte Männer unter ihnen! Und Frauen!«, fügte sie noch hinzu, im Gedenken an Roberts verstorbene Mutter, die sie aus seinen Erzählungen lieben gelernt hatte. Mrs. Albreight machte eine abfällige Bemerkung, die ungehört verklang, und ihre Freundinnen stießen sich gegenseitig an und lächelten über Vanessas Eifer.

»Hör sich einer diese französische Lady an!«, schnaufte Dunkins aufgebracht. »Wenn es noch mehr von dieser Sorte in Frankreich gibt, dann kann es nicht mehr lange dauern, und der französische Ludwig kann seine Sachen packen und auswandern! Das sieht man ja schon daran, dass sich dieser Lafatte eingemischt hat und nun auf der Seite der Rebellen gegen das königliche Heer kämpft!«

»Den Marquis de Lafayette kenne ich zufällig«, sagte Vanessa fest und betonte dabei dessen korrekten Namen. »Seine Frau ist eine gute Bekannte. Ich kann mich erinnern, wie unglücklich sie war, als er sie des Krieges wegen verließ. Sie war schwanger und noch so jung. Und er kaum zwanzig. Er hat es aus Überzeugung getan!« Er hatte es wohl ebenso sehr aus Abenteuerlust und Ruhmsucht getan, aber das behielt Vanessa für sich. »Es wäre nicht das Schlechteste, wenn der Adel auf viele seiner Privilegien verzichten würde!«, fuhr sie fort, da sie solche Worte mehr als einmal von Albert gehört hatte. Ähnlich hatte auch dieser Monsieur Franklin gesprochen. Weitaus einprägsamer sogar über das Recht auf Leben, Freiheit und das Streben nach Glück, und Vanessa waren seine Ausführungen nicht mehr aus dem Sinn gegangen. »Menschen mögen vielleicht reich oder arm geboren werden, das ist Schicksal, aber es ist nicht recht, sie dann zu unterdrücken und auszunutzen, ihnen Steuern aufzuzwingen, die sie nicht mehr bezahlen können, und sie so lange zu knechten, bis sie sich auflehnen! Auch Euch hier wird es so gehen, wenn Ihr Eure Sklaven weiterhin so unmenschlich behandelt!«

»Davon verstehst du nichts«, fuhr ihr ihr Onkel über den Mund, der ihr bisher mehr oder weniger wohlwollend zugehört hatte, jetzt jedoch befürchtete, Dunkins, mit dem er gute Geschäfte machte, endgültig zu vergrämen.

»Sie sind dumm, wie Tiere«, setzte Dunkins beißend hinzu. »Sie verstehen nichts anderes als die Peitsche, um zu gehorchen.«

»Ihr und Eure Freunde habt nur Angst!«, erwiderte Vanessa leidenschaftlich. »Weil diese Leute in der Überzahl sind. Mit Grausamkeit bringt Ihr sie dazu, Euch zu gehorchen! Schon Albert, mein verstorbener Gatte, hat das Sklaventum angeprangert! Und er war ein kluger Mann, auch wenn ich vielleicht nichts davon verstehe! Ihr dagegen teilt Menschen in Güteklassen ein, als wären sie Waren! Davon muss man nichts verstehen, um es zu verabscheuen!«

»Auch in den von Euch so verteidigten Kolonien gibt es Sklaven«, erwiderte Dunkins gehässig. »Viele Tausende, weitaus mehr als hier.«

Vanessa schluckte und fand auf diese Worte keine Antwort mehr. Robert hatte einmal eine ähnliche Bemerkung gemacht. Er, der die meiste Zeit seines Lebens in der Marine verbracht hatte, fand nichts dabei, wenn andere unterdrückt und gegen ihren Willen gezwungen und bestraft wurden, wenn sie nicht gehorchten. Sie saß schweigend bei der Runde und sah Dunkins, der sie mit einem seltsamen Blick musterte, gerade in die Augen.

Plötzlich glitt ein leichtes, spöttisches Lächeln über sein etwas feistes Gesicht. Er war kein hässlicher Mann, stattlich, wusste sich auszudrücken und war belesen. Aber Vanessa hatte vom ersten Moment an eine tiefe Abneigung gegen ihn gefasst, was wohl daher rührte, dass er sie immer wieder mit diesen lüsternen Blicken ansah.

»Ich mag temperamentvolle Frauen«, sagte er schließlich zu ihrem Onkel, »aber wenn wir einmal verheiratet sind, wird sie sich das Widersprechen abgewöhnen müssen.«

Vanessa fuhr hoch und sah aufgebracht ihren Onkel an, der auf einmal einen sehr verlegenen Eindruck machte. Eine der Besucherinnen kicherte, und der Rest sah Vanessa abschätzend an.

»Onkel? Was hat das zu bedeuten?«

»Ich habe Euch zwar gesagt, dass ich einer Werbung wohlwollend gegenüber stehe«, sagte dieser endlich langsam und bedächtig an Dunkins gewandt, »aber Vanessa ist ihr eigener Herr, sie hat das letzte Wort, welchen Mann sie zu ihrem neuen Gatten wählen will.«

»Und ich werde keinen wählen!«, fuhr Vanessa auf. »Ich bin nämlich schon verheiratet!« So jedenfalls fühlte sie sich, seit sie Roberts Ring wieder am Finger trug.

»Dein Mann ist tot«, ließ sich da Mrs. Albreight vernehmen, die bisher unter missbilligendem Schweigen zugehört hatte, während ihre Besucherinnen Vanessa sensationslüstern angafften.

Vanessa setzte schon an, ihr entgegenzuschleudern, dass ihr Geliebter sehr wohl lebte und auf der Seite der ehemaligen Kolonien kämpfte, wurde jedoch durch Martins Eintritt unterbrochen, der mit wenigen Schritten bei ihr war und ihr die Hand auf die Schulter legte. »Verzeiht, wenn ich störe, *Madame,* aber draußen steht das Mädchen von Mrs. Baxter und will mit Euch sprechen.«

»Ja, natürlich.« Vanessa erhob sich, wohl wissend, dass Martin schon die ganze Zeit an der Tür gestanden sein musste und jedes Wort mitgehört hatte. Sie ging wortlos aus dem Zimmer. Ihre Tante würde sie später wieder für ihre Unhöflichkeit schelten, aber das war ihr gleichgültig.

»Das wäre sehr unklug gewesen, *Madame*«, sagte Martin auch schon leise, nachdem sie den Raum verlassen hatten.

»Es würde die Leute nur misstrauisch Euch gegenüber machen.«

»Du hast ja recht«, flüsterte sie zurück, »aber ich bin so wütend geworden.«

»Das habe ich bemerkt«, erwiderte Martin trocken und schob sie zur Veranda hinaus.

17. Kapitel

Wenn Vanessa bisher ungern hier gelebt hatte, so begann sie von nun an ihren Aufenthalt auf Jamaika zu verabscheuen. Obwohl ihr ihr Onkel stets mit aufrichtiger Zuneigung begegnet war, ließ seine Gattin sie ihre wachsende Abneigung fühlen und machte ihr das Leben so unangenehm wie möglich, noch dazu jetzt, nachdem Dunkins zu Vanessas geheimer Erleichterung endlich eingesehen hatte, dass ihr Desinteresse an ihm nicht nur geziertes Kokettieren gewesen war, denn er erfreute nun eine ältere Witwe, deren Mann vor einigen Wochen gestorben war und ihr eine kleine Plantage hinterlassen hatte, mit seinen Aufmerksamkeiten. Mrs. Albreight, die wohl befürchtete, Vanessa würde ihr bis ans Ende aller Tage bei den anderen Siedlern Konkurrenz machen, fand darin immer wieder einen Grund, ihr Vorhaltungen zu machen, aber Vanessa gewöhnte sich daran, nicht auf die Vorwürfe zu hören, und begann, das Haus so weit wie möglich zu meiden.

Sie wäre schon längst in Roberts Heimat gereist, hätte sie nicht befürchten müssen, dass er sie dann unter Umständen vergeblich hier suchte. Die Mannschaften englischer Schiffe hatten bereits davon erzählt, und in den Zeitungen, die mit einiger Verspätung aus Europa kamen, konnte man nachlesen, dass Verträge zwischen den ehemaligen Kolonien und der Krone sowie den anderen Staaten geschlossen worden waren, aber Vanessa konnte es nicht oft genug hören, und sie lauschte aufmerksam, als ihr Onkel nach dem Mittagessen einen Brief seines Freundes aus England vorlas. Sie saß mit geschlossenen Augen am Fenster und sah nur Robert vor sich. Der Krieg war endgültig zu Ende. Ein Friedensvertrag war geschlossen worden, und nichts würde ihn nun mehr davon abhalten können, sie zu sich zu holen!

Von da an wartete sie jeden Tag auf eine Mitteilung von Robert oder gar die Nachricht, dass sein Schiff im Hafen lag und er kam, um sie abzuholen. Sie stand täglich auf einem kleinen Hügel, von dem aus sie weit über die Küste blicken konnte, und hoffte bei jedem Segel, das am Horizont auftauchte, es sei die *Independence*.

Dennoch vergingen die Wochen, ohne dass sie etwas von Robert hörte. Nicht einmal die kleinste Nachricht über seinen Verbleib war ihr von ihm zugegangen, und Vanessa, die durchaus den Eindruck hatte, die letzten Jahre in angemessener Geduld verbracht zu haben, wurde immer verzweifelter und versuchte, sich abzulenken. Wenn sie früher nur gelegentlich die heranwachsenden Pflänzchen in dem kleinen Obst- und Gemüsegarten, der sich dem Herrenhaus anschloss, gehegt hatte, so war sie nun viele Stunden dort zu finden, ebenso wie im Hospital, wo der Arzt dankbar war für eine Helferin, die schon grausame Kampfwunden gesehen hatte und nicht vor den oft schlimmen Verletzungen, die sich die Arbeiter auf der Plantage und noch viel mehr in der Zuckerraffinerie zuzogen, zurückschreckte. Sie begann auch ihre Freundschaft mit dem Pater zu pflegen, der aus der Stadt heranreiste, um jeden Sonntag in der Kapelle die Messe zu lesen, und nahm oft gern sein Angebot an, ihn in seiner Kirche zu besuchen.

Doch eines Tages kehrte sie von einem dieser Ausflüge nach Kingston zurück, die sie nicht wie üblich nur in Begleitung von Martin und Jack, sondern gemeinsam mit ihrem Onkel und ihrer Tante unternommen hatte, und wurde von einem aufgeregten Hausmädchen empfangen, als die Kutsche vor dem Haus stehen blieb.

»Ein Besucher, Miss Vanessa! Er wartet schon eine Stunde auf Euch und will nicht gehen, bevor er Euch nicht gesehen hat!« Das Mädchen winkte sie heran. »Ein Offizier aus den ehemaligen Kolonien! Kommt schnell, Miss!«

Vanessa fühlte ihre Knie weich werden. Jetzt erst bemerkte sie den fremden, zweispännigen Wagen, der wartend etwas abseits im Schatten unter den Bäumen stand. Ein Mann hielt die Pferde am Zügel. Er hatte seinen Hut tief gegen die Sonne ins Gesicht gezogen. Als Vanessas Blick auf ihn fiel, wandte er sich ab und bückte sich, um den Huf eines der Pferde zu untersuchen.

Sie dachte jedoch nicht länger über ihn nach, sondern drückte Martins Hand, der ihr aufmunternd zulächelte, als er ihr aus der Kutsche half.

»Ein Besucher? Aus den Kolonien? Für deine Nichte?« Mrs. Albreight verzog indigniert den Mund, aber Vanessa achtete gar nicht auf sie, sondern lief schon zum Haus.

Sollte es gar Robert sein? Oder jemand, der ihr zumindest Nachricht von ihm brachte? Während sie ins Haus trat, überkamen sie jedoch Zweifel, und in die erwartungsvolle Freude mischte sich Angst. Nicht alle Nachrichten waren auch gut oder erfreulich. Sie blieb kurz vor der Tür zum Empfangssalon stehen, schloss die Augen und atmete tief durch, bevor sie die Hand auf den Türknauf legte und ihn herumdrehte.

Sie machte die Tür langsam, fast zögernd auf, um die

Hoffnung so lange wie möglich zu erhalten. Ihr Herz klopfte ihr bis zum Hals, und ihre Hände zitterten. Dann war die Tür offen, und sie erblickte den Besucher. Der Mann, der sich bei ihrem Eintreten umwandte, war nicht Robert.

Die Enttäuschung überfiel sie wie eine schwarze Wolke, die ihr die Luft zum Atmen nahm. Der Mann war tatsächlich Marineoffizier, er trug eine Uniform, und die beiden Epauletten an den Schultern zeigten, dass er den Rang eines Captains innehatte. Sie versuchte ein Lächeln, das – wie sie selbst wusste – sehr dürftig ausfiel, rang nach Fassung und trat dann auf ihn zu.

»Ihr habt nach mir gefragt, Sir? Ich bin Vanessa de Chastel.« Der Mann kam ihr bekannt vor, diese verlebten Züge, die schmalen Augen, die sie jetzt prüfend musterten, und obwohl sie krampfhaft überlegte, konnte sie sich jedoch nicht erinnern, wann und wo sie ihn schon einmal gesehen hatte. Es war aber eine unangenehme Begegnung gewesen, das wusste sie.

Er kam ebenfalls auf sie zu, griff nach ihrer Hand und beugte sich darüber. »Es ist mir eine Ehre, Madam.«

Sie entzog ihm schnell wieder ihre Hand und verschränkte die Finger ineinander. »Ihr wolltet mich sprechen?«

»Ja, gewiss. Aber ich sehe, Sie erinnern sich nicht an mich, nicht wahr? Und wenn ich ehrlich sein soll, Madam, dann bin ich darüber nicht böse. Es war«, er räusperte sich, »eine Begegnung, in der ich sehr unvorteilhaft abgeschnitten habe. Was ich zutiefst bereue. Mein Name ist James Stranec. Ich hatte auf Martinique das Vergnügen, Ihre Bekanntschaft zu machen.«

Vanessas Augen wurden groß. Jetzt fiel ihr wieder ein, wann sie ihn gesehen hatte! Es war tatsächlich auf Martinique gewesen. Er war jener Offizier, der sie beleidigt hatte und dafür von Robert niedergeschlagen worden war. Ihr erster Impuls war, auf der Stelle umzudrehen und ihn stehenzulassen, dann zögerte sie jedoch. Immerhin war dieser Mensch, so unangenehm er sich damals auch benommen hatte, ebenso Marineoffizier wie Robert. Vielleicht brachte er ja eine Nachricht von ihm!

»Bevor ich Ihnen mein Anliegen – oder wohl eher eine Botschaft – übermittle«, fuhr er mit einem gewinnenden Lächeln fort, »möchte ich Sie für mein damaliges Benehmen um Verzeihung bitten. Ich hatte zu viel getrunken und war nicht mehr Herr meiner Sinne, sonst wäre es niemals zu diesem Vorfall gekommen.«

Vanessa nickte nur, das einzige Wort, das wirklich bis zu ihr vorgedrungen war, war »Botschaft« gewesen. Sie war zuvor unwillkürlich einen Schritt zurückgewichen, trat jetzt aber hastig wieder näher, auf ihrem Gesicht die hoffnungsvolle Frage.

In diesem Moment trat hinter ihr ihre Tante ein. »Kennst du diesen … Gentleman?«, fragte sie mit hochgezogenen Augenbrauen, wobei sie den Gast und dessen Uniform mit sichtlichem Widerwillen musterte.

»Aber ja doch«, antwortete Stranec, noch ehe Vanessa etwas sagen konnte. »Wir sind uns bereits auf Martinique begegnet.« Er machte eine kleine Verbeugung in Vanessas Richtung. »Und jetzt habe ich wohl die Ehre mit Mrs. Albreight?«

»Gewiss«, lautete die zurückhaltende Antwort. »Sie kennen die Nichte meines Gatten also von Martinique?« Vanessas Tante wandte sich zu Mr. Albreight um, der jetzt ebenfalls den Raum betreten hatte.

»Ich habe euch doch davon erzählt, dass ich von einem Schiff der Vereinigten Staaten gerettet und nach Martinique gebracht wurde«, erwiderte Vanessa ungeduldig. Er hatte von einer Botschaft gesprochen, und sie wünschte ihre Tante in diesem Augenblick meilenweit fort. »Von Martinique kam ich dann hierher.« Martin und sie waren übereingekommen, mit ihrer Geschichte so weit wie möglich bei der Wahrheit zu bleiben, ihre freundschaftliche Beziehung zur Mannschaft dieses Schiffes und insbesondere zum Captain jedoch zu verschweigen. Das war auch Roberts Wunsch gewesen, der ihr vor ihrer Trennung eingeschärft hatte, auf Jamaika auf keinen Fall etwas von ihrer Beziehung mit einem Feind zu erzählen.

»So war es«, bestätigte Stranec mit einem breiten Lächeln. »Und als ich erfuhr, dass Mrs. Chastel sich hier aufhält, zögerte ich keine Sekunde, herzukommen, um ihr meine Aufwartung zu machen. Noch dazu, wo ich …«, er machte eine bedeutungsvolle Pause, »… Neuigkeiten von Captain McRawley mitbringe.«

Vanessa, die sich nichts sehnlicher wünschte als Nachrichten von Robert, vergaß alles Misstrauen und jede Abneigung gegen diesen Mann. Er hatte Neuigkeiten von Robert, und da er lächelte, konnten es keine schlechten sein. Zuvor hatte sie noch befürchtet, er könnte ihre Beziehung zu Robert aufdecken, aber diesen Gedanken verwarf sie schnell wieder. Damit konnte kein Schaden mehr angerichtet werden. England und die Vereinigten Staaten hatten Frieden geschlossen, und selbst wenn ihr Onkel schockiert auf die Tatsache reagierte, dass sie heimlich mit einem Feind verlobt war, würden daraus keine negativen Folgen mehr entstehen.

»Captain McRawley«, wiederholte Mr. Albreight nachdenklich, »war das nicht der Captain, der dich in Sicherheit gebracht hat, mein Kind?«

Vanessa nickte, ohne den Blick von Stranec zu lassen. »Ja, Onkel, das ist sein Name.«

»Das ist sehr freundlich von ihm, an meine Nichte zu denken, die ihm sehr viel zu verdanken hat«, ließ sich ihr Onkel abermals vernehmen. Er hatte inzwischen schon nach dem Mädchen geläutet und bot James Stranec einen Stuhl an, bevor er sich selbst setzte. Seine Gattin war viel zu neugierig, um den Gast mit der ihm ihrer Meinung nach zustehenden Verachtung zu strafen und den Raum zu verlassen, und nahm ebenfalls Platz, ohne jedoch ihren abfälligen Gesichtsausdruck zu mildern. Ihr Onkel dagegen lächelte freundlich. »Als meine Nichte mir davon erzählte, hatte ich eigentlich auf die Gelegenheit gehofft, ihm meinen Dank persönlich aussprechen zu können.«

»Einem Feind?«, entfuhr es Mrs. Albreight indigniert.

»Er hat sich Vanessa gegenüber niemals feindlich verhalten, nicht wahr?«, gab ihr Mann ruhig zurück.

Vanessa hatte ebenfalls Platz genommen, da ihre Knie bedenklich zitterten. Sie fühlte, wie sich die erregte Wärme auf ihren Wangen vertiefte. Sie war voller Verlangen, endlich mehr zu erfahren! Vielleicht hatte dieser Mr. Stranec ja sogar einen Brief von ihrem Liebsten dabei! »Die Nachricht …«, sagte sie drängend.

»Natürlich.« Stranec zog zu Vanessas Entzücken einen Umschlag aus seiner Jacke, reichte ihn ihr, und sie griff hastig danach. Robert hatte ihr also doch geschrieben! Endlich! Der Umschlag war zwar enttäuschend dünn, aber vielleicht war Robert ja schon ganz in der Nähe und wollte sie das mit einigen kurzen Zeilen wissen lassen. Sie presste ihn an ihre

Brust, ungeduldig nach einer Möglichkeit suchend, sich so schnell wie möglich aus dem Zimmer zu entfernen, um ihn lesen zu können. Da ihr jedoch nichts anderes einfiel, sprang sie auf und machte einen kleinen Knicks vor ihrem Onkel. »Verzeih, wenn ich mich kurz zurückziehe, um das Schreiben zu lesen. Entschuldigt mich bitte, Captain Stranec.« Sie wartete nicht auf eine Antwort, sondern war auch schon zur Tür hinaus. Jetzt war es vermutlich ohnehin gleichgültig, ob man von ihrer Beziehung zu Robert erfuhr. Sie lief in ihr Zimmer und setzte sich aufs Bett, während sie atemlos vor Ungeduld und mit bebenden Fingern das Siegel erbrach. Sie sah, dass er diesmal ein anderes Siegel genommen hatte, hielt sich jedoch nicht lange damit auf und faltete hastig den Brief auseinander.

»Meine Liebste …«

Vanessa traten bei dieser liebevollen Anrede die Tränen in die Augen.

»… wie gern wäre ich selbst gekommen, um Dich abzuholen, aber leider habe ich mir eine kleine Verletzung zugezogen, die mich hindert, zu Dir zu eilen, um Dich in meine Arme zu schließen. Leider macht sie es mir auch unmöglich, diesen Brief selbst zu schreiben, aber ich bin sicher, dass allein Dein Anblick mir meine Gesundheit wiedergeben wird.«

Vanessas Atem stockte. Er war verletzt! Jetzt erst fiel ihr auf, dass die Schrift anders war, etwas verschwommener, kleiner, weniger energisch als sonst. Ungelenk. Sie las hastig weiter.

»… Captain Stranec war so liebenswürdig, diese Botschaft zu befördern, und er hat sich sogar bereit erklärt, Dich zu mir zu bringen. Ich bin derzeit bei Freunden in Boston und hoffe, Dich bald hier zu sehen.«

Noch einige empfehlende Worte über Stranec, dessen Obhut sie sich bedenkenlos anvertrauen könne, und dann schloss der Brief mit »Dein Dich sehnsüchtigst erwartender Robert«. Vanessa hatte ihn kaum zu Ende gelesen, als sie auch schon aufsprang und nach dem Dienstmädchen rief.

»Schnell! Pack meine Truhe! Ich reise ab!«

Sie eilte zurück ins Wohnzimmer. Ihre Tante hatte sich in der Zwischenzeit missbilligend zurückgezogen, und ihr Onkel war von seinem Verwalter zur Zuckerbrennerei gerufen worden. Stranec war also allein im Raum und erhob sich, als sie mit dem Brief in der Hand hereinstürmte.

»Captain McRawley schreibt, dass er verletzt ist«, sagte sie erregt. »Sagt mir doch, bitte, habt Ihr ihn persönlich gesprochen? Geht es ihm sehr schlecht?«

Er griff nach ihrer Hand. »Bitte beruhigen Sie sich doch, Madam. Sie sind ja ganz außer sich. Ich bin sicher, Robert wäre zutiefst betroffen, wenn er wüsste, wie sehr Sie sein Brief aufgewühlt hat. Bitte«, er lächelte ihr zu, »fassen Sie sich wieder. Er ist … Nun, ich kann wohl sagen, dass er sich nicht in unmittelbarer Lebensgefahr befindet.«

»Was soll das heißen? Ist seine Verletzung denn so schwer?« Sie klammerte sich an seine Hand wie an einen Rettungsanker. »Bitte sprecht doch! Schont mich nicht«, flehte sie ihn an, als er nur besänftigend lächelte und den Kopf schüttelte. »Ich muss die Wahrheit wissen, andernfalls wäre ich gewiss noch viel beunruhigter!«

»Nun«, erwiderte er bedächtig, »auch wenn keine unmittelbare Lebensgefahr besteht, so wäre es wohl gut, wenn wir so schnell wie möglich abreisen würden. Mein Schiff liegt im Hafen bereit, und wir könnten mit der nächsten Flut auslaufen, allerdings ist dazu nicht mehr viel Zeit.«

»Ja, ja. Natürlich. Das geht nur alles so schnell«, erwiderte sie fahrig, »aber es wird schon reichen.« Vor ihrem geistigen Auge lag Robert schwer verletzt, mit dem Tode ringend darnieder, Tausende Kilometer und viele Reisewochen getrennt von ihr. »Ich muss mich nur noch von meinen Verwandten verabschieden, meine Sachen packen und dann …«

Der Mann warf einen Blick auf die kostbare Uhr, die auf der Kommode stand und Mr. Albreights ganzer Stolz war. »Wenn wir die Flut nicht erreichen, Madam, müssen wir mindestens achtundvierzig Stunden im Hafen bleiben.« Er zögerte. »Sie hatten recht, ich wollte Sie tatsächlich schonen, aber … für einen schwerverletzten … um nicht zu sagen, dem Tode nahen Mann sind achtundvierzig Stunden eine lange Zeit.«

»Aber«, stieß Vanessa, die lange genug auf See gewesen war, um die Bedeutung von Ebbe und Flut für ein Schiff zu verstehen, das in See stechen wollte, fassungslos hervor, »Ihr sagtet doch, er wäre außer Lebensgefahr!« Sie dachte verzweifelt daran, wie viel Zeit sie verloren hatte, von Kingston hierher zu fahren. Dabei lag Stranecs Schiff im Hafen, und sie hätten schon längst auslaufen können. Mit oder ohne Gepäck.

»Ich wollte Sie nicht unnötig beunruhigen, aber wenn Sie sich lange Zeit lassen …?« Er verstummte, zog jedoch ein bedeutsames Gesicht.

Vanessa nickte, vor Angst um Robert den Tränen nahe. »Ja, selbstverständlich … ich bin in fünf Minuten reisebereit.«

»Mein Wagen steht draußen«, fuhr Stranec fort. »Sie könnten Ihre Sachen nachkommen lassen. Sollte Ihr Gepäck dann doch nicht rechtzeitig eintreffen, so sind wenigstens Sie auf dem Schiff. Sie können dort einen Brief an Ihre Verwandten schreiben, in dem Sie alles erklären und den ich mit einem Boten überbringen lasse.«

Es war nur vernünftig, was er sagte. Sie hatte keine Zeit zu verlieren und würde eher einige Wochen lang in Segeltuch gekleidet gehen, als zu spät zu Robert zu kommen. Sie nickte, trat vor ihm aus der Tür und hielt eines der Hausmädchen auf, das gerade vorbeilief.

»Nancy, sag Martin bitte, dass ich mit diesem Gentleman zum Hafen fahre und dort auf ein Schiff gehe, die …«, sie wandte sich fragend zu Stranec um.

»Die *Independence*«, ergänzte dieser ihren Satz. »Captain McRawley hat darum gebeten, Sie auf diesem Schiff reisen zu lassen, da es zu den schnellsten der Flotte gehört.«

Vanessas Augen leuchteten auf. Robert würde niemals einem Mann, dem er nicht völlig vertraute, sein Schiff übergeben. Wenn sie diesem Mann bisher noch eine kleine Spur von Misstrauen und Abneigung entgegengebracht hatte, obwohl er die weite Reise und die Mühen auf sich genommen hatte, um ihr Roberts Nachricht zu überbringen, so waren jetzt alle Zweifel beseitigt. Sie würde sogar auf der *Independence* reisen, dem schnellsten Schiff der Flotte, und sie würde dort vermutlich viele ihrer alten Freunde wiedertreffen.

»Sag also bitte Martin, dass ich auf dieses Schiff gehe, und er möchte doch so schnell wie möglich dafür sorgen, dass mein Gepäck nachkommt, und er selbst soll sich ebenfalls beeilen, und Jack auch!« Martin würde wissen, was zu tun war, und auch das Geld aus dem Versteck mitnehmen.

Stranec wollte ihr auf den Wagen helfen, als sie stehen blieb. »Wartet bitte einen Moment! Ich habe noch etwas vergessen!« Roberts Brief lag in ihrer Truhe. Selbst wenn all ihre Sachen zurückblieben, dies war ihr kostbarstes Gut, das sie gewiss nicht hierlassen würde.

»Dazu ist jetzt keine Zeit mehr!«, fuhr Stranec sie barsch an, als sie Anstalten machte, wieder ins Haus zu laufen. »Oder wollen Sie die Flut versäumen? Was immer Sie holen wollen, es ist unwichtig!«

»Ich bin doch gleich wieder zurück. Es ist wichtig! Lasst mich los!«, sagte sie empört, als er sie grob am Arm packte und zum Wagen hin zog.

»Du kommst jetzt mit«, zischte er böse. »Und ich würde dir raten, keine Probleme zu machen, sonst geht es dir schlecht.«

»Was fällt Euch ein?!« Vanessa zappelte, wollte sich, von plötzlichem Misstrauen überwältigt, losreißen, als …

»Macht die Lady Schwierigkeiten?«

Vanessa fuhr beim Klang dieser Stimme herum. Eine Stimme, die sie nur für kurze Zeit gehört, die sich jedoch unauslöschlich in ihr Gedächtnis eingegraben hatte. Es war der Mann, der zuvor bei den Pferden gewartet hatte. Er schob den Hut aus der Stirn, und sein kalter Haifischblick ruhte gehässig auf ihr, als er sie am anderen Arm packte und zur Kutsche zerrte.

Malcolm McRawley. Roberts Bruder.

Der Pirat, der so viele Leute auf der *Duchesse* ermordet hatte und sich an ihr vergehen wollte. Vanessa machte den Mund auf, um laut um Hilfe zu rufen, aber da hatte er sie auch schon am Hals gefasst, und sie brachte nur ein undeutliches Gurgeln heraus. Sein Gesicht war abscheulich nahe an ihrem. »Dachtest du wirklich, dass du mir davonkommst? Nein, mein Täubchen, dafür bist du viel zu kostbar.« Er hielt plötzlich eine Pistole in der Hand. »Los! Steig in den Wagen, dann passiert dir vielleicht nichts.«

»Vor allem nicht, wenn dein Onkel gut zahlt.« Stranecs eben noch zur Schau getragene Freundlichkeit war vollständig von ihm abgefallen, und ein widerliches Grinsen erschien auf seinen Lippen, als er versuchte, sie gemeinsam mit Malcolm in die Kutsche zu zerren.

»Was ist denn hier los?« Ihr Onkel war unbemerkt erschienen, in Begleitung seines Verwalters und zweier weiterer Männer.

Vanessa war es gelungen, ihren Hals freizubekommen. »Er ist es! Er ist der Pirat! Das ist der Mann, der die *Duchesse* überfallen und fast alle an Bord getötet hat!«

Sie sah das Aufblitzen in den Augen des Verbrechers, aber noch ehe sie sich aus seinem Griff winden konnte, hatte Malcolm sie auch schon um die Taille gepackt und hielt ihr die Pistole an den Kopf. Ihr Onkel blieb entsetzt stehen und hielt den Verwalter auf, der drohend einige Schritte in ihre Richtung gemacht hatte.

»Keinen Schritt weiter, sonst blase ich dem Weibsstück das Hirn aus dem Kopf!«

»Du hast ihr schon einmal gedroht«, hörte da Vanessa eine Stimme, die ihr wie die personifizierte Rettung erschien, und zu ihrer unaussprechlichen Erleichterung kam Martin langsam näher. »Und ich werde nicht zulassen, dass du noch einmal die Gelegenheit dazu hast.« Er war unbewaffnet, sein Blick hatte sich jedoch mit einer solchen Intensität auf den Piraten geheftet, die diesen veranlasste, Vanessa im Klammergriff, einige Schritte zurückzutreten.

»Wage es nicht, mich anzugreifen, sonst stirbt sie!« Er bewegte sich mit Vanessa langsam auf die Kutschentür zu, während Stranec schon auf den Kutschbock geklettert war und nur darauf wartete, endlich die Pferde antreiben zu können.

»Ich hätte dich damals schon töten sollen, als du meine *Madame* auf diese Planke gejagt hast«, sagte Martin kalt. »Und ich hätte es auch getan, wärst du nicht außerhalb meiner Reichweite auf der Insel geblieben, als der Captain wieder das Kommando auf dem Schiff übernahm. Ich habe es damals zutiefst bedauert, dir nicht den Hals umdrehen zu können. Allerdings habe ich auch nicht gedacht, dass du jemals die Dummheit besitzen könntest, mir noch einmal über den Weg zu laufen.«

Malcolm lachte spöttisch, und Vanessa spürte die Mündung der Pistole schmerzhaft an ihrer Schläfe. »Keinen Schritt weiter!«

»Wenn du sie verletzt, werde ich dich nicht nur einfach töten, sondern langsam und genüsslich umbringen«, erwiderte Martin mit eisiger Ruhe.

»So schnell wirst du nicht mit mir fertig. Und lebendig wird sie davon nicht mehr.« Malcolm sprach hastig, keuchend. Er lachte zwar, hatte jedoch trotzdem sichtlich Angst. Und er sah wohl ein, dass es sinnlos war, diese Frau zu töten und damit sein einziges Druckmittel zu zerstören, das ihn jetzt noch retten konnte. Solange sie lebte und die anderen fürchten mussten, sie erschossen zu Boden sinken zu sehen, hatte er noch eine Chance. »Ich will nur das Lösegeld, um das mein verdammter, rechtschaffener Bruder mich damals gebracht hat. Nicht mehr. Dann verschwinde ich von hier, und ihr seht mich nie wieder.«

Er zuckte zusammen, als hinter ihm ein dumpfer Schlag zu hören war. Stranec sank mit einem Aufstöhnen auf dem Kutschbock in sich zusammen. Vanessa konnte auf der anderen Seite Jack sehen, der soeben die Schaufel senkte, mit der er den Verbrecher bewusstlos geschlagen hatte. Stranecs lebloser Körper rutschte hinab und fiel mit einem dumpfen Geräusch auf den Boden, wobei er McRawley streifte, der mit Vanessa im Arm zur Seite torkelte.

Martin hatte den kurzen Moment, in dem Malcolm abgelenkt war, genutzt. Mit einem Schritt war er bei ihm, drückte die Hand, mit der der Pirat die Pistole hielt, herab, packte seinen Schützling und stieß sie aus dem Gefahrenbereich. Vanessa taumelte zur Seite, direkt in die Arme des Verwalters, der schnell hinzugesprungen war.

Malcolm gelang es, die Pistole wieder hochzureißen, und ein Schuss löste sich, aber Martin hatte sich durch eine schnelle Drehung vor der tödlichen Kugel retten können. Im nächsten Moment waren die beiden auch schon in ein erbittertes Handgemenge verwickelt, in dem Malcolm bald das Gleichgewicht verlor, stürzte und Martin mit sich riss.

Vanessa blickte entsetzt auf die beiden Leiber, die sich im Staub wälzend auf Leben und Tod miteinander rangen. Zuerst sah es aus, als würde Martin die Oberhand gewinnen, aber dann gelang es Malcolm, sich mit einer geschickten Bewegung zur Seite zu rollen, und er warf sich sofort auf seinen Widersacher und packte ihn an der Kehle. Mit einem Mal hielt er einen Dolch in der Hand.

Vanessa zögerte keinen Moment mehr, als sie sah, wie Malcolms Hand, in der er das Messer hielt, drohend über Martin schwebte. Dieser hatte das Handgelenk des um einiges schwereren Piraten umfasst und hielt ihn nur mit größter Mühe von sich fern.

Sie war mit wenigen Schritten bei der Schaufel, die Jack fallen gelassen hatte, packte sie und lief zu den beiden Kämpfenden. Sie hob sie hoch, schloss die Augen und schlug zu. Sie hatte Malcolm nur am Rücken getroffen, andernfalls hätte der Schlag ihm wohl den Schädel zertrümmert, aber er schrie auf, der Dolch entglitt seiner Hand, und Martin gelang es, ihn abzuwerfen. Er griff blitzschnell nach dem Messer und stach ohne zu überlegen zu.

Ein gurgelndes Geräusch, gefolgt von einem hellen Blutstrahl, drang aus Malcolms Kehle, er rollte mit zuckenden Gliedmaßen auf den Rücken und lag schließlich bewegungslos da.

Lange Sekunden herrschte Schweigen. Vanessa, immer noch die Schaufel in der Hand haltend, war unfähig, den Blick von dem toten Piraten abzuwenden. Martin stand langsam auf und warf mit einer verächtlichen Geste den Dolch neben ihn. Dann wandte er sich an Vanessas Onkel. »Sie sollten die Polizei verständigen, Mr. Albreight, und dafür sorgen, dass der andere Mann nicht fliehen kann. Die beiden hatten ein Verbrechen geplant. Sie wollten *Madame* entführen.«

Damit nahm er Vanessa sanft die Schaufel aus der Hand und lehnte sie bedächtig an den Wagen, bevor er seine junge Herrin liebevoll um die Schultern nahm und fortführte.

Als Vanessa nach zwei Tagen, in denen sie ihr Zimmer nicht verlassen hatte, zum Frühstück kam, fand sie dort nicht nur ihren Onkel vor, sondern auch Mrs. Albreight, die von ihrer Teetasse aufsah und die Nichte mit einem säuerlichen Gesichtsausdruck musterte.

Ihr Onkel sprang auf und ging ihr entgegen. »Mein liebes Kind, ich freue mich, dass es dir besser geht. Hast du dich schon von diesem Schrecken erholt? Komm, setz dich doch. Du bist immer noch sehr blass. Möchtest du Tee?«

Vanessa schüttelte den Kopf, nahm jedoch den angebotenen Platz an. Sie wollte es hinter sich bringen, und je eher sie mit ihrem Onkel sprach, desto besser. Sie wusste zwar nun, dass man ihr eine Falle hatte stellen wollen und der Brief zweifellos gefälscht gewesen war – vermutlich hatte Malcolm selbst ihn geschrieben, der mit Stranec gemeinsam diesen Plan ausgeheckt hatte. Aber trotzdem war sie voller Sorge um Robert. Der Frieden dauerte nun schon lange genug, um einem entschlossenen Mann wie Robert McRawley mehrfach Gelegenheit zu geben, seine Liebste zu sich zu holen oder ihr wenigstens eine Nachricht zukommen zu lassen. Sie musste herausfinden, wo er sich befand und was ihn aufhielt. Vielleicht war er tatsächlich verwundet und sehnte sich nach ihr.

»Mr. Dunkins war übrigens hier und hat sich nach dir erkundigt«, sagte ihr Onkel sanft und streichelte liebevoll ihre Hand. »Er hat von der Sache mit … nun, er hat davon gehört.« Er lächelte leicht. »Offenbar hat die Gefahr, in der du geschwebt bist, ihm klargemacht, wem seine Zuneigung wirklich gehört, und er wartet auf eine Nachricht, wann er dir seine Aufwartung machen darf.«

»Gar nicht«, erwiderte Vanessa abweisend. »Ich mag ihn weder sehen noch mit ihm sprechen.«

»Er will dir einen Heiratsantrag machen«, meldete sich ihre Tante ungeduldig. »Das ist eine große Ehre für dich. Du solltest dankbar sein und nicht …«

»Ich werde ihn nicht heiraten, Onkel«, sagte Vanessa fest, ohne Mrs. Albreight auch nur eines Blickes zu würdigen. »Mr. Dunkins wäre auch zweifellos besser beraten, jene andere Dame zu ehelichen, um die er sich in den letzten Wochen bemüht hat.«

»Das wirst du dir noch überlegen, du undankbares Ding«, fuhr Mrs. Albreight sie böse an. »Nach der Schande, die du uns bereitest hast, ist es ein wahres Wunder, dass Mr. Dunkins dich überhaupt noch haben will!« Sie fächelte sich mit einem Taschentuch Kühlung zu. Sie wusste, wovon sie sprach, schließlich war dieser Verbrecher Stranec verhört worden und hatte dabei alles erzählt. Da die Frau des hiesigen Polizeikommandanten die beste Freundin von Mrs. Albreight war, lag es nahe, dass diese unmittelbar darauf auf das Genaueste informiert worden war.

Stranec war wegen Schmuggels aus dem Dienst entlassen worden, hatte sich mit kleinen Gaunereien eine Zeitlang über Wasser gehalten und war dann zufällig auf Roberts Bruder getroffen, dem es gelungen war, Ramirez zu entkommen und sich bis Puerto Rico durchzuschlagen. Die beiden hatten bald erkannt, dass sie einen gemeinsamen Feind hatten: nämlich Robert McRawley. Kurz danach stießen die beiden auf einen ehemaligen Matrosen aus der Mannschaft der *Independence*, dem der Krieg zu gefährlich geworden war und der sich bei einem Landaufenthalt kurzerhand abgesetzt hatte. Von diesem erfuhren sie von der offenbar sehr engen Beziehung zwischen Robert und Vanessa und dass dieser sie auf Jamaika bei ihrem Onkel untergebracht hatte. Malcolm, der dem verlorenen Lösegeld immer noch nachtrauerte, heckte nun gemeinsam mit Stranec den Plan aus, Vanessa zu entführen und damit endlich zu dem ersehnten Geld zu kommen. Ein angeblich verwundeter Robert war ihnen dabei als das geeignete Mittel erschienen, Vanessa ohne Widerspruch mitkommen zu lassen.

Dieses Vorhaben war vereitelt worden, Malcolm McRawley hatte sein gerechtes Ende gefunden, und Stranec, dem der Galgen drohte, nahm die Gelegenheit wahr, sich zu rächen, indem er die offensichtliche Beziehung zwischen Vanessa und Robert in den dunkelsten Farben schilderte. Er bezeichnete sie sogar frech als Geliebte eines Mannes, der öfter betrunken als nüchtern gewesen war und die Gelegenheit beim Schopf gepackt hatte, um mit der reichen Witwe eine lukrative Prise zu kapern und so seine Unfähigkeit und Erfolglosigkeit als Schiffskapitän wieder wettzumachen.

Diese Aussagen waren natürlich Wasser auf die Mühlen von Vanessas Tante, die keine Gelegenheit ausließ, die ungeliebte Nichte zu kränken. »Ich darf gar nicht daran denken!«, fuhr Mrs. Albreight fort. »Die Geliebte eines amerikanischen Trunkenboldes und Kaperfahrers!«

In Vanessa stieg ein solch überwältigender Zorn hoch, der alles übertraf, was sie dieser Frau gegenüber bisher gefühlt hatte. Sie sprang auf und trat so nah an ihre Tante heran, dass diese vor Schreck ihr Taschentuch fallen ließ.

»Wage es nicht, meinen Verlobten zu beschimpfen«, funkelte sie die ältere Frau so wütend an, dass diese sich so weit wie möglich in den Stuhl drängte. »Er ist weder ein Kaperfahrer noch ein Trunkenbold, sondern ein ehrenwerter Mann, der …«

Sie wurde abrupt unterbrochen, als Mrs. Albreight in den höchsten Tönen zu kreischen begann. »Dein Verlobter? Um Gottes willen! Verlobt! Mit dem Feind! Wenn das jemand erfährt, werden wir sofort der Konspiration verdächtigt! Nicht genug, dass wir dieses französische Flittchen aus Mitleid aufgenommen haben, jetzt auch noch das!«

»Aufgenommen?«, brachte Vanessa mühsam hervor. Jede Schwäche war von ihr abgefallen, und hervor brachen all der Zorn und die Verzweiflung über Roberts Fernbleiben. »Aus

Mitleid? Du? Du bist nichts weiter als ein durch und durch hartherziges Frauenzimmer!«

»Jetzt ist es aber genug«, donnerte ihr Onkel dazwischen. »Susan, bitte mäßige deine Stimme und deine Worte. Und du, Vanessa, vergiss bitte nicht, dass du dich immer noch in meinem Haus befindest. Ich wünsche nicht, dass du Streit mit meiner Gattin anfängst!«

»Wie könnte ich das je vergessen«, erwiderte Vanessa bitter, »wo deine liebe Gattin vom ersten Moment an Sorge dafür getragen hat, mich nicht vergessen zu lassen, dass ich nur aus Gnade bei euch leben darf.« Sie atmete tief durch. »Aber ich werde euch nicht länger mit meiner unwürdigen Gegenwart belästigen. Ihr sollt nicht meinetwegen in den Ruf kommen, mit dem Feind zusammengearbeitet zu haben, auch wenn der Krieg jetzt zu Ende ist. Ich werde heute noch abreisen.«

Sie wandte sich um und lief in ihr Zimmer, wo sie eines der Dienstmädchen anwies, sofort ihre Truhe vom Speicher holen zu lassen, hastig die Schränke und die Kommode leerte und alles aufs Bett warf. Sie würde keinen Moment länger in einem Haus verweilen, dessen Herrin es wagte, ihren zukünftigen Mann zu verunglimpfen. Die unbestimmte Angst um Robert kam wieder an die Oberfläche und ließ den Raum um sie herum verschwimmen.

Sie musste dorthin reisen, wo er gelebt hatte, wo er geboren und aufgewachsen war. Dort würde sie ihm näher sein als hier auf einer Insel voller Feinde. Und dort lebten Freunde von ihm, die wohl besser wussten, was aus ihm geworden war.

Das dunkelhäutige Hausmädchen kam mit einem der Diener zurück, der die schwere Reisetruhe schleppte. Vanessa wischte sich unauffällig die Tränen aus den Augen. »Stell die Truhe bitte dorthin.« Sie begann wortlos zusammen mit dem Mädchen die Kleider zusammenzufalten, und als Martin zur Tür hereinkam, war die Truhe schon gepackt und Vanessa reisefertig.

Wenig später stand sie vor ihrem Onkel, der sie kopfschüttelnd anblickte. »Vanessa, mein liebes Kind, das will ich auf keinen Fall. Ich möchte nicht, dass du im Zorn fortgehst. Susan ist ein wenig … wie soll ich sagen … aufgeregter Natur, aber wenn sie die Sache überdenkt, wird sie bestimmt sehen, dass dir kein Vorwurf gemacht werden kann. Wo willst du denn überhaupt hin?« Er trat an sie heran, nahm ihre Hand in seine und lächelte. »Vanessa, du bist das einzige Kind meiner geliebten Schwester. Ich habe damals nicht verstanden, weshalb sie ausgerechnet einen Diplomaten heiraten und mit ihm nach Frankreich gehen musste. Nein …«, sagte er schnell, als sie zu einer nachdrücklichen Bemerkung ansetzte, »lass mich ausreden. Ich habe sie durch diese Heirat verloren und war nicht einverstanden mit ihrer Wahl, hätte mich aber auch niemals von ihr losgesagt und bin bis zu ihrem Tod mit ihr in Briefkontakt geblieben. Und als dein Gatte mir dann schrieb, dass er den Tod nahen fühlte, so habe ich nichts lieber getan, als meine Einladung an dich auszusprechen.« Er lächelte traurig. »Es tut mir leid, dass dieses Wiedersehen und unser Zusammenleben von Ereignissen überschattet war, die außerhalb unserer beider Macht lagen. Und deine Beziehung …«

»Ich habe Captain Robert McRawley nicht leichtfertig meine Zuneigung geschenkt, Onkel«, sagte Vanessa ruhig, »sondern weil ich erkannt habe, dass er ein Mann ist, den man respektieren muss.«

Albreight nickte nachdenklich. »Gewiss, gewiss, mein Kind.

Ich verstehe deine Beweggründe ja auch, aber sieh doch den Tatsachen ins Auge. Dein zukünftiger Mann hat seit Jahren nichts von sich hören lassen. Wer weiß, was aus ihm geworden ist – der Krieg ist schon seit Monaten zu Ende … Hast du … dir jemals Gedanken darüber gemacht, dass er vielleicht bei den Kämpfen ums Leben gekommen sein könnte?«

»Niemals!« Vanessa sprach entschieden, um nicht nur ihren Onkel, sondern auch sich selbst zu überzeugen. Die Angst, Robert könnte getötet werden, nagte Tag und Nacht an ihr und hatte ihr fast völlig die ihr früher eigene Leichtigkeit und Lebensfreude genommen.

»Wie auch immer«, sagte ihr Onkel beschwichtigend, auch wenn nicht viel Hoffnung in seiner Stimme lag, »wäre es nicht besser, wenigstens so lange hier bei uns zu bleiben, bis du Gewissheit hast? Wenn er noch lebt – würde er dich dann nicht hier am ehesten suchen?«

Diesen Gedanken hatte Vanessa auch gehabt, aber es war ihr unmöglich, auch noch einen Tag länger zu bleiben. Sie beugte sich vor und küsste ihren Onkel auf die rundliche Wange. »Hab Dank für alles, Onkel, und verzeih mir, wenn ich dir Unannehmlichkeiten bereitet habe. Du warst immer sehr gütig zu mir, und ich werde niemals vergessen, wie herzlich du mich hier aufgenommen hast. Ich kann meine Mutter jetzt gut verstehen, wenn sie so liebevolle Worte über ihren Bruder fand.«

In die Augen des älteren Mannes traten Tränen. »Hat sie das wirklich, Vanessa?«

»Ich war noch sehr jung, als sie starb, aber sie hat mir oft von ihrer Familie erzählt. Und besonders von dir. Von den Streichen, die ihr in eurer Kindheit miteinander ausgeheckt habt, und wie stolz sie auf dich war.«

Er tätschelte ihre Hand. »Du bist ein liebes Kind, Vanessa, ein ganz liebes Kind.«

Vanessa hatte sich auch nicht erweichen lassen, als ihr Onkel nochmals versucht hatte, ihre Meinung zu ändern, und fand sich endlich einige Stunden später in Begleitung von Martin, der wie immer finster dreinblickte, und Jack, der vor Aufregung, weil es wieder auf Reisen ging, Luftsprünge machte, am Hafen wieder.

Martin sah sich verdrießlich um. »Dieser überstürzte Aufbruch gefällt mir gar nicht, *Madame*«, brummte er ein ums andere Mal. »Ihr hättet bei Eurem Onkel bleiben sollen, bis ich ein Schiff oder ein passendes Quartier für Euch gehabt hätte.«

»Aber Martin, ich bin sicher, das wird kein Problem sein«, beruhigte sie ihn. »Du weißt doch, Geld spielt keine Rolle. Ich habe immer noch genügend davon, um ein Schiff zu kaufen, falls es notwendig sein sollte.«

»Trotzdem.« Er schüttelte noch einmal den Kopf und machte sich daran, mit Jack den Wagen abzuladen. Der Kutscher fuhr wieder zurück zur Plantage, nachdem er sich mehrmals vor Vanessa verbeugt hatte. Martin mietete sich, Vanessa und Jack in einem angesehenen Gasthaus ein, in dem sie bleiben konnten, bis sie ein Schiff gefunden hatten, und machte sich dann auf den Weg zum Hafenmeister, um herauszufinden, welcher Captain demnächst mit Kurs Nordamerika absegeln würde.

Jack und Vanessa standen, nachdem Martin gegangen war, am Fenster des Gastzimmers und blickten auf den Hafen hinaus. Jack beobachtete begeistert und lautstark das Treiben, von dem er nie genug bekommen konnte, während Vanessa ihre Blicke über die im Hafen liegenden Schiffe schweifen ließ.

Plötzlich entdeckte sie eine ganz bestimmte Flagge, und ihr Herz schlug auf einmal schneller. »Dort!«, rief sie und zeigte in die Richtung. »Dort, Jack. Siehst du die weiße Flagge mit dem roten Schwert? Gehört sie nicht zum Schiff dieses Spaniers? Ramirez oder Rodriguez oder so war doch sein Name, nicht wahr? Erinnerst du dich an ihn? Er war einmal an Bord der *Independence!*«

Jack nickte. »Ja, Madam, das ist seine Flagge. Hoffentlich ist er nicht im Hafen und erkennt Sie. Ich kann mich erinnern, dass der Captain mit ihm Streit hatte.«

»Aber er hat mit später auch gesagt, dass dieser Spanier ein vernünftiger Mann ist, auf den man sich verlassen kann, wenn man ihn gut bezahlt. Schnell, Jack, lauf und such Martin. Ich möchte, dass er zum Hafen geht und mit ihm spricht!«

Jack lief davon, und Martin, der kurz darauf mit ihm zurückkam, war von dieser Idee noch weitaus weniger angetan als der Junge. »Dieser Einfall ist sehr unvernünftig, *Madame*«, sagte er ärgerlich. »Ich weiß sehr wohl, worum es in diesem Streit mit dem Captain ging, und ich werde Euch bestimmt nicht auf ein Schiff bringen, das dieser Mensch kommandiert.«

»Dann spreche ich eben selbst mit ihm«, erwiderte Vanessa ungeduldig und machte sich, ohne noch weiter auf die Einwände ihres Freundes zu hören, auf den Weg. Sie verließ den Gasthof und drängte sich entschlossen durch das im Hafen herrschende Getümmel. Martin blieb nichts anderes übrig, als sie zu begleiten, und Jack lief aufgeregt neben ihnen her. Sie hatten Glück. Soeben kletterten einige Männer in ein Boot, das offenbar zu Ramirez' Schiff gehörte, stießen sich vom Land ab und nahmen die Ruder auf.

»Einen Moment bitte«, rief Vanessa ihnen nach. »Ich möchte Captain Ramirez Rodriguez sprechen!«

Einer der Männer mit einem riesigen, federnbestückten Hut wandte sich um. Vanessa erkannte ihn sofort wieder, schließlich hatte sie ihn ja gezwungenermaßen lange genug aus nächster Nähe betrachten müssen. Wenn sie jetzt daran zurückdachte, musste sie lächeln, selbst wenn immer noch ein gewisser, nicht zu leugnender Unwillen auf ihren geliebten *Capitaine* in ihr hochstieg. »Das bin ich. Was kann ich für Euch tun, meine Dame?«

Vanessa streifte den Schleier zurück, unter dem sie ihr Haar und ihr Gesicht verborgen gehabt hatte. »Ich möchte Euch bitten, mich auf Eurem Schiff mitzunehmen.«

Hinter sich hörte sie Martin etwas Verärgertes murren, Jack seufzte, und die Männer im Boot und diejenigen, die neben ihnen standen, starrten sie mit unverhohlener Neugier an.

Ramirez fing sich als Erster. »Mit mir?« Er lachte dröhnend und klatschte einem seiner Männer, der am nächsten saß, auf die Schulter. »Seht euch das an! Hier ist eine schöne Frau, die weiß, was sie an Ramirez Rodriguez Torrez-Ventamilla hat! Los, dreht um! Sofort das Boot wieder anlegen! Oder wollt ihr, dass diese schöne Dame es sich überlegt und euer *Capitano* allein abreisen muss?!«

Fünf Minuten später stand der prächtig gekleidete Mann vor Vanessa, zwirbelte seinen überdimensionalen Schnurrbart und musterte sie eingehend. »Hm, habe ich dich nicht schon einmal gesehen, mein schönes Kind?«

»Es gibt keinen Grund, meine *Madame* zu duzen«, fuhr Martin scharf dazwischen. »Die *Madame* reist sicher nicht mit, weil sie ein unwiderstehliches Verlangen nach Ihrer Gesellschaft hat, sondern …«

Vanessa legte ihm beschwichtigend die Hand auf den Arm. »Lass es gut sein, Martin, ich werde dem Gentleman alles erklären.«

»Gentleman, hm?« Ramirez stellte sich mit einem breiten Grinsen in Positur. »Habt ihr das auch alle gehört? Die *Señorita* hier hat mich einen Gentleman genannt! Nun, wenn das so ist«, er verneigte sich würdevoll vor ihr, »dann werde ich Euch nicht Lügen strafen, meine Schönste, sondern mir anhören, weshalb es Euch gelüstet, auf einem Schiff mit mir zu reisen.«

»Weil ich nach Boston will.«

»Nach Boston?« Ramirez zog die Augenbrauen zusammen. »Ich hätte Euch gern an andere Orte gebracht. Es gibt so zahlreiche, wunderbare davon, an denen es Euch sicherlich gefallen würde. Aber nach Boston hinauf, das ist schwierig.«

»Wir müssen aber nach Boston«, fiel Jack, der die ganze Zeit über von einem Fuß auf den anderen getreten war, ein. »Weil dort der Captain ist!«

»So, ein Captain also.« Ramirez blinzelte Vanessa zu. »Ein *Capitano* bin ich auch, dazu braucht Ihr nicht nach Boston zu reisen. Eine unfreundliche Stadt um diese Jahreszeit. Kalt und regnerisch. Hier, im Süden, auf einer der Inseln ist es weitaus reizvoller. Noch dazu jetzt, wo wieder Frieden herrscht.«

»Wenn Ihr mir vielleicht zuhören würdet, dann könnte ich Euch erklären, warum wir nach Boston müssen und uns nicht mit einer Reise zu einer der Inseln zufriedengeben können«, erwiderte Vanessa mit einiger Ungeduld. »Vielleicht könnten wir es dann sogar noch schaffen, die nächste Flut zu erreichen, um auszulaufen, anstatt noch die nächsten beiden Tiden hier am Hafen zu stehen und uns darüber zu unterhalten, welche Orte schöner oder reizvoller sind.«

Ramirez' Lächeln verschwand, und er blinzelte anerkennend. »*Caramba!* Die Dame weiß offenbar wirklich, was sie will.«

»Wir haben uns tatsächlich schon einmal gesehen«, fuhr Vanessa selbstbewusst fort. »Es war auf der *Independence*, auf Captain McRawleys Schiff.«

Der Freibeuter hob die Augenbrauen, sein Blick glitt forschend über ihr Gesicht und ihren Körper, dann griff er sich an die Wange, die sie ihm damals zerkratzt hatte. »Natürlich! Wie konnte ich nur die Wildkatze vergessen, die mir McRawley damals nicht abtreten wollte! Dabei vergesse ich selten ein Gesicht, und schon gar nicht ein so hübsches. Du warst die Kleine, die er zuerst aus dem Zimmer gejagt hat und dann nicht hergeben wollte. Ich werde nie das finstere Gesicht vergessen, das er machte, als du auf meinen Knien gesessen bist.« Er lachte schallend. »Wahrhaftig, es war das erste Mal, dass Robert und ich einer Frau wegen in Streit geraten sind! Und dann hat er es sich wohl anders überlegt, hat dich auf einer Insel ausgesetzt, und du weißt nichts Besseres, als ihm nachzureisen?«

Vanessa hob den Kopf und sah Ramirez kalt an. »Captain McRawley und ich haben einige Zeit danach geheiratet«, erklärte sie ebenso stolz wie unwahr, wobei sie ihm Roberts Ring zeigte. »Und jetzt bin ich auf dem Weg in seine Heimat.«

Ramirez' Gesicht wurde plötzlich tiefernst. Er stemmte die Hände in die Hüften und unterzog Vanessa einer abermaligen Prüfung. Dann – Martin war schon drauf und dran, Vanessa am Arm zu packen und fortzuziehen und sie für ihre dummen Ideen zu schelten – zog er seinen Hut und verbeugte sich in der Manier eines spanischen Granden vor ihr. »Ramirez Rodriguez Torrez-Ventamilla steht zu Euren Diensten, *Señora* McRawley. Es ist mir eine große Ehre, der Gattin von Robert McRawley behilflich zu sein. Verfügt über mich.«

18. Kapitel

Mr. Albreight sah von seinem Buch hoch, als das Mädchen eintrat. »Draußen wartet ein Herr«, meldete es schüchtern. »Und er hat einen Brief mit vom Gouverneur.«

»Was will er denn?«, fragte Mrs. Albreight.

»Er wollte die Nichte des Masters sprechen«, erwiderte das Mädchen mit einem Knicks.

»Vanessa?«, ließ sich ihr Mann überrascht vernehmen. »Führ den Gentleman bitte in mein Arbeitszimmer.« Er nahm den Brief entgegen, den ihm die Kleine hinhielt, überflog ihn und sprang dann plötzlich lebhaft auf.

»Du hast doch wohl hoffentlich nicht wirklich vor, diesen Abschaum hier zu empfangen!«, fragte seine Frau entsetzt, die ihm, von Neugier getrieben, den Brief aus der Hand genommen hatte. »Hat es dir nicht genügt, dass der andere so viel Aufregung verursacht hat?«

»Der Mann ist kein Abschaum, meine Liebe. Es handelt sich um einen Abgesandten der amerikanischen Regierung, der mir vom Gouverneur der Insel auf das Wärmste empfohlen wird. Ein Admiral sogar.« Er las nochmals den Brief und schüttelte ungläubig den Kopf. »Außerdem ist er, wie du dich vielleicht entsinnen kannst, Vanessas Verlobter.«

»Admiral«, sagte Mrs. Albreight abfällig. »Das wäre vielleicht in England etwas Besonderes, aber bei diesen Halbwilden hat das nichts zu bedeuten. Und dass er der Pirat ist, der deine Nichte damals endgültig um ihren Ruf gebracht hat, spricht auch nicht gerade für ihn.«

»Das sind keine Halbwilden, Susan, und Admiral ist ein Titel, der niemandem geschenkt wird. Außerdem hat mir Vanessa keinen Anlass gegeben, an ihrer Zuneigung zu diesem McRawley und seiner Liebe zu ihr zu zweifeln. Er ist gewiss ihretwegen gekommen, und wir sind es ihr und ihm zumindest schuldig, ihn zu empfangen und ihm zu sagen, dass sie abgereist ist.« Er warf ihr dabei einen schiefen Blick zu, und sie fuhr hoch, als er sich anschickte, das Zimmer zu verlassen.

»Du wirst dieses Subjekt doch nicht wirklich empfangen wollen?«

»Doch, das werde ich.« Die Tür schloss sich leise hinter ihm, und Mrs. Albreight blieb einige Minuten sitzen, zerknüllte verärgert ihr allgegenwärtiges Taschentuch und erhob sich dann ebenfalls. Diesen Menschen würde sie sich ansehen. Und ihm dann die Tür weisen, wenn Albreight schon nicht Manns genug war, das zu tun.

Als sie hoheitsvoll das Arbeitszimmer ihres Mannes betrat, erhob sich der Besucher höflich und machte eine korrekte Verbeugung. Sie nickte ihm herablassend zu und musterte ihn eingehend. Er trug das Haar kürzer, als es die Mode war, zu kurz, als dass er es hinten mit einem Band hätte zusammenfassen können, war groß, schlank, aber mit breiten, kräftigen Schultern und so intensiven, dunkelgrünen Augen, dass Mrs. Albreight sich unwillkürlich ans Haar griff, um festzustellen, ob ihre Frisur auch gut saß. Er trug eine dunkelblaue Uniformjacke, zwei funkelnagelneue Epauletten zierten seine Schultern, die Knöpfe glänzten goldgelb. Insgesamt machte der amerikanische Halbwilde gar keinen so schlechten Eindruck, fand sie.

Eine unwürdige Empfindung, die sie sofort energisch unterdrückte.

»Der Admiral bringt uns die besten Grüße unseres Freundes Lord Faultinghouse«, sagte Albreight mit einem erfreuten Lächeln. »Stell dir vor, meine Liebe, er befindet sich derzeit in Boston, um mit einigen Kongressabgeordneten die Handelsbeziehungen zu besprechen und englische Interessen wahrzunehmen. Der Admiral hat ihn von England hierher begleitet.«

»Das ist der Grund, weshalb ich erst jetzt die Freude habe, Sie kennenzulernen«, sagte der Besucher mit einer angenehm dunklen Stimme. Er hatte einen leichten, etwas ungewohnten Akzent, sprach jedoch bei weitem nicht so vulgär, wie sie das von seinesgleichen erwartet hätte.

»Tatsächlich?«, rang sich Mrs. Albreight ab.

»Aber«, hakte Robert sofort nach, »ich habe tatsächlich noch einen anderen Grund, nämlich Ihre Nichte, von der ich weiß, dass sie sich in Ihrer Obhut befindet, Madam. Vanessa …«, er zögerte kurz, »Vanessa de Chastel.« Er blickte mit wachsender Besorgnis in ein beklommenes und ein bestürztes Gesicht. »Ich nehme doch an, dass sie sich noch bei Ihnen aufhält«, fuhr er drängend fort.

»Es tut mir leid, Admiral McRawley«, setzte Mr. Albreight an, »aber …«

»Was aber?«, fuhr Robert hoch. »Was ist denn geschehen?« Er war mit einem Schritt bei Vanessas Onkel und fasste ihn hart an den Schultern. »Ist ihr etwas zugestoßen? Ist sie krank? Verdammt noch mal, machen Sie doch endlich den Mund auf! Was ist mit Vanessa?«

»Sie ist vor etwa einer Woche abgereist«, antwortete Mrs. Albreight anstelle ihres Mannes. Sie sah sehr blass und verlegen aus, hatte die Finger im Schoß verschlungen und wand sich sichtlich. »Wir … es … es gab eine kleine Auseinandersetzung … Der amerikanische Verbrecher war daran schuld, nicht wahr, Albreight? Eigentlich waren es ja zwei. Du findest doch auch, dass diese Amerikaner schuld daran waren, oder?«

»Gewiss, gewiss, meine Liebe.«

»Was für Verbrecher?«, fragte Robert scharf.

»Sehr unangenehme Menschen«, fuhr Mrs. Albreight fort. »Verbrecher eben. Sie wollten die Nichte meines Mannes entführen, um von uns Lösegeld zu erhalten. Und dann …«

Robert musste mehrmals tief durchatmen. »Was und dann?«, fragte er schon fast am Ende seiner Beherrschung.

»Und dann ist sie abgereist.«

»Abgereist? Wieso das denn? Aber es geht ihr doch gut, oder? Mit wem ist sie abgereist? Verflixt noch mal, Madam, lassen Sie sich doch nicht alles so aus der Nase ziehen!«, schnauzte er die beiden an, sein gutes Benehmen von vorhin völlig vergessend. »Wohin ist Vanessa abgereist? Und was war mit den beiden Männern?«

»Einer davon, ein gewisser Stranec, sitzt im Gefängnis«, erwiderte Mr. Albreight anstelle seiner Frau. »Der andere …«, er zögerte, »… angeblich mit Namen Malcolm McRawley, wurde getötet. Vom Diener meiner Nichte, als er diese mit einem Messer bedrohte.«

Robert starrte ihn sekundenlang mit zusammengekniffenen Augen an, und Mr. Albreight griff sich unwillkürlich an den Kragen, während seine Gattin ihr Taschentuch in der Hand zerknüllte.

»Martin? Martin hat ihn getötet?«

»Ja, das ist sein Name.«

Robert atmete tief ein. »Gut.« Sein Blick wurde wieder schärfer. »Martin hat Vanessa doch begleitet, oder?«

»Sie wollte nach Boston«, nickte Mr. Albreight. Er erklärte Robert in kurzen Worten, was sich zugetragen hatte.

»Dieser Stranec war ein Betrüger, Sir. Er wurde vor zwei Jahren unehrenhaft entlassen. Aber das wissen Sie in der Zwischenzeit ja vermutlich.« Was Vanessas Onkel nicht wusste, war, dass Robert für seine Entlassung ausschlaggebend gewesen war. Stranec hatte sich neben dem Kriegsdienst mit allerlei Schmuggeleien beschäftigt, und Robert war dahintergekommen, dass er auch Informationen weitergab. Man hatte ihm aber nicht genug beweisen können, um ihn vor ein Kriegsgericht zu stellen, und er hatte sich von der Marine abgesetzt. »Malcolm war ein Pirat, und obwohl er mein Bruder war, muss ich sagen, dass er den Tod verdient hat.«

»So ist meine Nichte also völlig sinnlos abgereist«, sagte Mr. Albreight. »Ich wollte sie nicht gehen lassen, sondern habe sie bedrängt hierzubleiben.« Er war froh, dass er das mit reinem Gewissen sagen konnte. »Aber sie wollte ja nicht.«

»Vor einer Woche, sagen Sie?«, fragte Robert finster.

Beide Albreights nickten.

»Und das haben Sie zugelassen?«

Betretenes Schweigen.

»Wissen Sie wenigstens, welches Schiff sie genommen hat?« Robert hätte am liebsten beide verprügelt, beherrschte sich jedoch mit äußerster Mühe. Unfassbar, dass dieser Stranec, dieses verdammte Scheusal, seinem Liebling das angetan haben sollte! Wenn er ihn jemals in die Finger bekam, dann würde er sich nicht mehr damit begnügen, ihn grün und blau zu schlagen. Malcolm hatte schon bekommen, was er verdient hatte. Dieser Martin war mit Gold nicht aufzuwiegen.

»Nicht genau«, Mrs. Albreight hatte ihr zartes Taschentuch mittlerweile in kleine Stückchen gerissen, »aber einer der Diener hat sie zum Hafen gebracht, vielleicht weiß der mehr.«

»Kann ich diesen Mann sprechen?«

Kurz darauf hatte Robert erfahren, dass der Diener Vanessa tatsächlich am Hafen abgesetzt hatte. Anstatt gleich zurück auf die Plantage zu fahren, hatte er den Wagen bei einem Gasthof abgestellt und war noch ein wenig herumgeschlendert, hatte sich die Schiffe angesehen und dabei beobachtet, wie Vanessa mit einem seltsamen Herren gesprochen hatte. Ein Mann mit Schurrbart und einem großen Hut mit Federn, sehr auffällig gekleidet. Und dann waren sie alle mit dem Boot zum Schiff hin gerudert. Eines mit einer weißen Flagge mit einem roten Schwert. Ein Piratenschiff, ganz gewiss sogar.

Mrs. Albreight hatte bei dieser Bemerkung entsetzt aufgeschrien und die Hand auf den Mund gepresst, Mr. Albreight hatte sich ein Glas Portwein eingeschenkt, und Robert hatte zutiefst erleichtert aufgeatmet. Ramirez. Bei ihm war sie in guten Händen, er würde Roberts zukünftiger Frau kein Haar krümmen, sondern sie, wenn nötig, sogar mit seinem Leben verteidigen.

Robert verabschiedete sich danach schnell und ohne Herzlichkeit von den Albreights und begab sich auf dem schnellsten Wege zum Hafen hinunter, wo die *Independence* vor Anker lag. Jetzt musste er nur noch herausfinden, wo Ramirez hingesegelt war, dann war es eine Kleinigkeit, auch Vanessa aufzuspüren.

19. Kapitel

Vanessa hielt sich wie immer so viel wie möglich an Deck auf. Selbst hier erkannte sie den Unterschied zwischen einem Freibeuterschiff und einem Kriegsschiff der Marine. Auch die *Independence* hatte nach Bilgewasser gerochen, nach Ratten und verdorbenen Lebensmitteln, nach dem Schweiß der Männer, die dicht zusammengedrängt auf dem Vordeck geschlafen hatten, aber sie war doch sauberer gewesen, ordentlicher. Hier ging zwar nicht alles drunter und drüber, dafür hatte der *Capitano* seine Leute viel zu gut im Griff, aber es herrschte auch nicht die Ordnung und Disziplin, an die Vanessa sich gewöhnt hatte.

Sie waren, nachdem sie Ramirez getroffen und er ihr seine Hilfe zugestanden hatte, schon mit der nächsten Flut ausgelaufen, und Vanessa war an der Reling gestanden und hatte voller Sehnsucht aufs offene Meer hinausgeblickt. So war sie schon einmal aus einem Hafen ausgelaufen, damals in Portsmouth, als sie sich auf die Reise zu den Westindischen Inseln begeben hatte. Voller Abenteuerlust war sie damals gewesen, voll Neugier, was die Reise und ihr zukünftiges Leben ihr bringen mochten.

Nun, es hatte viele Abenteuer gebracht, aber vor allem Robert McRawley.

Dieses Mal war sie ebenfalls mit großen Erwartungen auf

die Reise gegangen, aber auch mit schmerzlicher Sehnsucht nach Robert und der Furcht vor dem, was sie in Boston erfahren würde. Auch jetzt stand sie wieder auf der Steuerbordseite der Reling und blickte in die Richtung, in der Roberts Heimat lag. Hinter sich hörte sie die Befehle des Kommandanten, das Trappeln der Männer, das Quietschen der Seile und das Flattern der Segel. Vertraute Geräusche, die sie an ihre schöne Zeit mit Robert erinnerten und daran, wie glücklich sie auf der *Independence* gewesen waren.

Ramirez hatte sich bereit erklärt, Vanessa und ihre Freunde nach Florida zu bringen. Weiter sei es ihm nicht möglich, hatte er mit größtem Bedauern mitgeteilt, da seine Flagge in amerikanischen Gewässern nicht allzu gern gesehen wurde, aber sie würde keine Probleme haben, von dort ein Schiff zu bekommen, das sie weiter nach Norden brachte. Sie hatte gehofft, von ihm etwas über den Verbleib von Robert zu erfahren, war jedoch enttäuscht worden. Er wusste nur, dass es zu harten Kämpfen zwischen der amerikanisch-französischen Flotte und der englischen gekommen war, bei denen viele Schiffe versenkt worden waren und viele gute Seemänner den Tod gefunden hatten.

Sie wandte sich um, als der Kommandant sie durch einen Schwall spanischer Flüche aus ihren Träumen und Gedanken riss. Ramirez stand einige Schritte entfernt am Heck des Schiffes, starrte wütend durch sein Fernrohr und stieß einen weiteren deftigen spanischen Fluch aus, den Vanessa nur zum Teil verstand, aus dem sie aber heraushören konnte, dass sich ein Schiff näherte, dem er lieber nicht begegnet wäre. Sie trat neben ihn. »Was ist das denn für ein Schiff?«, fragte sie vorsichtig.

»Ein amerikanisches«, grunzte Ramirez verärgert.

Vanessas Augen leuchteten auf. Im Gegensatz zu Ramirez hatte sie keinen Grund, amerikanische Schiffe zu meiden, und sie stand voller Neugierde am Heck, während auf dem Piratenschiff Aufruhr und Hektik ausbrachen. Ramirez' Leute sprangen in die Wanten, alle Segel wurden gesetzt, und die *Isabella* beschleunigte ihre Fahrt. Nach etwa einer Stunde musste Ramirez jedoch einsehen, dass, obwohl er schon jeden Fetzen gesetzt hatte, die weißen Segel des anderen Schiffes bedrohlich näher kamen.

»Was wäre denn so schlimm, wenn sie uns erreichten?«, fragte Vanessa.

»Wenn das ein Handelsschiff ist, rein gar nichts, *Señora*«, murrte Ramirez. »Ist es aber eines der Kriegsschiffe, die hier patrouillieren, so werden sie nicht lange brauchen, um herauszufinden, dass wir jede Menge Schmuggelware an Bord haben.«

»Oh«, sagte Vanessa nur und starrte auf die Segel, die überraschend schnell größer wurden. Es war ein schlankes Schiff, das sie verfolgte, kein Linienschiff, aber auch keine Barke oder Brigg, sondern ein Renner, wie ein edles Pferd. Vanessa hob das Fernrohr, ein Geschenk Roberts, das sie schon auf Jamaika benutzt hatte, um damit aufs Meer hinauszusehen, in der Hoffnung, die *Independence* würde endlich am Horizont auftauchen. Sie runzelte die Stirn, als sie nun hindurchsah. Irgendetwas an diesem Schiff war ihr vertraut … Sie wollte eben eine entsprechende Bemerkung an Martin machen, der mit Jack neben ihr stand, als auf dem anderen Schiff Signalflaggen aufgezogen wurden.

»Sie signalisieren uns, wir sollen anhalten, *Capitano*«, meldete Ramirez' Erster Maat. »Vielleicht sollten wir doch langsamer werden und auf sie warten.«

»Vorerst werden wir versuchen, Zeit zu gewinnen«, knurrte Ramirez böse. »Seht zu, dass ihr die Sachen so versteckt, dass die Soldaten nicht gleich darüber stolpern. Wenn sie dann an Bord sind, werde ich versuchen, sie abzulenken, und ich hoffe, die *Señora* wird mich dabei unterstützen.« Er erwartete sichtlich eine Antwort von Vanessa, die jedoch immer noch angestrengt auf das sie verfolgende Schiff starrte. Plötzlich griff sie aufgeregt nach Martins Arm.

»Das ist die *Independence!*«

»Die *Independence?* Unmöglich«, sagte Ramirez kopfschüttelnd. »Wie sollte die *Independence* hierherkommen? Ich weiß genau, dass sie in den letzten Monaten nicht einmal in der Nähe dieser Gegend gesegelt ist. Ich hätte es gewiss erfahren, wenn mein alter Freund McRawley hier gewesen wäre.«

»Und doch ist sie es!«, rief Vanessa aus. »Ihr müsst anhalten! Martin! So sag ihnen doch, dass es die *Independence* ist! Du musst sie doch ebenfalls erkennen!«

»Stimmt«, wandte sich ihr treuer Freund an Ramirez, nachdem er eine halbe Ewigkeit durch das Fernrohr geblickt hatte, »es besteht kein Zweifel. Es ist die *Independence.*«

»Na schön«, knurrte der spanische Freibeuter halb überzeugt, »dann warten wir eben auf sie. Ich hoffe, ich muss es nicht bereuen.« Er gab Befehle, die Segel zu reffen, das Schiff verlangsamte deutlich seine Fahrt, und die weißen Segel näherten sich bei dem frischen Wind mit rasender Geschwindigkeit.

»Sie macht mindestens zehn Knoten, meinst du nicht auch?«, fragte Vanessa aufgeregt. Sie konnte kaum sprechen, ihre Knie zitterten, und sie klammerte sich an der Reling fest. Wenn sie sich nicht täuschte, und das glaubte sie mit jedem Moment weniger, dann waren dort ihre Freunde an Bord. Und ... Sie wagte den Gedanken kaum zu Ende zu denken, aus Angst, enttäuscht zu werden. Martin legte den Arm um sie, wofür sie dankbar war, da sie fürchtete, jeden Moment zusammenzusinken.

Die Segel kamen immer näher, und schon konnte sie die Galionsfigur erkennen. Eine vollbusige Frau mit blondem Haar. *Miss Independence* hatte sie Smithy einmal augenzwinkernd genannt. Der Bug war gedrängt voll, als hätte sich die gesamte, nicht für den Schiffsbetrieb unmittelbar notwendige Besatzung dort eingefunden. Weiße Hosen blitzten auf, Hüte mit Bändern. Alle schienen ihre Sonntagskleidung angelegt zu haben. Sie kniff ihre Augen zusammen. Uniformen. Dunkelblau. Offiziere. Einer stand gefährlich weit vorne, schon halb am Bugspriet, und hielt sich nur mit einer Hand an einem der Taue fest. Vanessa krallte ihre Finger in Martins Arm.

Ihr Freund legte beruhigend seine Hand darüber, sah auf sie hinunter und lächelte. »Martin ...«, hauchte sie zitternd vor Aufregung.

»Ja, *Madame*. Es besteht kein Zweifel.«

Ramirez stand daneben und grinste. »Wenn er jetzt nicht noch ins Wasser fällt, weil er dort vorne herumturnt, dann könnt Ihr Euren Gatten bald in die Arme schließen, *Señora*.«

Die Minuten, während die *Independence* aufholte, schienen sich für Vanessa zu Ewigkeiten zu dehnen. Schließlich stoppte sie ihre Fahrt und legte so knapp längsseits der *Isabella* an, dass die beiden Schiffe fast zusammenstießen.

Vanessa hatte schon längst ihren Platz hinten am Heck aufgegeben und war mit dem Bug des anderen Schiffes, das sich an der *Isabella* entlangschob, mitgelaufen. Drüben sah sie nur grinsende und lachende Gesichter, die Männer schwenkten ihre Hüte und riefen herüber. Sie winkte zurück, lachte unter Tränen, sah jedoch kaum etwas anderes als den Mann in der Admiralsuniform, der keinen Blick von ihr ließ.

»Da scheint die ganze Mannschaft verliebt zu sein«, knurrte Ramirez, als ganze Scharen von Männern, allen voran Smithy, auf der *Independence* die Enterhaken einsetzten, um die Schiffe aneinanderzuziehen und so dem Captain die Möglichkeit zu geben, zur *Isabella* zu gelangen. Robert stand auf der Reling, bereit zu springen. Bevor er jedoch noch Anstalten machen konnte, sich an einem Tau herüberzuschwingen, hatte Vanessa auch schon ihre Röcke gerafft und ihrerseits die Reling der *Isabella* erklommen. Sie blickte für den Bruchteil einer Sekunde in die zwischen den beiden Schiffen hoch aufspritzende Gischt und sprang. Mitten hinein in Roberts Arme.

»Du bist verrückt, mein Liebling, einfach verrückt.« Robert hatte sie mit einem Arm aufgefangen und hielt sie fest umschlungen, während er sich mit der anderen an einem der Taue festhielt, die den Hauptmast stützten. Sie vergrub ihr Gesicht in seiner Uniformjacke und klammerte sich an ihn, als würde sie ihn nie wieder loslassen wollen.

Wie vertraut er war. Sie hatte so oft von ihm geträumt, davon, dass er sie in den Armen hielt, hatte im Traum noch seine Berührung gefühlt, seinen Geruch wahrgenommen und seinen Atem auf ihrer Haut gespürt. Und nun waren diese Träume Wirklichkeit geworden. Etwas in ihr konnte es immer noch nicht glauben, obwohl sie ihn doch fühlte, seine Stimme hörte, mit der er, immer noch auf der Reling balancierend, leise Liebkosungen in ihr Haar murmelte, seinen Herzschlag und seinen Atem spürte.

Die Mannschaft der *Independence* jubelte. Vanessa weinte und lachte zugleich, während Robert sie so fest umschlungen hielt, dass sie kaum mehr Luft bekam, bis er sie endlich vorsichtig auf das Deck hinabließ, wo sie von seinem Ersten Maat in Empfang genommen wurde. Finnegan, immer noch ganz der Alte, nahm sie einfach bei den Schultern und küsste sie links und rechts auf die Wangen. Von allen Seiten drängten sich ihre alten Gefährten heran, ungeachtet der sonst so strengen Disziplin.

»Ich bin ja so glücklich«, schluchzte Vanessa fassungslos und streckte die Hände nach ihren Freunden aus. »So unsagbar glücklich.« Sie schüttelte unzählige Hände und suchte ängstlich nach bekannten Gesichtern. Wie sehr hatte sie in den vergangenen Jahren die Angst um sie alle bedrückt. Es war kaum ein Tag vergangen, an dem sie nicht auch ihrer Freunde gedacht hatte, die ebenso in Gefahr waren, getötet zu werden, wie Robert.

Miller fehlte, wie sie bestürzt feststellte, war jedoch, wie ihr sogleich von Smithy versichert wurde, nach einer ehrenvollen Verwundung befördert worden. Der Arzt, Dr. Johnson, hatte sich in den Ruhestand zurückgezogen und schaukelte nun sein erst kürzlich geborenes Enkelkind auf den Knien.

Hendricks war da, mit einer Narbe auf der Wange. Dudley humpelte, und Smithy, der Vanessa ebenfalls auf beide Wangen geküsst hatte, griff gerührt nach seinem Taschentuch.

Dann ging alles sehr schnell. Ramirez, der froh war, nicht weiter in den für ihn gefährlichen Gewässern segeln zu müssen, ließ Vanessas Gepäck auf die *Independence* schaffen. Martin und Jack kamen ebenfalls auf das Schiff, von allen – und ganz besonders von Robert – herzlich begrüßt, und dann setzte die *Independence* auch schon wieder Segel. Vanessa stand am Heck, winkte dem immer kleiner werdenden Ramirez auf der *Isabella* zu und weinte endlich all die Tränen, die sie sich in den letzten Jahren versagt hatte.

Robert vertrieb seine Leute mit einer Handbewegung, und kurz darauf hatten sie das Achterdeck für sich allein. Er fasste nach Vanessas Hand, bemerkte zufrieden den Ring daran und packte sie dann an den Schultern, während er sie eindringlich ansah.

»Und jetzt?«, fragte er grimmig. »Muss ich dich erst in die Kammer neben meiner Kajüte sperren, um dein Jawort zu bekommen, oder bist du auch so vernünftig?«

»Vernünftig?«, stieß Vanessa atemlos zwischen Lachen und Weinen hervor. »Eine Frau, die jemanden wie dich heiratet, darf sich wohl kaum mit ihrer Vernunft brüsten, Robert McRawley. Aber wenn du mich heiraten willst, dann wirst du mich gewiss nicht lange in die Kammer sperren müssen, um meine Zustimmung zu erhalten.«

Als Robert seine aufgelöste zukünftige Frau abermals in die Arme schloss, ertönten etliche Hurrarufe, und ein Verwegener, unschwer als Smithy erkennbar, stimmte lautstark ein höchst fragwürdiges Lied über die Liebe bei den Seeleuten an.

Robert wandte sich stirnrunzelnd um. »Was zum …« Das Lied verstummte, und Vanessa vergrub ihr Gesicht an Roberts Brust und lachte leise und sehr glücklich.

Prickelnde Leidenschaft, große Abenteuer und raffinierte Intrigen – historische Liebesromane bei Knaur!

Jennifer Ashley

Mein leidenschaftlicher Pirat

Roman

»Eine außerordentliche Nacht, wohl wahr. Eine Nacht, in der sie einen Mann vor dem sicheren Tod bewahrt hatte und dann von ihm so leidenschaftlich geküsst worden war wie noch nie in ihrem Leben, durfte man wohl außerordentlich nennen. Ob das Leben mit dem Piraten von nebenan immer so aufregend sein würde?«

London 1810: Gleich die erste Begegnung mit ihrem neuen Nachbarn, dem charismatischen Viscount Grayson Stokes, weckt in Lady Alexandra ungekannte Leidenschaften. Und je mehr sie über sein skandalöses Leben als Pirat erfährt, desto größer ist ihre Faszination …

Sie hatte der Liebe entsagt –
doch er eroberte sie im Sturm.

Jennifer Ashley

Geliebter Pirat

Roman

England 1812: James Ardmore, Piratenjäger und Frauenheld, trifft unverhofft die schöne Diana Worthing wieder – die ihm bei ihrer letzten Begegnung erst hitzigen Widerstand geleistet hatte, bevor sie sich von ihm küssen ließ. Ähnlich stürmisch verläuft ihr Wiedersehen – und James lässt nichts unversucht, die temperamentvolle Schönheit für sich zu gewinnen. Doch bevor sie sich ihrer Liebe hingeben können, muss sich James einem gefährlichen Feind aus der Vergangenheit stellen …

Knaur Taschenbuch Verlag